涵芬书坊

〔英〕威廉·萨默塞特·毛姆 著
刘文荣 译

请不要复制生活
——毛姆谈艺术

Don't copy Life

商务印书馆
The Commercial Press

William Somerset Maugham

MAUGHAM'S ESSAYS ON ART

涵芬楼文化出品

译　　序

中国读者知道，威廉·萨默塞特·毛姆（William Somerset Maugham，1874—1965）是位小说家，他的长篇小说《人性的枷锁》(*Of Human Bondage*，1915）和《月亮和六便士》(*The Moon and Sixpence*，1919）还颇有名气。其实，毛姆不仅是位小说家，还是一位剧作家和散文家，而且最初是以剧作家出名的。有意思的是，他一生的创作可清晰地分为戏剧时期（早期）、小说时期（中期）和散文时期（晚期），即四十岁前写剧本，四十岁后写小说，六十岁后写散文，不像大多数作家，剧本、小说、散文（或者诗歌）往往是夹杂着写的。为什么会这样，有几个原因：他放弃写剧本，是因为那时（主要由于电影的出现）戏剧从总体上说呈死亡状态；他放弃写小说，是因为那时（主要由于电视剧的出现）小说从总体上说呈萎靡状态；而他晚年写散文，是因为他年纪大了，想到自己将不久于人世，于是就想回顾和总结自己的一生——所以，他的散文大多是他的回忆录。

不过，他的回忆录不同于一般回忆录，里面夹杂着许许多多议论；也就是说，他不仅回忆自己做过的事情，还把自己一生的感受、困惑和思考全都写了进去。其中，他思考得最多的是艺术和人生。本书篇目中的相当一部分，就是从他的这些回忆录（或者说自传性散文作品）中节译而来的，主要节译自《作家笔记》(*A Writer's Notebook*)、《回顾》(*Looking Back*)和《总结》(*The Summing Up*)；还有一部分，则选译自他的几部文集，主要选译自《观点》(*The Point of View*)、《巨匠与杰作》(*Ten Novels and Their Authors*)和《随性而生》(*The Vagrant Mood*)。需要说明的是：无论是从他的回忆录中节译的片段，还是从他的文集中选译的文章，虽然都写得有理有据，有思想、有观点，但其写法却很随意，既不是正式的评论文章，也不是学术论文（因为正式的评论文章和学术论文是有一定格式的），所以，只能称它们为"有学术价值的随笔"。由于这些"随笔"都和艺术有关，我又将其称为"艺术随笔"。

译出这些"艺术随笔"后，我将其分为四个部分，即：(1)艺术与美；(2)戏剧；(3)小说；(4)其他。下面分而述之：

艺术与美常被放在一起是因为一直以来有权威观点认为，艺术是美的表现。其实，就如毛姆所认为的，艺术不一定是美的，丑也可以变成艺术（如讽刺艺术）。但不管怎么说，和艺术最相近的是美（多数艺术与美有关，如音乐、绘画、雕塑等）。

就艺术而言，毛姆首先思考的是艺术的目的和功用，而其结论是：艺术的目的是娱乐（包括文学在内，如果你认为文学是一门艺术的话）——同意不同意，随你便。此外，他还思考了艺术创作中的灵感问题、艺术家的创作动机问题、艺术家与普通人的异同，等等，都有其独特观点，颇为发人深省。就美而言，他思考的是，美是否有评判标准，美是不是永恒的，以及美是客观的，还是主观的，等等，同样很有意思。虽然美学是深奥的哲学，他却以"平常心"对待之，倒也看出了一些问题。

谈论艺术与美，免不了抽象，而当他谈到戏剧时，就具体多了。这是本书的第二部分"戏剧"会呈现的。如果说第一部分"艺术与美"是他"不安分"地想和哲学家"玩玩"，那么这第二部分可是他的"分内之事"，因为他是个出了名的剧作家（尽管他承认，他出名是为了挣钱）。在这部分中，他谈到他自己的戏剧创作，还谈到"散文剧"的局限、"观念剧"的短命、戏剧不可能是"现实主义"的，等等。这些言论在当时很得罪人，即使在今天，或许仍有不少人会认为是"大逆不道"。此外，他还谈到了与戏剧演出直接相关的三种人——演员、导演和观众。有意思的是，作为剧作家，他竟然对这三种人都大不以为然。譬如，他说演员都是些"自负""做作"的家伙，就是女演员也是如此，否则他们就不会去做演员了；又说导演往往"既愚蠢，又自负"，常常歪曲剧作家的意图——

要是有可能,剧作家最好自己做导演。对于观众,他的"衣食父母",他也照样出言不逊,说他们"不用大脑思考,而用腹腔感受","主要兴趣是把戏剧的虚假当作生活的真实来欣赏",所以他"对那一大群到剧院里来看戏的人,即观众,越来越觉得厌烦",等等。总之,他心里怎么想的就怎么说,别人会有什么反应,他毫不在乎。他早就说了,他写剧本是为了赚钱,现在钱赚到了,别的都无所谓了。

  是的,他写戏赚足了钱,而等他赚足了钱,戏剧也完蛋了,观众越来越少,新戏很难上演,旧戏也越来越没人看。于是,他走了,去写小说,竟然又成了赫赫有名的小说家。小说家当然要谈小说。这就是本书的第三部分。这部分他更加头头是道,因为我们知道,他不仅是个小说家,还是个"读书家",读过无数小说。英国小说不用说了,法国小说、德国小说里,稍有点名气的作品,他都读过,有些还是原著(他的母语是法语,又到德国留过学)。哪怕是俄国小说,至少陀思妥耶夫斯基的小说、托尔斯泰的小说和契诃夫的小说,他都很熟。所以,他既谈小说原理,又谈某些小说家的创作。他谈到小说的两种写法和两种类型,谈到小说家的个性和小说人物的原型,谈到他自己的几部小说,谈到短篇小说和侦探小说,谈到诗人歌德的三部小说,谈到莫泊桑的小说、契诃夫的小说,还有亨利·詹姆斯的小说。而他对小说的最重要的看法是:小说要有故事。这不是他的癖好，请注意，他认为他是在坚持小说的"正道"。因为当时现代派小说兴起，小说家不是热衷于心理分析，就是热衷于手法创新，讲故事被认为是"小儿科"。对此，他说，原始人就围着篝火讲故事，听故事可说是人性所需，小说就是一种讲故事的艺术；反之，小说家不讲故事，而去做心理学家，或者去做"语言魔术师"，在遣词造句方面花样翻新，那小说就不是小说了。在这一点上，他倒是很传统、很反潮流的。

除了上述这些，我还从毛姆的回忆录和文集中搜出三篇和其他艺术有关的文章，构成本书的第四部分"其他"。其中两篇是谈论散文艺术的，还有一篇谈论苏巴朗的绘画艺术。在谈论散文艺术的两篇文章中，他谈到英国散文的两种风格，谈到好的散文要有三个特点，等等。谈苏巴朗的那篇文章，则是他唯一一篇单独发表的与绘画艺术有关的文章。不过，在他的《作家笔记》中还有好几处谈到一些名画。可见，他对绘画艺术是一直关注的。不仅如此，他还是个名画收藏者。那么，他对绘画艺术有没有鉴赏力呢？你读过那篇关于苏巴朗的文章就知道了。在此，我仅就苏巴朗说几句话，因为中国读者一般不太知道这位画家，更不了解他的作品。其实，苏巴朗是17世纪名气仅次于委拉斯开兹的西班牙巴洛克画派的画家。他的作品绝大多数是宗教题材的，而且以肖像画为主，为历史上的圣徒或圣女画肖像。其实，与其说这是"肖像"，不如说是创作——因为，尽管有模特儿，但模特儿仅仅为画家提供想象的基础，最终画出的是画家想象中的圣徒或圣女。这些圣徒或圣女，在西方几乎家喻户晓，而在中国，几乎无人知晓。不过，这不要紧，毛姆在那篇文章中有相关介绍，你读了之后仍会觉得很有趣。

好了，我把本书内容大概说了一下，接下来你就要开始阅读本书了。虽然一本书的好坏，作者、译者都是无权评价的，要由读者来评，但我还是要越俎代庖地说一句比较长而且公文式的话，作为此篇译序的结语：

本书是毛姆对艺术与美学，对戏剧艺术、小说艺术和其他艺术的思考与议论，写得深入浅出、随意风趣，是一位艺术家对各类艺术的反思，其中颇多真知灼见，读之可以对西方艺术、西方文学，以及毛姆自己的戏剧创作和小说创作有更多、更深入的了解。

刘文荣

目　录

一　艺术与美

5　艺术家的创作动机

8　关于艺术灵感

12　批评家与艺术家

19　艺术家与普通人

23　艺术家的自我满足

27　美的评判没有固定标准

34　美是永恒的吗？

43　关于康德美学的审美理论

50　关于美的"目的"与"目的性"

59　关于艺术与美的断想

二 戏 剧

- 73　我与戏剧
- 84　散文剧与诗剧
- 88　关于观念剧
- 97　戏剧与现实主义
- 102　关于戏剧技巧
- 106　谈演员
- 112　谈导演
- 116　谈观众
- 119　再谈观众

三 小 说

- 125　小说的两种写法
- 131　小说的两种类型
- 135　小说家的目的是什么？
- 139　好小说有何特点？
- 146　小说要有故事
- 155　关于小说家的个性
- 161　关于人物原型

171　关于我的几部小说

182　关于短篇小说

195　关于侦探小说

227　诗人的三部小说

293　莫泊桑小说的优缺点

298　俄罗斯三部小说名作

304　契诃夫及其小说观

325　亨利·詹姆斯的小说

四 其 他

341　英国散文的两种风格

348　好的散文有三个特点

365　苏巴朗及其绘画艺术

请不要复制生活

毛姆谈艺术

一　艺术与美

艺术家的创作动机

艺术家——不管是诗人、画家，还是作曲家——他们的作品，确实传递了某种信息，但美学家却就此推断，艺术家的创作动机就是传递信息。我认为这种推断是错误的。他们没有充分了解创作过程。我认为艺术家创作一部作品并非出于美学家臆想的那种动机。如果他真的为了传递信息，那他就不是艺术家，而是宣传家、鼓动家。我很了解小说家的创作过程：先是有一个不知从哪里来的想法，他称之为"灵感"——一个大而无当的名称；其实这个想法本身就像落入河蚌壳里的一粒沙子一样微不足道，重要的是这粒沙子最后会使河蚌产出一颗珍珠——不知为什么，这个想法总使他骚动不安，浮想联翩：各种各样的思绪从他的潜意识中涌出；各种各样的人仿佛都在他眼前晃动；各种各样的事仿佛就在昨天发生（请注意，小说中的人物要通过事件才能得以塑造，而非单纯描绘出来的）——就这样，直到他的头脑里充满形形色色的人和事，充满一大堆混沌无序的素材。然后，他就想从中理出头绪来。有时——不是每次——他发现在这混沌无序的素材中似乎有某种秩序，就如在莽莽丛林中似乎有一条路；然而，当他想继续找下去时，一切似乎又变得混沌无序了。于是，他换一个方向再找，似乎又看到一条路，但他不能确定那是不是真正的路，而此时他已无法放弃，因为他的灵魂已被重重地压在他的愿望之下。为了使自己的灵魂得到喘息，他于是把自己所经历的一切写了出来。小说完成后，他觉得自己好像重新获得了自由。至于读者会从小说中读取到什么，那就不关他什么事了。

我认为风景画家——如年轻时代的莫奈和毕沙罗——同样符合这种情况。风景画家没法告诉你，为什么某一景物——如一条弯弯曲曲的溪流或者一条雪地上的林中小路——会使他那么激动，乃至引发他的创作欲望，并觉得眼前仿佛有许许多多溪流或者林中小路可作为他的创作素材。而他天生就是一名画家，他所要做的而且所能做的，就是用线条和颜色把他的这种感受表达出来。他这么做并不能满足他自己的感官需求——我怀疑有哪个艺术家真能通过艺术创作来达到艺术欣赏的目的，不管他从事的是哪种艺术——他只是释放了自己内心的创作压力而已。这对他来说既是快乐的，又是痛苦的。不管怎样，我相信他从未意识到要向未来的艺术观赏者传递某种信息。

其实，诗人和作曲家也符合这种情况。说实话，前面我之所以选择画家而不是诗人或者音乐家为例，完全是因为画家的作品比较直观：一幅画放在你眼前，你只要看就行了。当然，我并不是说，你只要瞥上一眼就能看懂一幅画；那还是需要你有一定的鉴赏力，有一定的时间加以关注。但绘画毕竟与诗歌不同。诗歌是语言艺术，而语言中充满了联想，在不同的国家和不同的文化中又有不同的联想。此外，语言通过语音和语义同时发生作用，所以它既有感觉（听觉）上的意义，又有思想上的意义。而绘画仅有视觉上的意义，使你产生视觉美感。至于音乐，我不敢多说，因为在我看来，人类到底是凭着怎样的神奇天赋创造出音乐来的，这是艺术中的最大谜团。

然而，使许多人大为震惊的是，康德[1]竟然把音乐（和烹饪一起）归入下等艺术之列。他的理由是：尽管音乐是一种令人愉悦而广受欢迎的艺术，但它却完全是感官的。其实，他有这样的观点并不奇怪，因为他一向都是用各种艺术对思维的贡献大小来衡量其价值的。所以，他对诗歌的评价特别高，因为诗歌往往突破概念限制，或者说突破严格定义的语义限制，从而释放出更多思维空间；换言之，诗歌能激发想象力。他写道：

> 在视觉艺术中，我最看重绘画，因为它最有可能进入思维领域。

---

[1] 伊曼努尔·康德：18世纪德国哲学家、德国古典哲学开创者。——译者（本书注释均为译者注，后不另注）

关于艺术灵感

要写出一部好小说,当然要有智力,但这是一种特殊的、或许算不上很高级的智力;那些大作家固然都有智力,但并非智力过人。他们在表达思想观念时往往幼稚得令人惊讶。他们接受当时流行的普遍论调,并把这些论调放入自己的小说想加以利用,但效果往往不佳。其实,思想不是他们的事情,他们却偏要关注思想,而当他们关注思想时,又是情绪化的。他们并没有多少抽象思维的天赋。他们感兴趣的不应该是抽象命题,而是具体事物;因为只有具体事物才和他们休戚相关。不过,智力虽然不是他们的特长,他们却有更为有用的天赋加以弥补。他们感情丰富,甚至热情澎湃;他们有想象力、敏锐的观察力,和一种善于体会自己所写人物的喜怒哀乐的能力;最后,他们还有一种才能,即可以把自己所见、所感和所想象的一切,栩栩如生地表现出来。

这些都是了不起的天赋,写作者如能拥有,已属万幸;但还不够,还要有其他东西。加瓦尼[1]曾说,总的说来,巴尔扎克

---

[1] 保罗·加瓦尼:19世纪法国画家,巴尔扎克的朋友。

在各个方面都是ignare。草率的人会把这个词译作ignorant（无知），但那也是个法语词，而ignare的意思不止于此。它指的是白痴的愚昧无知。但是，当巴尔扎克开始写作时——加瓦尼接着说——他有一种对事物的直觉，因而不管什么事，他好像都知道。我把"直觉"理解为这样一种判断：它基于——或自认为有——合理根据，但又没有意识到根据何在。这显然不适用于巴尔扎克。他所表现出来的知识并没有什么根据。所以，我认为加瓦尼用词不当，应该说他有"灵感"更合适一些。灵感就是作家要写出杰作所需的另一种东西。但什么是灵感？我收集了不少心理学书籍，而我把它们翻遍了，也没有找到什么能使我明白的东西。我只读到一篇文章试图讨论这个问题，那是埃德蒙·雅卢瓦写的《诗的灵感与枯燥》。埃德蒙·雅卢瓦是法国人，他写的是他的同胞。也许，法国人对这种精神状态的反应，比冷冰冰的盎格鲁－撒克逊人[1]更为敏感。埃德蒙·雅卢瓦作为同胞，讲到法国诗人受灵感驱使时的情形：他变了个人；他神态平静，同时又容光焕发；他看上去很从容，双目炯炯有神，似乎有一种奇异的欲望，但又没有真实的目的。这是一种毋庸置疑的生理现象。但是——埃德蒙·雅卢接着说——灵感并不能持久。随之而来的是枯燥，这可能只持续一会儿，也可能是几年。在这期间，写作者会觉得自己好像是个半死不活的人，因而情绪恶劣、痛苦万状，这不仅使他意志消沉，

---

[1] 即英国人。

还使他怨天尤人，既怨恨自己写作能力的丧失，又忌恨其他写作者的作品。我发现这很有意思，甚至很使我震惊，因为这情形和那些宗教信仰者的状况何等相似：当受到神启时，他们都觉得自己与上帝同在；而当所谓灵魂的黑夜降临时，他们也都觉得自己被上帝抛弃而倍感空虚。

按照埃德蒙·雅卢瓦的说法，好像只有诗人才有灵感。这也许没错，诗人确实比散文作家更需要灵感。毫无疑问，诗人仅仅作为诗人而写的诗，和他在灵感迸发下写的诗，是不能同日而语的；但是，散文作家、小说家，也有灵感。只有满脑子偏见的人才会否认，《呼啸山庄》《白鲸》和《安娜·卡列尼娜》中的某些部分就像济慈[1]或雪莱的诗一样富有灵感。小说家或许还会有意识地借助这种神奇功能。陀思妥耶夫斯基在写给出版商的信中，曾多次描述过他正在构思的某些场景；同时说，要是有灵感，他坐下来写就会很有把握。灵感眷顾年轻人，很少光顾老年人；即使出现，也属偶然。凭主观努力是产生不出灵感的，但作家们似乎发现，他们经常可以诱导出灵感。据说，席勒[2]进书房写作时要先闻闻放在抽屉里的烂苹果，以此唤起灵感；狄更斯写作时书桌上必须放点东西，否则就一行字也写不出来，因为不知何故，有了这些东西，他才有创作灵感。不过，

---

[1] 约翰·济慈：18—19世纪英国浪漫主义诗人，著名作品有《夜莺颂》和《秋颂》等。

[2] 弗里德里希·冯·席勒：18世纪德国诗人，一度与歌德齐名。

这种说法是绝对靠不住的。作家可能会灵感附体，会觉得自己像济慈一样有天赋之才，然而济慈写出了最伟大的颂诗，他写出来的东西却一文不值。这和宗教信仰者一样，他们也不完全相信神秘事物。特蕾莎修女[1]就不觉得修女们的那些天启、神会有什么意义，除非她们实实在在地做出成绩来。我很清楚，我本该告诉读者，什么是灵感，但直到现在还没做到。我很想做到，但我做不到。因为我也不知道。我只能说，灵感是一种神秘之物，是它使作家写出了连他自己也弄不明白的东西，于是他只能回头问自己："这些东西，我是怎么写出来的？"我们知道，夏洛蒂·勃朗特就曾很困惑，不知道她妹妹艾米莉怎么会写出这样的故事和这样的人物，因为据她所知，艾米莉根本就没有接触过这样的事和这样的人。作者一旦处于这种神奇之力的掌控之下，各种观念、形象、比喻，甚至具体情节，都会向他涌来，而他自己则不过是一个工具，就像一个速记员，只是把口授的东西记下来而已。不过，关于这个说不清、道不明的问题，我已经说得够多了。我之所以要说到它，只是为了说明，不管写作者有多大能耐，如若没有这一神秘之物的鼎力相助，一切都将徒劳无功。

---

[1] 特蕾莎修女：罗马天主教修女，慈善家，曾受教皇表彰，并获诺贝尔和平奖。

批评家与艺术家

最近,我读了几本书,书中都呼吁建立一门学科,即批评学。我觉得好像无此必要。在我看来,文学批评应该是个性化的,只要批评家具有高尚人格就可以了。对批评家来说,危险的倒是他们常常把自己的批评等同于创作。他们的职责应该是评论和评价,即为作家的创作指点迷津,若他们把自己视为和作家一样的创作人员,他们就会更多地去关注创作而忘了自己的职责。当然,批评家尝试写一出戏剧,写一部小说,或者写几行诗,也未尝不可,可能还是有益的,因为要了解作家的创作技巧,亲身尝试一下是最好的办法;但是,他必须充分意识到,创作不是他的本分,否则的话,他就不会是个好的批评家。

现今,文学批评为什么不尽如人意,很大的一个原因就是写评论文章成了作家的副业。作家应该一心一意搞创作,那才是天经地义。好的批评家不仅要有渊博的知识,还要有宽广的胸襟。批评不是对什么都嗤之以鼻,而是悉心关切作家与作品,助人为乐。批评家既要懂心理学,又要懂生理学,因为他必须懂文学元素与人的心理、人的肉体有何种关系;他还要懂哲学,因为他必须懂人生常理和处世之道。他不仅要通晓本国的当代文学、历代文学准则，还要尽量知晓他国的当代文学。唯有这样，他才能看清文学发展的趋势，才能正确引导本国的文学创作。他必须以传统为出发点，因为传统是一国文学的固有特质，但他又必须以助推传统的自然发展为己任。要尊重传统，但又不受制于传统。要有耐心、恒心和热心。他每读一本书，都是一次历险，都要凭自己的学识和魄力对所见所闻做出评判。实际上，做一个了不起的批评家就是做一个了不起的人。他之所以了不起，就在于他能坦然接受这样一个事实：他的评论文章尽管重要，但终究只有短暂价值；因为他的职责仅在于满足这一代人的需要，即帮助这一代人找到文学的出路。而当新的一代人出现后，就会有新的需要，就要重新寻找出路；这时，作为上一代人的批评家，就无话可说了；不仅如此，他所发表的所有评论文章，他所出版的所有评论集，也都统统变成废纸而被扔进了垃圾箱。

不过，既然批评家认定文学艺术是全人类的伟大事业，那么要他这样奉献自己的一生，他理应觉得是值得的。

这也是作家们所认定的。只是，他们从这一认定又衍生出另一认定，即认定：他们是与众不同之人，因而不必遵守世俗行为准则。这无疑会招来"世俗之人"的讥笑乃至谩骂，但他们不以为然。他们自视甚高，不管在哪里，不管遇到什么事，都要表现得与众不同。有时，他们故意做出怪异举动，以此炫

一 艺术与美

示自己并非"凡夫俗子";譬如,故意穿着泰奥菲尔·戈蒂耶的红马甲[1]去见客,为的只是让那些小市民大吃一惊;或者,像热拉尔·德·奈瓦尔[2]那样,用粉红丝带牵着一只大龙虾在街上昂首阔步,让所有过路人都看得目瞪口呆。有时,他们以戏弄的心情装得和凡俗之人一样,但内心深处无比清高,连罗伯特·勃朗宁[3]在他们面前仿佛也俗气得像一个只会数钞票的银行小职员。

我们所有人都可能有一个自相矛盾的自我,只是作家和艺术家对此特别敏感。一般人在生活中通常只突出自我的某一面,另一面则深藏在潜意识中,这样久而久之,整个人好像就只有一个单面的自我。然而,作家、艺术家,还有圣徒,却总要把自我的另一面表现出来,好像单一自我会使他们感到厌恶似的;也就是说——他们自己可能并没有意识到——他们实质上是不

---

[1] 泰奥菲尔·戈蒂耶:19世纪法国诗人、剧作家、小说家和文学评论家。主要作品有《莫班小姐》《珐琅与雕玉》等。戈蒂耶性格叛逆,定居巴黎时,常常是一副引人注目的打扮:上身总是穿着一身黑丝绒马甲,脚上穿的是黄色的鞋子,手上拿着一把雨伞或阳伞。在雨果的剧本《欧那尼》上演的首日,戈蒂耶特意穿了一件红马甲。这里的红色象征着浪漫主义对古典主义的抗争。那晚,他成了整个剧院里望远镜的目标。后来,在法国文学史上,这件红马甲成为人生中爱好光明和色彩的一个天真的标志。

[2] 热拉尔·德·奈瓦尔:19世纪法国诗人、散文家,创作全盛时期精神严重失常,多次进出精神疗养院,最后在巴黎街头自缢身亡。著有《奥蕾莉娅》《西尔薇》《东方之旅》等。据说他有一只宠物龙虾。

[3] 罗伯特·勃朗宁:19世纪英国维多利亚时期代表诗人之一,主要作品有《戏剧抒情诗》《剧中人物》《指环与书》等,他的父亲是一位银行职员。

想成为他们现在这样的一个人,而是想成为另一个人。既然这样,要他们的自我稳定不变、保持一致,当然是不可能的。

经常有人发现,艺术家的为人和他们的作品大相径庭;对此,有人还很愤怒。他们简直不敢相信:贝多芬的交响乐表现那么崇高的精神,贝多芬本人却性格卑微;瓦格纳[1]的歌剧那么慷慨激昂,瓦格纳本人却自私欺诈;《堂吉诃德》写得那么机智风趣,而塞万提斯[2]本人却品行不端。有人愤怒之余还会对自己说:这样的人写的作品,本不应该有什么价值的。而当他们听说某位德高望重的大诗人身后留下许多淫秽诗时,更是惊恐不已,怒不可遏。他们惶惶不安地想:"这会不会是个骗局,我上当了?"他们愤愤不平地说:"这些人原来都是可恶的骗子!"但是,作家的特别之处就在于他不是一个人,而是许多人[3]。因为他是许多人,所以他才能创造许多人物;而衡量一个作家是否伟大的标准,就是看他这个人的"自我"有多少。如果他创造的某个人物不能令人信服,那就说明他的"自我"中没有那种人物。于是,他就不得不去观察那种人,然后加以描述——这样的人物,就不是他"创造"的了。作家的观察不是同情,而是体会。作家不应同情人物,因为同情只会导致感伤而有损客观

---

1 理查德·瓦格纳:19世纪德国作曲家、指挥家和剧作家。重要作品有《尼伯龙根的指环》《特里斯坦与伊索尔德》《漂泊的荷兰人》等。
2 塞万提斯·萨维德拉:16世纪与17世纪之际的西班牙著名作家、诗人、剧作家。
3 意为作家有多重人格。

描述；他应该做的是心理学家所说的"换位"，也就是设身处地。莎士比亚就是因为可以"换位"到惊人的程度，所以是描述得最生动、同时又最不感伤的艺术家。至于艺术家的多重人格，我想，歌德是第一个意识到这种多重人格的艺术家。歌德不仅一生都受多重人格的困扰，而且常常还要在他的艺术家人格和平常人人格之间加以协调，因为两者常常是矛盾的。好在，艺术家的目的和平常人的目的不同：艺术家的目的是创作成功，而平常人的目的是行为正确。因此，艺术家对生活的态度是很独特的，与平常人截然不同。根据心理学家的说法，平常人总是重感觉、轻想象的，即看重直接感觉到的东西，看轻内心想象的东西。对平常人来说，想象只是一种淡化的内在感觉，或者说，只是一种可为外在感觉或者说日常行为提供参考的讯息而已。平常人做白日梦，只是为了满足某种情感需求，或者说，只是为了安抚自己受挫的欲望；白日梦，对平常人来说，只是暂避人生烈日的一个阴暗角落，之后他还是会去面对火辣辣的大千世界。然而，艺术家却截然相反。艺术家满脑子的想象，不是为日常行为提供参考的讯息，而是日常行为本身。因为对他来说，想象就是感觉，甚至胜于感觉。所以，艺术家做白日梦就是其生活本身，外面的大千世界反倒成了他暂避白日梦之炙热的一个阴暗角落。对他来说，白日梦中的西班牙城堡并非空中楼阁，而是实实在在的，他就生活于其中。

既然如此，艺术家自负得惊人，便不足为怪了。艺术家必然是唯我论者，因为他生活在自我之中，外在世界只是为他提供参考的资料而已。作为一个人，他仅以自己的一小部分参与生活，绝不会全身心地投入日常事务；所以，不管遇到什么事情，即使跟他有关的事情，他也总是心不在焉，因为他永远是生活的旁观者。这常常使他显得不近人情。对此，聪明的女人都知道要有所提防。她们既为他所吸引，同时又本能地知道，要想完全得到他是不可能的，因为不管他怎样对天发誓，最后还是会扬长而去。"情圣"歌德不是告诉过我们吗？他在和情人拥抱时心里想的是怎样写一首情诗，在用手抚摸她洁白的背脊时想的是六韵步诗节。和艺术家一起生活是有害无益的。他在创作时的感情或许相当真挚，然而他内心还住着一个"卑劣小人"——他的另一个自我——正在对真挚感情嗤之以鼻。因此，他的感情是不可靠的。

然而，上帝造人就是这样，给你一点天才就一定会给你一点缺陷。艺术家既然是天才与缺陷的复合体，那么艺术家所创造的人物，当然也像上帝创造的艺术家一样，也是优点与缺陷的复合体，而且从来都不是完全真实的。"现实主义"也是相对而言的。最现实主义的作家也会因为自身的兴趣而对现实有所背离。要知道，他是用"他的"眼睛观察世界的。他会使普通人变得不那么普通。他会使他们变得像他自己一样多思多虑。他想把自己也变成普通人，以便更好地描写普通人，但这注定是要失败的。道理很简单，因为他是有天赋的作家，不是普通人，也不可能变成普通人。他看到的并不是普通人的真相，而不过是他自身个性的"换位"。他的天赋越高，个性就越强，他所描绘的生活也就越虚玄。有时，我甚至觉得，后人若想了解当今这个世界的模样，不应该去读当今那些极有天赋的作家所写的极其动人的书，而应该去读那些出自平庸作家之手的平庸作品，正因为它们平庸，或许会老老实实地写出当今世界的真相。当然，那些平庸作家的名字，我不想在此提起，因为没人会喜欢我称他为"平庸"，即便我说他的作品对后世可能很有价值也没用。不过，我想谁都会承认，要想了解19世纪的生活真相，与其读查尔斯·狄更斯的杰作，不如读安东尼·特罗洛普[1]的平庸之作。

---

1 安东尼·特罗洛普：19世纪英国小说家，作品甚多，但在当时都被认为是平庸之作。

艺术家与普通人

有时，有些急于写作的年轻人会恭维我，请我为他们开列必读书。我照做了，但他们却很少会真的去读，因为他们对我开列的那些书并不感兴趣。他们不关心前辈作家写的书。他们读了两三本弗吉尼亚·伍尔夫的小说、一本E. M. 福斯特的小说、几本D. H. 劳伦斯的小说，还有——很奇怪——《福尔赛世家》[1]，就自以为对小说艺术有了充分了解，似乎该了解的都了解了。是的，当代文学确实比古典文学更能吸引人，年轻人对同时代人在写些什么、怎么写的有所了解，当然没错。但是，文学也有时尚，有些风靡一时的流行写法，到底有没有真正的价值，实在很难说。只有熟悉了以往的杰作，才能为此提供一个有效的比较标准。有时，我觉得很困惑，是不是因为无知，致使很多既有才智又懂技巧的年轻作家最终无所建树。他们写了两三部不错的，甚至很出色的作品，然后就结束了。但仅凭这几部

---

[1] 弗吉尼亚·伍尔夫、E. M. 福斯特、D. H. 劳伦斯，以及《福尔赛世家》的作者高尔斯华绥，均是与毛姆同时代的英国作家，也就是那时的"当代作家"。

作品，不可能丰富一国的文学。要丰富一国的文学，你不能仅仅写出两三部好作品，而必须是一大批。这一大批作品的水准当然是参差不齐的，然而必须有这一大批作品，才有可能幸运地产生一部杰作。杰作并非来自天才的灵光一现，而是来自许多人的辛勤劳作。一个作家，要多产，就要自我更新；要自我更新，就要有新的体验来丰富自己的内心，而要丰富自己的内心，没有什么比研读历代杰作更有益、更有趣了。

艺术作品的诞生并非奇迹，而是要有先决条件的。要使土地保持肥沃，必须不断施肥；同样，艺术家也必须勤于思考，必须培养个性。然后，施过肥的土地必须休耕；同样，这时的艺术家也必须像基督的新娘[1]一样，耐心等待神灵的启示。他要尽量保持自己的各项爱好，让无意识发挥其神秘作用，然后灵感就会突然出现，让你觉得它好像是凭空而来的。只是，这灵感就像种在旱地里的小麦，很容易枯萎，必须时时浇水施肥才行。也就是说，这时的艺术家要把自己的全身心、自己所有的技能、所有的经验、所有的梦想和所有和他的个性有关的一切，统统用来维护这来之不易的创作灵感。然后，还要历尽千辛万苦，才能以适当的形式把它完整地呈现出来。

我对那些年轻人说，应该读读莎士比亚和斯威夫特[2]——这是他们要求我说的，否则我也不会多嘴——他们却对我说，他

---

[1] 修女的别称。
[2] 乔纳森·斯威夫特：17—18世纪英国作家，著有《格列佛游记》等。

们在幼儿园里就读过《格列佛游记》,在中学里就读过《亨利四世》[1];还说《名利场》[2]难以卒读、《安娜·卡列尼娜》毫无趣味。那都是他们自己的事,与我无关,因为读这类书本来就是要获得享受,否则是没必要去读的。所以,对于他们,我只能这么说:他们并不因为自己知识有限而感到难过。他们从不为了追求高雅文化而减少对普通人的关注,因为普通人毕竟是他们的写作对象。他们贴近同胞,他们的艺术一点也没有神奇的意味,只是一种平平常常的手艺而已。他们按部就班地写小说、写戏剧,就像别人造汽车一样。然而,这样行吗?看来不行。因为艺术家——特别是作家——要在自己的内心独自构想一个与现实世界并不完全相同的世界;作为作家,要具有与普通人完全不同的天赋,所以问题就来了:他们想要忠实地描写普通人,却因没有应有的天赋而不能清晰透视普通人的普通生活。这就像一个人迫切想看清一样东西,但由于凑得太近,那东西反倒显得模模糊糊。作家应置身于普通生活之外,才能看透普通生活。他是个演员,一个既扮演角色又不失自我的演员,因为他既是演员,又是观众。有人说诗歌中的激情是诗人平静地回忆起来的激情,这固然没错,但要注意,诗人的激情是"诗人的"激情,是很特别的,不是普通人的激情。这就是为什么普通女人常常会觉得诗人的爱情不是爱情,因为普通女人只会以普通

---

[1] 《亨利四世》:莎士比亚的历史剧。
[2] 《名利场》:19世纪英国小说家萨克雷的名作。

的性本能评判普通的爱情。当今作家的情况，也许就是这样：他们太贴近自己的写作对象了，仿佛成了一个混迹于一群普通人中的普通人，而不是一个与普通人保持距离的艺术家。因此，他们即使有作家的天赋，也无从发挥，无法看透普通人的真实面目。

艺术家的自我满足

谨慎对待成功的艺术家，才是明智的。因为他的成功，别人对他提出要求也好，委以重任也好，予以打击也好，他都要战战兢兢地对待。对他来说，成功只有两个好处：一是可以比较自由；二是可以比较自信。即便是自以为是、自负虚荣的艺术家，也会因为自己的作品和理想中的作品有差距而惴惴不安。由于他最好的作品也和理想中的作品相去甚远，他甚至会把自己的作品视为苟且之作。他可能会对自己作品中的这里或那里感到满意，会觉得某个情节或某个人物写得还不错，但他很少会对整部作品感到满意。他内心深处总是在怀疑自己的作品到底好不好。不过，虽然他心存疑虑，公众的称赞对他来说仍是莫大的安慰，可使他稍稍安心。

这就是为什么艺术家渴望得到称赞。这是艺术家的一个弱点，一个或许可以原谅的弱点。其实，艺术家对称赞和指责都是漠不关心的，而只是从自己的精神生活方面关心自己的作品；他之所以渴望得到公众的称赞，并不是他的精神所求，而是他有物质需要——他是靠公众养活的。艺术家创作是为求自身灵魂的解脱。创作是艺术家的本能，就像水往低处流一样自然而然。艺术家把自己的作品比作心灵的婴儿，把自己创作时的艰辛比作分娩时的阵痛，是再恰当不过的。最初，作品在艺术家的心灵中孕育，就如胎儿在子宫里孕育，而其受精的原因，则是艺术家的创作本能和某种外来刺激物的相遇，就如女人的卵子遇到了外来的精子；而随着这个作品（胎儿）在艺术家的心灵（子宫）里越长越大，艺术家就和孕妇一样越来越难受，必须将其摆脱掉才能安宁。于是，他像产妇一样艰难地分娩（创作）。一旦婴儿（作品）产出，他和产妇一样，也会有一种浑身舒畅的解脱之感，甜美而安详地憩息了。有所不同的是，艺术家只做产妇，不做母亲，他对自己的孩子（作品）不但没有爱怜之情，而且很快就失去了兴趣。那东西已经跟他无关了。他把它"生"出来，已经满足了；现在，他的心灵正准备再次"受孕"，他将再次"分娩"。

艺术家把作品创作出来，就已经自我满足了。他不再关心自己的作品。至于别人怎样关心他的作品，那就让他们去关心好了，反正和他无关。他已经得到了解脱，别人要想探讨他的作品到底好不好、到底有没有价值，那就让他们去探讨好了；他已经满足了，别人热烈探讨的那件作品，只不过是他在寻求自我满足过程中的副产品而已。确实，艺术创作是一种很特别的生产活动，生产者只为自我满足而生产，并非为了产品而生产。艺术作品的好与坏，是别人想去评判的，跟艺术家无关。

别人根据不同的审美观对艺术家的作品不管做出怎样的评判，艺术家都无所谓。如果有人说他的作品是逃避现实的表现，他觉得无所谓：充其量你把它说成是次等作品就是了。如果有人说他的作品有益于人的灵魂，可培养人的个性，他也觉得无所谓：那你把它说成是不朽的伟大作品就是了。不过，我虽坚持认为别人怎样评判作品与艺术家无关，但如若艺术家的作品能为别人带来欢乐，艺术家也会高兴的，这是人之常情——当然，如若别人对他的作品毫无感觉，他也不会见怪。他已经在创作过程中得到了自我满足（即自我解脱）。

那么，艺术家想不想流芳百世呢？当然想，而且这种对身后之名的渴望，这种无害的虚荣，还经常使艺术家产生挫败感，对自己感到失望。只要想一想二十年前那些名声大噪、看上去会流芳百世的作家如今安在，就会知道那些生前没有多少名气的作家怎么可能流芳百世！他们的作品，现在还有谁在读？要知道，现在每天都有许许多多新书写出来，每个活着的作家都在拼命推销自己的书。在这种情况下，一个已故作家的一本已被遗忘的书被重新挖掘出来的可能性微乎其微！有件事有人认为不公平，其实一点也不奇怪，那就是：人们只注意那些活着的时候就受大众欢迎的作家，认为只有这样的作家才有可能流芳百世，那些只为少数知音读者写作而不取悦大众的作家，不可能为后人所喜欢，因为后人根本不会知道他们的名字。不受大众欢迎即表明无价值——这千真万确，这对受大众欢迎的作家来说，无疑是莫大的喜讯。显然，莎士比亚、司各特[1]、巴尔扎克都不是为少数文人雅士写作的。他们为大众写作，也就是为后人写作。不过，作为艺术家，最好还是不要去想什么流芳百世，只要能在创作中得到自我满足，只要能用作品使自己的灵魂得到解脱，只要能在讲述故事、塑造人物时得到一点审美愉悦，只要能使自己的辛勤劳作得到足够的回报，也就可以了。

---

[1] 沃尔特·司各特：18—19世纪英国小说家，以《威弗利》《艾凡赫》等历史小说闻名于世。

美的评判没有固定标准

多年来,我一直以为只有美才能使生活有意义,以为人类在地球上世代相传,唯一能达到的目的就是不时地产生艺术家。我认定,艺术品是人类活动的至高产物,是人类经受种种苦难、无穷艰辛和绝望挣扎的最后证明。在我看来,只要米开朗基罗[1]在西斯廷教堂的天顶上画出了那些人像,只要莎士比亚写出了那些台词,以及济慈唱出了他的颂歌,数以百万计的人便没有白活和白白受苦,也没有白死。我除了说艺术能赋予生活意义外,还把艺术品所表现的美好生活也包括在内。后来我虽然改变了这种夸张说法,但我珍视的仍然是美。现在,我已彻底抛弃了这种想法。

我首先发现,美是一个句号。当我面对美的事物时,我总觉得自己只能凝视和赞赏,此外便无事可做了。美的事物所激起的情感固然高雅,但我既不能保持它,也不能不受限制地重复它;就是世上最美的事物,最终还是使我厌倦。我注意到,

---

[1] 米开朗基罗:15—16世纪意大利雕刻家、画家、建筑师,意大利"画坛三杰"之一。

我从那些带有实验性的作品中反而能得到较持久的满足，因为它们尚未臻于完善，我的想象力还有较大的活动余地。在伟大的艺术杰作中，一切都已尽善尽美，我不能再做什么，活跃的心灵就会因被动的观照而倦怠。我觉得美就像高山的峰巅，你一旦爬到那里，可以做的事情就是再爬下来。完美无缺是有点乏味的。这并非生活中最微不足道的小小讽刺。我们最好还是不要真正达到完美，虽然这是人人追求的目标。

我想，我们说到美，意思就是指那种能满足我们的美感的对象，精神的或者物质的对象，尤其是指物质对象。然而，这等于是在你想知道水是怎样的时候，人们告诉你说水是湿的。我为了想知道权威们是否把这个问题讲得稍微清楚一点，读了许多书；我还结识了许多醉心于艺术的人，但我想说，无论是从他们那儿，还是从书本里，我都没有学得什么特别有用的东西。使我不得不承认的一个最令人惊异的事实是，对美的评判是从来没有固定标准的。博物馆里放满了被过去某个时代最具鉴赏力的人认为是美的东西，但这些东西在我们今天看来已毫无价值。在我自己的一生中，我也见过一些不久前还被认为美轮美奂的诗歌和绘画，转眼之间却像朝露在阳光下一样失去了它们的美。也许，即便像我们这样傲慢的一代人，也不大敢认为自己的判断就是最后判断；我们认为美的东西，无疑会被下一代人抛弃，而我们轻视的东西，则很可能受到他们的重视。唯一可下的结论是，美是相对于一代人的特殊需要而言的，要想在我们认为美的东西里找到美的绝对性，那是枉费心机。美虽然能赋予生活意义，却是不断变化的，所以也无法分析，因为就如我们不能闻到我们的祖先曾闻过的玫瑰花香一样，我们也几乎感受不到他们曾感受到的美。

我试图从美学家那里得知，是人性中的什么东西有可能使人产生了审美情感，这种情感又到底是怎么回事。人们一再谈到所谓的审美本能，使用这个词似乎要表明，审美就如食欲和性欲一样属于人类的基本欲望之一，而且还具有一种特殊性质，即哲学上的统一性。也就是说，审美起源于一种表现本能、一种精力过剩、一种关于绝对的神秘感。可我一点也不懂，这是什么意思。要我来说的话，我就会说审美根本就不是什么本能，而是一种部分基于某种强烈本能的身心状态，而且和作为进化产物的人类特性以及生命的一般状况密切相关。譬如，事实表明审美和性本能有很大关系（这一点已被普遍承认），因此那些在审美方面特别敏感的人，在性欲方面也往往趋于极端，甚至是病态的。或许，在人的身心结构中有某种东西使某些声调、某些节奏、某些颜色特别吸引人，也就是说，我们认为那些要素美或许是出于某种生理原因。但是，我们也会因为某些东西使我们想起其他某些对象、某些人或者某些地方而觉得它们美，因为那些被想起的对象、人或者地方，是我们喜欢的或者是随着时光流逝而获得感情价值的。我们会因为熟悉某些东西而觉得它们美，与此相反，我们也会因为某些东西新奇而觉得它们美。

所有这些都意味着,相似性联想或者相对性联想是审美情感的重要组成部分。只有联想才能解释美的美学价值。我不知道是否有人研究过时间在使人产生美感方面的影响。有些事物不仅仅是因为我们熟悉才觉得它们美,还会因为前辈们的赞赏而不同程度地使它们增添了美。我想,这可以用来说明,为什么有些作品刚问世时几乎无人问津,现在却似乎成了美的代表。我想,济慈的颂诗现在读来肯定要比当初他刚写出时更美。因为历代都有人从这些生动的诗篇中得到安慰和勇气,他们的情感反过来又使这些诗篇显得更加生动。我并不认为审美情感是明确而简单的;相反,我觉得它非常复杂,是由多种相互不同,而且往往是相互矛盾的因素造成的。美学家说,你不应该因为一幅画或者一首交响乐使你充满情欲,或者使你缅怀往事,或者使你浮想联翩而感到激动。这话毫无用处,你还是激动了;因为这些方面同样是审美情感的组成部分,就像在均衡和结构方面非功利性地获得满足一样。

对一件艺术杰作,人的反应究竟如何?譬如,某人在卢浮宫里观看提香[1]的《耶稣下葬》或者在听《歌咏大师》[2]里的五重唱时,他的感觉如何?我知道我自己的感觉。那是一种激越之情,它使我产生一种智性的,但又充满感性的兴奋感,一种觉得自

---

1 提香·韦切利奥:15—16世纪意大利威尼斯画派画家,擅长肖像画和宗教画,《耶稣下葬》是其著名宗教画。
2 《歌咏大师》:19世纪德国作曲家瓦格纳的歌剧。

己似乎有了力量、似乎已从人生的种种羁绊中解脱出来的幸福感;与此同时,我又从内心感受到一种富有人类同情心的温柔之情;我感到安定、宁静,甚至精神上的超脱。确实,有时当我观赏某些绘画或雕像、聆听某些乐曲时,我会激动万分,其强烈程度,只有用神秘论者描述与上帝会合时所用的那种语言才能加以描述。因此,我认为这种和一个更高的现实相交融的感觉并非宗教的专利,除了祈祷和斋戒,通过其他途径也可能获得。但是,我问自己,这样的激情又有何用?诚然,它是愉悦的;愉悦本身虽然很好,但又是什么使它高于其他愉悦,而且高得连把它称为愉悦都似乎在贬低它呢?难道杰里米·边沁[1]那么愚蠢,竟然会说一种愉悦和另一种愉悦一样,只要愉悦的程度相同,儿童游戏便和诗歌一样?对这个问题,神秘论者所做的回答倒是毫不神秘的。他们说,除非能提高人的品性而且能使人有更多的能力去做好事,否则再大的欣喜也是毫无意义的。它的价值就在于实际效用。

我命中注定要经常和一些审美力敏感的人来往。我说的不是搞创作的人,因为在我心目中,搞艺术创作的人和欣赏艺术的人是大不相同的。搞创作的人之所以创作是迫于内心的强烈欲望,他们往往只是表现自己的个性;他们的作品中即便有美也是偶然的,极少是他们刻意追求的;他们各自用得心应手的

---

[1] 杰里米·边沁:18—19世纪英国哲学家、法理学家、法学家。

手段，如用笔、用颜料或者用黏土进行创作，其目的是要使自己从灵魂的重压中解脱出来。我这里说的是另一种人。他们是以鉴赏和评价艺术品为主要谋生手段的。我对这种人不太赞赏。他们总是自命不凡；他们自己不善于处理生活中的实际事务，却又瞧不起安分守己地从事平凡工作的人；他们自以为读过许多书或者看过许多画，就可以高人一等；他们借艺术来逃避现实生活，还愚昧无知地鄙夷日常事务，贬低人类的基本活动；他们其实比吸毒成瘾的人好不了多少，甚至更坏，因为吸毒成瘾的人至少还不像他们那样自以为是、盛气凌人。艺术的价值就像神秘论的价值一样，是由其效果而定的；如果它只能给人以享受，那么不管这种享受有多少精神价值，也没有多大意义，或者说，至少不会比一打牡蛎或一杯葡萄酒更有意义。如果它是一种安慰，那就可以了。世界不可避免地充满了邪恶，若能有一方净土可使人隐退一阵，那当然很好，但不是为了逃避邪恶，而是为了积聚力量去面对邪恶。艺术，要是它可以被视为人生的一大价值的话，就必须教导人们谦逊、坚韧、聪慧和宽容。艺术的价值不是美，而是正确的行为。

如果说美也是生活的一大价值的话，那么就很难叫人相信使人们得以鉴别美丑的美感是某一阶层的人特有的。我们总不能把一小批人拥有的一种感受力，说成是全人类所必需的吧。然而，这正是美学家们所主张的。我得承认，我在无知的青年时代，也曾把艺术（其中也包括自然美，因为我那时认为——

现在也依然认为——自然美是由人心自身创建的，就像人们创作油画和交响乐一样）看作是人类努力的最高目标和人类生存的理由所在，而且还带着一种非常得意的心情认为，只有经过优选的人，才能真正欣赏艺术。不过，这种想法早就被我抛弃了。我不再相信美是一小批人的世袭领地，而倾向于认为，那种只有经过特殊训练的人才能理解其含义的艺术表现，就像被它所吸引的那一小批人一样不值一提。只有人人都可能欣赏的艺术，才是伟大而有意义的艺术。一小批人的艺术，只不过是一种玩物。我不明白，为什么要区分古代艺术和现代艺术。艺术就是艺术。艺术总是活生生的。要想依靠历史的、文化的或者考古学的联想使艺术对象获得生命，那是荒唐的。一座雕像是古希腊人雕刻的，还是现代法国人雕刻的，那无关紧要。唯一重要的是，它在此时此地要给我们以美的刺激，而且这种刺激还要使我们有所作为。如果它不只是一种自我陶醉甚或自鸣得意的话，那就必须有利于你的性格培养，使你的性格更适宜于做出正确的行为。对艺术品的评判必须依据其效果如何；要是效果不好，那就没有价值可言。这样的结论，我虽然不太喜欢，但又不得不接受。有一个奇怪的事实——我不得不把它看作是事物的本性，因为我无法做出解释——那就是，艺术家只有在无意中才能收到这样的效果。当他并不知道自己在说教时，他的说教是最有效的。蜜蜂只为自己生产蜂蜡，并不知道人类会拿它去做其他事情。

美是永恒的吗?

对于审美,知识界的态度几乎和艺术评论界一模一样。这或许是不可避免的,因为他们都必须理性地解释一个本来就和理性没有多大关系,而几乎可以说是纯属情感的问题。譬如,罗杰·弗莱[1]就是这样。他的艺术评论时而涉及绘画,因文笔清晰而深受读者欢迎,可说是个德高望重的艺术评论家。但是,他和我们大多数人一样,也受限于自身所处时代的某些偏见。譬如,他认为艺术创作应该源于艺术家自由的审美冲动,因而严厉批评那些坚持认为艺术创作并非天马行空的人。他非常鄙视肖像画,认为肖像画的目的无非是为了显示主顾的社会地位和社会名望,因而他把肖像画家看作是毫无价值的,甚至是有害的寄生虫。由此,他把艺术作品分为两类:

  一类作品是艺术家审美冲动的自由而真实的表达;另一类作品是艺术家为取悦庸众而施展的雕虫小技。

---

[1] 罗杰·弗莱:19—20世纪英国画家、美术评论家,推崇后期印象派画家,曾任剑桥大学美术教授,著有《塞尚》《美术和构图》等。

这话似乎太简单粗暴了。古埃及的法老为自己建立巨大的雕像，其目的固然和希特勒或墨索里尼在街头贴满自己的画像一样，仅仅是为了让他的臣民对他顶礼膜拜，但我们还有贝利尼[1]的《总督像》、提香的《戴手套的男人》和委拉斯开兹[2]的《英诺森教皇像》。这些作品表明肖像画也可以成为具有审美价值的艺术精品，而与此同时，我们也没有理由认为，这些肖像画的主顾对它们感到不满意[3]。如果腓力四世[4]对委拉斯开兹画的肖像画感到不满意，他是绝对不会一而再、再而三地做他的模特儿的[5]。

罗杰·弗莱的论述之所以有纰漏，是因为他错误地认为艺术家的创作动机和评论家或者艺术观赏者一定有某种联系。如果他自己是个小说家的话，按他的性格，很可能会动手写一部嘲笑其他小说家的小说，就如菲尔丁写《约瑟夫·安德鲁斯的经历》嘲笑理查生[6]。殊不知，在本能的驱动下，他的写作会变成自我表现，并以此为乐。我们知道，狄更斯曾受邀就一个他并不感兴趣的话题写一部小说，实际上是为一位著名漫画家的一组漫画配上文字。他接受这项任务纯粹是为了每月能挣14英

---

1 乔凡尼·贝利尼：15—16世纪意大利画家、"威尼斯画派"主要奠基人之一。
2 迭戈·委拉斯开兹：17世纪西班牙画家，南欧巴洛克绘画代表画家。
3 意为这些肖像画仍准确地描绘了主顾的形象。
4 腓力四世：西班牙哈布斯堡王朝国王，1621—1665年在位。
5 腓力四世曾好几次召委拉斯开兹入宫为他画肖像。
6 菲尔丁和理查生均为18世纪英国著名小说家。一般认为，菲尔丁的小说《约瑟夫·安德鲁斯的经历》是对理查生的小说《帕米拉》的戏讽。

一　艺术与美

镑。但是，凭借旺盛的精力、丰富的幽默感和塑造生动人物的才能，他写出的《匹克威克外传》却成了英语文学中最伟大的幽默杰作。说不定，正是那些他咬咬牙才接受的苛刻条件，逼出了他的创作天才，使他令人惊讶地创造出山姆·维勒这样的人物[1]。我从未听说过哪个才华出众的艺术家会受创作条件的限制。如果有个主顾要求一位画家为他画一幅他和妻子一起跪在十字架下的肖像画，不管这个主顾是为了沽名钓誉，还是因为真正的虔诚，那位画家都会毫不犹豫地答应他。我相信，那位画家绝对不会认为这个主顾的要求限制了他在艺术上的自由发挥。相反，我更倾向于认为，某些限制反而会迫使艺术家发挥他的才能。实际上，每一种艺术都有其自身的限制。艺术家越有才能，就越能在限制的范围内自由发挥其才能。

在我们的父亲和祖父那两代人中，曾一直有人认为绘画是一种神秘的艺术，只有画家才能真正欣赏绘画，因为只有他们才懂得复杂的绘画技巧。这种观点最初出现在法国，而在过去的一百年里，法国也是大多数美学理论的发源地。在我的印象中，是惠斯勒[2]把这种观点带到了英国。惠斯勒坚称，普通人都是不

---

1 山姆·维勒：《匹克威克外传》中的人物，匹克威克的仆人。《匹克威克外传》是狄更斯的第一部长篇小说，也是他的成名作。这部小说最初在期刊上连载，一开始读者的反响很不好，几近失败。然而，当山姆·维勒这个人物出场后，读者的反响一下子反转，小说意想不到地大获成功。
2 詹姆斯·惠斯勒：19世纪出生于美国，习艺于法国，后定居于英国。他是唯美主义画家，是19世纪晚期英国美学运动的领军人物。

懂艺术的庸人,因而必须百分之百地听从艺术家的教诲;他们唯一的有用之处是掏钱买画,为艺术家提供衣食,至于他们对画的看法,不管是好是坏,都是无关紧要的。这真是胡言乱语。绘画技巧固然复杂,但一点也不神秘,不过是艺术家用以达到预期效果的手段而已。每一种艺术都有技巧,这和普通人没有关系。普通人只需要关心结果就可以了。当你看到一幅画时,如果你有兴趣和相关知识,你也许会看看画家是如何使用色彩、光线、线条和空间关系的,但这对你来说并不是那幅画的审美价值所在。实际上,你在看画的时候不仅动用了你的眼睛,还动用了你的经历、你的本能、你的爱憎、你的习惯、你的情感,等等——可以说,动用了你的全部个性——在解读那幅画。你越有个性,那幅画对你来说也就越意味深长。所以,那种认为只有画家才能看懂画的言论,画家们或许觉得很动听,在我听来却非常愚蠢。这只会误导画家,使他们鄙视评论家,认为评论家所说的一切对他们来说都是无足轻重的,因为评论家不懂技巧。如果真是这样,我认为画家们错了。达·芬奇的《蒙娜丽莎》虽然不是人人都能看懂的,但我们都知道,这幅画曾对沃尔特·佩特[1]产生过怎样的影响。它对沃尔特·佩特来说不仅仅具有纯粹的审美价值;它使他产生那么奇特的感官反应,使他几乎晕厥——这也是它的重要价值。

---

[1] 沃尔特·佩特:19世纪英国唯美主义理论家、评论家,著有《意大利文艺复兴》等。

德加[1]有一幅收藏在卢浮宫里的名画，习惯上被称为《苦艾酒》，其实画的是一名当时颇有名气的雕刻师[2]和一个名叫爱伦·安德烈的女演员。他们之间的那种关系，在他们那个圈子里从不被认为是丑闻。画面中，他们俩并肩坐在一家小酒馆里的一张大理石桌面的桌子旁，周围的一切看上去既俗气又脏乱。那个女演员的面前放着一杯苦艾酒。两个人都衣衫不整、邋里邋遢，你甚至可以闻到他们身上因为长久不洗澡而发出的汗臭味。此时，他们正醉醺醺地背靠着长椅，脸色阴沉沉的，一副无精打采的神情，从中你能感觉到一种几近麻木的自暴自弃和几近无耻的自我堕落。这幅画并不美，也不令人愉悦，但它却是世界上了不起的杰作之一，能给人真正的审美感受。我当然懂得这幅画的构图、色彩和线条有何高超之处，但对我来说，它的价值远远不止这些。当我看着这幅画时，我的感觉会突然变得敏锐，我会有意无意地想起许多东西：我会想起魏尔伦和兰波[3]的诗，想起《玛奈特·萨洛蒙》[4]，想起塞纳河边的码头和附近的旧书店，想起古老肮脏的圣米歇尔街和街上的小咖啡店和小酒馆。我承认，按正统的美学理论，联想不是审美，是不

---

[1] 埃德加·德加：19—20世纪的法国印象派画家。

[2] 台斯色丹，德加的朋友。

[3] 魏尔伦和兰波均为19—20世纪法国象征派诗人。

[4] 《玛奈特·萨洛蒙》：19世纪法国作家龚古尔兄弟合著的长篇小说，讲述一个画家和他的模特儿兼情妇玛奈特·萨洛蒙的故事。

应提倡的。但我为什么很在乎联想？因为联想大大加强了我在欣赏这幅画时的快感。因为像这样一幅使人产生无限遐想的画，其审美价值怎么可能像那个名气不小的评论家卡米尔·莫克莱尔所说，仅仅在于德加对画面中的大理石桌面做了特殊处理？

不过，我在此有必要向读者坦白：我一直在轻快地谈论美，好像我很清楚美是什么，而事实上，我并不能确定美的含义。美应该有其含义，但究竟是什么呢？当我们说某物很美时，我们说出"美"这个词究竟是什么意思？除了表示某物使我们有一种不寻常的感觉，"美"这个词还有其他意思吗？我注意到，这个词使美学家也感到困惑，以至于有些人避免使用它。有人说，美是形式的对称与和谐；另有人说，美是真与善；还有人声称，美就是愉悦。康德对美曾给出好几个定义，但其总的观点是认为具有思维快感（而非感官快感）的事物是美的。此外，和我的发现截然相反，康德坚持认为美是不变的[1]。这一观点不仅得到许多美学家的赞同，就是济慈也在《恩底弥翁》[2]中一开始就表达了类似的观点：

美的事物就是永恒之乐。

---

[1] "美是不变的"意思是美（康德认定的美）不会随时代的变化而变化，也就是说，美是永恒的。

[2] 《恩底弥翁》是济慈的著名长诗。恩底弥翁，古希腊神话中的牧羊美少年，他夜里在草地上睡觉，致使月亮女神塞勒涅爱上了他。此事被宙斯得知后，让他选择：要么死，要么永远不得成年。他选择了后者。

一 艺术与美

这句话可能有两种解释，其中之一是：只要某物是美的，就能永远使人快乐。但是，如果说美在本质上就是使人快乐，我想这就成了哲学家所说的"琐碎命题"，即美会使人快乐，因而没有说出任何新东西。我想，像济慈这样的聪明人是不会说这种空话的，他的意思只能是：美的事物必将永葆其美，因而永远是快乐之源。但他这么说是错的。美和世上万物一样，也是会变的。

有些美，存留时间很长；譬如古希腊雕像，由于古希腊文明的影响和它对人体的表现，为我们树立了人体美的理想典范。但是，随着我们对中国艺术和黑人艺术的深入了解，到了现在，古希腊雕像已经大大丧失了对艺术家的吸引力，不再是汲取创作灵感的源泉。它的美正在渐渐消失。我们从电影中就能见其端倪：现在的导演不再像二十年前那样总是根据古典美来选择男女主角，而是注重演员的个人才能，以及和他们所要扮演的人物体貌是否相符。导演们之所以这么做，就是因为他们发现古典美不那么吸引人了。

有些美，存留时间很短。我们都记得自己年轻时看过的那些诗与画，它们曾使我们陶醉于美，然而仅仅到了现在，美就从它们那里流失了，就如水从漏底的罐子里流走。因为美有赖于环境与氛围，而环境与氛围会随着时间的变化而变化。新一代人会有新的需求，会用新的方式去寻求满足。他们会对从小就熟悉的事物感到厌倦，转而去寻求新的事物，而新的事物，有可能是比他们熟悉的事物更旧的事物。就拿意大利文艺复兴时期的那些画来说，我们现在觉得它们很美，而实际上，在18世纪时，人们就曾对它们感到厌倦了，认为它们不过是笨拙的古代艺术家的笨拙之作。那个时代的人认为它们美吗？不美。它们的美是我们赋予它们的；而且，很可能，它们在我们眼中的美完全不同于它们刚诞生时在那些早已作古的艺术鉴赏者眼中的美。

约书亚·雷诺兹爵士曾在《第二论》[1]中竭力赞赏卢多维科·卡拉奇[2]，认为他的绘画风格堪称臻于完美的典范。雷诺兹爵士写道：

> 他对光影的处理自然而不做作，所用色彩很鲜明，但又丝毫不会分散观赏者对主题的注意。尤其是他画的晨光，在我看来和庄严的主题非常相符，比提香所画的那种过于炫目的阳光更胜一筹。

黑兹利特[3]是个大评论家，也是一名画家，曾为查尔斯·兰

---

[1] 约书亚·雷诺兹爵士：18世纪英国画家、艺术评论家，《第二论》为其评论集之一。

[2] 卢多维科·卡拉奇：16—17世纪意大利画家、"学院派三兄弟"之一，他的画到了19世纪已不大有人注意。

[3] 威廉·黑兹利特：18—19世纪英国散文家、评论家、画家，著有《时代的精神》《论仇恨的快感》等。

姆[1]画过一幅不错的肖像。他曾这样评论柯勒乔[2]：

> 他在绘画艺术的诸多方面表现出无与伦比的卓越才能。一想起他（黑兹利特自信地问道）有谁能不（激动得）头晕目眩？

——哦，我们能，我们甚至都不会想起他。黑兹利特还认为圭尔奇诺的《恩底弥翁》[3]是佛罗伦萨画派中最了不起的杰作之一，而我怀疑，今天的人看到这幅画时会不会多看一眼。

当然，举这两个例子并非要证明这两位大评论家是在胡说八道，而是说，他们所表述的仅仅是他们那个时代的审美观。所谓美感，其实就是在不同历史时期都会产生的某种不一般的愉悦感。由于它不一般，于是我们就认为那些给予我们这种愉悦感的事物"美"。而这些事物之所以能给予我们这种愉悦感，只是因为它们正好合乎我们这个时代的某些需求，如此而已。所以，若是以为我们对美的看法会比前人高明，那是很愚蠢的。我敢肯定，就如我们质疑雷诺兹爵士对卡拉奇的赞誉和黑兹利特对柯勒乔的仰慕，我们的后代也会质疑我们的看法。

---

1 查尔斯·兰姆：18—19世纪英国散文家，著有《伊利亚随笔》《莎士比亚戏剧故事集》等。

2 安东尼·柯勒乔：15—16世纪早期意大利"创新派"画家，当时人们认为他只是个三流画家。

3 圭尔奇诺：17世纪意大利"学院派"画家，《恩底弥翁》为其重要作品，与济慈的长诗《恩底弥翁》题材相同。

关于康德美学的审美理论

我要谈谈康德的审美理论。不过,在此之前,我先要告诉读者一件怪事:康德本人好像没有任何审美兴趣。他的一位传记作家曾这样写道:

> 无论是对绘画,还是对雕塑,即便是对其中的精品,他(康德)好像都从来没有表现出什么兴趣。就是他到了收藏有许多非凡艺术品的美术馆里,我也从来没有见到他仔细观看过那些作品,或者用其他什么方式表现出对它们的欣赏。

他也不是人们所说的那种18世纪的"多情人士"。他曾两次认真考虑过结婚,但他又长时间没完没了地考虑结婚的利弊问题。结果,一个他看中的年轻女士嫁给了别人;另一个等不到他做出决定,离开了哥尼斯堡[1]。我想,这只能说明他心里没有爱情,不然的话,即便他是个哲学家,也肯定会找出足够的理

---

[1] 哥尼斯堡:东普鲁士(现属波兰)的一个小镇。康德一生都住在那儿。

由来实现自己的愿望。他有两个已婚姐妹也住在哥尼斯堡,但他在二十五年里没有和她们说过一句话。他对此的解释是,他和她们没有共同语言。这话一听就知道他这个人太理性。是的,我们忍不住要说他不顾亲情,但只要回想起我们自己的那些和我们毫无共同之处的亲人,以及我们是怎样勉勉强强地和他们没话找话的,我们又不得不承认他这么做也不无道理。他只有关系好的熟人,没有朋友。熟人生病时,他会每天派人去询问,但他自己从不去探望。熟人死了,他会说:"愿死者得到安息!"然后就把他们忘了。他从不感情冲动,但他和蔼、慷慨(在他那点家产的限度内)、乐于助人。他富有深邃的智慧和惊人的思辨力,但在情感方面却相当欠缺。

因此,他竟然能在和情感有关的审美问题上提出那么精辟的见解[1],确实令人吃惊。他认为,美不存在于客体[2]。也就是说,客体仅仅是供我们投射某种特定快感[3]的对象。他还发现,艺术能使某些本质上丑陋的东西具有美感。不过,他对此有所保留,承认有些东西即使在艺术中也仍然是丑陋的,甚至令人作呕。这一点,我想有些现代派画家应该牢牢记住。他还暗示说,

---

1 康德提出审美(也称"鉴赏判断")四特征:(1)它是愉悦的,但不带任何利害关系;(2)它是普遍的,但不是概念;(3)它具有合目的性,但无目的(无目的的合目的性);(4)它是主观的,但带有必然性。

2 即美与客体无关,美是主观的(也就是:美是人赋予客体的,而非客体固有的)。

3 某种特定快感,即美感。

如果生活经验过于平凡而不足以为艺术提供素材,那么艺术家或许可以凭借想象力创造出超自然艺术。这一点,我想可以说,表明他甚至预见了20世纪抽象艺术的出现。

哲学家的思想很大程度上由其个性决定,因而我们不难预料,康德对美学问题的研究是纯理性的。他的研究目的是要证明,由美引起的快感完全是思维活动的产物。对于这一论题,他的研究方式也与众不同。他首先区分了美与愉悦的不同。他认为由美引起的快感是不受利害关系影响的,而愉悦则是由感官引起的快感,因而具有倾向性,而倾向性则和欲望以及利害关系密切相关。举个简单的例子就能说明他的观点:当我看到多利斯风格的古希腊神殿时,我所感到的快感是不受任何利害关系影响的,因而我完全可以把它称作"美";而当我看到一只熟透的桃子时,它在我心中引起的快感就可能和利害关系有关,因为它使我产生了想吃它的欲望,因此这样的快感只能称作"愉悦",而不是"美"。当然,各人的感官反应不尽相同,使我愉悦的东西可能对你毫无作用,但我们每个人都知道什么东西会使自己感到愉悦,这是毫无疑问的。愉悦仅仅是一种感官的满足,因而康德认为愉悦毫无价值。这种说法好像令人难以接受。在我看来,康德之所以会这么说,唯一的解释就是他坚信只有理性思维才具有真正的价值。还有,既然美和感官无关(因为和感官有关必然和利害有关),那么像色彩、神奇和柔情这类仅仅由感官引起的快感,也就通通和美无关了。这样的结论确实令人诧异。但是，虽然看似荒唐，康德却是在明确的逻辑基础上得出这一结论的。人们的感官反应各不相同；如果美有赖于感官，那就不可能有评判美的标准，而没有评判美的标准，也就无所谓美学了。反过来说，既然对美的评判——简单地说，就是审美——必须有标准，那就不能根据变化不定的感官反应，而只能根据相对稳定的思维活动。也就是说，当你试图判断某一客体是否具有审美价值时，你要撇开所有感受——譬如，它的色彩多么诱人，你感到很兴奋，等等——仅仅对它加以思维；这时，如果你对它的理解和想象（两者均为思维活动，而非感官反应）之间有一种自然而然的和谐关系，而且由此产生一种快感，那就可以肯定，这一客体对你具有审美价值。

完成这一思维活动后，你就有理由要求其他人同意你的判断。评判某一客体是否具有审美价值虽然并不基于普遍概念，而是基于它所引起的快感，因而是主观判断，但不管怎样，它仍具有某种程度上的普遍性，所以你有权利要求其他人同意你在这一客体中发现了"美"。事实上，其他人也应该承认你有这种权利。对此，康德是这样辩护的：

> 当一个人认识到某一客体能为他带来不受任何个人利害关系影响的快感时，他当然可以认为这一客体可以为所有人带来同样的快感。因为，既然这种快感不是基于任何主观

意愿（或其他个人利害关系），那么主体对这一客体的喜爱也就完全和主体自身无关，也就是说，主体的快感和主体自身的一切个人因素无关。因此，主体完全可以假定他人也同样具有获得这种快感的条件，并由此坚信，所有人理应都能获得相似的快感。

不过，有证据表明，康德自己也觉得这样的辩护不太有说服力。也许是因为他认识到理解和想象并不比感受更为稳定。因为很明显，没有哪两个人的思维能力是完全一样的：哥尼斯堡镇上就有许多人比我们这位哲学家更具想象力，而他的理解力又是他们无法比的。因而，康德不得不假定，人类在评判"美不美"这一问题上或许有一种共同感知力。但是他又随即承认，人们在这一问题上的评判经常会大相径庭，因而这一假定也没有多少说服力。他在另一本书里甚至承认，人们对美的兴趣也不一样——而如果人类在这方面真有某种共同感知力，那就应该对美抱有同样的兴趣。所以，他后来在《审美判断的辩证法》一文中说，要想证明审美的普遍性，唯一的补救方式就是假定在审美客体和审美主体之间存在着一种"超级感知体"。如果我没有理解错的话，他的意思是说，审美客体和审美主体都是现实的存在，因而具有现实的同一性——就如用相同的纱线织成的一套衣裤。但我认为这样的假定仍然没有说服力。在我看来，假定审美是人类的共同感知力只会得出一个有悖事实的结论,因而是徒劳的。如果说由审美产生的快感是主观的——康德极力坚持的就是这一点——那么这种快感的产生肯定离不开审美者的个性,离不开他个人的思维方式和感知方式。虽然我们都是古希腊文化、古罗马文化和古希伯来文化的后继者,因而具有诸多共性,但我们之中并没有两个人是完全相同的。虽然对于一些熟悉的东西——也许就是因为熟悉——我们或多或少具有美的共识,但毫无疑问,我们各人在评判"美不美"时的差异,肯定不会小于我们在评判"愉悦不愉悦"时的差异。

康德接着说,只要你完成上述思维活动而认定某一客体是美的,你就不仅有权要求其他人承认你由此而获得了快感(一种感知),而且有权假定,你的这种快感(一种感知——我再说一遍)是可以普遍传递给其他人的。这在我看来实在太奇怪了。我一直认为感知的奇特之处就在于它是不可传递的。当我看过乔尔乔内[1]在弗朗科堡所画的圣母像后,如果我有语言天赋,我或许可以向你描述我的感知,但是我怎么也不可能使你和我有同样的感知。我或许可以告诉你,我恋爱了,甚至可以向你描述我在恋爱时的感知,但是我绝对不可能把我的感知直接传递给你;否则的话,就等于你和我同时爱上了同一个人,那就麻烦了。此外,我们的感知取决于我们的个性,这也是毫无疑问

---

1 乔尔乔内:15世纪末、16世纪初意大利威尼斯画派画家。

的。我可以毫不夸张地说，没有哪两个人对同一首诗或者同一幅画会产生同样的感知。至于康德为什么会认为感知是可以普遍传递的，我想这里的原因只能是，他深信感知本身并不重要，不过是认知的材料而已，即感知通过理解和想象产生认知；既然认知——即思想——是可以普遍传递的，那么作为认知材料的感知，也应该是可以传递的。这也许就是康德坚持认为审美是纯思维活动的原因。

然而，思维是一种被动状态。思维不可能产生欣赏绘画和诗歌时的那种兴奋感和屏息感。通过思维，或许可以很好地描述人在愉悦时的反应，但不可能产生美的感受。我不相信，有人真能慢慢地、有条不紊地"思维"莎士比亚和弥尔顿的诗歌、贝多芬和莫扎特的音乐，或格列柯[1]和夏尔丹的绘画。

---

1 埃尔·格列柯：16世纪西班牙画家、雕塑家，其代表作有《脱掉基督的外衣》《拉奥孔》《莱托多风景》等。

关于美的"目的"与"目的性"

下面我要谈的是关于美的"目的"与"目的性"——这是康德美学中最艰涩的部分,而康德有时还把这两个名词[1]当作同义词使用,所以理解起来更加困难。本文是为一般读者写的,应该尽量避免使用哲学术语,但我不得不请求读者耐心听我解释康德对"目的"和"目的性"所下的定义。他的定义是:

> "目的"是一个概念的对象,而此概念可被视为其对象的产生原因,即:使此对象成为可能的真实基础。而此概念与其对象间的因果关系,即为"目的性"。

为了说明这一定义,康德还举了一个例子:有人造了一幢房子,为的是要把它出租,所以出租房子就是他造房子的"目的";但是,如果他事先没有收取房租的想法,那么他也就根本不会造房子,所以收取房租的想法就是他造房子的"目的性"。

---

[1] 即"目的"和"目的性"。

顺便说一下，这位哲学家对某种自然现象的目的性所做的解释有点像是说笑话，尽管他自己可能并不这么认为：

> 滋生在人类衣服、头发、床铺上的寄生虫可以归因于大自然的一个智慧设计，其动机是使人类保持清洁，因为清洁是维护健康的重要措施。

但是，把寄生虫的存在归因于这样的目的，很难说是一种论证，只能说是一种臆想，更可能是一种善意的幻想。我们在自然界中发现的所谓目的性，很可能只是我们基于主观臆想的一种理论机制。我们用这种理论机制为自然界找到某种意义，接着以这种意义为理由，认定我们在自然界中的位置，然后就根据我们的位置所需，对自然界做出解释。不过，我现在只需要谈一谈这种理论机制和康德美学的关系。康德说：

> 美是客体的"目的性"，而且这种"目的性"以一种与"目的"相分离的形式被感知。

然而，这种"目的性"并非真实存在；它是我们出于本性中的主观需求附加于我们称作"美"的客体的。我曾努力寻找过这样一种"目的性"与"目的"相分离的客体，因为比起抽象思维，我更擅长考察具体事物，但是徒劳，因为"目的性"

的定义直接表明,"目的性"以"目的"为前提。下面我不妨大胆试一试,举个例子来说明。一只做得就像蛋壳一样薄的瓷碗,纤巧精美,其目的显然不是用来盛饭的——因为盛饭这样的"目的"涉及利害关系,而审美的本质之一就是无利害关系——此外,这只碗的釉层下还画有图案,而且必须把碗举起并对着阳光才能看出它的精妙绝伦。这样一只碗,除了用来欣赏,还会有其他"目的性"吗?实际上,康德的意思就是说,美的事物的"目的性"让人欣赏,使人愉悦。但他就是不明说。我总觉得,他是经过深思熟虑后有意回避的;他不愿意明确承认,给人以快感是艺术创作的唯一目的。

快感向来负有罪名。哲学家和道德家一直不愿承认快感本身并没有什么不好,只是人们在追求快感的过程中应该避免产生不良后果。我们知道,柏拉图就曾否定了所有不能引人向善的艺术。基督教由于鄙视肉体,纠缠于"原罪",一直把快感视为邪恶,认为拥有不朽灵魂的人类不应追求快感。我想,快感之所以这样不被认可,主要原因是人们总把它和肉体享受联系在一起。这很不公平。快感不仅仅是肉体的,还有精神上的快感。如果我们承认,就如圣奥古斯丁[1]所说,性交是肉体快感的

---

1 圣奥古斯丁:4世纪与5世纪之际罗马天主教神父、中世纪"神父哲学"代表人物。他年轻时曾混迹江湖,找过情妇,有过私生子,后皈依天主教,弃绝世俗生活,成为教父。

顶峰（圣奥古斯丁本人显然对此有过体验），那么我们也可以说，审美是精神快感的顶峰。

康德说，艺术家在创作时所想到的就是如何使作品呈现美。我认为事实并非如此。我相信艺术家创作只是为了发挥自己的才能，至于他的作品是否美，那纯属偶然，连他自己也未必关心。我们从瓦萨里[1]的记载中得知，提香是个赶时髦的多产画家，艺术经验丰富，对艺术市场也十分懂行。由此看来，当他承接肖像画《戴手套的男人》时，很可能一心只想描绘逼真，使主顾满意；只是由于他的天赋和主顾的气质，竟然画出了一幅美的肖像画。这是个皆大欢喜的意外。弥尔顿[2]曾明确说过，他写《失乐园》是要颂扬清教理想。如果说《失乐园》的字里行间充满了美，那也是个皆大欢喜的意外。也许，就像幸福和创新一样，美也是可遇而不可求的。

我在提笔写本文时，本不想涉及康德对"崇高"的论述，现在行文至此，不妨顺便说几句。康德坚持认为，我们对"美"的判断和对"崇高"的判断具有相似性，因为两者都属于审美判断；而且，"美"和"崇高"具有相同的目的性（不幸的是，他没有告诉我们为什么），即这种目的性完全是主观的。他说：

---

1 乔尔乔·瓦萨里：米开朗基罗的学生，16世纪意大利画家、美术史家，曾创立迪亚诺学院。
2 约翰·弥尔顿：17世纪英国清教诗人，以其长诗《失乐园》和《复乐园》闻名于世。

我们称某些事物为"崇高",是因为这些事物使我们感受到了自己精神上的崇高性。

当我们面对浩瀚的大海或巍峨的高山时,我们会有一种难以形容的感情波动。我们既觉得自己无比渺小,同时又觉得自己凌驾于它们之上;我们尽管心怀敬畏,但同时又意识到自己并不受限于对它们的感觉,还有超越这种感觉的道德和思想能力。帕斯卡尔[1]曾说:

> 大自然也许能夺走我们的一切,但对我们的道德人格无能为力。人只不过是一根芦苇,是自然界最脆弱的东西,但他是一根能思想的芦苇。用不着整个宇宙都拿起武器来毁灭他,一口气、一滴水就足以置他于死地。然而,纵使宇宙毁灭了他,人却仍然要比置他于死地的宇宙更高贵;因为他知道自己要死亡,知道宇宙对他所具有的优势,而宇宙对此却一无所知。

假如康德不是那么令人困惑地缺乏审美兴趣,他也许会意识到,当我们面对像西斯廷大教堂的穹顶或者格列柯的《耶稣受难像》这样的艺术杰作时,就像面对他所说的"崇高"对象

---

1 布莱士·帕斯卡尔:17世纪法国思想家、科学家,以其《沉思录》闻名于世。

一样,也会感受到道德和思想的力量。

我们知道,康德是道德家。他曾说:

> 理性不会承认一个以寻欢作乐为生活全部内容的人有任何价值。

这句话我们都会同意。但他接着说:

> 如果美的艺术不在某种程度上结合道德思想……那它仅仅是一种有害的刺激;我们对这种刺激越是依赖,就越是纵容它在我们的精神生活中散布对自身的怀疑,从而使我们越发无能和不满。

在《判断力批判》的结尾处,他甚至说,真正通往审美的路径是道德思想和道德情操。我不是哲学家;我不敢说,康德提出"美是客体的'目的性',而且这种'目的性'以一种与'目的'相分离的形式被感知"这样深奥的论断是故弄玄虚,但我敢说,如果艺术作品所必需的目的性仅仅存在于艺术家的意识中,那么康德的好多结论都是没有多大意义的。艺术家的意识和我们有什么关系?我们——我再说一遍——只关心他的作品。

杰里米·边沁多年前说过一句令人震惊的话:

一 艺术与美

> 如果诗歌和"推针"给人同样的愉悦,那么两者之间也就不存在优劣之分。

什么是"推针"现在已经很少有人知道,我来解释一下。这是一种儿童游戏,玩法是:一人在桌面上把一根针用力推滚出去,目的是让它和另一人的一根针的针头横竖相交;如果成功,他就用大拇指紧按着两根针,慢慢地把它们同时拖离桌面;如果在拖的过程中两根针没有分开,对方的那根针就被他赢下了。我在上小学时和同学玩过这个游戏。不过,我们用的是钢笔尖。后来,校长发现我们玩着玩着把游戏变成了赌博,便下令禁止,一旦发现有人再玩就狠揍一顿……现在回头来看边沁的那句令人震惊的话。有人愤怒地反驳说:精神愉悦肯定比肉体愉悦高尚,不能同等对待!那么,谁在反驳?当然是那些赞赏精神快感的人。但他们的人数少得可怜;因为连他们自己都声称,审美能力只属于少数人。而另一方面,我们知道,大多数人出于实际需要或者个人需要,都是以物质为重的。他们的愉悦也是物质化的。不仅如此,他们还非常鄙视追求艺术、追求精神愉悦的人。这就是为什么他们会把"唯美主义者"一词当作贬义词来用,而这个词原本仅仅是指对美的事物特别感兴趣的人。那么,怎样才能证明他们是错的?怎样才能证明诗歌和"推针"是有区别的?我猜边沁用"推针"(pushpin)为例是为了和"诗歌"(poetry)押头韵。那就让我们改用网球为例吧!

这是一项很普及的运动，许多人还特别喜欢。打网球需要技巧和判断力，还需要目光敏锐、头脑冷静。如果我从打网球中得到的愉悦和你从提香的《基督下葬》、贝多芬的《英雄交响曲》或者T. S. 艾略特的《圣灰星期三》[1]中得到的愉悦是一样的，那么你怎样证明你的愉悦比我的愉悦更高尚？我想，你只有证明你的愉悦比我的愉悦更有道德含义。

然而，康德却说过一句重要的话：

> 艺术鉴赏家们不但经常而且基本上是受惰怠、任性或古怪的情绪支配的。

他还说：

> 和其他人相比，他们也许更难获取道德律方面的优越性。

这在当时肯定是事实，到了今天也仍然如此。人性是不大会变的。任何人只要到康德所说的"鉴赏家"，或者我们今天习惯说的"审美专家"的圈子里去待上一段时间，一定会发现他们之间很少有谦逊、宽容、仁爱和慷慨——简单地说，如果你

---

[1] T. S. 艾略特：19—20世纪美裔英国诗人，以长诗《荒原》闻名于世。《圣灰星期三》(*Ash Wednesday*) 为其重要作品，也可译作《大斋首日》或《圣灰节》。

以为他们对审美快感的追求会给他们带来美德,那你一定会大失所望。如果审美快感只是知识界的鸦片,那它就是康德所说的"有害的刺激",而它本应该是有益于道德培养的。康德说:

  美是道德的象征。

  这话说得很精辟。确实,除非对美的爱能使人品德高尚——这在我看来是美的唯一有价值的"目的性"——否则的话,我们永远没法逃脱边沁的论断——"如果诗歌和'推针'给人同样的愉悦,那么两者之间也就不存在优劣之分"。

关于艺术与美的断想*

一、关于艺术

诗人和艺术家的情欲总是令人惊讶；其实，更令人惊讶的是诗人和艺术家的表现欲。有些事情发生在普通人身上毫不起眼，发生在有表现欲的人身上就引人注目。不要看事情大小，要看发生在谁身上。

★ ★ ★

有些人谈起艺术来好像无所不知，因为在他们看来，凡是他们不知道的，都是不值得知道的。然而，艺术并不那么简单。艺术涉及许许多多东西，譬如性幻想、无意识模仿、游戏心态、传统惯例、精神空虚、求变倾向、自我娱乐、自我麻醉等，怎么会像他们想象的那么简单？

★ ★ ★

看到音乐会上和美术馆里有许多人时，我时常想，音乐和

---

* 本篇段落选译自毛姆的《作家笔记》，标题系译者所加。

绘画究竟会对他们产生怎样的影响。他们显然听得很认真，看得很仔细，但我并没有看到艺术对他们有多大影响。既然艺术对他们没有多大影响，也就没有多大价值。对他们来说，艺术是一种娱乐、一种消遣，或者说是一种暂时的逃避。因为他们要在这个世界上活下去就必须劳作，而在劳作之余，他们就借助艺术稍稍放松一下。此外，当他们悲苦忧愁时，艺术还能给他们一点安慰，如此而已。

其实，艺术就像装配工在间隙时喝的一杯啤酒，或者就像妓女在两次接客之间匆匆喝的一口杜松子酒。所以，说"为艺术而艺术"就像说"为喝酒而喝酒"，纯属胡说。普通人虽然不懂艺术，但他们知道艺术是有用的，因为艺术能使他们兴奋一阵，就像喝了一杯酒一样。他们大多为衣食而劳碌、为生活而愁苦，而艺术能给他们一点幻想，至少能使他们暂时忘却生活的愁苦。

悲观论者对现实不抱希望，而艺术家却总是寄希望于现实。所以，唯有艺术作品才能激发人的情感，进而影响人的性格和行为，这大概就是艺术的价值所在。其实，无论是谁，只要能这样影响他人，就是艺术家。所谓艺术家，就是指这样一种人，他们有意识地把自己对生活的感受转变为一种意念，然后再用某种生动的形式把这种意念表达出来。当然，我说的艺术家，不仅仅指画家、诗人和音乐家——这样的话，就限制了艺术的价值——我是说，还有一种人也应该被称为艺术家，他们的艺术——即生活的艺术——虽然不被重视，却是最精妙、最有价值的艺术。

★ ★ ★

艺术家的特殊才能，或者，如果你希望我说，他的天才，就像偶尔落到热带丛林中的一棵树上的兰花种子，它在那里发芽，不是从那棵树上而是从空气中获得养分，于是开出了一朵奇异而美丽的花。但是，这棵古怪地开着一朵兰花的树，其实和森林里的其他成千上万棵树并没有什么两样，最终也要被砍倒，被劈成木柴，或者沿着河流被拖进锯木厂。

★ ★ ★

艺术家生来就是自由的，而宗教家若要获得精神上的自由，就必须摆脱自身灵魂所受的束缚。

★ ★ ★

艺术家和宗教家一样，也是超凡脱俗的。区别在于：宗教家超脱的是凡俗的享受，艺术家超脱的是凡俗的陈规。

★ ★ ★

文艺复兴时期的艺术，你瞬间就能感受到它的魅力。它恬静而愉悦，比其他时期的艺术更近乎完美。它令人心动，但并不使你浮想联翩，而是直接满足你的感官。它就像初春的朝阳照在你身上，使你浑身发热。

★ ★ ★

艺术发展从早期的不成熟到后来的太成熟，是一个必然过程，只有这一过程中的某一时刻，才恰到好处。当然，这一过程中会有停止和重复，原因是某种艺术手法被过度使用，以致所有问世的作品似乎都千篇一律、似曾相识。要摆脱这一困境，唯有当艺术家再度表现出独特个性时才有可能。

从拉斐尔不同时期的作品中即可看出这一过程。拉斐尔的早期作品如春天般青涩，中期（即梵蒂冈时期）作品如大教堂般庄重，而后期作品呢，简直就如朱利奥·罗马诺[1]的作品，一大摊颜料而已。

艺术和人一样，一旦太成熟，即衰老，既可憎，又可悲。

★　★　★

提香的《基督下葬》。看这幅画，我既没感觉到死者的痛苦与恐惧，也没感觉到生者的悲哀与忧伤，只感觉到生气勃勃的意大利式的壮丽。生命即使到了死亡之时，也照样能显得无比威严、无比壮丽。也许，所有艺术都应该这样表现死亡：用壮丽代替悲哀，用生命的讴歌代替死亡的恐惧。

★　★　★

《宫娥》。你首先会注意到这幅画的鲜明华丽，然后你会意识到，这种效果来自那道常见的日光，因为正是那道日光，奇迹般地照亮了画面中的所有人物。我觉得，委拉斯开兹的这幅

---

[1] 朱利奥·罗马诺：16世纪意大利画家、建筑师、拉斐尔的学生，其作品因过度讲究技巧而显得矫揉造作。

画最好地体现了他那种温和而快活的性格。这是安达卢西亚人的典型性格，也是他们最喜欢的性格。

至于画面中的那个侏儒和那个小丑，很有点莎士比亚风格[1]，即毫不掩饰地描绘出他们畸形的身体和可笑的外貌，既不觉得他们可怜，也不觉得他们值得同情。委拉斯开兹就是这么个人，他认为这些丑八怪天生就是供王公贵族取乐的；因而，他毫不犹豫地用取乐的笔调来描绘他们。

不过，委拉斯开兹画了许多名人肖像画，却没有一幅带有他的主观色彩。他总是客观地按原样画出他们的外貌，非常冷静、非常逼真。我想，没有人会否认他的画技，特别是公主的衣裙，确实画得惟妙惟肖。然而，赏识之余，你心里总会有一种疑虑，总觉得这种高超的画技似乎并没有多大价值。这就如当今有一位作家[2]，说起话来总是振振有词、慷慨激昂，但说的尽是些空洞的废话。是的，我们没有理由要求艺术具有深邃的哲理，但我们总希望艺术有一定的深度，而不是浅薄的。委拉斯开兹也许就是浅薄的，而且浅薄得富丽堂皇。画面上的人物安排那么巧妙，明暗处理那么恰当，色彩对比那么鲜明，然而他画的却只是一幅幅好看的图案！在我看来，他是有史以来最浅薄，因而也是最有名的宫廷画家。

---

1 《宫娥》画面中有一侏儒宫女，在委拉斯开兹的其他作品中，也时有侏儒和小丑，就如在莎士比亚戏剧中常有这类人物出现。
2 似指H.G.威尔斯。

★ ★ ★

牟利罗[1]的画用来装饰教堂是最好的,此外(除了说他比巴尔德斯·莱亚尔[2]稍好一点)就没什么好说了。他的画不管从哪方面来说都不怎么样。构图马马虎虎,用色平平淡淡,总体给人松松垮垮、平平庸庸的感觉。不过,他的画本来就是为教堂而作的,配上精美的画框,挂在光线昏暗的教堂里,当然还是有点意思的。特别是对西班牙人,还很有吸引力,因为西班牙人粗俗性格的另一面,是怪僻与迷信。他们大多有点神经质,动不动就泪流满面,还喜欢逗弄小孩,喜欢献献殷勤,特别是对漂亮女人,这多多少少和他们怪僻的性格有关。牟利罗的画之所以对他们有吸引力,大概也与此有关。

★ ★ ★

巴尔德斯·莱亚尔。他的画就像一大摊四处流淌的液体,混混沌沌;或者说,就像一张没有对准焦距的照片,模模糊糊。画面上的人物虽有肉体,却好像没有骨头,一个个都是软绵绵的。他的画既没有构图,也没有布局,好像是在画布上随意涂抹。他的用色很传统,灰沉沉的。当然,我们必须承认他还是有点想象力的,但那也是反宗教改革时期[3]的那种夸张得令人费

---

1 巴托洛梅·牟利罗:17世纪西班牙巴洛克画家。
2 巴尔德斯·莱亚尔:17世纪西班牙塞维利亚画派的最后一位重要画家。
3 反宗教改革时期:16世纪宗教改革,德、法、英等国的有些教会脱离罗马天主教,形成基督教新教,对此,罗马天主教会发起了一场旨在阻止新教蔓延的反改革运动,时间约在16世纪末17世纪初,这一时期被称为反宗教改革时期。

解的想象力。

★ ★ ★

高更[1]。克里斯蒂安尼亚[2]美术馆里的一幅静物画,画的是各种水果,有芒果、香蕉、柿子等,颜色很奇怪,使人产生感觉上的混乱,真是很难用言语来描述。所用的暗绿色,和中国玉石碗的颜色差不多,半透明的,有一层油光,仿佛是生命的神秘象征;像腐肉一样的暗红色,则具有生殖器的意味,使人想起埃拉阿加巴卢斯[3]统治下的罗马帝国;鲜红色就像冬青树的果实,很艳丽(这使人想到英格兰圣诞节时孩子们在雪地里嬉戏玩耍),但它在画布上蔓延,却像变戏法似的一点点变淡了,最后变成了像鸽子胸脯上的那种浅浅的粉红色;还有深黄色,好像代表了某种不寻常的情欲,但它扩散开来,渐渐变成了春天般的翠绿色,而翠绿色又渐渐变淡,最后变得像泉水一样,一点颜色也没有了。

天知道他是凭怎样怪异的想象力画出了这样怪异的水果!也许,这样的水果只有在塔希提岛上的那个由赫斯珀里得斯看守的果园里才有[4]。它们那么怪异,好像来自混沌初开、一切都

---

1 保罗·高更:19世纪法国后印象派画家,与梵高、塞尚并称为"后印象派三大画家"。
2 克里斯蒂安尼亚:挪威首都奥斯陆的旧称。
3 埃拉阿加巴卢斯:3世纪罗马帝国昏君,荒淫放荡,罗马社会在其治下奢靡成风。
4 塔希提岛又名法属波利尼西亚,太平洋东南部岛屿,有土著居民,高更曾在那里逗留多年。赫斯珀里得斯,罗马神话中为天后赫拉看守金苹果园的仙女。此句意为,这样的水果纯属高更的主观想象。

一 艺术与美

未成形的洪荒时代。它们既是原始而狂野的，又是阴沉而忧郁的[1]。这是神奇的水果，只要你吃上一口，它就会把你引入一扇门，继而把你引向天知道有多么深的灵魂深处；或者说，把你引向天知道有多么疯狂的幻象世界。这是危险的水果，只要你吃上一口，不是变成野兽，就是变成圣徒。

二、关于美

我不知道抽象的美是什么意思。我只知道美是激起艺术家审美兴趣的东西。今天只有艺术家觉得美的东西，到了十年后，所有的人都会觉得美。前些年，人们认为冒着烟的烟囱奇丑无比，但有些画家发现这样的烟囱可用来装饰画面，于是就把它画了出来。一开始，人们还嘲笑这些画家，但慢慢地，他们发现这些画家的作品有一种别样的美感。于是乎，画家所描绘的烟囱本身也好像有了美感。现在，无须艺术家的慧眼，在普通人眼里，一排排冒着烟的烟囱也是很美的，就像原野上盛开的一朵朵鲜花，令人百看不厌。

★ ★ ★

有些哲学家想论述美的绝对性，这确实难而又难。因为当你说某种东西"美"的时候，你指的是这种东西使你产生的某

---

[1] 此句意为，这些水果是高更的无意识表现，即人类原始心理的表现。

种特殊感觉，而要产生这种感觉，往往还有其他许多东西在起作用，譬如个人爱好、学历、见识、性幻想、新奇感，还有时尚、习惯，等等；既然有那么多附带条件，美还有什么绝对性？一般人或许会以为，某种东西一旦被认为是美的，就具有了美的特质，因而将永远被认为是美的。其实并非如此，不管多么美的东西，时间长了，我们都会厌烦。也许，熟悉不至于导致鄙视，但至少会使人淡漠，而淡漠，恰恰是审美杀手。

★ ★ ★

不管美是什么，审美应该是有价值的。是的，除非审美能提升人的灵魂，或者说，能使人的灵魂进入更好的状态；否则的话，审美就没有多大价值了。可是，灵魂又是什么东西呢？我不知道。

★ ★ ★

某些外部因素会使人产生某种特殊感受，进而使人产生某种特殊情感，这种特殊情感就是所谓的"审美情感"。不管是高级艺术，还是次等艺术，都可以使人产生审美情感，这不足为怪。有人从贝多芬的《第五交响曲》中获得审美情感，也有人从巴尔夫的《波希米亚女郎》[1]中获得审美情感，我们不能因此就说，后者的审美情感不如前者真挚，也不能说后者不如前者那么高尚。

---

[1] 威廉·巴尔夫：19世纪爱尔兰作曲家，其最有名的作品《波希米亚女郎》在当时被认为是三流作品。

★ ★ ★

芭蕾舞。从目不暇接的优美舞姿中，我看到了人生的象征。芭蕾舞之美，是在不间断的奋力跳跃中产生的，每一次凌空跃起，其姿态之优美，几乎都可以看作是一幅可以流传百世的艺术浮雕。可惜的是，由于地心引力，这种美转眼即逝，只在记忆中留下美妙的瞬间。人生也是如此。一个人如果活得精彩，就像这舞蹈一样，一次次凌空跃起而博得一阵阵喝彩；然而瞬间一个个优美的姿态全都化为乌有——除了记忆，什么也没有留下。

★ ★ ★

文艺理论家说，"永恒之美"就是受过教育、有文化、感觉敏锐、有品位的人一般会认为美的东西。这些理论家太自以为是了。黑兹利特绝对是受过教育、有文化、感觉敏锐、有品位的人，然而他却把柯勒乔和提香相提并论。

如果要这些理论家列举出他们认为创造了"永恒之美"的艺术家，他们通常会提到莎士比亚、贝多芬（或许还会提到巴赫，如果他们想炫耀一下自己的高雅趣味的话），还有塞尚[1]。前面两位（或许三位）当然没问题，但他们怎么能肯定，我们的后代会像我们一样看待塞尚？很可能，我们的后代会认为他不值一提，就像我们现在看待曾经名噪一时的巴比松画派[2]一样。

---

1 保罗·塞尚：19世纪法国画家，后印象派代表人物。
2 巴比松画派是19世纪下叶法国自然主义风景画派，因该派的主要成员均住在巴黎附近的巴比松村而得名。

这种审美判断的逆转，我这一生中就已经见证了好多次，所以我再也不相信理论家们的说法了。

济慈说，美的事物给人永恒的喜悦。其实并非如此。某些美的事物只是在某个时期激发了我们的某种情感。就是退一万步讲，就算这些美的事物对我们来说是永恒的，对其他人来说，很可能一点也不美，因为他们的审美观和我们不一样。而如果就因为别人的审美观和我们不一样，我们就鄙视他们，那是不是很荒唐？遗憾的是，我们常常这样。

二 戏 剧

我与戏剧

一

我写剧本的原因，大概和多数年轻写作者一样，觉得把一些对话写在纸上要比大段大段地叙述容易一些。约翰逊博士[1]很久以前就说过，写一段对话不像写一次历险那么难。翻看一下我十八岁到二十岁期间写在笔记本上的一些戏剧片段，我发现写对话不管怎么说还是比较容易的。那些戏剧片段虽不再使我自鸣得意，却是用当时流行的口语写成的。我很善于掌握口语的特点。只是，那些戏剧片段数量少而且写得很粗糙。我的戏剧主题是忧郁而悲观的，总以死亡收场。我第一次去佛罗伦萨时，随身带着《群鬼》[2]；后来在我研读但丁的作品时，我又把《群鬼》从德文译成英文，主要是为了消遣，顺便也想看看其中有何写作技巧。我还记得，那时我对易卜生[3]虽然万般敬仰，但

---

1 塞缪尔·约翰逊：18世纪英国批评家、散文家，代表作品有《诗人传》等。
2 《群鬼》：19世纪挪威剧作家易卜生所著名剧。
3 亨里克·易卜生：19世纪挪威剧作家，著有《玩偶之家》《人民公敌》等。

还是不由自主地觉得，他笔下的帕斯特·曼德斯[1]令人厌烦。那时，圣詹姆斯剧院正在上演《谭格瑞的续弦夫人》[2]。

后来两三年间，我写了几个短剧，分别寄给几家剧院的经理。有一两家剧院连退都没有退还给我，就此石沉大海；其他几个剧院虽退给了我，但不是被我扔在一边，就是被我一怒之下撕掉了。在那时，后来好多年间也一样，没有名气的剧作家要想让自己的剧本上演，比现在要难得多。因为剧本上演的周期很长，又不需要多少经费，所以当剧院经理想有新戏上演时，只要去找平内罗和亨利·阿瑟·琼斯为首的那班剧作者写一两个剧本就可以了。法国的剧院虽然很热闹，但他们喜欢上演删节版的法国旧戏剧。在这种情况下，我看到小说家乔治·摩尔[3]的剧作《阿灵福德的罢工》在独立剧院上演，便想，要让自己的剧作上演，看来先要做小说家，而且要有名气。于是，我放下剧本，着手写小说。有人或许会认为，当时我还是个年轻人，这样处心积虑似乎太商人气了，和我的年龄不相称。其实，那不过是我的一种思想转变，而不是我从小就老谋深算。当我出版了两部长篇小说而且有一部短篇小说集即将出版时，我坐下来写了第一个标准长度的剧本，取名《正人君子》。我把剧本寄给福布斯·罗伯逊，他是当时的名演员，因有艺术气质而大

---

[1] 帕斯特·曼德斯：《群鬼》中的主要人物。
[2] 《谭格瑞的续弦夫人》：19世纪与20世纪之际英国剧作家平内罗的代表作。
[3] 乔治·摩尔：19世纪英国小说家、剧作家。

受观众欢迎。三四个月后，他把剧本退回给我。我又寄给查尔斯·弗罗曼，他也退回了。那时，我又出版了两部长篇小说，其中一部《克雷杜克夫人》还相当成功，我因此被视为颇有前途的小说家。于是，我把这部小说改写成剧本，寄给剧场协会。他们接受了，协会成员W.L.考特尼还特别喜欢这个剧本，把它放在《双周评论》上发表了。这对我来说是莫大的荣誉，因为《双周评论》此前仅发表过一个剧本，即克利福德夫人[1]的《夜晚景象》。

像剧场协会这样的组织，当时只有一个，由它发表的作品非常引人注目。所以，我的剧本很快受到评论界的认真对待，好像它已经在哪个大剧院里上演了。克莱门特·斯科特一类的老派文人把它说得一无是处；《星期日泰晤士报》的剧评家——名字我忘了——还说这个剧本的作者毫无戏剧才能。不过，一些赏识易卜生的剧评家却认为它是一部值得重视的作品。这些剧评家很有见地，使我深受鼓舞。

我想，我已经迈出了第一步，后面的路应该比较顺畅了。但是，没过多久，我便发现，除了在写作技巧方面我已克服诸多困难，其他方面依然困难重重。我的剧本往往上演两场就完蛋了，观众寥寥无几。我的名字只有一小群对实验剧[2]感兴趣的人才有所耳闻。当然，只要我拿出合适的剧本，剧场协会还是

---

1 露西·克利福德：19世纪与20世纪之际英国女作家。
2 以非传统手法创作的实验性戏剧。

会上演的。但是那使我很不舒服。我在排演期间就发现,那些前来看排演的人特别赞赏格兰维尔·巴克——那个在我的戏中扮演主角的男演员;而对我写的戏,他们好像很不以为然;对我这个写戏的人,他们更是摆出一副居高临下的恩人面孔。那时我二十八岁,格兰维尔·巴克比我还要小一岁。他性格活泼,待人彬彬有礼而又自视甚高。他很有想法,但都是别人的想法。我觉得他内心很自卑,因而以蔑视一切来克服自卑心理。他没有魄力,而我认为艺术家应该比常人更有魄力、更率直、更有勇气。他写过一个名为《安·利特的婚姻》的剧本,我觉得很空洞,是脱离生活的说教而已。我热爱生活,还要享受生活。我要得到我可能得到的一切。一小群舞文弄墨的人对我表示赞赏,根本不能使我满足。我甚至怀疑他们的水平,因为我曾经去看过一出小型闹剧,是剧场协会莫名其妙上演的,剧情平庸、演技拙劣,而他们竟然笑得手舞足蹈。由此,我很怀疑他们对戏剧艺术的高谈阔论是不是在装模作样,其实根本就一窍不通。这样的赞赏者不是我想要的,我要的是真正的观众。当然,我还要钱,我讨厌穷困潦倒,不想住在阁楼里啃干面包。我觉得钱就是我的第六感[1],没有它,其他五种感觉就会变得迟钝。

在《正人君子》排演期间,我发现第一幕中的几处戏谑对话总引人发笑,由此我断定我可以写喜剧。于是,我就写了一

---

[1] 第六感即人的五种感觉(视觉、听觉、嗅觉、味觉、触觉)之外的直觉,并非来自感官,但确实存在。

出，题名《面包和鱼》。主人公是个机智而充满贪欲的教区牧师，他既想勾引有钱的寡妇，又想谋求主教的职位，经过一番滑稽的周旋，最终如愿以偿。没有一个剧院经理愿意上演这出戏，他们全都认为，一出嘲笑牧师的戏不但不会使观众发笑，而且是观众难以接受的。我只好另谋出路，想找一位有名的女演员，对她说，我专门为她写了一出戏，由她演女主角；如果她愿意演，就帮我去游说剧院经理上演这出戏。于是，我也没有考虑怎样的角色对女演员最有吸引力，便写了《弗雷德里克夫人》。其中我觉得最得意的一场——也是后来使这出戏大获成功的一场——是说女主角为了使一个年轻的爱慕者不再迷恋她，把他带进她的梳妆室，当着他的面卸妆，让他看到她脸上的雀斑和蓬乱的头发。没想到，没有一个女演员愿意演这个女主角，因为她们全都觉得这简直是让她们出丑。既然没有女演员肯演，也就没人帮我去游说剧院经理，这个剧本便无疾而终。我只好再绞尽脑汁，想办法写一出女演员不会讨厌的戏。我写了《多特夫人》。结果呢，和前面一出戏一样，泡汤了。这回不是女演员不肯演，而是剧院经理人不喜欢。他们全都说我写得太没有戏剧味了，平淡无奇得像一杯白开水。当红女演员玛丽·穆尔小姐还半真半假地建议我插入一桩盗窃案，说这样或许还有观众要看。我想，完了，我这辈子大概是写不出女演员喜欢演的戏了。于是，我尝试为男演员写戏。我写了《杰克·斯特劳》。

我一直以为，我在剧场协会的那次小小成功会使剧院经理比较看重我。使我感到羞耻的是，事实并非如此。实际上，我和剧场协会的关系反而使他们对我产生了偏见，认定我只会写那种忧忧郁郁、没有多少人要看的戏。虽然他们不能说我写的喜剧也是忧忧郁郁的，但他们总隐隐约约觉得它们有点令人不快，认定它们是吸引不了观众、赚不到钱的。对此，我本该绝望地永远放弃戏剧写作，免得一次次被人拒绝、被人羞辱。幸运的是，我后来碰到了戈尔丁·布赖特。他认为我的剧本完全可以上演，还帮我一家一家地去找那些剧院经理。不过，那已经是1907年了。我的六个剧本，有四个上演。其中，《弗雷德里克夫人》最初在宫廷剧院上演；三个月后，《多特夫人》在喜剧剧院上演，《杰克·斯特劳》在歌舞剧院上演；6月，抒情剧院经理路易斯·沃尔特同意上演《探险者》，那是我继《正人君子》之后写的第二个剧本。至此，我如愿以偿。

二

前三个剧本上演了很久。《探险者》只能说马马虎虎，没有失败而已。我没有赚到多少钱，因为在那个年代，一个受欢迎的剧本上演，剧作家所得也远低于今天的普通剧本；发表剧本所得的稿费就更低了。但是，不管怎样，我至少摆脱了贫困，未来看上去也很有希望。四个剧本同时上演，也给我带来不小的骂名。伯纳德·帕特里奇还在《笨拙》杂志上发表一幅漫画，画的是莎士比亚在我的剧作广告前咬着指头[1]。还有很多人来和我合影,很多人来采访我。名人们纷纷来和我交朋友。我的成功使人吃惊,使人感到意外。我自己却只有松了口气的感觉,并不怎么兴奋。我想,大概是我天生不会惊喜不止、激动不已,就如我旅游时看到再古怪、再新奇的景物也不会大惊小怪,现在看到人们为我这样忙乱,我没有受宠若惊,只觉得再正常不过了。一天晚上,我在俱乐部里用餐,邻桌的一个我不认识的俱乐部会员和他的朋友在交谈。他们好像正要去看我的一出戏,所以说到了我。那个我不认识的俱乐部会员说我也是这个俱乐部的会员,他的朋友于是便问他:"你认识他吗?我猜他大概尾巴翘到天上了。""是啊,我认识他。"那个我不认识的俱乐部会员回答说,"他现在找不到适合的裤子。"他们这么说我是不公平的。我只是把自己的成功看作理所当然,并没有"翘尾巴"。好在我从来就把被骂当消遣,一点都不在乎。那时的许多事情我现在都忘记了,唯有一件事我还记得,那就是有一天傍晚,我在潘顿街上散步,经过喜剧剧院时,我偶尔抬头,看见满天霞光,于是停下脚步,心里想:感谢上帝,我现在可以观赏霞光而不用再费心把它描绘出来了。我觉得自己不用再写什么小说,只要写写剧本,就能一辈子名利双收。

我的剧本不仅在英国和美国出了名,在欧洲大陆也很受欢迎,

---

[1] 咬指头是婴儿动作。此漫画的意思是:与毛姆相比,莎士比亚倒成了婴儿,以此反讽毛姆的剧作一塌糊涂。

但评论界却意见不一。大众报刊的剧评家普遍称赞我的剧本机智有趣，富有戏剧效果，同时也说我玩世不恭；学院派批评家则一致认为我的剧本是一堆垃圾，既粗俗不堪，又单调乏味。他们说我为了金钱出卖灵魂；说有良知的知识分子不仅鄙视我，还要把我和魔鬼一起打入地狱。我很吃惊，也很屈辱，但我一如既往、我行我素，因为我知道这不是故事的结局。当然，结局总会有的，而且我一直在努力以自己的方式达到某种可能的结局；只是，那些人愚蠢得连这一点都没看到，那我只好耸耸肩膀表示遗憾。如果我一成不变地写一些像《正人君子》那样的情景剧，或者像《面包和鱼》那样的讽刺剧，我就不会有所突破，也就写不出真正令人折服的好剧本。批评家指责我迎合公众趣味。是的，我恰好就是这么做的。那时我写作热情高昂，对话写得熟练而生动，还能出其不意地制造喜剧效果，写得戏谑而有趣；我还有其他能力，但我没有发挥，只发挥了喜剧写作方面的能力，以此达到我的目的。我的目的，就是取悦公众。现在，这一目的达到了。

但我并不满足于已有成果，随即又写了两个剧本，以巩固我在公众心目中的地位。这两个剧本写得有点大胆，虽然现在看起来一点也没什么，那时一些思想保守的人却大惊失色，说它们有伤风化。但这两个剧本肯定有吸引人的地方，尤其是其中的《珀涅罗珀》，二十年后在柏林再次上演，整个演出季也一直是座无虚席。

那时我已经掌握了我能掌握的所有写作技巧，而且屡试不爽，每次都很成功。只有《探险者》是个例外。原因我很清楚，没有取悦公众。因为我觉得是时候尝试写一点比较严肃的作品了。我想看看，我在处理复杂题材方面能做得怎样；我还想做几个技巧方面的实验，看看是否真有戏剧效果；我还想看看，我和公众之间到底能契合到何种程度。为此，我写了《第十个人》和《有地产的贵族》。两个剧本都上演了，既不成功，也未失败，剧院经理既没赚钱，也没赔钱。后来，在我的书桌抽屉里躺了十几年的《面包和鱼》也上演了，但时间不长，因为那时的公众看到牧师被人取笑总觉得不舒服。这个剧本多少有点不伦不类，既不是滑稽戏，又不是喜剧，好在其中有几个场景还算有趣。至于那两个剧本，一个是写乡村贵族的陈腐生活，一个是写政界和金融界的糜烂生活——这两种生活，都是我不熟悉的，所以，我就用夸张手法制造戏剧效果，只求引发观众感兴趣，至少可供消遣。然而，结果是两边都不讨好，既没有真实性，又没有戏剧性。我的冒失是致命的。观众发现，这两出戏既不趣味盎然，又不真实可信。这之后，我搁笔两年，到第二年年底才写《应许之地》。这出戏在大战[1]爆发前演了好几个月，而且场场客满。我七年间写了十个剧本。对此，早已把我看死的知识分子大不以为然，但公众却一直喜欢看我的戏。

---

1 指第一次世界大战。

三

大战期间,我有了较多空余时间:开始是因为我承担的战时工作每天只占用我部分时间,其余时间我便用来专心写剧本,后来是因为我得了肺结核,不得不长时间卧床,我便常常在床上写剧本打发时间。所以,从1915年的《比我们高贵的人们》到1927年的《忠实的妻子》,我又写了一系列剧本。

这些剧本大多是喜剧,而且是按王政复辟时期[1]之后大为流行的传统风格写成的。这种风格的喜剧由哥尔德斯密斯[2]和谢里丹[3]相传至今,可谓久经考验,据说还特别迎合英国人的趣味。不喜欢这种喜剧的人称其为"做作剧",殊不知这很愚蠢,因为喜剧本来就是"做作"的。这种喜剧不是动作剧,而是对话剧,常以玩世不恭的态度表现上流社会的荒唐可笑,乃至罪恶。它是高雅的,又是感伤的,而且是不无夸张的。但它从不说教,偶尔要想劝诫观众,也只是耸耸肩膀、眨眨眼睛,好像是说"这个你知道就行了"。

据说,大名鼎鼎的伏尔泰曾去拜访康格里夫[4],当谈到康格里夫的戏剧时,康格里夫说他并不是什么剧作家,不过是个乡

---

1 即17世纪60年代至80年代。
2 奥利弗·哥尔德斯密斯:18世纪英国剧作家、小说家,著有《威克菲牧师传》《荒村》等。
3 理查德·谢里丹:18—19世纪英国剧作家,著有《情敌》《造谣学校》等。
4 威廉·康格里夫:17—18世纪英国剧作家,著有《为爱而爱》《如此世道》等。

间绅士。对此,伏尔泰说:"如果你只是个乡间绅士,我是不会这样郑重其事地来拜访你的。"伏尔泰可说是当时最有智慧的人,但在这里,他好像不太有智慧。康格里夫的话听似令人费解,但伏尔泰理应是听得懂的,他无非是说:剧作家写戏,写的是他自己。

散文剧与诗剧

在我看来，如今的剧作家为迎合时尚而严重损害了自己。因为他们在剧本中所使用的那种缩略式的、片段式的语言，只是社会上某一群人的语言——这群人就是报纸上说的那种"赶时髦朋友"，大都比较年轻、受过教育（不过是错误的教育），而且比较富裕。他们说起话来故意含糊不清，以此为时髦。确实，英国人说话大多不太清晰，但也不能说英国人说话从来就是含糊不清的。譬如，过去各行各业的职员、有文化的妇女，他们说的话就清清楚楚，不仅合乎语法、用词恰当，而且发音准确、流利顺畅。但如今，由于这种时髦语言大行其道，甚至连法官和医生也像酒吧间里的那群小混混一样，说起话来含糊不清。这很可能会使他们不经意间歪曲了案情和病情的真相。剧作家所受的影响就更大了，因为他们是用人物对话来表现人物的，若对话写得就如象形文字，要靠观众去猜，那就不可能使观众真正了解人物的思想感情。

说白了，就是剧作家用清晰的日常口语写剧本，让善于掌握日常口语的演员来扮演人物，也不可避免地会使整场戏显得粗俗而浅薄，虽然这样做很受普通观众的欢迎。此外，剧作家的写作题材会受限制，因为用日常口语是难以表现重大事件的。至于你想用日常口语来展示人性的复杂之类的戏剧主题，那就更加不可能了。也就是说，你用日常口语，就写不出富有哲理的剧本；反之，要写富有哲理的剧本，就得用复杂的书面语。这是散文剧固有的局限：它生于日常口语，死于日常口语。

所以，我在《圣焰》一剧中做了尝试，不再让剧中人物说日常口语，而是说一种更为精确的、适合他们身份和思想的书面语。可能是我的书面语太书面化了，我在排练过程中发现，所有演员都很不习惯，觉得很别扭，好像不是在背台词，而是在背书。于是，我不得不稍稍加以口语化，改掉一些纯书面语，把太长的句子切割成几个短句，使它们读出来似乎有点像口语。不过，即使这样，我知道评论家们还是有足够的理由来指责我，说这个剧本"咬文嚼字"，说现在活着的人不是这样说话的，等等。他们不知道，我本来就没想要像活着的人那样说话。不过，我没有和他们辩论，也没有坚持。我是戏剧界的房客，租期快要到了，没必要再装修房间。所以，我的最后两个剧本，仍使用过去一直使用的日常口语。

就如你多日穿行于山间，绕过一片岩石后，你相信前面会有平地出现，但迎来的却是又一片岩石，你依然行走在崎岖的山间小路上；穿过那片岩石，你想一定是平地了，不，不是平地，而是又一座山挡在你面前；你觉得自己快要走不动了，然而当你气喘吁吁地翻越那座山，心里快要绝望时，一大片平地展现在你面前；你欣喜若狂地奔向那片平地，把山峦和岩石通通抛在身后；你觉得自己从此走出了困境，重重地叹了一口气。当我写完最后一个剧本时，就是这种感觉。

当然，我不能说我就此会永远离开剧院，因为作家是为灵感所驱使的奴隶，说不定我哪天会身不由己地又想写一个剧本来表现某一主题。但我希望我不会，因为我有一种想法——读者一定会认为我既愚蠢又傲慢——即我认为，剧院能给我的，我都得到了；我已赚够了钱，今后不但衣食无忧，还可以称心如意地享受一番。我已"臭名昭著"，但也曾"美名满誉"。我知足了，只是有一样我想得到的东西，我不曾也不可能在戏剧中得到，那就是艺术上的完美。我指的不仅是我自己的剧作——对自己的剧作，我比别人更感到不满——我指的是流传至今的历代剧作。即便是最伟大的剧作也有严重缺陷。但考虑到历代习俗和演出条件的不同，你又不得不为这些缺陷开脱。譬如，古希腊戏剧，离我们那么遥远，其中蕴含的古希腊文化在我们看来是那么陌生，因而要对它做出公正评判是难而又难的。但不管怎样，在我看来，《安提戈涅》[1]或许是最接近完美的剧作。在近代戏剧中，我认为只有拉辛[2]偶尔接近完美。要

---

1 《安提戈涅》：古希腊剧作家索福克勒斯的名作，与《俄狄浦斯王》齐名。
2 让·拉辛：17世纪法国古典主义悲剧作家，著有《安德洛玛刻》《伊菲莱涅亚》等。

知道,他的创作受到多少限制[1]啊!但他仍以高超的技艺制作了一件精品[2]。至于莎士比亚,只有盲目崇拜他的人才不愿承认他在剧情处理和人物塑造方面是有缺陷的;不过,就如我们所知,莎士比亚为了达到最佳戏剧效果是不惜在其他方面做出牺牲的,因而有这样的缺陷也是情有可原的。所有这些戏剧,古希腊戏剧也好,拉辛的戏剧也好,莎士比亚的戏剧也好,都是诗剧,是用隽永的诗句写成的,因而才有可能接近完美。若是散文剧,那是不可能的。我想谁都知道,易卜生是百年来最杰出的剧作家,但就是易卜生,其剧作也是瑜不掩瑕的,譬如剧情贫乏、人物重复,不一而足。如若再往深处追究,你会发现他的许多戏剧主题竟然那么愚蠢!看来,无论是散文剧,还是诗剧,都会有这样那样的缺陷。在这方面有所得,在那方面就会有所失。所以,要写一部在剧情、人物、主题、场景、语言等各个方面都完美无缺的剧作,是不可能的。不过,我认为小说是有可能写得完美无缺的,尤其是短篇小说。当然,要写出这样的小说,我毫无把握,但既然有了这样的想法,我还是想试一试,看看写小说是否比写剧本更有机会接近完美。

---

1 指古典主义"三一律"(17世纪法国古典主义戏剧均要遵守"三一律",拉辛堪称运用"三一律"的大师)。
2 指拉辛的著名悲剧《安德洛玛刻》。

关于观念剧[1]

一

我曾对观众做过点分析，因为对剧作家来说，观众的性质在他的创作过程中是最需要考虑的。各类艺术都有自身的传统，要求艺术家予以尊重，但传统也可能有损艺术本身。譬如18世纪的诗歌传统，反对主观抒情，提倡客观理性，结果产生的只是一些二三流的蹩脚诗歌。现在，戏剧观众大多不是知识分子，智力普遍较低，这是剧作家必须考虑到的。我认为，这已经使戏剧大大退化。人们不止一次发现，现在的戏剧大多思想贫乏，落后于时代三十年，难怪知识分子都不大到剧院去看戏了。不过，我倒觉得，如果知识分子要到剧场中去寻觅思想，那他们的智力水平也太令人失望了。再说，思想是个人的、私密的，是理性的产物；而且，思想还和一个人所接受的教育程度有关。思想从一个人的大脑传到另一个人的大脑，通常是隐秘的；而

---

[1] 观念剧（concept play）是以表达某种思想观念为宗旨的戏剧，主要有两大类：社会问题剧与人生哲理剧。

且，很可能，一个人的思想对另一个人来说不过是常识而已。观众前来看戏，很少是想从戏中接受什么思想，大多是为了宣泄某种感情。我曾大胆提出过一种看法，即如果按智力高低把观众分成10个等级，从最高智力的《泰晤士报》评论家的"1"，到最低智力的奶茶铺女店员"10"，那么观众的平均智力大概是在"6""7"之间；你怎么可能写出这样一部剧作，其中的思想既可使坐在前排的《泰晤士报》评论家正襟危坐，同时又可使坐在后排的奶茶铺女店员睁大眼睛？不可能。实际上，观众跑到一起来看戏，吸引他们的通常不是戏中有什么思想，而是戏中有某些激发感情的东西。那就是生与死、爱与恨，也就是激发诗人写诗的那些东西。

再说，新思想、新观念不是从灌木丛中长出来的；它不会出现在芸芸众生的脑袋里，而只会出现在少数人的头脑中。一个为观众写剧本的剧作家，固然会有某些想法，也有能力通过具体事物把自己的想法表达出来，但不可能是个独树一帜的思想家。如果他不能通过具体事物来表达自己的想法，他就成不了剧作家。他对具体事物有敏锐的观察力，但没有理由要他具备抽象的思辨能力。他可能会沉思默想，可能会思考一些当代的社会问题，但这和蕴含大智慧的哲学思维还是不能比的。一个剧作家同时又是哲学家固然很好，可惜这种可能性比他同时又是国王还要小。在我们这个时代，仅有两个以思想家闻名的剧作家,即易卜生和萧伯纳[1]。他们幸运地正好迎合时代需要。易卜生正好迎合当时的妇女解放运动;萧伯纳正好迎合当时的青少年反叛浪潮。他们有的是可供上演而且效果极佳的新题材。萧伯纳具有的长处是情绪高昂、幽默机智,对任何剧作家来说都是很有用的,特别是对喜剧作家来说,有此长处,就不用再愁写不出作品。不过,如我们所知,易卜生的创作能力却很贫乏,他虽写了不少剧本,但构思都是重复的,人物除了姓名不同,也都是重复的。毫不夸张地说,他的所有剧本都可用这样一件事来加以概括:人们住在一个窗户紧闭而闷热的房间里,有个陌生人突然进来,把窗户打开;不幸的是,住在里面的人们因为闷热惯了,打开窗户反而使他们严重感冒了。如果你认为这样一件事含有深刻的思想,那你一定接受了错误的教育;否则,你一定会发现,那不过是一件很平常的事情。在这方面,萧伯纳也差不多,他的思想固然表达得很生动,但他的思想本身却只能使那时的观众为之震惊,因为那时的观众都智力有限。到了今天,他的思想已经不足为奇了。实际上,今天的年轻人还以为这是那时的一种插科打诨。在舞台上表述思想非常不利:如果你表述的是人们可以接受的思想,那这样的思想早就被人们接受了,用不着你再跑到舞台上来表述。所以,你若想在舞台上表述思想,你的戏也就完蛋了。因为在看戏时,没有什么

---

[1] 萧伯纳:19—20世纪爱尔兰剧作家,曾获诺贝尔文学奖,著有《鳏夫的房产》《华伦夫人的职业》等社会讽刺剧。

比一本正经地在那里上思想课更令人厌烦了。现在人人都已承认妇女的应有权利，再听到《玩偶之家》中的那些台词而不觉厌烦，是不大可能的。所以，写观念剧来表述思想的剧作家很吃亏。本来，戏剧都很短命，因为戏剧每每都和时尚沾边，时尚一变，戏剧也就失去了魅力；而若把戏剧建立在一日一变的思想上，那更是短命得简直令人惋惜。我说戏剧短命，当然是说现在霸占剧院的散文剧，而不是说诗剧——诗剧之所以长存，是因为不朽的诗歌艺术赋予了速朽的戏剧以持久的生命。至于散文剧，我想不出有哪部正剧[1]能超越它的时代而为后人所关注。偶尔有几部喜剧，断断续续流传了几个世纪。之所以如此，往往是因为剧中的某个著名人物吸引了某个著名演员，或者某个剧院经理一时没有剧目上演，便上演一出不用付税的老戏。看这几部喜剧，就如观赏珍稀的老古董。观众看到其中的诙谐处，礼貌地一笑；看到其中的胡闹处，尴尬地一笑。他们既不会走开，也不会投入。他们并不认真对待，因而也没有多少好恶，就这样看了几个世纪。

既然戏剧生来短命，有人或许会问：这么看来，剧作家不是和报纸记者一样，是在剧作中谈论当前的政治和社会问题吗？是的，剧作家的思想不会比在报纸杂志上写写东西的年轻人更高明——当然，也不会更差劲。他的思想一时很吸引人，而等

---

[1] 悲剧和喜剧之外的第三种戏剧，也称悲喜剧。

到思想一过时，他的剧作也跟着过时，这不是很正常吗？不管怎样，观念剧很快会死。对此，有人或许会说，如果写观念剧的剧作家足够幸运而大获成功，如果他的观念剧被普遍认为是有持久价值的，那么就没有理由说它很快会死。但是剧作家心里都明白：要大获成功必须得到评论家的支持，而评论家其实是很不看好观念剧的。尽管评论家叫嚷着说要支持观念剧，但当剧作家真的写出观念剧时，如果其中的思想是评论家熟悉的，他们不是嗤之以鼻，就是一笑了之；如果其中的思想是他们不熟悉的，他们又会群起而攻之，将其斥为异端邪说、胡言乱语。这种左右为难的尴尬处境，甚至连大名鼎鼎的萧伯纳也没能逃过。

至于成立戏剧协会，目的当然是要吸引那些不屑到商业剧院去看戏的人来观看他们的观念剧。然而，并不成功，没有多少知识分子被吸引来看他们的观念剧演出。就是那些愿意来的人，也要免费才会来。许多剧作家终其一生为戏剧协会写观念剧。他们鞠躬尽瘁，做着最不值得做的事情；因为，即使有人来看他们的观念剧，即使那些观众的平均智力高于商业剧院的观众，等到看戏时，他们的反应仍然和商业剧院的观众一样，受感情支配，而不是受思想支配。他们同样不想听辩论，而要看动作（当然，我说的"动作"不一定是肢体动作，因为在戏剧中，一个人说"我头疼"和一个人从塔顶上跳下来是一样的，都是动作）。这就注定了观念剧的失败。对此，那些剧作家宣称是因为观众不理解他们的思想。我认为这是错的。他们的观念剧之所以失败,是因为没有戏剧魅力。千万不要以为商业剧[1]获得成功是因为观众愚昧。商业剧确实故事老套、对话平庸、人物一般,但还是成功了。为什么?因为它们的细节处理具有吸引观众注意力的戏剧魅力。这种魅力是戏剧特有的,没有这种魅力,也就没有戏剧。再说,商业剧也不仅有戏剧魅力而已,德·维加[2]、莎士比亚和莫里哀[3]的商业剧表明,商业剧除了戏剧魅力,同样也可以具有极大的思想意义。

二

我这样不厌其烦地谈论观念剧,是因为我认为戏剧的可悲衰落,观念剧难辞其咎。评论家曾大声为观念剧叫好,现在看来,他们肯定做了最糟糕的事情。因为你想想,戏剧需要同时吸引一大群观众,因而对剧作家来说,最重要的是他的剧作要有感染力,要煽动观众情绪,要使观众出神而自我。只有这样,剧作家才能使观众产生共鸣,就如同时弹奏几百件乐器。然而,评论家的职责却不是在剧场里感受戏剧,而是要对戏剧做出评判。

---

[1] 以赚钱为目的的戏剧。

[2] 德·维加:16—17世纪西班牙剧作家,有"西班牙戏剧之父"之称,著有《羊泉村》等。

[3] 莫里哀:17世纪法国古典主义喜剧大师,著有《伪君子》《吝啬鬼》等。

为此,他必须远离观众、避免共鸣、保持冷静。他绝对不能感情用事,他必须头脑清醒。他必须注意,不能让自己变成一名普通观众。他不是身处剧场在看戏,而是置身局外,冷静地评论戏剧。结果呢,由于他和观众保持距离,他看到的是"剧作",而不是观众看到的"戏"。这样,他对"剧作"的要求和观众对"戏"的要求,自然就大相径庭了;而且,他若对"剧作"提出什么要求,也是毫无道理的。剧作家并不是为评论家写作,或者至少可以说,剧作家不该为评论家写作。然而,剧作家往往都很敏感,当评论家说他们的剧本写得幼稚可笑时,他们倍感痛苦。他们痛定思痛,决定痛改前非。于是,那些年轻有为的剧作家便怀着美好的憧憬,听从评论家的建议,开始写观念剧。这样做果真名利双收。萧伯纳就是如此。

其实,萧伯纳对英国戏剧始终是有害的。公众对他的喜爱虽不见得超过易卜生,但看了他的戏之后,他们便不再喜欢看用传统方式写的戏了,这倒是真的。萧伯纳还有不少追随者,模仿他的剧作,但事实表明,没有他那种天分是写不出他那种剧作的。在他的追随者中,最有天分的是格兰维尔·巴克。从他的剧作中可看出,他具有剧作家的素质,不仅能写出平易、自然、有趣的对话,还能敏锐地发掘出人物身上的戏剧效果。萧伯纳对他的影响,是让他看重一些其实很平庸的所谓"思想",还认为自己的这些胡思乱想是戏剧的"精华"。要不是他不听劝告而坚持认为公众都是喜欢听豪言壮语的傻瓜,他本可纠正错误，使用久经考验的传统方式，写出许多很好的通俗剧。还有几个萧伯纳的追随者，则都在复制萧伯纳的缺点。萧伯纳取得成功，并非因为他是思想家，而是因为他是剧作家。而且，他的剧作是无法模仿的。他的独创性基于他的个性表现——他的个性其实并不特别，只是在他之前，这种个性从未在戏剧中被表现过，所以才显得"独特"。

总的说来——姑且不管伊丽莎白时代[1]的情况如何——英国人是不会大动感情的。即便是谈情说爱，他们也会适可而止，不会情不自禁。虽然他们要繁殖后代，男女间的性行为不会比别人少，但他们总是本能地觉得"性行为是令人厌恶的"。他们更愿意把爱情看成仁爱，而不是性爱。他们赞赏书里描述的那种"纯洁的爱情"，厌恶甚至嘲笑男女间的肌肤相亲。在他们看来，不顾一切地为了爱情是不值得的。在法国，为了女人而毁掉自己的男人通常会得到同情，甚至被赞扬；但在英国，这样的男人只会被认为愚不可及，甚至那个男人自己也会这么认为。正因为这个缘故，莎士比亚的《安东尼与克利奥帕特拉》一直不为英国人所赏识。他们觉得安东尼为了一个女人而抛弃一个帝国是可耻可鄙的。实际上，要不是这个剧本是根据一个广为采信的传说改编的，他们甚至会斩钉截铁地说，天下绝不会有这种事情。

---

[1] 16世纪伊丽莎白一世当政时期，也称"莎士比亚时代"。

当他们看完一出爱情戏后,他们会本能地觉得爱情固然美妙,但也不像剧作家表现得那样重要,因为毕竟还有政治、高尔夫、工作和其他种种事情。当然,也有剧作家不把爱情看得那么重要,甚至认为爱情不过是一时冲动,结果又往往令人尴尬。碰到这样的剧作家,英国观众会觉得很舒心、很愉快。萧伯纳就是这样一位剧作家,他的戏剧虽然不免夸张,但夸张中仍有真实(不要忘记,萧伯纳的戏剧技巧相当高超)。这种对爱情的轻视态度,是和盎格鲁-撒克逊人根深蒂固的清教主义相呼应的。不过,他们也并非冷酷无情,时而还是多愁善感的;他们只是觉得,感情不是生活的全部。萧伯纳的戏剧之所以吸引他们,是因为萧伯纳的个性正好和他们合拍,换了其他剧作家,即使亦步亦趋地学萧伯纳,也照样会把观念剧的片面性暴露无遗而令人厌烦。剧作家所描述的世界,其实是他的个人世界;只有当你对他这个人(也就是他的个性)感兴趣时,你才会对他的剧作感兴趣。所以,模仿萧伯纳显然是枉费心机——你就是把他说过的话再说一遍,别人也会觉得你说得没他好。

戏剧与现实主义

在我看来，戏剧如果追求现实主义而远离诗歌的陪伴，那肯定是误入歧途。诗歌具有一种特殊的戏剧效果——那种令人兴奋的效果，你只要读一段拉辛或莎士比亚戏剧中的台词就能感受到；它不是理性的，而是由诗歌韵律产生的一种情感反应。不仅如此，诗歌还具有增强审美效果的固定形式，因而诗剧所产生的美感，是散文剧不可企及的。不管你多么赞赏《野鸭》《不可儿戏》或者《人与超人》[1]，如果你说这些散文剧写得很"美"，那你肯定是滥用了"美"这个词。诗剧中的诗歌，其主要功能是把戏剧从平庸的现实中拯救出来，使它摆脱现实的束缚而上升到精神层次，从而使观众更容易进入情感状态而感知戏剧的魅力。在诗剧中，现实不是如实反映的，而是由诗剧作家按自己的意愿描绘出来的。也就是说，诗剧作家有更广阔的天地，更自由，更能达到预期的艺术效果。其实，诗剧也好，

---

1 《野鸭》：挪威剧作家易卜生的剧作。《不可儿戏》：英国剧作家王尔德的剧作。《人与超人》：英国剧作家萧伯纳的剧作。

二 戏 剧

散文剧也好，都是"戏"而已，都是假的，本来就不必讲究真实，只要观众觉得好看就行了。反过来说，观众只要觉得好看，就不会管你真实不真实，这就是柯勒律治[1]所说的"自愿受骗"。真实对于剧作家来说，通常也只是一种艺术手法，还是为了效果；而且，剧作家的真实至多是"像那么回事"，目的是使观众觉得后面的事情是可接受的。譬如，只要使观众相信，一个男人得知妻子的手帕在另一个男人手里就一定会怀疑妻子不忠，那么他后面的种种嫉妒行为就有了充分动机而为观众所接受[2]；同样，只要使观众相信，一顿有六道菜的正餐可以在十分钟内吃完，那么观众也就会接受剧作家后面要讲的事情[3]。反之，如果在人物动机和行为两方面都对剧作家提出现实主义要求，他就不能尽情地演绎现实，而要去模仿现实。这样，他的大部分表现手法都没用了：他不能写人物独白，因为现实生活中没人会这样独自大声说话；他不能让剧情迅速展开，因为现实生活中的事情总是一件接一件不快不慢地发生；他也不能用巧合来虚构故事，因为谁都知道，现实生活中哪有那么巧的事情！结果表明，现实主义只会使戏剧变得像现实一样枯燥乏味。

当有声电影出现时，散文剧就只能坐以待毙了。电影展示

---

[1] 塞缪尔·柯勒律治：18—19世纪英国大诗人、文论家，著有《古舟子咏》《忽必烈汗》等。

[2] 这是莎士比亚悲剧《奥赛罗》中的剧情。

[3] 这是莎士比亚历史剧《亨利四世》中的剧情。

场景要有效得多，而场景是戏剧的本钱。电影镜头又能制造出类似于诗歌的奇幻效果，以至于何为真实的标准也变了：只要是"可能的"就被视为"真实的"，甚至"不可能的"也是"可以接受的"[1]。这样，电影如鱼得水，用它新奇、生动的画面刺激观众的神经，使观众兴奋不已；而写观念剧的剧作家呢，本为知识分子而写，没想到知识分子对观念剧也不感兴趣，宁愿去看滑稽戏哈哈一笑，或者去看恐怖电影紧张一阵，写观念剧的剧作家不得不吞下苦果。由此可见，知识分子也不喜欢什么思想意义、什么现实主义，而是像第一次去看德·维加戏剧或莎士比亚戏剧的观众一样，为有趣的虚构和娱乐所吸引。

我从不想做预言家，也不想做改革家，谁想改革就让谁去改革吧。不过，我还是想把我的看法说出来。我认为，我从事了那么多年的散文剧正面临死亡。实际上，任何迎合时代潮流而非扎根人性的艺术，都是短命的。譬如，无伴奏合唱一度非常流行，有不少作曲家为之创作歌曲，还有不少表演流派产生；但是当一件件音色美妙的乐器相继被发明后，就再也没人在舞台上清唱了。散文剧没有理由不遭遇同样的命运。有人或许会说，由活生生的、有血有肉的人在你面前表演，那种感受是电影银幕永远无法给你的。那就如有人说，听人唱歌的感受，是

---

1 譬如电影可以先拍门外一伙强盗在撞门，接着又拍屋里两个女孩在瑟瑟发抖。这种"神仙视角"在现实生活中是不可能的，但电影观众完全接受。

任何乐器无法给你的。但事实表明，乐器战胜了歌喉——没有乐器伴奏的清唱，没有人喜欢听；反之，没有人唱的交响乐，倒有许多人喜欢听。

有件事可以肯定，那就是：如果舞台剧还有机会存活，那绝对不是去做电影擅长做的事。有些剧作家想用一系列快速变换的舞台场景来模仿电影镜头，那显然是行不通的。我想，剧作家或许可以考虑返回戏剧本源，再次和诗歌、音乐、舞蹈汇合，以此增强自己的娱乐性。但我马上想到，电影似乎无所不能，也可能这么做，而且可能比舞台剧做得更好。不管怎样，在这种情况下，要戏剧存活，剧作家必须也是诗人，这是最起码的。因为对今天的剧作家来说，最好的机会就是致力于表现电影尚不能成功表现的东西，譬如复杂的心理活动、机智的即兴表演，等等。电影擅长的是场景和动作，无法用动作表现的情感，或者只能用语言来表述的幽默和情趣，是电影不擅长的。戏剧致力于这些东西，或许还能存活一时。

总之，不管怎么说，戏剧——特别是喜剧——是绝对不能追求现实主义的。因为，说穿了，喜剧纯属胡编乱造，目的只有一个——逗人发笑。要做喜剧家，就要"为笑而笑"[1]。喜剧的目的不是再现生活，而是嘲讽地、有趣地议论生活。看喜剧时，观众不应该问"这样的事情会发生吗"，而只要满足于"这很好

---

1 原文是Laugh for Laugh's sake，仿Art for Art's sake（为艺术而艺术）。

笑"就可以了。也就是说，喜剧作家比一般剧作家更要求观众"自愿受骗"。所以，评论家时不时批评某某喜剧"庸俗无聊"、某某喜剧"纯属胡闹"是驴唇不对马嘴。他们自己才是纯属胡闹。实际上，喜剧作家要在一部三幕喜剧中自始至终把观众吸引住非常不容易，不管他怎样"无聊"与"胡闹"，观众不会时时都笑；即便是闹剧，也是如此。观众看喜剧而笑，是脑袋里在笑；看闹剧而笑，则是肚子里在笑。脑袋还算"高雅"，肚子大概够"低俗"了，但真正的生命与其说在脑袋里，不如说在肚子里。正因为如此，伟大的喜剧作家莎士比亚、莫里哀，还有萧伯纳，从来不避"无聊"与"胡闹"的嫌疑，不但写喜剧，也写闹剧。

关于戏剧技巧

关于戏剧技巧，人们已经说得够多了。这方面的著作，大部分我都认真读过。我觉得，要写好戏，最好的办法是去看一出你自己写的戏。这会使你写出更适合演员在舞台上说的台词。如果你听觉灵敏的话，这还会使你把台词写得不仅流畅，而且有韵味。这更会使你明白，怎样的台词、怎样的场景才有戏剧效果。至于写剧本有什么诀窍，我觉得有两个：一是兴趣导向，二是能删就删。

兴趣导向和人的思维有关。我们知道，很少有人有严谨的逻辑思维，一般情况下，人们看到一件事就联想到另一件事，而那另一件事又会使人联想到第三件事。这种漫无边际的联想是最常见的，也就是说，人是很容易分心的。而剧作家呢，却要像圣徒竭力不使自己犯罪一样竭力不使观众分心。一旦失败，后果甚至比圣徒犯罪还要严重：圣徒犯罪，还可求上帝宽恕；剧作家若使观众分了心，就无处求宽恕了，因为他的上帝就是观众。由此可见，兴趣导向在戏剧中何等重要。当然，在小说中也很重要，但比起戏剧来，小说（特别是长篇小说）毕竟要宽松一些，可让读者有某种程度的分心，甚至还能像圣灵把罪恶变成美德一样，把读者的分心变成主题的延伸（《卡拉马佐夫兄弟》[1]中关于佐西马长老早年经历的描述，就是绝佳例证）。关于兴趣导向，我或许应该解释一下。这是一种方法。用这种方法，剧作家一开始就把观众的注意力导向剧中的主要人物，使观众对这些人物的所作所为感兴趣，一直到剧终为止。在这过程中，只要剧作家稍有疏忽，观众的注意力稍有分散，那他极可能就再也抓不住观众了。剧作家要使观众一直对主要人物感兴趣，办法是：一开始就让主要人物上场，否则的话，主要人物若后上场，很可能会变得不那么"主要"了。这是人的天生心理倾向，即先入为主。一般情况下，剧作家都会尽可能早地让主要人物出场，但也有精明的剧作家为追求戏剧效果，反而把主要人物的出场大大推迟[2]。但要这么做，就必须在先出场的次要人物的对话中不断提到主要人物，把他（或者她）当作主要话题。这样，推迟出场的主要人物才会使观众更感兴趣。莎士比亚就经常这么做。

兴趣导向在情境剧[3]中特别困难。众所周知，契诃夫的戏剧是最有名的情境剧。在那里，受到关注的不是两三个主要人物，

---

1 《卡拉马佐夫兄弟》：19世纪俄国小说家陀思妥耶夫斯基的长篇小说。
2 最著名的例子就是莫里哀的名剧《伪君子》，主要人物答尔丢夫要到第三幕才出场。
3 也称"氛围剧"，即剧中没有多少故事情节的戏剧，通常以表现人们的生存处境为主。

二 戏剧

而是一群人物；所要表现的是这一群人物与周围世界的关系以及他们彼此间的关系。既然这样，剧作家就不能让观众把注意力集中到两三个人物身上，而是要注意所有人物。但这势必会分散观众的注意力，而注意力一分散，对人物的兴趣也会随之减弱；加上剧作家认为剧中所有的事情都很重要，要观众注意每一件事，因而剧中也没有主要剧情和故事线索。这样一来，兴趣导向当然就极为困难，要使观众不觉得单调乏味是几乎不可能的。所以，等大幕落下，不仅人物、剧情没有给观众留下深刻印象，就是所谓的"情境"，观众也觉得一头雾水，不甚了了。实际演出表明，这样的情境剧只有让演技极佳的演员来演，或许还能为观众所容忍。

下面说说第二个诀窍，能删就删。不管一句台词写得多么机敏，不管一幕戏写得多么出色，不管一段剧情写得多么生动，只要不是整个剧本所必需的，剧作家就应该把它删掉。如果剧作家又是散文家，这也同样适用。所谓剧作家，其实不过就是在纸上写写人物对话的人，但他却很自负，往往把自己写在纸上的人物对话看得像上天的奇迹般神圣，要他删一个字都好像是莫大的牺牲。我清楚地记得，亨利·阿瑟·琼斯曾给我看过他的一部手稿。我惊讶地发现，像"你要在茶里放糖吗"这样的日常语言，他竟然也挖空心思，想出了三种不同的说法。难怪他把自己写的东西视若珍宝。如果他是个写作老手，能轻轻松松、随随便便地想怎么写就怎么写，他就不会在乎删掉一些了。不幸的是，几乎每个剧作家都是好不容易才写出了自己满意的对话，所以要删掉任何一句，都像要拔掉他的一颗牙齿。这种时候，我想他最好还是忍忍痛——能删还是要删。

这样做，现在比过去更有必要，因为现在的观众，反应比过去任何时代的观众都要快，因而更没有耐心。而剧作家不管怎样写，归根结底都是为了吸引观众的注意力。过去的观众会耐心地看一出戏一幕一幕慢吞吞地演，会耐心地听一个演员念完一段台词后再听另一个演员念另一段台词；现在的观众则不然——我想这大概是受了电影的影响——尤其是英语国家的观众，往往一眼就能看懂某一场景的含义，往往第一幕还没演完，就已经想看第二幕了。他们只要听到人物说出几个词，就已猜到他后面要说什么，因而当人物说到后面几句话时，他们已心不在焉了。所以，对于某一场景的含义，以及人物的自我表达，剧作家必须处理得非常精练，甚至只要暗示一下，观众也能心领神会。面对这样的观众，人物对话必须写得极其简洁。也就是说，剧作家必须把剧本删了又删，一直删到观众不那么容易听懂才行。因为只有这样，才能迫使他们集中注意力。

谈演员

一

做演员不容易。我说的演员，不是那些因为长得漂亮而上台表演的年轻女人——我觉得，如果哪里需要年轻漂亮的女打字员，她们还是坐到打字机旁边去比较好。我说的也不是那些因为长相英俊而在演艺界进进出出的年轻男人——我觉得，他们还是到酒店里去做招待员比较好，或者到装潢公司去谋个职位也可以。我说的是那些演技高超的职业演员，他们渴望发挥自己的才能。然而，谁都知道，高超的演技要经过长期刻苦的训练才能获得，所以当一位演员慢慢学会扮演各种角色的技艺时，他往往已是中老年人，有些角色他想演也演不了了。做演员还要有极强的忍耐力，因为在他的职业生涯中充满了失望。他可能长时间不受聘用，无戏可演——对此，他必须忍耐。他可能所得报酬很少，而且机会又很少——对此，他也必须忍耐。还有，他演得好与坏是由观众决定的，而观众往往是朝三暮四的，一旦他不能再取悦观众，他就得滚蛋——对此，他也必须忍受。即使他红极一时也没用，他照样会饿死，那些把他捧为偶像的观众照样会对他侧目而视。想到这些，我觉得一个演员在风头正盛时不管多么自负、多么做作、多么傲慢，我都能包容。他要自负，就让他自负吧！他要做作，就让他做作吧！他要傲慢，就让他傲慢吧！就是他荒唐可笑，也随他去吧！反正这一切转眼即逝。再说，这本是他个性的一部分——否则，他是做不了演员的。

曾经有一段时间，舞台像是进入浪漫世界的门户，而登上舞台的人，似乎都戴着神奇的光环，令人兴奋。那是在18世纪，当时的文化氛围使演员生活蒙上了浪漫色彩。因为在那个理性时代，演员的无秩生活激起人们无限的想象，而演员扮演的英雄美人、朗诵的诗句韵文，更使他们显得光彩照人。这从歌德的那部精彩却被人忽视的小说《威廉·迈斯特》中即可看出：他以何等的羡慕之情写到一个巡演剧团啊！其实，那不过是个二流剧团。到了19世纪，演员使人们得以暂时逃避工业时代的循规蹈矩。演员的波希米亚[1]习气使得每天不得不在办公室里谋生计的年轻人浮想联翩。演员是正经世界里的浪荡子、理智世界里的癫狂人，人们在想象中为他们穿上了迷人的外衣。譬如，在维克多·雨果的《目击录》里，有一段与无意识幻想有关的动人描述。其中有个神经兮兮的小市民一惊一乍地讲到一个女

---

[1] 捷克一地区名，因波希米亚吉卜赛人特别多，吉卜赛人又居无定所、四处游荡，故而成为放浪不羁的代名词。

演员的晚宴，讲到他在那里平生第一次见到一个那么了不起的女人，讲到——天哪！——在她的公寓里，香槟酒随手可拿，锃亮的银器随处可见，还有珍贵的虎皮！

如今，演员身上的神奇光环已经消失。他们力求过上稳定、体面而富裕的生活。他们由于常被人视为与众不同的另类，总是尽力表现得和常人没什么两样。他们有意让人们了解他们的日常生活，恳请人们相信，他们也打高尔夫球，也纳税，也是既有情欲又会害羞的男女。不过，在我看来，他们仍然在演戏。

我曾认识很多演员。我发现和他们相处很有意思。他们善于模仿、能说会道、心灵手巧，和他们交往真是趣味无穷。他们有的慷慨、有的和善、有的果敢。但我从来没把他们当作常人看待。我从没和他们有过真正的友谊。他们就像这样一种填字游戏：要你填入的单词是词典里找不到的。我想，他们的个性其实都受他们扮演的角色影响，因而是捉摸不定的。那是一种海绵般的可塑物，可呈现出任何形状、任何颜色。有位刻薄的作家曾说：再杰出的演员也不能葬入圣人墓地并不奇怪，因为想到演员也有灵魂实在令人可笑。这说得有点过分，但也不无道理。小说家如果诚实的话，也应该承认自己和演员是同类。他们和演员一样，没有清晰可辨的性格；他们的性格是他们笔下人物性格的混合物，或者说，他们笔下人物的性格都是他们自身性格的一部分。小说家和演员在作品中和舞台上所表现的情感，也不是他们自己正在感受的情感。他们只是出于表现本能而把自我中的某一面表现出来。虚假就是他们的真实,读者和观众表面上是他们的评判者,实质上是他们的受骗者。既然虚假是他们的真实,真实在他们那里也就是虚假。

二

经常有人说,好演员能演的多于剧作家所写的。其实并非如此。天赋出众的好演员固然能把普通人读剧本时没读懂的内在含义表现出来,但他至多也只是充分表现了剧作家所要表现的东西。要做到这一点,他必须是个富有想象力的演员,因为他必须构想出和剧作家相一致的图景。我还算幸运,我的剧本中的多数人物都演得比较称心,但还是没有一个剧本的所有人物都演得如我所想。这是难免的,因为最合适扮演某一人物的演员往往找不到,你只好退而求其次,找一个还过得去的演员来扮演。最近几年,要找到合适的演员越来越困难,原因是英美两地的戏剧界都遇到电影业的竞争,好演员都去拍电影了,以致剧院经理一次次地明知有些演员演技平平,也只好滥竽充数,让他们登台表演。另一个原因是薪酬问题。即使是剧中的次要人物,按理也应该由最合适的演员来扮演,但从经营的角度考虑,要找这样一个演员就要付一定的薪酬,于是为了省钱,就找一个不是太合适但要价较低的演员来充数。结果是,一个次要人物没有演好,整场戏的效果照样会大受影响。一个本来很好的剧本，由于没有演好，就这样被糟蹋了。还有某个合适的演员由于嫌角色太小而不肯出演，或者某个合适的演员因为嫌剧本不好而不愿出演，也是常有的事。

我说这些，并不表明我对那些杰出的男女演员没有感激之情。实际上，我的剧本之所以受观众欢迎，他们功不可没。我是有欠于他们的，是他们帮我实现了梦想。他们的名字本应在这里一一列出，但我怕读者不耐烦，所以只提一个人的名字，因为他未成明星而默默无闻，我很为他鸣不平。他就是 C. V. 弗朗斯。他曾在我的好几出戏里出演不同人物，都演得令人佩服，即使人物性格的细微之处，也被他清晰地表现出来。在英国戏剧界，很难再找到像他这样演技高超、戏路广阔的演员。不过，尽管有这样的演员，我还是经常担心自己的剧本在上演时会打折扣，致使观众没有看到我想让他们看到的所有东西。选用演员一旦失误，要换本来就难，而若选用的是名演员，就更难换下来了；最后，剧作家只好屈辱地接受评论家根据失败的演出而做出的评判。没有不受演员影响的戏剧人物。不管剧作家把一个人物写得多么有深意，到了舞台上，只有通过演员的成功扮演，才能给人深刻印象。最有趣的台词，也要靠演员恰到好处地表述出来才会有趣；再温馨的场景，也要靠演员的温馨表演才会温馨。反过来说，演员往往是剧作家不易觉察的陷阱，一旦选错演员，他便落入陷阱而自受其辱。剧作家塑造了一个人物，然后选一个他认为合适的演员去演，但没想到，这个演员把他自己的个性加到了人物身上，使人物完全变了形，原本真实而自然的人物，变得怪诞而可笑。因此，我曾想，如果让没有明显个性的演员扮演有个性的人物，是不是会好一点。但我没有真的这样做，因为这要求演员具有极强的想象力和极高超的表演能力，我不知道何处能找到这样的演员。或许，最好的办法是我写剧本时不写有个性的人物，只写一个个人物轮廓，然后要求演员在演出时分别填入他们自己的个性。但要这样做，仍有那个老问题：你到何处去找这样的演员？

谈导演

选错演员的情况经常发生，因而剧作家的意图经常被演员歪曲。不仅如此，剧作家的意图还经常被导演歪曲。在我刚开始写剧本时，那时的导演对自身的定位还比较谦虚，他们仅仅把剧本中写得过于冗长的地方稍做删节，或者修改剧本中的一些明显错误的词句。然后，他们指导演员如何站位、如何念台词，帮助演员把人物演好。但后来，我想是赖因哈特[1]，他最初把导演的定位从合作者变成了支配者。可笑的是，很多没什么才能的导演也都来学赖因哈特，有人甚至还宣称：剧作家的剧本不过是导演用来表达自身思想的工具而已。有些导演还把自己想象成剧作家，譬如杰拉尔德·杜莫里耶[2]，一位有名的导演，他曾告诉我说，他对执导一出不能让他大幅改写的戏不感兴趣。这当然是极端例子，但现在要找到一个不改剧本的导演确实越来越难了。他们常常把"导演"一出戏看作是自己"创作"一

1　赖因哈特：20世纪初奥地利著名导演。
2　杰拉尔德·杜莫里耶：20世纪初英国著名导演。

出戏。剧作家的意图常常被导演愚蠢地曲解，致使剧作家常常被观众指责为庸俗的、低能的——殊不知，这大多是由导演造成的。导演有自己的想法，但又没有多少想法，这是灾难性的。有想法会令人兴奋，但只有当想法足够多、足够恰当而且具有足够价值时，有想法才不会出丑。想法不多的人，总觉得自己有想法很了不起。一个想出几句对话、少许情节或者某个场景的导演，总觉得自己的想法胜过剧作家，于是便兴奋地着手改写剧作家的剧本，迫不及待地把自己的想法写进去。结果呢，不是把剧情搞得乱糟糟，就是把戏剧主题歪曲得不成样子。不仅如此，导演往往既愚蠢，又自负，他们自以为是地要演员这样做、那样做，而那些靠拍马奉承才有机会上舞台的演员，一个个亦步亦趋，哪里有什么发挥才能的余地？最好的导演是最少指手画脚的导演。我还算幸运，多次遇到态度诚恳的导演，他们尽力根据剧本排演，尽力满足我的想法。只是，要完全了解我的想法并不容易，所以最和我合得来的导演也只能大致贯彻我的意图。我想，导演通常比剧作家更想取悦观众。但这不一定合乎剧作家的意图。

既然如此，最好的办法看来是剧作家自己做导演。但除了少数演员出身的剧作家，绝大多数剧作家是做不来导演的。仅仅指出演员的哪句台词念错了、哪个动作做错了，是远远不够的，你还要让演员明白，怎样念台词、怎样做动作才是正确的。这一点对那些演次要人物的演员来说特别有必要，因为他们的演技通常都不怎么样。杰拉尔德·杜莫里耶曾采用过一种有点羞辱演员但很有效的方法，即当某演员做错某个动作时，他当着该演员的面滑稽地模仿他（或者她）做错的动作，使其羞愧难当，然后再告诉他（或者她）正确的动作应该怎样做。杰拉尔德·杜莫里耶能这么做是因为他自己就曾是个好演员，很会模仿他人的动作。不过，这还是小事。做导演其实是一项非常复杂的事务，你甚至称它为艺术也可以。即使作为一门学科，"导演学"也要刻苦努力才能学成。导演要兼顾戏剧演出的各个方面，譬如人物怎样上场、怎样下场、在舞台上怎样站位才能不失时机地吸引观众的注意力；参演的演员各有怎样的长处与短处，若有可能暴露演员的短处，怎样使点"小花招"瞒过观众的眼睛；还有个别演员可能有特殊的心理问题，导演也要设法解决，譬如某个英国演员连续念一段超过二十行的台词就会心慌，导演就要设法把一段长台词截成几段短台词，免得那个演员心慌；此外，导演还要考虑观众的兴趣导向，怎样把观众的注意力引向戏剧焦点，同时还要使点手段防止观众在戏剧开场和剧情过渡时感到枯燥，因为一开始的人物引入和剧情开端，以及剧情发展中的过渡，是没有哪出戏免得了的；他还要考虑到观众是很容易分心的，故而要时不时地制造"事端"，在观众将要分心时牵住他们的注意力；作为导演，他还要考虑到有的演员可能有妒忌心，有的演员可能有虚荣心，不能让他们的妒忌心和虚荣心破坏整出戏的演出；他还要防止演员抢戏，确保每个演员的戏份,绝对不能让某个演员在舞台上擅自发挥,侵占另一个演员的戏份,从而使剧中人物的轻重比率被打乱;他还要控制整场演出的节奏:何时加快,何时放慢;何时强调,何时略过;何时高昂,何时低沉;他还要处理布景,使布景与剧情相配合;他还要注意人物服装是否合适,特别要注意有些女演员只求穿得漂亮而不顾人物应该穿怎样的服装;他还要注意灯光。总之,做导演是复杂的事务,甚至是一门艺术,不仅要有缜密精确的专业知识,而且要有镇定机智的心理素质。就我而言,我清楚地知道,我既没有这样的专业知识,也没有这样的心理素质。还有我口吃,更做不了导演,所以我写完剧本交出去之后,就无事可做了——这很不幸,但事实就是如此。我有时虽也好奇地想看看自己的剧本是如何被搬上舞台的,但通常是把剧本给别人后就漠不关心了,就如小狗被人收养后,母狗就不必关心了。别人常说我太迁就导演,对导演提出的要求全都一口答应。实际上,是我一直觉得导演比我在行,他们的要求总是有道理的。所以,除非我心情特别不好,我不会和导演过不去,而我极少有心情特别不好的时候。但不管怎样,我对写戏还是越来越感到厌恶。其中的原因之一,倒不是我嫌导演无能,而是嫌我自己无能,不得不把剧本交给导演。

谈观众

现在我来谈谈观众。最好的剧作家,是为观众写作的剧作家。尽管剧作家说到观众时总是轻蔑多于好意,但他们心中有数,自己是靠观众养活的。观众是付了钱来看戏的,要是戏不好看,他们就不再来看。没有了观众,也就没戏了。实际上,所谓戏剧,就是由演员念给观众听的台词再加上一点动作。一个写出来供人阅读的剧本,其实不是剧本,应该称作"对话体小说"。一部对观众毫无吸引力的剧作,可能有其他可取之处,但它不能称为"剧作",就像骡子不能称作马。(可叹的是,现在的剧作家时不时会弄出一些非驴非马的杂种。)凡是经营过剧院的人都知道,观众会那么出人意料地影响演出。同样一出戏,日场演出和晚场演出,观众的反应可能完全不同。听说,挪威观众看易卜生的戏,一个个笑得前仰后合,而英国观众看他的戏,只觉得一头雾水,一点也笑不出来。观众的情感反应、观众的叹息声或笑声,是戏剧的一部分;是观众的感官制造了戏剧的效果,就如观光者的感官制造了日出的壮丽和大海的浩瀚。戏剧演出时,观众同时也是"演员",而且还是很重要的"演员"；如果没有观众的配合，整场戏就成了一大堆胡言乱语。没有观众，剧作家写剧本就像一个人在网球场上打球，没有对手，只能自娱自乐。

现在的观众都很好奇，也很精明，但没有多少智慧。他们大多不是知识分子，智力有限。如果按智力把他们分成若干等级，从A级到Z级：A级是25分，B级是24分，以此递减至Z级0分（即糖果店里的那个傻丫头），那么，我认为观众的平均智力大概在O级或以下，即11分和9分之间。他们很容易被逗乐，有些人根本没听懂笑话也会笑，因为他们看见别人在笑。他们会有情感反应，但又本能地厌恶负面情感，当要感到惊恐或者悲哀时，就故意咯咯一笑，尴尬地予以逃避。他们也会同情，但他们只对某些事物表示同情；譬如在英国，他们对家庭成员之间的亲情特别容易表示同情，但儿子爱母亲却不在此例——这种爱只会引来他们的嘲笑。如果剧情能使他们感兴趣，他们就不会在乎这剧情是否可能；莎士比亚就曾大大利用了他们的这一特点。不过，太不合理的剧情，他们也会讨厌。有些人认为他们太轻信，其实他们还是要求剧情有一定合理性的，只是要求不太高罢了。他们的道德观就是大众的道德观；他们会义愤填膺，但又常常息事宁人。他们不用大脑思考，而用腹腔感受。他们容易厌倦，喜欢新奇，但新奇要合乎传统，否则他们会惊慌不安。他们喜欢各种思想，但要以戏剧形式呈现出来。而且，思想还必须是他们已有的、只是没有勇气表达出来的思想。如果你的思想冒犯了他们，他们也不会和你纠缠，只会弃你而去。他们的主要兴趣是把戏剧的虚假当作生活的真实来欣赏。

　　从根本上说，观众是从不改变的，只是在不同时期和不同国家，观众的礼仪习俗会有所不同。戏剧既反映当代礼仪习俗，又反过来影响当代礼仪习俗；当礼仪习俗改变时，戏剧也会随之有所改变。譬如，电话的发明改变了礼仪习俗，戏剧的节奏随之加快，不能再慢吞吞地展开情节，因为有许多事情在过去是可能的，如今已不可能了。一件事可能或不可能，要视观众接受或不接受而定，而观众接受或不接受，通常是没有理由的。譬如，在伊丽莎白时代，乱丢可能有损名誉的书信，或者偶尔听到不该听到的话，那时的观众认为是可能的，但今天的观众却认为是不可能的，而且没有任何理由，就是认为不可能。不过，更为重要的是文化变迁导致的精神变化。随着这种变化，剧作家不得不弃用过去惯用的某些主题，譬如，复仇主题。现在再来写一出复仇戏，显然没人相信，因为我们早就不像古人那样把复仇看得那么重要，因而不仅没有那么强烈的复仇欲望，还可能受基督教的影响，把复仇视为丑恶行径。还有性妒忌主题，也一样。我曾大胆说过，现在的女性都已赢得性自由，贞操不贞操对她们来说是无所谓的。既然这样，男人再为此而妒忌，就有点可笑了。也就是说，性妒忌不再是庄重的悲剧主题，而只能作为嘲讽的喜剧主题。不过，我还是少说为妙，因为我这么说，有许多丈夫会很不高兴。

再谈观众

现在再来说说观众。我对观众从不表示感谢[1]，这似乎很不礼貌，他们即使没有怎么颂扬我，至少没有辱骂我，况且他们还给了我一笔钱财，能让我过上和我父亲从前一样的舒适生活。我到处旅游，住安静而豪华的海滨旅馆，宽敞的套房外面还有花园。我总想，人生短促，有些事情你根本不必自己做，完全可以付钱叫别人替你做。我有了钱，就只做我自己想做的事，这也是一种享受。我还可以招待朋友，资助我想资助的人。所有这些，我都归功于观众对我的钟爱。但是，我还是不得不承认，我对那一大群到剧院里来看戏的人——即观众——越来越觉得厌烦。我曾说过，我第一次去看自己的戏上演，就觉得非常别扭。这种别扭感后来并没有随着我的戏一次又一次上演而有所减轻，反而越来越强烈。想到一大群人正在那里看我的戏，我甚至还有一种莫名的恐惧感，以至于我有好几次出去散步，

---

[1] 指毛姆从不上台谢幕（过去戏演完后，剧作者、导演和全体演员要上台向观众鞠躬，表示感谢）。

走到剧院附近都故意避开,因为那个剧院正在上演我的戏。

我很久以前就得出结论,写一出不赚钱的戏没什么意思,而且我也知道怎样写一出能赚钱的戏。也就是说,我知道观众想看什么。没有观众的配合,我就赚不到钱,而且我也知道,观众能配合到何种程度。但是,我对做这种事越来越觉得不舒服。剧作家必须迎合观众的需要才能成功,德·维加和莎士比亚就是最好的例子,他们至多只能表达观众内心已有却又不敢表达或者表达不出的东西。我对这种替观众表达的事情感到厌倦,而观众又只认可这种表达。还有,我对这样的事情也感到厌倦,即有些话在日常谈话中是人人都说的,在舞台上却不能说,这简直荒唐。还有,我对这样的事情也感到厌倦,即我必须把戏剧主题限制在一定范围内,必须把戏剧长度也限制在一定范围内,不能太长,也不能太短,因为观众喜欢不长不短的戏。总之,我厌倦了怎样不使观众厌倦。也就是说,我不想写剧本了。我觉得,只有这样我才能摆脱大众趣味。为了证实这一点,我还特意去看了许多正受大众欢迎的戏。结果发现,全都乏味至极,那些使得观众哈哈大笑的笑话,我觉得并不好笑;那些使得观众伤心落泪的场景,我觉得莫名其妙。于是,我决定,不再写剧本了。

我想到写小说,那要自由得多。我想到有个读者孤独而沉静地捧着我的小说在读,就觉得很舒心,因为这时我的语词和他之间的那种亲密关系,是在剧院里的那一大群闹哄哄的观众身上绝对不能指望的。我认识很多落魄潦倒的剧作家。我发现，他们有的根本不知道时代已变，还在可怜巴巴地写他们的剧本；有的虽竭力想跟上时代，但一遇挫折就心灰意懒。我见过著名剧作家把剧本交给剧院经理时遭到冷落，甚至嘲讽，而正是这些剧院经理，当初为求得他的剧本，一个个跟在他屁股后面转。我听到不少演员轻蔑地议论剧作家。我见过有些剧作家最终意识到自己被观众抛弃时的困惑、惊慌与痛苦。我还记得名噪一时的阿瑟·皮内罗和亨利·阿瑟·琼斯两位剧作家分别对我说的一句相同的话——只是口气不同，一个是用绝望的口气说的，一个是用恼怒的口气说的——"他们不要我了"。既然这样，我想，我还是识相一点，自己走吧。

三 小 说

小说的两种写法

也许,小说主要有两种写法,而且各有各的优点和缺点。一种是第一人称的写法,另一种是全知视角的写法[1]。用第二种写法,作者会把他认为你应该知道的一切都告诉你,帮助你随着故事的发展理解他的人物。他可以从内部描写人物的情感和动机,譬如某个人物穿过了街道,他就能告诉你,他(或者她)为什么要这样做,结果又怎样,等等。他还可以对一批人和一系列事件表示关注,然后又把他们束之高阁,开始关注另外一些人物和事件,这样使故事复杂化,以此重新唤起你可能已经有所衰退的兴趣,同时达到表现生活的丰富性、复杂性和多样性的目的。

这种写法的缺点是,小说中的一批人物很可能会不及另一批人物有趣。举个著名的例子来说,在《米德尔马契》[2]中,当读者读到那些他不感兴趣的人物命运时,就会觉得非常厌烦。此外,用这种写法创作小说,还要冒作品庞大累赘和冗长松散的风险。写这种小说的作家中,没有谁能比得上托尔斯泰,然而

---

1 第三人称的写法。
2 《米德尔马契》:19世纪英国女作家乔治·艾略特的著名长篇小说。

即便是托尔斯泰，也难免有上述缺点。这种写法对作者提出的要求是很苛刻的。作者必须深入到每个人物的内心，感其所感，思其所思。而他却有自己的局限，也就是说，只有当他以其自身作为人物的原型时，他才有可能做到这一点。如果不是这样，他就只能从外部去观察其他原型，而这样创造出来的人物，往往会缺少说服力，使读者难以信服。

我想，亨利·詹姆斯[1]之所以十分关心小说形式，就是因为他意识到了这些缺点。他想出了一种可称为"亚变种全知观点"的写法。采用这种写法，作者仍然是无所不知的，但他只对某一个人物无所不知，而由于这个人物对其他人物并不全知，作者的无所不知也就很有限了。譬如，当作者写到"他看见她露出了笑容"时，他是无所不知的，但当他写到"他看出了她微笑中的冷嘲"时，就不是了。因为他把冷嘲赋予她的微笑，也许并没有适当的理由。毫无疑问，亨利·詹姆斯清楚地知道这种写法的实用性，那就是：他是通过某个特定的重要人物——如《奉使记》[2]中的史特雷瑟——的所见、所闻、所思和他的猜测，来讲述故事和展示其他人物性格的。他觉得这样写可以防止枝节纷繁，小说的结构就必然会紧凑而简洁。此外，这种写法还赋予对象以真实感，因为你现在主要关心的只是一个人，

---

[1] 亨利·詹姆斯：19—20世纪美裔英国小说家，他的作品致力于革新小说的叙事方式，以其著名的"角度论"闻名于世。

[2] 《奉使记》：也译《大使》，亨利·詹姆斯的长篇小说。

慢慢地就相信了他告诉你的事。

这里，读者应该知道的事情，是随着读者对人物的逐渐了解，逐渐地传达给读者的。而就在读者一步步地对那些令人困惑的、朦胧费解的，甚至不可知的事情的理解过程中，他享受到了阅读的乐趣。可见，这种写法使小说具有侦探故事中的那种神秘气氛和戏剧性，而这正是亨利·詹姆斯所渴望得到的小说效果。然而，一点一滴地透露事实真相也有危险，那就是读者很可能比小说中那个正在探知事实真相的人物更加机敏，很可能会在作者希望他知道之前就已经猜到了——就是这么回事！我想，凡是在读《奉使记》的读者，大概都会越来越不耐烦地觉得那个史特雷瑟实在愚钝，连明摆着的、别人都一目了然的事情，他也看不清。已成公开的秘密，他竟然还在猜测，而且还猜不出。这证明，这种写法也有缺点。读者本不是傻瓜，而你却轻率地、无礼地把他当成了傻瓜。

既然大部分小说都使用全知观点的写法，那就只能假定，大多数小说家觉得这种方法在解决小说难点时基本上是令人满意的。不过，用第一人称的写法也有优点。像亨利·詹姆斯采取的方法一样，第一人称的写法使叙述显得更真实，而且紧扣主题，因为小说家此时只能讲述他亲眼看见、亲耳所闻或者亲身经历过的事情。要是19世纪英国的那些大小说家当初能更多地采用这种写法就好了，因为他们的小说总是写得结构松散、冗长而枝蔓横生。这可能是由于他们的小说是以连载形式发表的，也可能是一种民族癖性。

第一人称写法的另一个优点是容易使你对叙述者产生共鸣。你也许不赞赏他，但由于你的注意力一直集中在他身上，不由得便会同情他。不过，这种写法也有一个缺点，那就是当叙述者——如《大卫·科波菲尔》[1]中那样——同时又是主人公时，他若告诉你说他是如何英俊有魅力，不免会有吹嘘之嫌；他若讲述自己的英勇行为，又会给人以自负之感。而当读者都已看出女主人公在爱他时，他自己却不知道，似乎又显得很愚蠢。

此外，没有一个写这类小说的作家能完全克服的另一个更大的缺点是，这类小说中的叙述主人公，即中心人物，和他周围的其他人物比较起来，总显得苍白且不够生动。为什么会这样呢？我能提出的唯一解释是，因为小说家在主人公身上看到的是他自己。他从内部主观地观察之后讲述他所观察到的东西，所以他往往感到茫然失措或者优柔寡断。反之，当他从外部通过想象和直觉客观地观察其他人物时，要是他具有像狄更斯那样的才能的话，就会带着一种戏剧性的眼光兴味盎然地观察他们，对他们的怪癖乐不可支，写出来的人物往往与众不同、栩栩如生，从而使他自己的肖像反倒相形见绌了。

有一类用这种写法创作的小说曾经风行一时，那就是书信体小说。书信当然都是用第一人称写的，只是出自不同人之手。

---

[1] 《大卫·科波菲尔》：狄更斯的自传体长篇小说。

这类小说的优点就是非常富有真实感，读者很容易相信那些信件是真实的，相信它们确为某人所写，而正因为读者的轻信，他便落入了小说家手中。小说家一开始就力求获得真实感：他会使你相信，他所说的事情确实发生过，即使像不可能发生的如明希豪森男爵[1]的故事，或者像卡夫卡《城堡》中的令人毛骨悚然的故事[2]，他也要你相信可能是真的。但这类小说也有严重缺点。这是一种兜圈子的、故弄玄虚的讲故事方式，而且讲得过分谨慎。那些书信往往啰里啰唆、离题万里，读者不久便感到厌烦，所以这类小说也就自行消失了。

然而，有一类用第一人称创作的小说，在我看来不仅克服了这种写法的缺点，还很好地利用了它的优点。也许，这是一种最方便、最有效的小说写法。从赫尔曼·麦尔维尔[3]的《白鲸》一书中便可看出使用这种写法的好处。在这类小说中，作者用第一人称讲述故事，但他并不是主人公，他讲的不是自己的故事[4]。他是故事中的一个人物，和其他人物或多或少有某种关系。他并不决定情节发展，而只是作为其他人物的朋友、熟人或者旁观者发挥作用。就像希腊悲剧中的合唱队，他对自己所看到

---

1 明希豪森男爵：德国著名童话人物，即"吹牛大王"。
2 弗兰茨·卡夫卡：20世纪奥地利小说家，在他创作的《城堡》中，主人公K遇到了形形色色的人，他费尽周章想要进入城堡，最终精疲力竭，至死未能进入。
3 赫尔曼·麦尔维尔：19世纪美国小说家。
4 譬如，康拉德的绝大多数小说就是这样写的。

的事情进行思考，他可以恸哭，也可以提出忠告，但他没有资格影响事件的进程。他把读者当作知心人，把自己所知道的、希望的或害怕的事情都告诉读者，要是他觉得不知所措，也照样会坦率地讲出来。

为了不至于让这个人物把作者希望隐瞒的事情也泄露给读者，并不需要像亨利·詹姆斯处理《奉使记》中的史特雷瑟那样，使他显得很愚蠢。相反，他可以像作者自我描述的那样，目光敏锐、聪明伶俐。这里，叙述者和读者对故事中的人物，对他们的性格、行为和动机有着共同兴趣。叙述者对这些人物的感受，也就是他想要激发读者产生的那种感受。所以，他所取得的真实效果，和作者本人作为小说主人公所获得的效果一样令人信服。他可以把主人公描述得既俊美又高尚，甚至可以给他戴上神圣的光环，而若在叙述者就是主人公的小说中，这样做不免会引起你的反感。显然，小说的这种写法有助于使读者对人物产生亲切感，增强小说的真实性，是很值得推荐的。

小说的两种类型

我想，或许可以把小说大致分为两种类型，即现实类和情感类[1]。这种分法很模糊，因为有许多现实主义小说家时而也会引入情感类的事件；反过来，情感类小说家也总是想使自己讲的故事更可信而会采用现实类的情节。情感类小说为人所不齿，但是当你看到巴尔扎克、狄更斯和陀思妥耶夫斯基也使用这种方法时，你就尴尬了，总不能耸耸肩一笑置之吧。这仅仅是种类不同而已。侦探小说的盛行，就表明它对读者有多么大的吸引力。读者希望刺激，希望恐怖而震惊。情感类小说家讲述剧烈而夸张的故事，就是要吸引你的注意力，使你眩晕，使你惊讶。他所冒的风险是，你可能会不相信他。但是，就如巴尔扎克所说，重要的是要使你相信他告诉你的事情是真的发生过的。要做到这一点，最好的办法就是，先把人物讲得不同寻常，这样他的不寻常行为就有可能了。总之，情感类小说需要把人物

---

[1] 这里的"情感类"，意思和我们通常所说的"浪漫主义"相近。因为，在欧美正统理论中，浪漫主义并非和现实主义相对（和浪漫主义相对的是古典主义），故而作者用了sensational（情感的）一词。

稍稍夸大,也就是要有陀思妥耶夫斯基所说的比现实更现实的人物,即那种激动起来不可自控、感情复杂得超乎寻常、既冲动又鲁莽的人物。以情节取胜是这类小说的合法权利,而人们往往对此皱眉头;这就像立体派绘画因为不具有代表性而遭贬低一样,是毫无道理的。

现实主义小说家的目的是要描述生活的本来面目。他尽量避免令人震惊的事情,因为在普通人的生活中,这种事情是不大可能发生的。他讲述的事情不仅要有可能性,而且尽量要有必然性。他既不想使你大吃一惊,也不想使你热血沸腾。他只是想给你一点认知的乐趣。他要使你认知某些人,并使你对他们感兴趣。这些人的生活方式,你是熟悉的。你也很容易进入他们的内心世界,因为他们的内心世界和你差不多。发生在他们身上的事情,也可能发生在你身上。只是,日常生活总是单调乏味的,所以现实主义小说家总是担心自己的作品会单调乏味。于是,他很可能会擅自加一点煽情的东西进去。硬放进这种调料,读者会大失所望。譬如,在《红与黑》中,司汤达从开始起一直写到于连去了巴黎并经人介绍认识了玛蒂尔德小姐,其间所用的一直是现实主义手法,然而这之后,却莫名其妙地开始煽情了[1],而你不得不硬着头皮、很不舒服地吞下这种调料。《包法利夫人》就不然,福楼拜也很清楚,会有单调乏味的

---

[1] 指于连拿着手枪去找德·瑞纳夫人,并开枪打伤了她,之后又被判死刑等情节。

风险，但他是用优美的文体来规避这一风险的。简·奥斯汀呢，则是用诙谐幽默来避免单调乏味。遗憾的是，没有多少小说家能像福楼拜和简·奥斯汀那样，自始至终坚持使用现实主义手法而依然能使读者兴趣盎然。这需要有高超的技艺。

我曾在什么地方引用过契诃夫的一句话，这句话说到了点子上，所以我在这里再冒昧引用一次。他说他要写的

> 不是跑到北极从冰山上滚下来的探险家，而是上班下班、一日三餐、喝喝白菜汤、偶尔和老婆吵吵架的普通人。

这话点明了现实主义小说的要义。有人确实会去北极，即便没有从冰山上滚下来，也会有一番历险。也有人会去非洲、亚洲和南太平洋探险。但是，到布鲁姆斯伯里广场[1]去，或者到南部海岸的海滨度假胜地去，就不是什么探险了。去那里也可能令人激动，只要是经常发生的，现实主义小说家就没理由犹犹豫豫地不予描写。普通人确实只是"上班下班、一日三餐、喝喝白菜汤、偶尔和老婆吵吵架"，而现实主义小说家所要做的，是从普通人身上发现不普通的东西。因此，喝喝白菜汤可能就像从冰山上滚下来一样，是个重大事件。

不过，即便是现实主义小说家，也不是复制生活。他重新

---

1 布鲁姆斯伯里广场：伦敦地名，在大英博物馆附近。

编排生活，要使其符合他自己的意图。他尽可能地避免写偶然发生的事情，但有些偶然发生的事情，还是很有必要写的，而且也经常写，读者对此也会毫无异议地接受。譬如，小说主人公急着想见某人，而当他穿过拥挤的皮卡迪利大街时，恰好遇见此人。"啊呀，"他说，"我正想找你！想不到在这儿碰到你。"这种可能性其实很小，比打桥牌时拿到十三张牌全是黑桃的可能性还要小，但读者却会坦然接受。可能还是不可能，要看读者的水平如何：过去的读者容易糊弄，什么巧合都认为可能；今天的读者就不那么好骗了。我想，《曼斯菲尔德庄园》[1]刚出版时，当时的读者一定不会觉得下面这件事很奇怪：托马斯·伯特伦爵士从西印度群岛回来的那天，家里的几个年轻人正好在排演私人剧。要是放在今天，小说家就必须把这个关键情节写得比较有可能，读者才会相信。我讲这些，就是想表明：现实主义小说其实一点也不比情感类小说更真实，只是作假的手法比较隐蔽，不那么放肆罢了。

---

1 《曼斯菲尔德庄园》：19世纪英国女作家简·奥斯汀的长篇小说。

小说家的目的是什么?

对这个问题,各人有各人的看法。H. G. 威尔斯[1]写过一篇名为《当代小说》的有趣文章,他说:"在我看来,小说是唯一能使我们对那些因当代社会变化而成堆提出的问题中的大多数问题加以讨论的一种媒介。"将来,小说同样"是社会的协调者、相互了解的媒介、自我反省的工具、伦理道德的展示、生活方式的交流、风俗习惯的产地,以及对法律制度和社会教条及思想的批判"。"我们(在小说中)探讨的是政治、宗教和社会问题。"威尔斯不能容忍那种把小说仅仅视为一种消遣手段的看法。他明确表示,他自己从不把小说看作为一种艺术形式。奇怪的是,当有人认为小说是一种宣传手段时,他也不同意:"因为在我看来,宣传一词是有特定含义的,它是为某个党派、教会或者某种学说服务的。"然而,现在这个词的含义已变得非常宽泛,泛指一种方式,即用口头、文字或者广告等形式,一再重复,以期说服别人相信,你在事物的真与假、好与坏、是

---

[1] H. G. 威尔斯:19—20世纪英国小说家,以具有政治倾向的科幻小说闻名于世。

与非，或者美与丑等方面的观点是正确的，应该为所有人所接受，而且作为行动准则。威尔斯的主要小说，其目的就是要传播某种学说和原则，那同样是宣传。

问题的关键在于，小说是不是一种艺术形式？它的目的是教育，还是娱乐？要是它的主要目的在于教育，那就不是一种艺术形式。因为艺术的主要目的是使人愉悦。这一点，诗人、画家以及哲学家都是一致同意的。然而，由于基督教总是教导人们心怀疑虑地把娱乐看作是会导致灵魂堕落的陷阱，艺术的真相使许多人深感震惊。显然，把娱乐看成一件好事要合理得多。不过，仍需记住，有些娱乐确实会带来不良后果，因此避开它们也许是明智的。一般人总倾向于把娱乐看成耽于声色的事，这很自然，因为肉体的快感比精神的愉悦更加明显，也更为强烈。但这种观点肯定是错误的，因为既有肉体的娱乐，也有精神的娱乐，虽然后者不如前者那样强烈，却要比前者更加持久。《牛津词典》对艺术下的定义之一是：

> 应用于审美方面的技巧，如诗歌、音乐、舞蹈、戏剧、演说、文学等。

这话不错，只是后面还应加上"特别按现代习惯，应用于完美工艺中，并通过对象本身的完善性来表现自己的技巧"。我认为，这就是每个小说家的目标，但我们知道，小说家又是无法完全达到这个目标的。我想，我们可以把小说称为一种艺术形式，它或许是一种并不十分崇高的艺术，但仍然是一种艺术。它只是一种本质上不太完善的艺术形式。关于这方面的情况，我在各地所做的讲演中曾涉及，现在我要谈的并不比以前讲过的多，就从中简短地引用一些吧。

我认为，把小说当成布道场所或者课堂，那是一种陋习。要是读者以为能在读小说时轻松地获得知识，我相信他已误入歧途。知识只有通过勤奋才能获取，那是一种艰辛而枯燥的工作。如果我们能把某种含有知识信息因而十分有用的"药粉"，裹在美味可口的小说"果酱"里一口吞下，那当然太好了。但实际情况是，在弄得这样可口之后，这"药粉"是否还有用，我们就不敢肯定了。因为小说家传递的知识会带有偏见，因而不可靠，而对事物有一种歪曲的了解，还不如不了解的好。我们没有理由要求一个小说家除了做小说家还要成为别的什么家。他只要是个好小说家，就足够了。他对许多事情都要懂一点，但要他在某个特殊领域成为一个专家，那不仅没有必要，有时甚至是有害的。他需要知道羊肉的味道，但不需要把一只羊都吃下去，吃一块羊肉就够了。那样，只要他对自己所吃的羊肉有足够的想象和创造才能，他就能很好地向你描述爱尔兰炖羊肉的味道如何。而如果他从这点出发，进而开始发表自己对牧羊业、羊毛工业以及澳大利亚政治局势的观点，那么我们还是谨慎为妙，最好对他的观点持保留态度。

小说家常受个人偏见的支配，他在选择题材、塑造人物以及在对人物的态度等方面，无不受此制约。无论他写什么，都是他个性的流露以及他的内心直觉、感情和经验的表现。无论他怎样想写得客观，他终究是他的癖好的奴隶。无论他怎样不偏不倚，都免不了失之偏颇。他用的是灌了铅的骰子。小说家从小说一开始向你介绍人物起，就在引诱你对他的人物产生兴趣并表示同情。亨利·詹姆斯一再强调，小说家要有演戏的才能。这种说法也许不太恰当，却十分生动，因为小说家必须把他的材料安排得使你感兴趣。为此，他甚至会不惜牺牲真实性和可信性以获得预期效果。众所周知，具有知识性或者科学价值的著作是绝对不能这样写的。小说家的目的不是教育，而是娱乐。

好小说有何特点？

我想冒昧地谈一谈，在我看来，一部好小说应该具有哪些特点。首先，好小说的主题应该能引起广泛的兴趣，即不仅能使一群人——不管是批评家、教授、有高度文化修养的人，还是公共汽车售票员或者酒吧侍者——感兴趣，而且具有较普遍的人性，对普通男女都有感染力。主题还应该能引起持久的兴趣，一个选择只有一时兴趣的题材进行创作的小说家，是个浅薄的小说家，因为人们一旦对这样的题材失去兴趣，他的小说也就像上个星期的报纸一样不值一读了。作者讲述的故事应该合情合理而且有条有理，故事应该有开端、中间和结尾，结尾必须是开端的自然结局。情节要具有可能性，不仅要有利于主题发展，还应该是由故事自然产生的。其次，小说中的人物要有个性，他们的行为应源于他们的性格，绝不能让读者议论说："某某人是绝不会干那种事的。"相反，要读者不得不承认："某某人那样做，完全是情理之中的事。"我觉得，要是人物很有趣，那就更好。

福楼拜[1]的《情感教育》虽然受到许多著名批评家的高度称

---

1 居斯塔夫·福楼拜：19世纪法国小说家。

赞，但是他选择的主人公却是个没有个性、没有脾气、没有任何特点的人，以至于他的所作所为以及在他身上所发生的一切都无法使人产生兴趣。结果，虽然小说中有许多出色之处，但整部小说还是令人难以卒读。

我觉得，我必须解释一下，为什么我认为人物必须具有个性。要求小说家创造出完全新型的人物是强人所难。小说家使用的材料是人性，虽然在各种不同的环境中人性千变万化，但也不是无限的。人们创作小说、故事、戏剧、史诗已有几千年历史，一个小说家能创造出一种新型人物的机会，可说微乎其微。回顾整个小说史，我所能想到的唯一具有独创性的人物，就是堂吉诃德。然而，即便是他，我还是毫不惊讶地听说，有个知识渊博的批评家为他找到了一个古老的祖先。因此，只要一个小说家能通过个性来观察他的人物，只要他的人物个性鲜明，而且鲜明到足以让人以为他是一种独创的人物，这个小说家就已经是很成功了。

既然行为源于性格，那么语言也应如此。一个上流社会的女子，其谈吐就应该像个上流社会的女子；一个妓女，她说话就得像个妓女；一个在赛马场上招徕顾客的人或者一个律师，讲话也得符合他的身份。（我不得不说，梅瑞狄斯[1]或亨利·詹姆斯的作品有一个缺点，就是他们的人物都千篇一律地用梅瑞

1　乔治·梅瑞狄斯：19世纪英国小说家，著有《利己主义者》等。

狄斯或亨利·詹姆斯的腔调说话。）小说中的对话不能杂乱无章，也不应该用来发表作者的意见，它必须服务于典型化人物的塑造和故事情节的发展。叙述的部分应该写得直截了当，要生动、明确，只需要把人物的动机以及他们所处的环境令人信服地交代清楚，而不应过于冗长；文笔要简洁，使一般文化修养的读者阅读时也不觉得费劲；风格要和内容一致，就像式样精巧的鞋要和大小匀称的脚相配。

最后，好的小说还应该引人入胜。我虽然把这一点放到最后说，却是最基本的要点。没有这一点，其他一切全都会落空。一部小说在提供娱乐的同时，越能引人深思就越好。"娱乐"一词有多种含义，提供乐趣或者消遣只是其中之一。人们容易犯的错误是，认为娱乐就其含义而言，消遣是唯一重要的。其实，《呼啸山庄》《卡拉马佐夫兄弟》《项狄传》和《糖果姐妹》[1]同样具有娱乐性，虽然感染人的程度不同，但同样真实。

当然，小说家有权处理那些和每个人都密切相关的重要主题，如上帝的存在、灵魂的不朽、生命的意义及价值，等等。但是，他在这样做的时候，最好记住约翰逊博士的至理名言："关于上帝、灵魂或者生命这样的主题，没有人再能发表新的真实见解，或者真实的新见解了。"即便这些主题是小说家所要讲

---

[1]《呼啸山庄》：19世纪英国女作家艾米莉·勃朗特的长篇小说。《卡拉马佐夫兄弟》：19世纪俄国小说家陀思妥耶夫斯基的长篇小说。《项狄传》：18世纪英国小说家斯特恩的长篇小说。《糖果姐妹》：20世纪初有名的娱乐剧。

述的故事的一个组成部分，对人物的典型化也是必要的，会影响到人物的行为举止——如果不是这样，他们就不会有那样的行为举止——小说家也只能指望读者对他所涉及的这些主题感兴趣。

即便一部长篇小说具有我提出的所有优点（这要求已相当高），它在形式上也会有这样那样的缺陷，就如白璧微瑕，很难做到尽善尽美。因此，没有一部长篇小说是十全十美的。一个短篇小说可能是十全十美的，根据它的篇幅，大约在十分钟到一个小时内就能读完，它的主题单一、明确，完整描写一个精神的或者物质的事件，或者描写一连串密切相关的事件。它可以做到不可增减的程度。我相信，像这样完美的境界，短篇小说是可以达到的，而且我认为要找到一批这样的短篇小说也不难。

但是，长篇小说却是一种篇幅不限定的叙事作品，它可以长得像《战争与和平》[1]那样，同时表现一系列相互关联的事件，又同时表现许许多多人物；也可以短得像《嘉尔曼》[2]那样，为了把故事讲得真实可信，作者总要讲到和故事有关的其他事情，而这些事情并不总是很有趣的。事件的发展往往需要有时间上的间隔，作者为了使作品得到平衡，就得尽力插入一些内容来

---

1 《战争与和平》：19世纪俄国小说家托尔斯泰的长篇历史小说。
2 《嘉尔曼》：19世纪法国小说家梅里美的中篇小说，也译作《卡门》。

填补因间隔而留下的空白。这样的段落称为"桥"。

大多数小说家虽然天生有过"桥"的才能,但在此过程中,枯燥无味却是难免的。小说家也是人,不可避免地会受时代风气的影响,更何况小说家的感受性还胜过一般人,因此他时常会不由自主地写出一些追随世风的、昙花一现的东西。举例来说,19世纪之前的小说家是不太注意景物描写的,写到某物也至多一两句话。但是,当浪漫主义作家,如夏多布里昂[1],受到公众喜爱后,景物描写成了一时的风尚,成了为描写而描写。就是某个人物上街到杂货店去买牙刷,作者也会告诉你,他路过的屋子是什么样子,店里出售的是什么商品,等等。黎明和夕阳、夜晚的星空、万里无云的晴天、白雪皑皑的山岭、阴森幽暗的树林——所有这一切,都会引来没完没了的冗长描写。许多景物描写固然很美,但离题万里。只是到了很久之后,作家们才明白,不管多么富有诗意、多么形象逼真的景物描写,除非它有助于推动故事的发展或者有助于读者了解人物的某些情况,否则就是废话。

这是长篇小说偶尔才有的缺点,而另一种缺点则是内在的、必然的。要完成一部厚厚的长篇小说,很费时日,至少也要几个星期,一般需要好几个月,有时甚至要好几年。作家的创造力往往会衰退,这是很自然的事。这样,他就只能硬着头皮写

---

[1] 夏多布里昂:19世纪法国浪漫派作家,主要小说有《阿达拉》和《勒内》等。

下去，而在这种情况下写出来的东西，如果对读者还会有吸引力的话，那简直是惊人的奇迹了。

过去，读者总希望小说越长越好，因为他们花钱买小说，当然想读出本钱来。[1]于是，作家们就挖空心思在自己讲述的故事中添加许多材料。他们找到了一条捷径，那就是在小说中插入小说。有时，插入的部分长得像一个中篇小说，而和整部小说的主题又毫无关系，即使有，也是牵强附会的。《堂吉诃德》的作者塞万提斯就是这么做的，而且大胆程度简直无以复加。[2]那些插入的文字后来一直被视为这部不朽名著的一个污点，现在不再会有人耐心地去读它们了。正因为这一点，塞万提斯受到了现代批评家的攻击。不过，我们知道，他在后半部里避免了这种不良倾向，因而要比前半部好得多，写出了那些被认为奇妙得不可思议的篇章。遗憾的是，他的后继者（他们肯定不读批评文章）并没有停止使用这种方法，他们继续向书商提供大量的廉价故事，足以满足读者的需要。

到了19世纪，新的出版形式又使小说家面临新的诱惑。月刊因为用很大篇幅刊登消遣文学而大获成功，对此，虽有人嗤之以鼻，但它却为小说作者提供了好机会：在月刊上连载小说，

---

[1] 18世纪之前，欧洲书商卖小说是统一价，读者往往会挑厚的买。

[2] 指《堂吉诃德》第一部，其中有许多不相干的插入。譬如，堂吉诃德在旅店里讲"好奇莽汉"的故事。这故事其实是塞万提斯写的一部中篇小说，因为找不到出版商出版，他就把它塞进了《堂吉诃德》，这样可以多一点稿费。

可以得到丰厚报酬。几乎与此同时，出版商也发现，在月刊上连载知名作家的小说是有利可图的。作家要按合同定期向出版商提供一定数量的小说，或者说要写满一定的页数。这样一来，就逼着他们慢吞吞地讲故事，一写就是洋洋万言。我们从他们自己说的话中得知，这些连载小说的作者甚至他们中最杰出的如狄更斯、萨克雷和特罗洛普等人也不时感到，要一次又一次定期交出等着连载的那部分小说，实在是一种难以承受的沉重负担。于是乎，他们只好把小说拉长！于是乎，他们只好用不相干的内容把故事弄得拖泥带水！所以，如果考虑到当时的小说家有那么多的障碍和陷阱，那么当你发现当时最优秀的小说也有缺陷时，就不会大惊小怪了。不过，更使我觉得惊讶的倒是，它们的缺陷并不像我想象得那么多。

小说要有故事

一

为了自我提高，我一生中读了不少评论小说的专著。总的说来，这些专著的作者都像H. G. 威尔斯一样，不愿把小说看作一种消遣方式。他们一致同意，小说中的故事是无关紧要的。实际上，他们更倾向于认为，故事是阅读小说时的一种障碍，会分散读者的注意力，使读者忽视了小说中他们认为重要的那些因素。看来，他们好像并不懂得，故事其实是小说家为拉住读者而扔出的一根性命攸关的救生索。他们认为，为讲故事而讲故事是小说庸俗化的表现。我觉得这观点太奇怪了，因为听故事的欲望在人类身上就像对财富的欲望一样根深蒂固。有史以来，人们就一直聚集在篝火旁或者市井处相互听讲故事。这种欲望始终很强烈，当今侦探故事的泛滥就可以证明这点。

虽然把小说家仅仅看作故事员是对他们的轻视和侮辱，但小说家要讲故事仍是事实。当然，我敢说很少有人是这么看待小说家的。小说家通过自己所讲述的事件、所选择的人物以及对他们的态度，为你提供一种对生活的批判。这种批判也许既不新颖也不深刻，但它已在那里了。其结果是，尽管他自己都没注意到，他已经通过他这种简单的方式成了一个道德家。但道德不是数学，不是一门精确科学。道德标准不是一成不变的，原因是它和人的行为举止密切相关，而我们大家都知道，人的行为往往是虚伪的、复杂的和多变的。

我们生活于一个动乱的世界，小说家理应关注这个世界。将来的世界也不会太平，自由总会受到威胁，我们总是处于忧虑、恐惧和挫折之中。过去不容置疑的社会准则，现在看来已大有疑问。但是，当小说涉及这样的严重问题时，读者却会觉得枯燥乏味。这一点，小说家并不是不知道。譬如，现在发明了避孕药，过去为保持贞洁所必须遵守的那种道德标准就不适用了。小说家很快就注意到由此而引起的两性关系变化，因而当他们想维持读者对小说的兴趣时，他们就一味地让男女主人公频频上床。我认为这不是个好办法。切斯特菲尔德爵士[1]曾对性交做过这样的评论：快感是一时的，情景是可笑的，代价是昂贵的。要是他活到今天并且读过现代小说的话，也许会这样评论：行为是千篇一律的，描写是重复冗长的，感觉是索然无味的。

目前，小说有一种倾向，就是注重刻画人物而不注重讲述

---

[1] 切斯特菲尔德爵士：18世纪英国政治家、文学家，以其《书信集》闻名于世。

故事。当然，刻画人物也很重要，因为只有当你熟悉了小说中的人物并对他们产生同情之后，你才会关心发生在他们之间的事情。但是，倾尽全力刻画人物而不注重人物之间发生的事情，这只是小说的一种写法。另一种写法则是单纯讲述故事，其间对人物的刻画很马虎或者很粗略，像这样的写法也同样有权存在。事实上，有不少闻名于世的好小说就是这么写的，如《吉尔·布拉斯》[1]和《基督山伯爵》[2]等。假如山鲁佐德[3]只知道刻画人物性格而不讲那些奇妙的故事，她的脑袋早就被砍掉了。

二

我写小说，总喜欢先把故事在脑子里酝酿很长时间。譬如，我在南海群岛构思的第一个故事，直到四年后我才把它写出来。我已经多年没写短篇小说了，而我的文学生涯却是从写短篇小说开始的。我的第一本书是一部短篇小说集，其中有六个短篇小说，写得都不怎么好。那之后，我时而仍会写写短篇小说，投到杂志社去。他们要我写得幽默一些，可我没有幽默细胞，总是写得一本正经，要不就是愤世嫉俗。所以，我从杂志

---

[1] 《吉尔·布拉斯》：18世纪法国小说家勒萨日的长篇"流浪汉小说"。
[2] 《基督山伯爵》：19世纪法国小说家大仲马的长篇小说。
[3] 山鲁佐德：《一千零一夜》里的故事叙述者，她因不断讲故事吸引残暴的国王而免遭杀害。

社那里并没有赚到多少稿费。我的第一个短篇小说题名《雨》，尽管我觉得并不比我早年的习作好多少，但我还是一篇接一篇地继续写。写了六篇，投到杂志社去，竟然全都发表了。于是，我把它们集在一起，拿去出版，竟然也成功了，使我喜出望外。我喜欢写短篇小说。因为和想象中的人物一起过上两三个星期，然后就和他们告别，很合我的心意。如若写长篇小说，你要和那些虚构人物一起过上好几个月，甚至一两年，不免会感到厌倦，写短篇小说就不会，你没有时间厌倦。万把字的短篇小说，叙述故事、展开主题的空间都很有限，因而必须写得简洁明了。好在我有写剧本的经验，在这方面可谓训练有素。

然而，我不太幸运，正致力于写短篇小说时，英美文学界却流行"契诃夫热"[1]。是的，就是文学界也时常会走极端：当某种写法流行时，其实不过是转眼即逝的时尚，却被看得像是自然法则。那时的看法是，不管小说家有何种艺术倾向，若要写短篇小说，就要像契诃夫那样写。有些小说家甚至把契诃夫小说中的那种俄国式的忧郁、神秘、痴呆、绝望和唉声叹气，也都搬到英美小说中来了，还赢得了一片叫好声。其实，契诃夫是很容易模仿的。我曾认识几十个俄国难民，他们中就有人模仿契诃夫写短篇小说，而且还模仿得很像。只是后来，他们对我很愤怒，原因是他们要我修改他们用英文写的稿子，并指望

---

[1] 契诃夫的短篇小说没有故事或几乎没有故事，而毛姆的长处是讲故事，所以他说"不太幸运"。

我帮他们把稿子拿到美国杂志上去发表，还指望得到高额稿酬，我帮他们修改了稿子，却没有帮他们去投稿，他们就和我翻脸了。契诃夫是个杰出的短篇小说家，但他有局限，只是他很机智，把自己的局限变成了一种风格、一种特色。他没有讲故事的天赋，没有能力虚构一个完整且富有戏剧性的故事——像《遗产》或《项链》[1]中的那种你可以在餐桌上绘声绘色地讲述的故事，他是想不出来的。在生活中，他是个性情随和、讲求实际的人，但作为小说家，他却显露出一副愁苦忧郁的面孔，对生活中任何事情都厌恶地皱眉头。这种痛苦不堪的表现，实质是情感受挫的愤怒反应。在他看来，生活是无聊的。他笔下的人物都死气沉沉，没有个性，也没有激情，而他对这种人物感兴趣，就是因为他们不是活生生的人。也许就是这个缘故，他总使你觉得，他笔下的人物都很相像，虽然外貌、身份彼此不同，但他们全都对无聊的生活感到无可奈何。这就是他的风格、他的特色。遗憾的是，模仿他的人都没有注意到这一点。

　　我不知道我能不能写出契诃夫式的短篇小说，但我不想模仿他。我只想写有故事、有情节、有起有落、有头有尾的短篇小说。我认为，短篇小说应该讲述一个故事，或是与物质生活有关的故事，或是与精神生活有关的故事。但要尽可能讲述得简洁明了，不能枝枝蔓蔓或节外生枝，要浑然一体才能使故

---

[1] 《遗产》和《项链》均是莫泊桑的短篇小说。

事具有戏剧性。我并不害怕别人把我的短篇小说称作"故事梗概"。在我看来，只有故事讲得不合逻辑才应受到指责，而就讲故事本身来说，如今常遭读者嫌弃，乃是因为小说家往往随意胡乱地"拼凑"故事，而不是有条有理地"讲"故事。反正，我写小说，就是讲一个有头有尾的故事。

三

既然这样，我的小说当然不会受当今文学界重视。奇怪的是，我写剧本时用的是传统方式，没有人说我不好；而当我写小说时，我像新石器时代住在山洞里围着篝火讲故事的原始人一样讲故事，这是最最传统的方式，别人却说我不好。但是，我有故事要讲，我就是喜欢讲故事。在我看来，小说的核心就是故事。不幸的是，如今的专家学者都轻视故事。我读了很多有关小说的理论专著，它们全都认为情节对于小说来说没有多大价值。（顺便说一句，我不太理解那些高明的理论家为什么要把故事和情节区分开来，故事不是由情节组成的吗？）它们全都认定，真正有智慧的小说家是不讲究情节的，只有愚蠢的小说家才用情节去讨好愚蠢的读者。是啊是啊，这么说来，小说家就是散文家，散文家就是小说家，查尔斯·兰姆和黑兹利特才是"真正有智慧的小说家"。

不管怎样，听人讲故事乃是人性所需，如同看人跳舞、看人演戏一样天经地义。就是在今天，其实也是人人喜欢听故事的，侦探小说的大受欢迎就表明了这一点。那些高明的理论家原本是不应该屈尊去读侦探小说的，但他们还是读了。他们不是认为不讲故事的心理分析小说和教育小说是最好的小说吗？为什么要去读专讲故事的侦探小说？可见他们内心有这种需要。不过，也不是所有小说家都会讲故事。有许多并不愚蠢的小说家，脑子里有一大堆事情要讲，还有一系列活生生的人物形象，但就是不知道怎样把这些事情和人物编排在一起。他们想不出一个令人信以为真的故事。当然，就像所有人一样，所有小说家也都有自欺倾向，也都会掩饰自己的缺点，说他不讲故事是为了能让读者更好地发挥想象力，或者干脆指责读者庸俗无聊，只想听故事，不肯动脑筋。或者辩称，生活中没有那种有头有尾的故事，事情不是悬而未决，就是不了了之。其实，并非总是如此，至少死亡是我们每个人的故事结尾。再说，就算他们说得对，那也不能作为不讲故事的理由。

如果小说家承认自己是艺术家，那他就不能复制生活，而要艺术地表现生活。小说家要艺术地表现生活，就是要讲故事，就如画家要表现生活，就要用画笔与颜料。小说家对生活的感受和他的个人性格，就是通过讲故事而有意无意地表现出来的。只要回顾一下艺术史，你就会发现，以往的艺术家很少讲什么现实主义；他们往往把现实生活（或者大自然）当作素材，用以表现他们所要表现的生活。只有当艺术想象力过于奇幻，离现实生活太远时，他们才会注意到，有必要在某种程度上回归现实生活，回归自然。

要想知道自己感兴趣的人究竟会怎样，是读者的自然欲望，小说家讲故事，就是为了满足这种欲望。要讲好一个故事固然不易，但这不能成为轻视故事、不讲故事的理由。好的故事必须与小说主题密切相关，同时又要真实可信；要自然而然地展示人物性格（这在当今小说中特别重要）；要前后照应、交代清楚，不能让读者看出前后有矛盾或者哪里有漏洞。当然，还要像亚里士多德说到悲剧时所说的那样，要有开端、有中段、有结尾。情节是故事的组成部分，很多人似乎并未注意到它的主要用途。它是用来牵住读者鼻子的一根绳子，可说是小说中最重要的东西。小说家就是用这根绳子牵住了读者的鼻子，使他满怀期待、饶有兴味地埋头读书，读了一页又一页，直到把一大本书读完。不过，有经验的小说家知道，你绝对不能让读者觉察到你在用一根绳子牵住他的鼻子，而是要让他自以为书中的有趣之处是他自己发现的，所以他才会关注，并不是被人牵着鼻子走。至于如何牵住读者鼻子的种种方法，因为我在这里不是写关于小说创作的专业论文，所以也就不一一列举了。最后我想以《理智与情感》和《情感教育》为例，说明牵住读者鼻子有多么重要，忽视这一点又会有怎样的后果。简·奥斯汀在《理智与情感》中牵住读者的鼻子一路往前走，以至于读者根本没有注意到，那个埃莉诺其实是不太可信的——虽是少女，也不至于拘谨到这等地步；还有那个玛丽安娜，也不可能那么傻；至于那三个男人，更是写得不像活人，像是石膏做的人体模型。反之，福楼拜在《情感教育》中不屑牵读者的鼻子，而以严格精细的客观描述自居，不在乎读者关心不关心人物命运，结果呢，这部小说枯燥得令人难以卒读。可惜啊，其实这部小说有很多很多优点，就因为福楼拜不屑用故事情节吸引读者，以至于几乎没人关心这部小说到底好在哪里。

关于小说家的个性

要一个写作者写出有价值的作品，除了有创作本能，同时还需要什么呢？是的，我说，要有个性。个性讨人喜欢，还是令人厌恶，这不重要。重要的是，写作者要凭借自己天生的癖好，形成自己独特的看法。即便他的看法被一般人认为既不合理又不真实，也没关系。你可能不喜欢他笔下的世界，比如司汤达、陀思妥耶夫斯基或者福楼拜笔下的世界，甚至很反感。但不管怎样，他所呈现的世界总会给你留下深刻印象，你很难漠然置之；反之，如果你喜欢他的世界，比如菲尔丁或简·奥斯汀的世界，那么你就会由衷地接纳这位作者。这都取决于你自己的性情，和作品的实际价值无关。

我一直很好奇地想发现，我谈到的这些小说家到底具有怎样的特点，使他们写出了世人公认的杰作。我们对菲尔丁、简·奥斯汀和艾米莉·勃朗特固然所知不多，但其他几位，关于他们的生平资料却多得不得了。司汤达和托尔斯泰自己就曾写过厚厚的自传；福楼拜留下了大量的私人信件；还有几位呢，不是有亲戚朋友写的各种回忆录，就是有传记作家详尽撰写的传记。说来令人奇怪,他们好像都不是很有学识。福楼拜和托尔斯泰固然常常读书,但主要是为了寻找材料来充实自己要写的东西;其他人所读的书,即使比他们同一阶层的普通人多,也多不了多少。他们对自己从事的艺术非常关注,对其他艺术好像都没有多少兴趣。简·奥斯汀自己就曾说,她讨厌去听音乐会。托尔斯泰还算喜欢音乐,但也只是弹弹钢琴而已。司汤达会去看歌剧,但这种音乐表演,即使不喜欢音乐的人,也会附庸风雅地去看。他在米兰时每晚都要去斯卡拉[1],和朋友聊天、吃饭、玩牌,而且和他们一样,只有当某一著名歌手演唱某些著名曲段时才会关心一下歌剧。他对莫扎特、契玛罗萨、罗西尼[2]一视同仁,全都表示敬仰。至于其余几位,我就看不出音乐对他们有什么意义了。绘画和雕刻艺术也一样,你在他们的书里看到他们谈论绘画和雕刻时会发现,他们的品位全都陈腐得令人悲哀。谁都知道,托尔斯泰认为所有绘画都一文不值,除非所画的内容有道德含义。司汤达则宣称,其实圭多·雷尼[3]比列奥纳多·达·芬奇更加出色、更加经典;他还宣称卡诺瓦[4]是最伟大的雕刻家,比米开朗基罗还要伟大,因为他认为卡诺瓦

---

1 斯卡拉(the Scala),米兰的娱乐中心,有歌剧院,也有餐馆、赌场等。
2 莫扎特、契玛罗萨、罗西尼:分别是18世纪奥地利作曲家、18世纪意大利作曲家、19世纪意大利作曲家,三人的音乐风格很不一样。
3 圭多·雷尼:16—17世纪巴洛克时期的意大利画家。
4 安东尼奥·卡诺瓦:18—19世纪意大利雕刻家,其作品具有巴洛克风格。

的作品中有三十件是杰作,而米开朗基罗只有一件[1]。

……

一个人过了三十岁还有创作本能是很不正常的,简·奥斯汀是个例外——她好像具有一个女人可能有的所有美德,却又不是那种让人无法忍受的女性楷模——其他几位作家,在有些方面都不正常。陀思妥耶夫斯基是癫痫病患者,福楼拜也是,而且人们普遍相信,医生开给他的药物对他的创作有很大影响。这使我想起一种说法,说身体疾病或童年时的不幸经历,是创作本能的决定性因素。所以,拜伦如果不是跛足,就不会成为诗人;狄更斯如果不曾在炭粉厂做过几星期的童工,就不会成为小说家。在我看来,这是胡扯。无数人天生是跛足,无数孩子曾被送到炭粉厂干脏活,却没有写出十行诗或者散文。创作本能固然人人都有,但只有在少数人身上是强烈而持久的。跛足的拜伦也好,患癫痫病的陀思妥耶夫斯基也好,还是有过不幸经历的狄更斯也好,如果他们没有出自本性的创作冲动,是不可能成为诗人或作家的。同样的创作冲动,也出现在身体健康的亨利·菲尔丁、简·奥斯汀和列夫·托尔斯泰身上。我毫不怀疑身体上或精神上的缺陷会影响作家的创作。这会使他在某种程度上疏远他人,使他自怜自艾,因而使他用不寻常的、往往是苦涩的眼光看待世界,看待生活和他的同类。而最为重

---

[1] 米开朗基罗的雕刻作品很多,大多被公认为是不朽之作,但司汤达却认为只有一件是杰作(可能是大卫雕像)。

要的是，这会使他由外向变为内向，而内向是和创作本能密不可分的。我毫不怀疑，陀思妥耶夫斯基如果没有癫痫病，就不会写现在他所写的这种书。但我也毫不怀疑，他仍然会成为作家，写许多书。

总的说来，除了艾米莉·勃朗特和陀思妥耶夫斯基，这些大作家肯定都很乐于和人交往。他们有活力。他们是好伙伴而且善于言谈，每一个和他们接触的人都会感受到他们的魅力。他们也很会享受生活，喜欢好的东西。不要以为专心创作的艺术家都喜欢住在阁楼上，那是错的，其实并非如此。他们生性活跃，还喜欢表现自己。他们也喜欢摆阔。譬如：菲尔丁挥金如土；司汤达服饰华美，还有敞篷车和车夫；巴尔扎克无聊地炫富；狄更斯大摆宴席，宅第豪华、车乘精美。他们根本不是禁欲主义者。他们需要钱，不是为了储蓄，而是要挥霍，他们的赚钱方式也不总是很正当的。奢侈铺张合乎他们的乐观心态，这很自然，如果说这是缺点，那也是我们大多数人都会认同的缺点。不过——还是只有一两个例外——他们中的大多数人都是很难相处的。他们都有一个特点，那就是脾气再好的人也会被他们弄得心烦意乱。他们都非常自我中心。在他们眼里，除了他们自己的写作，其他任何事情都是无关紧要的。因此，为了写作，他们随时准备牺牲所有亲朋好友的利益，而且毫不愧疚。他们都很虚荣，还相当自私和固执。他们的自控力很差，一旦心血来潮，从不顾及会不会伤害别人。他们似乎都不想结婚；

就是结了婚，不是出于一时冲动，就是婚后朝三暮四，不会给妻子带来什么幸福。我想，他们结婚大概是为了逃避内心的焦躁不安：安顿下来以求太平。也就是说，他们把婚姻想象成了一个锚地，可以在此抛锚而免于被风浪卷走。但是，逃避、安宁并不合乎他们的性格。婚姻生活是要相互妥协的，而他们都是些自视甚高、唯我独尊的人，怎么可能妥协呢？他们有过风流韵事，但无论是他们自己，还是他们的风流对象，看来都对他们的韵事不甚满意。这不难理解，要维持风流韵事也需要妥协、无私、温存，而妥协、无私、温存，却远不是他们这种人所能做到的。所以，除了性欲正常的菲尔丁和性欲旺盛的托尔斯泰，其他人似乎都没有太多性爱之事。有人猜想，他们的风流韵事很可能是出于他们的虚荣心，也可能是为了证明自己的男性能力，而不是真的受到难以抗拒的诱惑而神魂颠倒。我大胆说一句，他们只是为了发泄性欲，而一旦完成，他们就能安下心来继续写作了。

　　以上所说，当然是泛泛而论，而泛泛而论，我们知道，只是大概如此。我所选择的这几个人，是我有所了解的，而我对他们的评论，很可能会在这方面或那方面有所夸张。我也没有谈到这些作家在世时所处的社会环境和当时的舆论氛围对他们的影响，而这显然是不可忽视的。除了《汤姆·琼斯》，我所评论的小说都问世于19世纪。这是一个革命时代，充满了社会革命、工业革命和政治革命，人们抛弃了世世代代很少变化的生活方式和思维方式。可以说，这是一个这样的时代：旧信仰不再被理所当然地接受，到处都有一种骚动不安的气氛，生活就如一种从未有过的、令人刺激的历险。在这种情况下，很容易产生不寻常的人物和不寻常的作品。事实也确实如此，如果你愿意接受19世纪要到1914年才结束的说法[1]，那么在19世纪问世的小说杰作之多，可谓空前绝后。

---

[1] 1914年"一战"爆发，通常被视为欧洲近代和现代的交界点，19世纪属近代，故有此说法。

关于人物原型

一

我偶尔会认识一些人，或者偶尔会听到些什么。只要我觉得适合做小说题材的，我便用来创作小说。这使我想起一个问题，一个经常使小说家感到困窘、有时还会使公众（小说家的写作素材）感到不安的问题。有些小说家声称，他们塑造出的某个人物，绝对没有生活中的原型。我觉得他们说错了。他们这么说，是因为他们没有仔细想一想他们塑造的人物究竟是从哪里来的。只要仔细想一想，就不难发现，这个人物要么是从他们读过的某本书里直接搬过来的（这种做法其实并不少见），不然的话，那就一定是在什么时候认识某人或某种人，或者曾听人说过某人或某种人，从而为塑造这个人物提供了必要的素材。

已故大作家都不讳言自己笔下的人物是根据生活中的某人塑造的。我们知道，沃尔特·司各特爵士是个循规蹈矩的人，但他还是大胆地以自己尊敬的父亲为原型，塑造出某个小说人物。这个人物起初还很刻薄狠毒，后来才渐渐地变得性情温和。

还有亨利·贝尔[1]，他甚至在一部长篇小说的原稿上注明了人物原型的姓名。还有屠格涅夫[2]，他坦率地说："拿我来说，我应该承认，我想要创造一个典型人物的时候，倒不是先有一个概念，而是必须先要有一个类似具有多重性格的活人作为原型。我总是需要有一个坚实的基础，然后才能在上面踏步行走。"福楼拜也是如此。至于狄更斯，更是尽人皆知，他的亲戚朋友几乎全都被他写进了小说。还有，只要你看一看朱尔斯·列那尔[3]的《日记》，就会看到他是如何处心积虑地把他认识的人一个个记录下来：把他们的习惯动作、说话腔调、外貌特征等，全都仔细地描写出来；当他要塑造小说人物时，就把这些人当作原型。同样，在契诃夫的日记里，你也能看到好多显然是为日后写小说所准备的札记；在他的亲友所写的回忆录中，也常常提到他小说中的某个人物是以某人为原型的。由此看来，小说家这么做是很普遍的，甚至是必要的、免不了的。因为这么做的好处很明显：有一个活生生的原型，你就比较容易塑造出一个有血有肉、个性鲜明的小说人物。反之，单凭想象（尽管想象其实也有根据），是很难塑造出栩栩如生的人物来的。它需要活生生的参照物。

如果某个小说家看到某人很有个性而想把这个人当作原型，

---

1 亨利·贝尔：《红与黑》作者，笔名司汤达。
2 屠格涅夫：19世纪俄国三大小说家之一，著有《罗亭》《父与子》等。
3 朱尔斯·列那尔：19—20世纪法国作家。

同时又不想把这个人原原本本地写出来,那他就背离了自己的初衷。要知道,人的个性是由多种因素组成的,如果你担心别人会认出原型,于是便把矮个子写成高个子(好像身材是与个性无关的),或者把慢性子写成急性子,那你就破坏了个性的"天然和谐"。所以,最好还是不要太多改动原型。至于别人会怎么想,那就让他们去想吧!

在这方面,小说家总得面对人性中最令人讨厌的一大弱点:疑神疑鬼。很多人若在一部小说中看到某个人物很像他的一个朋友,都会很兴奋,因为他们知道,他们的这个朋友和小说作者是熟人,于是自然而然就认定,小说中的那个人物肯定就是以他为原型的。如果那个人物是不太光彩的,他们就会更加兴奋,而实际上呢,小说作者自己知道,那个人物的原型是另一个人,根本不是他们的这个朋友。此外,许多人还会"对号入座",即当他从某个人物身上看到自己的某些特征、同时又看到小说中的地点就是他的居住地,于是就自认为小说作者写的就是他。举例来说,在我的小说《边远的哨所》中,我是以我早先在西班牙认识的一个英国领事为原型,塑造出那个驻扎官的。在我塑造这个人物时,那个领事已经去世十年了。然而,由于我在小说中写到的是砂拉越[1]的某个地方,那里的一位驻扎官竟然对我大为愤怒,认为我写的是他。其实,除了都是驻扎官,

---

1 马来西亚一地区。

他和那个人物毫无相同之处。

我想，没有哪个小说家想把生活中的某个人完完整整、一丝不差地描绘出来。因为这样一笔一画的临摹实在太愚蠢，而且吃力不讨好。不说你不可能临摹得一丝不差，就算临摹出来了，你也会大吃一惊：这个人物竟然虚假至极！是的，小说人物就是这样奇怪，必须根据原型加以想象，方能塑造得真实可信。大概就是这个缘故吧，许多小说家都对已故诺思克利夫勋爵[1]的刚毅性格和杰出才能赞叹不已，却没有一个小说家成功写出过诺思克利夫勋爵的真实形象。

小说的原型是小说家眼中的原型，而小说家若有个性，他眼中的原型很可能与实际上的相去甚远。一个高身材的人，他看来可能还嫌矮；一个很大方的人，他看来可能还有点小气。但是，我再说一遍，这是他眼中看出来的。他看来怎样，那人就是怎样，因为他并不关心那人实际上怎样。他只是把那人当作一个钩子，可以把自己的想象挂在上面。正因为如此，小说家往往会赋予原型以某些本不具备的特性。他使他变得完整、统一。这样以原型为基础的想象过程，就是塑造小说人物的过程，也就是艺术创作过程。在这过程中，原型——或者说生活本身——只是素材而已。

有意思的是，当人们说某小说家笔下的某人物就是某某人

1　诺思克利夫勋爵：19—20世纪英国现代报业奠基人。

时，似乎总是关注某人物不光彩的一面。譬如，写一个人物，说他对母亲特别好，但要打老婆。人们马上会跳起来说："啊，那不是布朗吗？布朗就是缺德，常常打老婆！"很少有人会说那是琼斯或鲁滨孙[1]，尽管人人知道，琼斯或鲁滨孙对母亲都特别好。由此我得出一条多少有点令人惊讶的结论：我们看人，总是看到别人坏的一面，而不看好的一面。

二

现实生活很少为小说家提供现成故事。实际上，现实生活常常是令人厌烦的。现实生活可以激发小说家的想象力，但有人却照搬现实生活，这对小说创作是有害的。譬如，《红与黑》就是最好的例子。《红与黑》是一部非常伟大的小说，但普遍认为，小说的结尾写得太令人失望。原因不难找到：司汤达是根据当时发生的一起刑事案件写这部小说的。那起刑事案件曾轰动法国，即一个年轻的神学院学生先是勾引一个女人，后来又因怨恨这个女人而开枪打死了她，后经法庭审讯，这个神学院学生被送上了断头台。司汤达虽然在这部小说的主人公于连·索雷尔身上植入了他自己的个性，还植入了他所向往而又

---

[1] 布朗、琼斯和鲁滨孙均为英国最常见姓氏，泛指普通人，就如中国的"张三、李四"。

不可能得到的东西，譬如英俊的相貌、伶俐的口齿，从而塑造了一个非常有趣的人物形象，而且足足花了全书四分之三的篇幅来塑造这一人物形象。但是，到了最后，他竟然想象不出这个人物应该有怎样的结局，而是照搬了现实生活中的那个神学院学生的行径，即开枪打死了那个女人而被送上了断头台。这样一来，这个人物在性格方面和智力方面都变得前后不一致了。按小说前面所塑造的这个人物，无论是从性格上说，还是从智力上说，他都不可能会做这等傻事。这样的前后矛盾，实在太糟糕了。你不相信会有这种事，就等于你不相信这部小说，而当你不相信一部小说时，你就读不下去了。这里的教训是：如果现实事件和你想塑造的人物性格并不完全相符，那就干脆不要采用现实事件。我不知道司汤达应该怎样结束这部小说，但我想，随便怎样虚构一个结局，也不会比现在这个结局更糟糕。

至于人物，我曾以现实生活中的某人为原型而受到指责，那些评论文章说我胆大妄为，好像在我之前从未有人这样做过似的。这是胡乱指责。把现实生活中的某人当作人物原型，是小说家的普遍做法。自有文学以来，历代作家都无不为塑造人物找寻原型。我相信，后世学者一定知道，当初佩特罗尼乌斯[1]是以罗马的哪个富婆为原型塑造了特里马乔这个人物的；研究

---

[1] 佩特罗尼乌斯：公元1世纪古罗马朝臣，一般认为故事集《萨蒂利孔》是他的作品。下文的"特里马乔"就是故事中的一个重要人物。

莎士比亚的学者也一定知道，贾斯蒂斯·沙洛先生[1]的原型是谁。同样，我们都知道，狄更斯笔下的米考伯先生[2]是以他父亲为原型的；还有哈罗德·斯金波[3]，是以利·亨特[4]为原型的。我很怀疑，那些否认自己笔下的人物是以真人为原型的小说家，是不是在自欺欺人（完全有这种可能，因为没有多少智慧的人也可以做个不错的小说家）。就算他们没有说谎，真的没有明确的原型，那也可能是他们记忆中的某个人或某些人，而不可能是凭空创造出来的。无论是达达尼昂[5]、普劳迪太太、阿奇迪肯·格兰特利[6]也好，或者简·爱[7]、热罗姆·夸尼亚尔[8]也好，我们都时常会在现实生活中遇到，只是名字不同、服饰不同罢了。所以说，小说家以现实生活中的某人作为人物原型，是普遍做法，甚至是必需的。我不明白，为什么有些小说家不肯承认。

我坚持认为，从原型到人物，就是小说家的创造。在现实

---

1 贾斯蒂斯·沙洛先生：莎士比亚剧作《亨利四世》中的人物。
2 米考伯先生：狄更斯小说《大卫·科波菲尔》中的人物。
3 哈罗德·斯金波：狄更斯小说《荒凉山庄》中的人物。
4 利·亨特：19世纪英国散文家、诗人、政论家，狄更斯的朋友。
5 达达尼昂：法国作家大仲马的小说《三个火枪手》中的人物。
6 普劳迪太太、阿奇迪肯·格兰特利：均为英国作家安东尼·特罗洛普的系列小说《巴塞特郡纪事》中的人物。
7 简·爱：英国作家夏洛特·勃朗特同名小说中的主人公。
8 热罗姆·夸尼亚尔：法国作家法朗士的小说《热罗姆·夸尼亚尔的意见》中的主人公。

生活中，即便是最亲密无间的人，我们往往也并不真正了解；即便有所了解，也不足以把他们变成小说中栩栩如生的人物。现实生活中的人是难以捉摸的，很会遮掩、伪装，很难复制。而且，他们的行为举止又往往是不一贯的，甚至是自相矛盾的。小说家并非复制原型，而是从原型身上获取某些素材，或者说某些显著特征，然后发挥自己的想象力，塑造出小说中的人物。小说家并不关心写出来的人物是否和原型相像，他只关心写出来的人物是否完整、统一。常常还会有这种情况：某个人物写得和某个原型其实很不相像，甚至小说家用的不是这个原型而是另一个原型，这个人物仍会被认为是这个原型的逼真画像。由此可见，人物与原型的联系有很大的偶然性，而小说家获得原型也往往是偶然的。对小说家来说，在酒吧里瞥见某人，或者在轮船上的吸烟室里和某人聊了一刻钟，就足以把他们当作原型了。小说家所需的是一层薄薄的土壤（原型），只要这层土壤足够肥沃，小说家便撒上种子（他的人生经历、人性知识和创作才能），种出花卉（人物）。

小说家这么做，本是很平常的事，不见得会得罪什么人。不幸的是，总有人神经过敏，哪怕是和小说家仅有一面之交的人，也会到小说家笔下去寻找自己的影子。他们捕风捉影，自作多情地认为小说中的某某人物写的是他们，而若这某某人物被写得不是什么好人，他们会觉得自己被大大地冒犯了。他们对别人随意挑剔、任意嘲笑，对自己却一点也不虚心，自以为白玉无瑕，哪怕是最中肯的批评，也会使他们火冒三丈。在他们看来，小说家总是心怀恶意，即便是对他人表示同情，也是虚情假意，比冷酷无情还要恶劣。更有甚者，还有人无中生有，利用小说家为自己搞出点名气来。譬如，有些女人声称，我曾和她们有染，而我在小说中却辱没了她们的情意。可是，我不仅没有和她们有染，就连认都不认识她们，有的甚至连听都没听说过。真是莫名其妙！这些厚脸皮的无耻女人，也许是因为空虚而无聊，于是故意把自己认作小说中的某个坏女人，这样也好在她们那个圈子里轰动一阵。真是荒唐至极！我想，有此种"艳遇"的小说家，大概不止我一个。

有时，小说家会以普通人为原型，塑造出或是品格高贵、或是克己奉公、或是见义勇为的人物。这是因为小说家在原型身上发现了这些品质，而原型周围的其他人呢，一直是对此视而不见的。因此，没有人会认出这样的原型，然而奇怪的是，只要你写出有这样那样缺点或者有这样那样怪癖的人物，你周围的人马上会认出，这个人物是以哪个人为原型的。对此，我曾无奈地得出结论：人们总是只注意别人的缺点，而不注意别人的优点。其实，小说家很少想得罪人，因而总是尽量不让别人看出人物的原型。为此，他会把人物放到另一个城市，或者让人物从事另一种职业，甚至把人物置于另一个社会阶层。但是，他不能轻易改变原型的体貌特征。因为个人的体貌特征是影响个人性格的重要因素；反过来说，个人性格也可以通过个人的体貌特征表现出来——至少大致上可以。所以，你不能把一个高个子写成了矮个子后，又让他的性格保持不变。一个人的身高决定了他看周围事物的视野大小，你改变了他的身高，他的性格也要相应有所改变。你不能把一个娇小的黑发女子写成一个高大的金发女郎后，仍然让她表现得像一个娇小的黑发女子。总之，你必须保留原型的体貌特征，否则你就违背了你自己的意愿。因为你用他作为原型，看中的就是他的性格，而他的性格是和他的体貌特征密切相关的。不过，这并不表明那个被你用作原型的人可以理直气壮地指着小说中的某个人物说："这个人物就是我。"他至多只能说："塑造这个人物的灵感是我提供的。"如果他是个通情达理的人，他只会对此感兴趣而绝不会生气，因为小说家的观察与想象很可能会使他对自身有所领悟，而一个人对自身有所领悟，总是一件好事。

关于我的几部小说

一

我的第一部长篇小说叫《兰贝斯的丽莎》，是和我第一次打交道的一个出版商约我写的。那时，出版商菲希尔·欧文推出一套称作"笔名丛书"的短篇小说集，其中包括像约翰·奥利弗·霍布斯[1]等人的短篇小说。这套丛书很受读者欢迎，被认为很有意思，也很新鲜，所以，有些作者借此出了名，出版商也有了名气。于是，我写了两个短篇小说，合在一起正适合这套丛书中的一册。我把稿子寄给菲希尔·欧文。过了一些时候，他把稿子退了回来，但附了一封信，问我能不能写一部长篇小说让他看看。这对我是个极大的激励，我马上就着手写了。那时，我白天要到医院上班，只能晚上写。我通常六点钟一下班就回住处，读完顺路在兰贝斯桥拐角处买的《星报》后，匆匆吃过晚饭，清理好桌子，就摊开稿纸来写。

---

1 约翰·奥利弗·霍布斯：19世纪英国女作家珀尔·克雷吉的笔名。

菲希尔·欧文对作者是很苛刻的，他知道我年轻，没经验，急于想出书，就在签订出版合同时要我答应，等他把书卖得差不多后才给我稿费。不过，他很会宣传，把我的小说寄给了很多有名望的人。尽管评价不一，反响还是很强烈，甚至连大主教巴兹尔·威尔伯福斯在威斯敏斯特大教堂布道时也提到了这本书。圣托马斯医院[1]的产科主任读了这本书也觉得很不错，加上那时我已通过医师资格考试，他就想提拔我，给我一个职位。但我不明智地拒绝了，因为我踌躇满志，决定弃医从文。这本书出版一个月后就再版，我毫无疑虑地认为，我完全可以当一名作家，以写作为生。一年后，我从塞维利亚回来后不久，收到了菲希尔·欧文寄来的稿费支票——竟然有20英镑，这使我多少有点吃惊。根据这一段时间的销售情况，看来《兰贝斯的丽莎》还有许多人想读。要说它有什么吸引人的地方，那也是得益于我在医院实习期间有幸接触到生活的另一面，这是当时的小说家很少能接触到的。阿瑟·莫里森[2]的《陋巷故事》和《来自杰戈的孩子们》使公众注意到了下层社会的生活，我是步他的后尘，因而也引起了公众的注意。

我并不怎么懂得写作。虽然就年龄来说，我那时读过的书并不算少，但我是囫囵吞枣似的一本接着一本读，往往只是看

---

[1] 毛姆从医科学校毕业后，就在这家医院实习。
[2] 阿瑟·莫里森：20世纪初英国作家、记者，以写维多利亚时代末期伦敦东区贫民窟生活的小说而闻名。

个大概，并没有认真思考，所以，我总觉得我并没有从中得到什么好处。然而，当我决定从事写作时，我还是发现自己特别受益于莫泊桑[1]的小说。我十六岁就开始读莫泊桑的小说了。每次去巴黎，我都会一下午一下午地在奥泰昂的长廊书店里翻阅各种各样的书。莫泊桑的短篇小说选集，有的售价75生丁[2]，我就买下来；有的要3法郎半，我就买不起了，只好把书从架子上取下来，站在那里偷读，能读多少就读多少。我常趁书店伙计不注意，悄悄把书裁开几页[3]，读完后再若无其事地放回架子上。这样，我在二十岁之前就读了莫泊桑的大部分作品。如今，莫泊桑的名声虽已大不如前，但仍需要承认，他的小说有很多优点。他不仅行文清晰明快、有条有理，而且懂得怎样最大程度地使自己所讲述的故事具有戏剧效果。我总觉得，和当时那些受年轻人追捧的英国小说家相比，他更值得我师从，更值得我效仿。

我在《兰贝斯的丽莎》中既无虚构，又无渲染地描述了我在圣托马斯医院做产科实习医生时所认识的那些人，以及我在工作或闲暇时所遇到的那些事。因为缺乏想象力，我只能如实地记录自己的所见所闻（想象力是随阅历的增长而增长的，所以和大多数人相信的正好相反：中老年人比年轻人更有想象力）。其实，我的这本书取得成功是纯属偶然，或者说是我运气好，并

---

1 莫泊桑：19世纪法国小说家，著有《俊友》《温泉》《羊脂球》等。
2 法国货币名，100生丁合1法郎。
3 当时还没有切边机，从印刷厂里出来的新书是不切边的，由读者自己将其裁开。

不表明我将来一定会前途无量。但当时我并未意识到这一点。

菲希尔·欧文要我再写一本关于贫民窟的书,篇幅可再长一点。他说公众对此很感兴趣,还说我既然已经打开局面,这本书一定会比《兰贝斯的丽莎》更加成功。但是,这根本不在我考虑之中。我有自己的想法。因为不知何故,我总觉得不应该复制成功,而要超越成功。既然我已经成功地写了一本关于贫民窟的书,我就没兴趣再写第二本了。实际上,我已经在写一部完全不同的小说。菲希尔·欧文看到这部小说后一定会很沮丧、很失望。小说的背景是文艺复兴时期的意大利,故事是我在马基亚韦利[1]的《佛罗伦萨史》中读到的。为什么要写这部小说,是因为我读到了安德鲁·朗[2]的几篇关于小说艺术的文章。其中有一篇,我读了特别信服他的观点。他认为,年轻作家唯一有希望写成功的是历史小说,因为年轻作家没有足够的生活阅历,难以描写当代生活,而以历史人物和历史事件作为素材,便可以把年轻人特有的浪漫和热情充分发挥出来。现在我知道,他是胡说八道。首先,说年轻人没有足够的阅历来描写当代生活,就是错的。我们不能理所当然地认为,一个人到了晚年就一定比他年轻时更了解他周围的人。譬如,在他童年时代,周围有家里人、仆人、老师,还有其他男孩和女孩——

---

1 马基亚韦利:文艺复兴时期(15—16世纪)意大利政治家、历史学家,著有《君主论》《佛罗伦萨史》等。

2 安德鲁·朗:19—20世纪英国历史学家、民俗学家,著有《安德鲁·朗童话集》等。

这些人，他都很了解。他可以直接观察他们。成年人在未成年人面前通常是不会装模作样的，会把自己的性格、欲念统统暴露出来，而在其他成年人面前，他是绝不会这样不谨慎的。此外，如果你是男孩，你还会对你周围的各种事物感兴趣，譬如你们家住的房子、街道上的店铺，等等；如果是在乡间，那就是田野、河流、牲畜，等等——所有这些事物留给你的印象，在你年轻时都是很清晰的，而当你上了年纪，就会变得模糊不清。其次，说年轻作家写历史小说容易成功，也是错的。写历史小说其实更需要作者富有生活阅历，这样才能把那些显然和当代人不同观念、不同习惯的历史人物塑造成当代人能够理解的小说人物。此外，再现历史事件不仅需要大量历史知识，还需要有想象力——这在年轻作家那里也是很难指望的。所以说，事实和安德鲁·朗说的正好相反，小说家应该有了一定年纪和相当阅历后再来写历史小说。因为到了那时，他多年对世人的观察和对人生的思考已使他获得洞察人性的直觉能力，同时也具有了较多的历史知识，这样他才能得心应手地创造出属于以往年代的人物形象。然而，我以自己的亲身经历写了第一部小说后，竟然听信安德鲁·朗的胡说八道，着手去写一部历史小说。那时我正好在卡普里海滨度假。我满腔热忱、干劲十足，让人每天早上六点就把我叫醒，起床后马上开始写，一直写到肚子咕咕叫，才停笔去吃早饭。其实，我是在浪费时间，还不如到海边去散散步更有好处。

二

我在接下来几年间写的几部小说都不值一提。其中《克雷笃克夫人》还算可以,我也把它编入了我的选集。还有两部,原本是我写的剧本,因为没能上演,我就把剧本改编成了小说。这像是做了贼似的一直使我良心不安,我后悔自己怎么会写出那么差劲的东西,但现在我知道,我不必良心不安。即便是最伟大的作家,也会写出极差劲的作品。巴尔扎克就写过许多差劲的作品,他都不好意思把它们编入《人间喜剧》[1];就是在《人间喜剧》中,也有不少作品写得实在不怎么样,只配哄哄小孩子。小说家完全可以放心,他自己都想忘记的作品,读者是绝对不会放在心上的。在我的这几部小说中,有一部是为了挣足第二年所需的生活费而写的;还有一部,则是我为一个喜欢奢华生活的年轻女人而写的——当时我对那个女人着了迷,想用点钱来勾引她。但是,我的计划受到威胁,另一个男人也想勾引她,钱又好像比我多。当然,我比那个男人多一点点真情和幽默感,但那有什么用!于是,我决定写一本书,赚它三四百英镑,或许还可以和那个男人一争高下。那个年轻女人实在太迷人了!然而,就算我日夜不停地写,写一部长篇小说也要很长时间,写完后还要拿去出版,又要等上好几个月,出版商才

---

1 《人间喜剧》:巴尔扎克自编的小说集,包括近百部中长篇小说。

会付钱给我。结果呢,等我拿到钱,我原本以为永不熄灭的情欲之火已经烧成一堆灰烬——我不想勾引那个年轻女人了。于是,我用那笔钱到埃及去游玩了一次。

除了这两个例外,我成为职业作家后最初十年间写的其他小说,都是为了学会小说写作技巧而写的习作。做职业作家的难点之一就是,他必须先用劣质作品去糊弄读者,骗取读者的钱来养活自己,然后才能慢慢学会写作技巧,才有可能写出优质作品。他本能地想写,脑子里也有各种各样的想法,但他不懂技巧,不知道怎么写。他没有经验,也没人来教他;他不知道怎样发挥自己的天赋。此外,他写的东西还要尽可能地拿去出版,才能赚到稿费来养活自己,才能知道自己写的东西到底怎么样——因为只有出版后才会有读者和评论界的意见反馈,才能发现还有哪些不足之处。我一直听人说,莫泊桑最初写的小说都只是写给福楼拜看的[1],直到他写了好多年之后,福楼拜才允许他拿去发表。至于那篇叫《羊脂球》的杰作,全世界都知道,那是个特例。[2] 莫泊桑在政府机构谋得一职位,既可维

---

[1] 福楼拜是莫泊桑的老师。
[2] 当时福楼拜、龚古尔兄弟、左拉、都德、屠格涅夫等人常在巴黎郊外的梅塘(左拉在那里有一幢别墅)聚会,1870年普法战争爆发后,他们约定每人写一篇以当前战争为背景的小说,合集出版。当时莫泊桑还是福楼拜的学生,未曾发表过作品,他们也要他写一篇试试。莫泊桑写了中篇小说《羊脂球》。后来,他们的合集《梅塘之夜》出版,《羊脂球》也在其中。没想到,莫泊桑的这篇习作竟然力压师长们的作品,被认为是合集中最出色的一篇。

三 小 说

持生计，又有足够时间用来写作。很少有人像莫泊桑那样有耐心，等了那么久才把作品拿出去碰运气，而有像福楼拜那样的大作家悉心指导的人，就少而又少了。如果要一个作家积累了足够的生活知识、掌握了足够的写作技巧才去写他想写的小说，那很可能会浪费掉许多出书的好机会。我有时候想，要是我的第一部小说没有那样幸运地得到好评就好了，这样的话，我就会继续从医，就会获得正式的医师资格，就会到各地去做开业医生的助手，就会有更多社会阅历和生活经验。如果我的书一本又一本地被出版商拒绝，我可能会加倍发奋而为读者写出更好的作品。我很后悔没有请人指导，否则我就不会走那么多弯路，浪费那么多时间和精力。我认识好几个有名望的作家，但我总觉得，和他们交往很愉快，和他们谈写作不见得会有什么好处。我生性孤傲、不愿求人，所以从未请教过他们。我读法国小说多于英国小说；我从莫泊桑那里学到了我能学到的东西，后来又学过司汤达、巴尔扎克、龚古尔兄弟、福楼拜和阿纳托尔·法朗士[1]。

我做过各种尝试，其中之一在当时还是很新颖的。我根据

---

[1] 龚古尔兄弟：19世纪法国作家埃德蒙·德·龚古尔和朱尔·德·龚古尔，曾合著《热曼妮·拉瑟顿》《马内特·萨洛蒙》等小说。阿纳托尔·法朗士：19—20世纪法国小说家，著长篇四部曲《现代史话》、长篇小说《企鹅岛》等，曾获1921年诺贝尔文学奖。

自己的人生经验，认为小说家反映现实的方式通常都很片面，他们往往只写两三个人或一小群人的精神生活或物质生活，这些人好像是与世隔绝的。而在我的生活中，就有好几个互不相干的社交圈子同时存在。所以，我想，如果能把同时发生在不同社交圈子里的故事都写出来，这样一幅图景，或许更接近现实生活。于是，我设置了比我以前的小说多得多的人物，还构想了四五个独立的故事——这些故事，仅通过一个在每个故事的人物中都有一两个熟人的老女人相互联系在一起。小说取名为《旋转木马》。这部小说写得荒诞不经，原因是我当时受唯美派影响，把每个人物都写得出奇的美，而且还是用那种矫揉造作的方式写的。不过，主要问题还是没有一条能持续吸引读者注意力的故事线索；几个独立的故事毕竟不是同样有趣的，而读者要在几个故事之间转来转去，很快就厌烦了。我彻底失败，因为我忽视了一个最简单的叙事方法，那就是以某一视角去看不同的事件和不同的人物。这种叙事方法曾在自传体小说中使用了一两百年，后经亨利·詹姆斯之手，又被发挥得淋漓尽致。亨利·詹姆斯把自传体小说中的故事叙述者"我"改成故事中某个人物的"我"，即由故事中某个人物（也就是某个"他"）作为故事的主要叙述者。简单说来就是，他在第三人称（他）的全知全能视角里又设置了一个第一人称（我）的有限视角。用这种双重视角叙述的故事，会有一种真实感。

三

写剧本取得成功后,我曾想一辈子写剧本,但后来又变卦了。我那时很富足,也很忙碌,满脑子想的都是写剧本。但不知道是因为我这个人不知足呢,还是人人都这样,反正当我稳稳当当地成了一个受欢迎的剧作家之后,我内心仍然因为往日的记忆而倍感痛苦。母亲的去世、家庭的败落、入学后的屈辱——入学前我一直在法国,到英国入学,成绩不佳,又因为我口吃,常被同学取笑——在海德堡的求学[1],单调、孤单但令人兴奋;还有在医院令人厌恶的实习[2]、第一次去伦敦的激动,所有这些记忆,无论是在睡梦中、在散步时、在剧场排演时,还是在参加聚会时,一直沉重地压在我心头。所以,我认定,我必须用小说把这些记忆写出来,内心才会安宁。我知道,那肯定是一部很长的小说。为了写作时不被打扰,我拒绝了剧院经理们急着要我签订的合同,暂时退出了戏剧界。

其实,当初我拿着医科学位证书前往塞维利亚时,已经写了一部这样的小说。还好,菲希尔·欧文不愿出版这部小说(因为我要他支付几百英镑稿费),其他出版商没谈稿费就一口拒绝了。否则的话,我可能会认为,既然已经出过这样一本书,

---

1 毛姆十八岁时曾由他叔叔(他很小就父母双亡,由叔叔抚养长大)出资到德国海德堡留学一年。
2 毛姆从医科学校毕业后,曾在圣托马斯医院做产科实习医生,为孕妇接生。

就不必再用这些东西大做文章了,反而把绝好的素材浪费在一本不成熟的书里。当时的手稿还在,但我看过一遍后再没看过,不用说,写得非常不成熟。由于没有和自己所讲述的故事保持一定距离,因而没能理性地、冷静地讲述故事;由于没有足够的写作经验,因而没能适当地充实原有的故事情节。对我自己来说,写这部小说的目的只是为了使自己从那些令人痛苦的记忆中解脱出来。也就是说,当小说正式出版后,我也就不再去想那些事情了。这部小说,我最初取名为《灰烬之美》(出自《以赛亚书》),后来发现这个书名已经有人用过,于是就改为《人性的枷锁》(出自斯宾诺莎[1]的《伦理学》)。这不是自传,而是自传体小说,既有事实,也有虚构。小说所表达的思想情感,是我的,但小说所讲述的事情,并不完全都和我有关,其中发生在主人公身上的有些事情,也并不源于我的生活,而是我从熟人的生活中移植过来的。写了这部小说,我已如愿以偿,当它出版之时,我也就从那些痛苦的记忆中永远解脱了。

---

[1] 巴鲁赫·德·斯宾诺莎:17世纪荷兰哲学家。

关于短篇小说

一

我想严肃地告诉读者,不论小说家采用何种方式写作,其实都是有失偏颇的;因为所有小说家都自以为是,都认为自己的写作方式是最好的。小说家只能尽力而为,至于他会采用何种方式写作,则取决于他是何种人:他有何种个人性格、个人想法,会以何种方式看待事物。这些都基于他的个性,因而要他真心赏识和他自己的个性不相符的作品,是难而又难的。

也正因为如此,当我们读到小说家写的小说评论时,一定要有所提防,因为他说某小说如何如何好,其实是该小说很像他自己的小说;他说某小说如何如何不好,其实是该小说不像他自己的小说。不过,我仍觉得,在我读过的小说评论集中,最好的一本是一位受人尊敬的小说家[1]写的。这位小说家从来都不屑于在小说中讲一个动听的故事,因而他在评论文章中把

---

[1] 似指亨利·詹姆斯(毛姆与亨利·詹姆斯关系不错,但两人的小说风格迥异:毛姆善于讲故事,亨利·詹姆斯则鄙视故事)。

娓娓动听地讲故事的小说家都说得一塌糊涂，那是可想而知的。但我一点也不想责怪他。虽说宽容是人之美德，如果人人都具备这一美德，世界将会更加美好，但要小说家也来讲宽容，我却不敢说这到底是好是坏。因为说到底，小说家呈现给我们的是什么？是他自己。

是的，没错，小说家应该洞察生活的方方面面，但是小说家也只能用自己的眼睛、自己的头脑、自己的心灵去洞察世界，因而他所洞察到的一切，毫无疑问都带有他的个人色彩和个性特点。而且，正因为他的洞察是他个人的洞察，他的作品才具有他的个人特色和个人风格。反之，如果他很喜欢附和他人的看法，人云亦云，那他就没必要辛辛苦苦地写小说来呈现他自己的印象和自己的看法了。

是的，普通人理应明白，任何事情都有两面，不该固执己见。但是小说家在写小说时不是普通人，而是艺术家，是要艺术地表现生活，因而他不可能这样想想、那样想想，最后想得心平气和（这样的话，他就不用写小说了），而必须执着，必须坚信自己的印象是真实的、自己的看法是正确的，普通人的印象是虚假的、普通人的看法是错误的。这样才能做小说家。如果世界上从来就没有几个小说家，如果世界上的人从来就只听从一个人的话[1]，那么这几个小说家无疑是神经不正常的怪人。然而，

---

1 暗指基督徒对耶稣基督的信奉。

世上的小说家并不少,他们大多自行其是,很少随波逐流,故而才能写出许多不同风格的小说,以供不同趣味的读者选择。

二

要我说最喜欢哪种短篇小说,那当然是我自己写的短篇小说。我写的这种短篇小说,还有很多人也写得很好,但再好也好不过莫泊桑,而要说明莫泊桑的小说到底好在哪里,我想,最好来看看他那篇著名短篇小说《项链》。

请注意,《项链》中的故事,你就是在餐桌上讲,或者在轮船上的吸烟室里讲,也照样会使人听得津津有味。那是个并不奇特而又令人称奇的故事。故事发生的时间、地点,作者只用寥寥数笔就交代清楚;故事中不多的几个人物,他们的生活状况和遇到的麻烦,都用适当的细节予以简要描述。这样一来,故事的背景就简洁扼要地呈现在读者眼前,而且读者对人物已有所知晓。接下来发生的事情,也许有的读者有点记不清了,容我简单复述一下:玛蒂尔德的丈夫是教育部的一个可怜巴巴的小官员。有一天,教育部长宴请部里的所有官员,他们夫妻俩也在受邀之列。可是,玛蒂尔德却没有合适的首饰,于是就到一个富裕的老同学那里借了一串钻石项链。没想到,她不知怎么一来竟然在宴会上把那串项链丢失了,找来找去找不到,而项链又必须归还。没办法,夫妻俩只好商量买一串相同的项链还给那老同学，只指望她不要看出来。然而，那串相同的项链竟要34 000法郎，他们哪里拿得出这笔钱！只好去借高利贷，买了那串相同的项链去还给那老同学。幸好，那老同学没有看出来，但为了偿还高利贷，夫妻俩省吃俭用，玛蒂尔德还外出打工。整整辛苦了十年，才把高利贷还清。十年后的某一天，玛蒂尔德偶然遇到那老同学，便把此事告诉了她，希望她原谅。没想到那老同学听了大为惊讶，对她说："啊呀，亲爱的玛蒂尔德，我那串钻石项链是假的，顶多值500法郎！"

对这个故事，苛刻的评论家或许会据理力争，认为这个故事是有问题的。他们会说，故事通常由开头、中间和结尾三部分组成，讲到结尾处就应该结束，不应该在结尾处再节外生枝；这就如填字游戏，空格已经填满，不应该再硬弄出一个空格来。不过，莫泊桑的这个结尾，虽不合讲故事的常规，却颇有讽意，发人深省。几乎每个读者读完这篇小说后，都会自问：接下来怎样呢？确实，这对可怜的夫妻为了偿还丢失的项链，省吃俭用，苦熬十年，无欢无乐，可谓辛酸。但是，令人啼笑皆非的是，当真相大白之后，他们却发现自己好像发了一笔小财。十年光阴，夫妻俩含辛茹苦、心灰意冷，这笔意外的小财，到底能不能补偿？

其实，这个可怜的女人当初只要理智一点，老老实实对那老同学说"项链丢了"，本不会有什么事的——当然，她这么做，也就没有这篇小说了。那么，她为什么不这么做呢？小说中没有给出任何说得过去的理由。这就是莫泊桑的自信：他不需要理由，因为他知道没有哪个读者会那么冷血，会对他讲的故事毫不动情而去怀疑故事的真实性。实际上，像莫泊桑这样的小说家，他们从来就不是照搬生活，而是表现生活；只要表现得生动有趣、令人神往，哪怕是不合常理、怪异莫名之事，读者也会照单全收。要知道，小说家并非忠实记录生活，而是生动演绎生活，所以他宁愿故事不太可信，也不愿影响演绎效果。说穿了，只要读者深受感动或深受启发，小说家就成功了；反之，如果小说家讲的故事和故事中的人物使读者觉得味同嚼蜡，那他的故事再真实可信，他也是失败的。

三

我现在探讨的这类短篇小说的写作准则，没有人比埃德加·爱伦·坡总结得更准确了。爱伦·坡曾为霍桑的短篇小说集《重述的故事》撰写过一篇全面而详尽的评论。原文很长，我这里只引其中一段：

> 懂行的小说家在构思一个短篇小说时，只要还算聪明，绝不会放弃自己的意图而去迎合现存的故事；恰恰相反，他会精心编造故事，以体现他自己独特的意念。如果故事的第一句话没有达到预期效果，即表明他一开始就失败了。此

外，在整篇小说中，不应该有一个词或直接或间接地背离他的内心意念。只有这样，再加上娴熟的技巧，小说才会像一幅画卷一样慢慢展开，才会使小说家自己从中获得极大满足。小说家别无所求，只是想通过故事的讲述把自己的意念准确无误地传递给读者。

不难看出，爱伦·坡认为好的短篇小说应该有一个虚构故事，这个故事或与人生有关，或与人性有关，而且要有独特之处，要生动有趣，要前后一致，从头到尾要有一根主线贯穿。当然，要虚构这样一个好故事，并非易事，是要有点聪明才智的。虽说不需要什么大智大慧，但也要有这方面的特殊才能，要有足够的想象力和表达能力。在英国小说家中，最符合这一标准的，也许就是鲁德亚德·吉卜林[1]了。就凭他一人，英国短篇小说也可以和法国、俄国有得一比。然而，时至今日，人们并不怎么看重他，几乎把他忘了。这也很正常。一位名作家死了，报纸会登出讣告，凡是和这位作家有过交往的人，哪怕是和他一起喝过一次茶的人，也都会纷纷为《泰晤士报》撰文，缅怀这位作家。然而，过了两个星期，名作家之死不再是新闻，他的名字也就悄然隐去，变得无声无息了。如果这位名作

---

[1] 鲁德亚德·吉卜林：19—20世纪英国小说家，曾获1907年诺贝尔文学奖，其作品都以印度、孟加拉等英国殖民地为背景，其小说主人公大多是生活在殖民地的英国人，而其小说主题常有"白人优越论"倾向。

家足够幸运的话，或许在多年后，不知怎么一来（通常和文学毫不相干），会突然被人抬出来大加评论，而且还会被人顶礼膜拜。安东尼·特罗洛普就是最好的例子：他生前享有盛名，死后二十年间默默无闻，但二十年后，大概由于英国人的生活方式变化太快，人们出于怀旧心理，突然发现他的小说很有魅力，于是都纷纷成了他的崇拜者。

鲁德亚德·吉卜林在成为小说家之初就拥有众多读者，后来也一直如此，但评论界对他的看法却一直很奇怪：在小说技巧方面赞扬他，在小说主题方面鄙视他。这是因为他的小说常显露出帝国主义思想，使许多在政治方面比较敏感的评论家觉得他的思想不合时宜，认为他到了20世纪还在宣扬帝国主义思想，可耻可鄙。但是，不管怎么说，吉卜林是个非常会讲故事的小说家，所讲的故事风格多样而且都很有创意。他的想象力似乎永远不会枯竭，他不仅把故事讲得令人称奇，而且还讲得有板有眼、跌宕起伏，在这方面，几乎无人能和他相比。不过，小说家都有缺点，他也一样。在我看来，他的缺点是由环境、教养、性格和时代等多方面因素造成的。他对同时代小说家的影响很大，但对他小说中所写的那些人，影响可能更大。你只要到东方去游历一次，就会惊讶地发现，你时常会碰到他小说中所写的那些人，那些吉卜林小说人物的原型。有人说，巴尔扎克笔下的人物更像是下一代人，而不是他着力想写的同时代人。

吉卜林所写的那些人呢，也就是生活在大英帝国边远地区[1]的那些人，据我所知，在吉卜林最出名的第一批短篇小说出版后的二十年间，他们因深受小说的影响而重塑了自我。也就是说，吉卜林以这些人为原型塑造了小说人物；反过来，他所塑造的小说人物又影响这些人，改变了他们的自我定位。这些人是勇敢的、高尚的，他们全凭自己的努力建设殖民地，但不幸的是，他们的努力竟然造成了殖民地原住民对大英帝国的仇恨，其原因，我就不说了。

总的来说，鲁德亚德·吉卜林要使英国人了解大英帝国的处境，而且很成功。不过，这是政治上的问题，在此不必多说。我要说的是，他所写的那些具有异域风情的小说为其他小说家开辟了一片肥沃的新园地。这种小说的背景是大多数读者闻所未闻的遥远国度，小说主题是白人在异乡的经历，即白人和有色人种接触后的感受与反应。这种小说，后来有不少小说家用各自不同的手法写过，而鲁德亚德·吉卜林就是这种小说的开创者。不仅如此，他的小说具有的那种浪漫情调，那种生动逼真的描写和绚丽多彩的渲染，至今还无人企及。我想，英国对印度的占领总有一天会成为遥远的过去，英国失去印度后的遗憾、沮丧之情，也总有一天会像几百年前英国失去诺曼底[2]和阿

---

[1] 指印度、孟加拉等英国殖民地。
[2] 诺曼底位于法国北部，临英吉利海峡，初为高卢人占领，后为诺曼人占据，故得名。1066年诺曼底公爵占领英国，成为英王。1204年法国收回部分诺曼底领土，英法百年战争时期英国又占领部分领土，之后诺曼底公国大陆部分归于法国。

基坦[1]时那样，化解得无影无踪。到那时，英国人一定会发现，鲁德亚德·吉卜林的那些以印度为背景的小说，如《丛林故事集》和《基姆》，理应在伟大的英国文学史中占有重要一席。

四

再美的东西，时间久了也会令人生厌，审美需要变化。就以建筑艺术为例：乔治王时代[2]的建筑外形美观、居住舒适、结构匀称、通敞明亮，可谓已臻完美。这样的建筑，理应世世代代都会令人满意，但事实并非如此。随着浪漫时代[3]到来，人们开始喜欢奇特而新颖的建筑，而当建筑师纷纷迎合这种趣味时，建筑艺术便为之一变。同样，爱伦·坡的短篇小说也是浪漫的产物，奇特而新颖。但要每个短篇小说都写得奇特而新颖是不可能的。实际上，就是爱伦·坡自己的那几十个短篇小说中，也有好几个是重复的、雷同的。可见，这类短篇小说的叙事手法不易掌握，需要有高超的技巧，而随着杂志也开始刊登这类小说，人们对这类小说的需求量又越来越大。对此，小说家们

---

1 阿基坦位于法国西南部，临大西洋，初为王国，后为大公国，因女大公先后与法王及英王联姻，分别归属法国及英国，英法百年战争末期为法国占领。
2 英国历史上由汉诺威王朝的乔治一世至四世统治时期，即18世纪20年代至19世纪30年代，是英国建筑艺术的黄金时期。
3 即18世纪70年代至19世纪30年代。

很快就找到了窍门,就是把各种各样的故事统统套入一种叙事模式,只求故事讲得奇特,全然不顾是否可信。于是,读者开始抗议,因为他们对小说家用同一种模式反复讲述的那些貌似奇特、其实都差不多的故事厌烦透了。他们指责说:现实生活根本不是这样的,哪有这么简单,而是五花八门、错综复杂的,你们把千变万化的生活放在一个套子里是大错特错!显然,读者已不喜欢奇特,而是想要真实、想要现实主义了。但是,读者啊,小说家是绝对不能照搬生活的,因为他是艺术家!关于这一点,只要读一读坎尼斯·克拉克[1]的《裸体艺术》一书就明白了。克拉克爵士在书中用图片展示,出自古希腊伟大雕刻家之手的人体雕像,根本不是按照模特儿的身体用现实主义手法雕刻的。模特儿的身体只是用来激发雕刻家的想象力,而雕刻家最终雕刻出来的是符合理想美的人体雕像。实际上,只要你仔细观察,你就会惊讶地发现,所有古典人体绘画和人体雕像都不是模特儿的忠实再现。当代立体主义刚刚兴起,人们总觉得立体派雕塑家创作的人体雕塑是自然人体的变形,并认为这是当代艺术的独创,其实并非如此。人们之所以这么想,是因为他们看惯了古典艺术中的变形,便以为这就是现实的再现。实际上,自古到今,艺术家追求的一直是艺术效果,而不是现实复制。

---

[1] 坎尼斯·克拉克:20世纪英国艺术史家,曾任博物馆馆长,以BBC著名纪录片《文明》的撰稿人、制片人及解说人而闻名。

小说家也是如此。不用追溯太远，就以爱伦·坡的短篇小说为例，你很难说，他小说中的人物说的是现实生活中的语言。如果说他小说中的人物对话不太像现实生活中的谈话，那是因为他觉得唯有这样的对话才适合这个故事，才能达到他预期的艺术效果。要知道，小说家只有在发现自己太远离现实生活时才需要回归现实；这时他才会倡导自然主义[1]，即尽可能精确地描写现实生活。这其实并不是小说的真正目的，但小说又不能完全脱离现实，因而可以将此视为一种有益的校正。

自然主义小说在19世纪就开始流行，因为浪漫主义已变得过于做作、不合时宜了。一个又一个小说家都致力于描写现实生活，看到什么写什么，无所畏惧。弗兰克·诺里斯[2]说：

> 我从不屈服。我从不迎合潮流，更不对潮流脱帽致敬。上帝做证，我讲的都是真理，听不听是你们的事，和我有什么关系？我讲的就是真理，从前我觉得是真理，现在我仍然觉得是真理。（说出这话固然勇气可嘉，但要说明什么是真理却并非易事；不说谎话，未必说的就是真理。）

这一派小说家对生活的看法要比他们的前辈[3]坦诚，在他们

---

[1] 在欧美，自然主义和现实主义时常是同义的。
[2] 弗兰克·诺里斯：19世纪美国小说家，美国自然主义文学先驱，著有《章鱼》《麦克梯格》和《深渊》等。
[3] 即浪漫主义小说家。

那里很少有那种甜滋滋的粉饰太平和傻乎乎的乐观主义，更多的是对现实恶狠狠的批判和坦荡荡的悲观主义，他们笔下的人物对话也要自然得多。自从笛福开创小说时代以来[1]，小说家几乎把现实世界忘记得一干二净，如今的自然主义小说家就是反其道而行之，旨在塑造来自现实世界的人物。但是，小说家的写作技巧却没有多大变化，至少短篇小说如此。他们采用的仍是当年的旧形式，即爱伦·坡开创的结构形式，所追求的艺术效果也是爱伦·坡当年所追求的。他们这么做，充分证明这一派[2]仍有价值，然而他们所做的，又表明这一派原有的不足[3]。

不过，爱伦·坡开创的这种小说形式在有个国家却始终没有流行过，那就是俄国。在俄国，长期流传下来的短篇小说形式似乎与爱伦·坡式的短篇小说大相径庭，而且一直是那里的小说家和读者所喜爱的。但是，也有那么一天，他们突然发现，自己喜爱的那种短篇小说似乎不那么令人喜爱了，同时也发现，已经有好几位小说家在着手这方面的革新。奇怪的是，那几位俄国小说家的革新成果，即一种简洁明快的叙事方式，竟然过了很久才为西欧各国所关注。譬如屠格涅夫，他的小说早就有了法文译本，他本人风度翩翩、慷慨大方，还是贵族出身，和

---

1 一般认为，笛福的《鲁滨孙漂流记》是第一部"小说"（novel），此前的虚构叙事作品被称为"传奇"（romance），"小说"和"传奇"有本质区别，但两者是有联系的，前者从后者发展而来。

2 即浪漫派。

3 意即浪漫派小说家过于讲究技巧而忽视小说的真实性。

龚古尔兄弟、福楼拜以及法国学术界的名人都有深交。但是，法国读者对他的小说的态度，却是一种居高临下的称赞，就如约翰逊博士对待女人布道的那种态度——约翰逊博士有一次听完一个女人布道后称赞说："她居然讲完了，真是令人惊喜！至于讲得怎样，就不说了。"

俄国文学为巴黎文学界所知，开始于1886年德·沃居埃[1]出版《俄罗斯小说》一书。大约在1905年，有人把契诃夫的几篇短篇小说译成法文，颇受好评，但他在英国仍然默默无闻。1904年，契诃夫去世，俄国人称他为"当代第一作家"，但在1911年出版的《大英百科全书》第十一版中，"契诃夫"词条却写得很简短，对他的赞誉也仅仅是"安东·契诃夫在短篇小说创作中表明他有相当的才能"。直到加奈特夫人[2]从契诃夫的大量短篇小说中选译的三卷本出版后，英国读者才注意到他。从那时起，俄国小说家，尤其是契诃夫，才开始声名鹊起，还大大地改变了短篇小说的写作方式和阅读方式。精明的读者不再欣赏那些仅靠技巧而"写得好"的小说，因而写这类小说来取悦读者的小说家，也就被冷落了。

---

[1] 欧仁·梅尔基奥尔·德·沃居埃：19—20世纪法国翻译家。
[2] 加奈特夫人：19—20世纪英国翻译家。

关于侦探小说

一

忙碌了一整天后,晚上总算是属于你自己的。这时,你站在书橱前,想在晚上读点什么。你会从书橱里拿出《战争与和平》?《情感教育》?《米德尔马契》? 还是,《追忆似水年华》?如果你拿出这样的书来读,我对你深表敬意。或者,你想看看现代小说,拿起一本出版社刚寄来的书,其中讲述的是一个中欧人无家可归的悲惨故事。或者,翻开一本评论家推荐的小说,其中毫不留情地披露了路易斯安那州的一个底层白人的生活。如果你读的是这样的书,我向你表示由衷的赞赏。然而,对我来说,所有的经典名著我都读过不下三四遍,它们再也没法给我什么新东西了。另一方面,要我读完一本四百五十页、印得密密麻麻的书,巡视书中一个女人赤裸的灵魂,或者让格拉斯哥贫民窟的(用苏格兰方言讲述的)骇人生活"震荡你的神经"——就像那本书的封套上所说的——我也实在没有兴趣。这时,我会选择侦探小说。

上次战争[1]爆发时，我发现自己被囚禁在里维埃拉海滨附近的一个叫邦多的度假村里——必须马上声明，不是被警察囚禁，而是为时局所困。实际上，我当时正在一艘帆船上。战争爆发前夕，这艘帆船正停泊在维勒弗朗什，但接到海军当局的命令，必须马上离港，于是便起锚驶往马赛。途中遇到风暴，不得不停靠在邦多，因为那里恰好有个码头。当时，个人的活动范围受到当局的限制，不允许前往只有几英里[2]远的土伦，除非你愿意填写一大堆表格，递交好几张照片，再等上很长一段时间，才能领到一张许可证。而我并不想到哪里去，就住在船上。

到那儿避暑的游客此时已全部逃离，度假村一派令人惊诧的荒废景象。赌场、大多数旅馆和许多店铺都已关门。但在那些日子里，我倒过得很惬意。每天早上都能在文具店里买到《小马赛报》和《小瓦尔报》，还能喝上一杯牛奶咖啡，并到集市去逛逛。我在那儿找到了一种最合算的黄油和一家全镇最好的面包店。我还使出浑身解数，从一个乡下老太婆手里买到了六个鸡蛋。我还发现，一大堆菠菜煮熟了只有一点点。但当我发现一个看上去很老实的小贩卖给我的甜瓜已烂熟得无法入口时，或者当我买到一块硬得像砖头一样的卡曼波特软奶酪时（而那个女人曾用真诚得发抖的声音一再向我保证，这是一块"软硬正好"的奶酪），我再次无奈地承认自己对人性的无知。

---

[1] 指第一次世界大战，本文写于"二战"期间。

[2] 1英里约为1.6千米。

每天早上十点，文具店可能还会有英文报纸——虽然是一星期前的，我仍读得津津有味。

每天中午十二点，有从马赛发来的无线电新闻。听完新闻，便吃午饭，然后打个瞌睡。下午，我在甲板上来回走几圈，以此当作体育运动，或者站在那里看几个老人和几个小孩没完没了地玩保龄球（其他人都走光了）。五点钟，有从马赛来的《太阳报》，于是我就把跟早上的《小马赛报》和《小瓦尔报》差不多的东西再读一遍。这之后，就只有晚上七点半的无线电新闻了。天一黑，我们就得进舱并关上门，只要漏出一点点光，码头上的防空巡逻员就会大声喊叫，命令你把门窗遮好。这种时候，你还能做什么，只能读读侦探小说。

当时我有那么多空闲时间，本想这是个好时机，可以读一部英语文学中具有里程碑意义的伟大之作，以此充实头脑。过去，我只是断断续续读过一点《罗马帝国衰亡史》[1]，加起来也不到一章。但我一直对自己保证，总有一天我要把这部书从头到尾、一字不差地读一遍，从首卷的第一页一直读到末卷的最后一页。现在，可真是天赐良机啊！

然而，在一艘四十五吨的帆船上，生活虽然舒适，却很不安静。客舱的旁边就是厨房，水手们在那儿做晚饭，锅碗瓢盆，叮叮当当，还一边做饭一边大声聊天。一个水手拿着一罐汤或

---

1 《罗马帝国衰亡史》：18世纪英国历史学家爱德华·吉本的代表作。

者一罐沙丁鱼,突然想起来要开发电机,不然就会停电。这时,有个客舱服务生从甲板扶梯上啪啪啪走下来,说他抓到一条鱼,问你要不要煮了当晚餐,接着就进到你舱房里来铺桌子。这时,对面的船长从船长室里探出头来大声招呼一个水手,于是那个水手就上了甲板,从你头顶上噔噔噔走过,去找什么东西。这两个人说话你不得不听,因为两人都扯足了嗓门……

在这样的环境里,想要专心读书实在是难而又难,我觉得我那时如果真的翻开吉本的那本书,可真是对他的大不敬。我承认,我还没有心静如水到这等地步,能够在这种情况下专心致志地读这么一本书。实际上,那时我最不想读的就是《罗马帝国衰亡史》——还好,我在船上也没有找到这本书。而另一方面,我手头有一大沓侦探小说,而且总能拿去和船上其他人交换着看,他们的船也由于类似原因被困在码头上。更何况,文具店里还能买到许许多多这类小说。因此,在邦多的四个星期里,我每天都读两本侦探小说。

这当然不是我头一次读这类小说,却是我头一次这么大量地读。"一战"中的另一段时间里,我染上了肺结核,躺在北苏格兰的一家疗养院里,在那儿我发现卧病在床是一件多么愉快的事:脱离了生活的重负,有一种美妙的解放感,继而产生各种奇思妙想乃至胡思乱想。从那以后,只要我能使自己心安理得,一有借口就会上床"疗养"。感冒头痛是一种痛苦的疾病,而且你还得不到半点同情。那些和你接触的人都会忐忑不安地看看你，不是担心你发展成肺炎一命呜呼，而是害怕你把感冒传染给他们。他们几乎毫不掩饰心中的怨恨，怨你使他们面临危险。因此，只要一感冒，我就立刻上床。手头备好阿司匹林、一瓶热水，外加五六本侦探小说，我就开始不得已而为之的"疗养"（尽管"不得已"的原因和"疗养"的好处都有待商榷）。

我读过的侦探小说数以百计，有好有坏，除非是实在读不下去的，一般我都会从头到尾读完。即使如此，我也只敢说自己是个业余爱好者。我在后文中将与读者分享我的心得体会。疏漏之处在所难免，对此我心知肚明。

二

首先，我要区分惊险小说和侦探小说。我只在无意间读到过惊险小说，那是因为我有时会被书名或封面误导，以为里面讲的是一个犯罪故事。这类小说是各种少儿读物的混杂物，就是亨提和巴兰坦[1]的那类作品，是我们少年时代所喜欢的。不过，这类小说当下之所以流行，大概是因为有一个庞大的成年读者群，他们的思维依然停留在少年时代。而我对那些勇武的男主人公和那些历经千难万险、最后与英雄终成眷属的女主人公，向来是嗤之以鼻的。我讨厌前者老是咬牙切齿，而后者的

---

1 亨提和巴兰坦：均为19世纪英国惊险小说家。

轻佻着实使我打战。我对这类书的作者时常感到好奇。他们究竟是受了神明的启示，还是迫于精神上的痛苦而写下了这些东西，就像当年福楼拜写下《包法利夫人》一样？

我不相信他们是处心积虑地坐在那里，玩世不恭地盘算着怎样靠写作来赚钱。如果真是这样，我也不怪他们，因为这样谋生总比上街卖火柴、整天日晒雨淋要舒服得多，也胜过在公共厕所里当清洁工——那种工作只会让你看到人类极其低级的一面。我倒愿意相信，这些作者是人道主义者，当他们看到义务教育创造出了那样庞大的读者群时，心里就有了写作冲动。就这样，他们写书，讲述火灾与海难，讲述火车脱轨，讲述飞机迫降撒哈拉，讲述山洞里的走私犯，讲述鸦片贩的魔窟，讲述邪恶的东方人，希望这样引导读者，使他们有朝一日能去读简·奥斯汀……

在接下来的篇幅中，我要谈谈犯罪故事，尤其是谋杀。盗窃和诈骗也是犯罪，对付它们也可能需要高超的侦探技术，但我对这类犯罪不太感兴趣。从绝对论的角度看（就这类小说而言，绝对论是最合适的视角），被盗的珍珠项链不管是价值两万英镑，还是在沃尔沃斯花了几先令买的，都没什么区别；而诈骗，不管是诈骗百万英镑的巨款，还是诈骗2英镑7先令6便士，都是同样肮脏的行径。犯罪小说家不能像那个乏味的古罗马人[1]

1　指古罗马政治家、作家西塞罗。

一样说，人性的一切对他来说都不陌生。人性的一切对他来说都可能是陌生的，除了谋杀。谋杀毫无疑问是最为人性的犯罪，因为在我看来，每个人都在某个时刻有过谋杀的念头，只是因为害怕法律的惩罚或者害怕良心的折磨（第二种顾虑也许是多余的）才没有动手。但是，杀人犯却敢于冒我们不敢冒的风险，最后由绞刑架的阴影为他的行为留下难忘的纪念。

我认为，侦探小说家应该对谋杀的数量加以控制。一次谋杀最好，两次还可以接受，尤其是第二次由第一次直接引起。但是，如果作者因为担心破案正趋于乏味而贸然引入第二次谋杀来吸引读者，那就大错特错了。当谋杀超过两次时，谋杀就变成了屠杀。一次接着一次的血腥死亡与其说让人战栗，不如说让人发笑。在这一点上，美国作家似乎更容易犯错——他们很少满足于一次甚至两次谋杀，他们成群地枪杀、捅杀、毒杀、棒杀受害人，把整本书变成了一个屠宰场，使读者有一种被人耍弄的不悦感。不过，此事说来令人遗憾，因为在美国多民族混杂，生活中暗流涌动，因而比起我们这种安定、守法而乏味的国家，它更有活力，也更为冷酷、更有冒险精神，而所有这一切，都为那里的小说家提供了更为多样、更具诱惑性的写作材料。

三

侦探小说的模式很简单：凶案发生、嫌疑产生、发现真凶、绳之以法。在这一基本模式中，包含了讲述一个故事所需的元素——开头、发展、结局。这一模式最早由爱伦·坡在《莫格街谋杀案》中创立，多年来一直为后人所袭用。E.C.本特利的《特伦特的最后一案》长久以来一直被认为是这一模式的完美典范，这本书的语言比现在流行的同类小说轻松诙谐得多。流畅的语言给人以愉悦感，同时又有一种自然而不做作的幽默感。但对本特利先生来说，不幸的是，采集指纹在他那个年代虽然很新奇，现在却已是警方探案的常规手段。

自从这本书问世以后，指纹已被无数作家写了又写，以至于现在看来，本特利先生花在这一情节上的大量笔墨已没有多大意思了。因为读者也越来越精明，每当一位文雅、慈祥、似乎绝无作案动机的老人出现时，读者会毫不犹豫地说，这个人就是真正的凶手。你只要读上几页《特伦特的最后一案》，就已清楚地知道库伯先生是凶手。但是，你依然会带着"他为什么要杀害曼德森"这一疑问，兴致勃勃地读完此书。在这里，本特利先生故意违背了侦探小说的一条规则，即案情应在侦探的质问下由凶手自己坦白。

既然库伯先生不愿意说出真相，真相也就永远不会大白。他说他当时恰好在那个特殊情况下藏匿在那个特殊的地方，为了自卫不得不开枪打死了曼德森——必须承认，这样的巧合简直是不可能的。还有凶手作案的动机也同样不可信。一个头脑精明的商人精心策划自杀，目的是要把他的秘书送上绞刑架——这似乎太匪夷所思了。对此，就是用著名的坎普登案件来为作者辩解也是徒劳的——在那起离奇的案件中,约翰·皮利去自首,称他和他母亲,还有他弟弟,一起谋杀了一个男人,为的就是要把他的母亲和弟弟送上绞刑架,为此他甚至不惜搭上自己的性命(而警方后来发现,他宣称已被谋杀的那个男人一直活着)——现实生活中发生的事情并不意味着就可当作小说题材。生活中充满了不可思议,而小说必须避免不可思议。

在我看来,《特伦特的最后一案》中最不可信的是,一个家财万贯的富翁,拥有一座至少有十四个房间的乡间别墅,还有六个仆人,而他的花园竟然如此之小,只要一个村民每星期来两天就能打理了。

尽管我在前面说过,侦探小说的模式很简单,实际上侦探小说的创作之路还是很艰难的。作者的目的是不让你知道凶手是谁,直到你读到小说的最后一页。为此,他必须使出浑身解数。但他又必须遵守基本规则——凶手必须是故事中的一个重要人物,不能躲在角落里不出面或者很少出面而使你注意不到他。而反过来,如果凶手在故事中频频出现,就有可能引起你的关注,甚至好感,这样一来,你又不愿意看到他最终被送上绞刑架了。读者的好感是很难捉摸的,常常会违背作者的意愿,对作者本不希望他有好感的人物产生好感。(我相信,简·奥斯汀的本意是想把亨利·克劳福德和玛丽·克劳福德[1]当作反面

---

1 亨利·克劳福德和玛丽·克劳福德:简·奥斯汀小说《曼斯菲尔德庄园》中的主要人物。

人物，期待读者唾弃他们的轻浮与无情。可是，她却把这两个人物塑造得那样无忧无虑，魅力四射，以至于和一本正经的范尼·普莱斯以及自以为是的埃德蒙·博特伦相比，读者反而更喜欢这两个人物了。）很自然，读者会关注最早出现的人物。不但对侦探小说是如此，对其他小说也同样如此，而正因为如此，如果读者在小说前十页中关注的人物后来渐渐不出现了，读者就会有受愚弄的感觉。我想，这一规则很值得侦探小说家注意——凶手不能是小说中最早出现的几个人物之一。

很明显，如果凶手一出场就人见人厌，那么不管作者在后面怎样补救，都无法消除你对这个人物的怀疑，这样一来，故事还没开始就已结束。为了避开这个两难问题，作者有时会把所有人物或者大多数人物都塑造得面目可憎，这样你至少要在这些人物中间做出选择。但这里有个问题：对现代人来说，要像维多利亚时代的人那样相信世上有彻头彻尾的坏人，是件很困难的事。因为我们相信，每个人身上都善恶并存，因此百分百善或百分百恶的人物不但不会被我们相信，甚至连作者也会失去我们的信任——我们会对他操纵的那些木偶不屑一顾。

作者必须让他笔下的杀人犯也和我们所知道的普通人一样，既有恶的一面，又有善的一面。同时又必须做到，当真相大白时，我们会乐意看到杀人犯被送上绞刑架。一种处理方法是把谋杀案的性质写得极其恶劣。当然，我们可能会质疑，一个人好像是不大可能这样丧尽天良的，因为总是会有点人性的。不过,这还只是作者所要面对的难题中最小的一个——因为(在读侦探小说时)没有人会同情被害人。被害人不是在小说开始前、就是在小说刚开始的时候就已经被害了,因而你对他知之甚少,自然不会对他产生多少兴趣,他的死对你来说和杀掉一只鸡并没有多大区别。所以,不管谋杀手段多么残忍,对于他的死,读者都是无动于衷的。

再说,如果嫌疑人不止一个,那么谋杀一定有多种(可能的)动机。被害人由于自身的过错——不管是愚蠢、蛮横、贪婪,还是其他什么过错——往往会令人厌恶,以至于他的死丝毫不会使你难过——甚至可以说,他的被害是咎由自取的。一旦我们认为杀了这个人未尝不是一件好事,我们就不会那么乐意看到杀人犯被送上绞刑架。为了解决这个难题,有些作者让杀人犯在事情败露后选择自杀。这既符合以命偿命的原则,又免去了刽子手的绞索,免得有些读者会黯然神伤。总而言之,杀人犯当然应该是坏人,但又不能坏得一目了然,坏得让人难以置信。而且其作案动机要令人信服,同时杀人犯的所作所为又要足以引起读者的义愤。这样当真相大白时,读者才会欣然目送他被送上绞刑架。

这里,我想就杀人动机再多说几句。我曾到当作罪犯流放地的法属圭亚那做过调查。调查结果我也曾在其他文章中谈过,但我估计很少有人会读我的每一篇文章,而把它放在这里又恰到好处,所以我不妨重复一次。那时,岛上至少有三座监狱,犯人根据犯罪性质分别关押在不同的监狱。马罗尼河畔圣洛朗监狱关的全是杀人犯。这些人由于陪审团认为他们有从轻情节，因而未判死刑，而是长期监禁。我曾花了整整一天时间，一个个地询问那些犯人的杀人动机，他们倒也乐意回答我的问题。

表面上看，有些人似乎是出于爱情或者嫉妒杀了人。他们有的杀了妻子，有的杀了情夫或者情妇。不过，我只多问几句就发现，最终的杀人动机还是——钱。一个男人杀了妻子，因为她把他的钱花在情夫身上；另一个男人杀了自己的情妇，因为她阻挠他和一个富家女结婚；还有一个男人也杀了自己的情妇，因为她威胁要把他们的关系透露给他妻子，以此敲诈他的钱财。至于在那些与性无关的谋杀案中，钱更是主要因素。有人因抢劫钱财而杀人，有人因遗产分割有纠纷而杀死兄弟，还有人因分赃不均而杀死同伙。只有两个人不是为了钱：一个阿帕奇人[1]杀了和他同居的女人，因为她向警察告密，出卖了他；另一个人在酒后斗殴中为己方帮派成员复仇而杀死了对立帮派的一名成员。

我没有了解到哪一起杀人案可以严格地称为"冲动杀人"。当然，有可能这样的杀人犯在审判时受到了陪审团赦免，或者刑期很短，因而没有被押到圭亚那来。除了金钱，另一个常见的动机是恐惧。一个年轻的牧羊人在田野里强奸了一个小女孩，

---

[1] 美洲印第安人中的一族，骁勇好斗，常被警察追捕。

当小女孩大声尖叫时,他出于恐惧,掐死了她。一个公司职员杀了一个女人,因为那个女人发现他曾经因欺诈而坐过牢,他害怕她会把这事告诉他的老板。

由此可见,可供侦探小说家采用的最合理的杀人动机无非是钱、恐惧和复仇。谋杀是可怕的重罪,杀人犯肯定会受到严惩。因此,读者是不会相信一个人因为自己心爱的姑娘爱上了别人而杀了那姑娘,或者某银行职员因为有同事爬到他头上就杀了那同事。杀人犯下的赌注一定是非常大的。作者的任务就是让你相信,为这样的赌注,就是杀人也值得。

四

在侦探小说中,和杀人犯同等重要的人物当然是侦探。每个侦探小说爱好者都能说出一连串著名侦探,而其中最出名的,毫无疑问是夏洛克·福尔摩斯。几年前,我为了选编一本短篇小说集,特意把柯南·道尔的侦探小说集读了一遍。我惊讶地发现,他写得真是太糟糕了。故事的引子很好,背景也不错,但故事本身却太简单了,读完后甚至连一点余味都没有——真是雷声大、雨点小。尽管如此,我起先还是认为有必要选入一篇柯南·道尔的作品。后来发现,对于有文学修养的读者来说,他的作品没有一篇是令人满意的。然而,不管怎么说,夏洛克·福尔摩斯确实俘获了大众的注意力。在文明世界里,他的名字可谓家喻户晓。有人或许从未听说过威洛比·帕特恩爵士、贝尔杰雷先生或者韦尔杜兰夫人[1]，但他一定听说过福尔摩斯。

柯南·道尔用生动的粗线条勾画这个虚构人物，并反反复复地强调这个人物的一些怪癖，使其深深印入读者的脑海——这种策略，和广告公司推销肥皂、啤酒、香烟时的策略是一致的，其效果也差不多。你读完五十篇福尔摩斯后，你对他的了解其实一点也不比你读完第一篇时多，但由于经受了五十次的反复唠叨，你的神经终于崩溃了。就这样，这个虚构人物在你的印象中占据了堪比伏脱冷和米考伯先生[2]的重要位置。可以说，没有哪部侦探小说能像柯南·道尔的作品那样广为人知。既然如此，既然夏洛克·福尔摩斯出自他的笔下，我想，就凭这一点也不得不承认他的名声。

侦探有三类。一类是警探，一类是"私家侦探"，还有一类是业余侦探。长久以来，业余侦探一直很受欢迎，而侦探小说家们也都一直绞尽脑汁，想创造出一个可以在多部作品中反复出现的侦探形象。警探通常被表现为不太有个性的传统人物——虽然时而有人展现出他好的一面，机警、敬业、耐心，

---

[1] 威洛比·帕特恩爵士：梅瑞狄斯的著名小说《利己主义者》中的主人公。贝尔杰雷先生：法朗士的著名小说《贝尔杰雷先生在巴黎》中的主人公。韦尔杜兰夫人：普鲁斯特的著名小说《追忆似水年华》中的主要人物。

[2] 伏脱冷：巴尔扎克名著《高老头》《交际花盛衰记》中的重要人物。米考伯先生：狄更斯名著《大卫·科波菲尔》中的重要人物。

但在大多情况下,他总被写成缺乏想象力的老顽固,因而理所当然地成了业余侦探的陪衬,用来反衬后者的聪明才智。此外,作者还往往会赋予业余侦探以独特的个性,尽力让他看起来像个有血有肉的人,而且业余侦探有时竟然能发现连苏格兰场[1]的警探也未能发现的线索,由此证明"业余"比"专业"更聪明、更能干。这一点在一个具有怀疑专家传统的国度[2]中自然能赢得读者的认同。

警探和业余侦探之间的冲突使这类侦探小说富有戏剧性。虽然我们自己是守法公民,但我们却乐于见到法律的权威最终受到嘲笑。作者赋予业余侦探最重要的个性,就是幽默。你可能会想,读者一被逗乐,情绪就会高涨,这样等读到惊险之处时,他的反应就会更强烈。但这并不是作者的目的,作者这样做自有更为重要的原因。时而机智灵敏、时而荒唐可笑的业余侦探之所以要幽默,要引得读者捧腹开怀,是因为你自然而然会对一个能把你逗乐的人物怀有好感,而正是这一点,对作者来说至关重要,因为他必须使出浑身解数使你忘记一个明显的事实,那就是:业余侦探其实是在多管闲事。

为此,他会先让业余侦探摆出一副为了正义无私奉献的模样。如果这种模样对于读者来说太虚伪的话,他接着就会让业余侦探说,他做业余侦探是出于探寻真相的热情。然而事实上,

---

[1] 伦敦警察厅的别名。
[2] 指英国。

业余侦探就是多管闲事，莫名其妙地介入和他毫无关系、本应由司法部门秉公处理的事务。而作者赋予他令人愉悦的举止、健美的体格、可爱的个性，也是为了诱惑读者接受这个人物。最重要的是这个人物要幽默。不幸的是，侦探小说作家中很少有人真正具有幽默感。难道一个只是把法文笑话生硬地译成英文的人物，或者一个引用——有时还误引——老掉牙的诗句、满口说大话、装腔作势的人物，或者一个说着约克郡方言、操着爱尔兰土腔的人物，也称得上幽默？如果真是这样，幽默家就一钱不值了。如果真是这样，伍德豪斯先生和帕尔曼先生[1]就该告老还乡了。我真希望有一篇侦探小说能把业余侦探的可鄙之处全暴露出来，并最终使业余侦探遭到读者的唾弃。

五

我认为，在侦探小说中引入幽默是错误的。不过，尽管我不赞同，还能勉强接受。但另一方面，我实在无法忍受在侦探小说中插入爱情。爱情或许能带动地球旋转，但就是不能进入侦探小说。因为在这里，爱情只会把一切搞得一团糟。我根本不在乎最终是谁赢得了那姑娘的芳心——是那个有绅士风度的私家侦探呢，还是那个首席警探，或者那个被诬告的主人公，

---

[1] P. G. 伍德豪斯、S. I. 帕尔曼：均为20世纪初英国著名幽默作家。

我都不在乎——我要在侦探小说中看到的只是"探案"。故事的脉络应该非常清晰：谋杀、询问、怀疑、发现、惩罚。而插入年轻姑娘和年轻绅士的爱情——不管那姑娘多么迷人，那绅士多么潇洒——终究是令人讨厌的离题。不错，爱情是人类行为的一大源泉，可以使人嫉妒，使人恐惧，或者使人受到伤害。不错，这或许符合侦探小说家的写作目的，可是在另一方面，爱情却会使侦探调查的范围大大缩小——因为与爱情有纠葛的人至多不会超过两三个。而且，如果爱情真的是杀人动机，那么谋杀就成了情杀。这样一来，杀人犯也就不再显得那么可恶了。另外，如果作者仅仅是在探案过程中插入一个单纯的爱情故事，以此作为调味品，那他就犯了一个口味混乱的大错误。在侦探小说中，婚礼的钟声是多余的。

我想，侦探小说家常犯的另一个错误就是把谋杀手段写得过于离奇。由于这类小说大量出版，读者早已失去好奇心，作者们很自然地就想用离奇的谋杀来刺激读者。我记得我曾读过一部侦探小说，其中的几起谋杀竟然都是用放在游泳池里的毒鱼来实施的。这样的创造力，在我看来是用错了地方。我们知道，一件事情的可能性是相对的，检验其是否可能，终极标准就是我们是否相信。在侦探小说中，我们可以相信很多事情，可以相信杀人犯在犯罪现场留下了一截非同寻常的烟头；相信他留下了一个特殊的鞋印；相信他在被害女士的房间里留下了许多指纹。我们可能因为有人放火而葬身火海，可能被仇人开车碾压致死，可能被推下悬崖摔得粉身碎骨，但我们无法相信自己会被一条神不知鬼不觉放在卧室里的鳄鱼撕成碎片，也无法相信自己会在参观卢浮宫时因为某个坏蛋的恶毒计谋而被突然倒下的维纳斯雕像压死。在我看来，最好的谋杀方式还是那些传统方式——最可信的作案工具还是刀、枪和毒药。我们都有可能成为这些东西的牺牲品，而我们自己也偶然会用一用这些东西。

一流的侦探小说家从不矫揉造作，而是用明晰的语言陈述事实，进行推理。华丽的辞藻在这里毫无用处。当我们只想知道那个男仆的下巴上为什么会有伤痕时，我们不想听什么美丽动听的话，那样只会使我们注意力分散。同样，当我们只想知道从磨坊穿过矮树林走到猎场看守人小屋需要几分钟时，我们也不想看到一段景物描写。此时，我们一点也不关心河边的报春花。在此顺便说一句：当我需要看着地图来了解某部小说中写到的地貌或者街道时，我对这部小说已然要失去兴致了。同样，写侦探小说也不需要知识广博。在我看来，正是因为偏执于知识广博，致使一位最有创造力的当代侦探小说家[1]误入歧途。据说她是个博学多才的女人，对于一般人根本不了解的许多事物，她也具有惊人的知识。不过，我觉得她还是把这些知识留给自己为好，不要用到侦探小说中来。因为，侦探小说尽

---

1 指英国女侦探小说家多萝西·塞耶斯，她的早期创作很成功，后期创作有卖弄学问之嫌，不受读者欢迎。

管各个阶层的人都喜欢读，但对于侦探小说家，说实在的，却没有多少人会表示尊重。切尔西或者梅菲尔午餐会[1]曾邀请过他们吗？在出版商举办的图书推销会上，有谁会指着他们兴奋地给同伴介绍？甚至稍为人知的侦探小说家也没有几个，其余的全都默默无闻，不为人知。

于是乎，侦探小说家对那些一边贪婪地读着他们的作品、一边高傲地对他们摆着架子的读者心怀怨恨。于是乎，他们不放过任何机会，要向那些看不起他们的读者展示自己的学问和文笔。他们要让那些傲慢的读者知道，他们的学问不输皇家文学院院士，他们的文笔堪比作家协会会员。这虽是人之常情，却并不明智。他们应该有充分的自信，不必理会别人怎么看。他们有广博的知识其实没什么不好，但需记住：要"衣着得体"，而不要刻意追求服饰华丽。学识不应该干扰主题，而侦探小说的主题就是揭示一桩谋杀案的真相，永远如此。

六

这里，我要恳请侦探小说家安心写作，不必焦躁。因为很可能，未来的文学史家在写到20世纪上半叶的英语小说时会把那些所谓的"严肃小说"一笔带过，而用许多篇幅来谈论侦探

---

[1] 切尔西是当时有名的文学俱乐部；梅菲尔午餐会是当时的文学爱好者团体。

小说的巨大成就。

首先,他们不得不承认,这类小说很繁荣,有一个庞大的读者群。不过,要是他们对此的解释是:因为文盲的减少而产生了一个庞大的读者群,然而这个读者群虽有旺盛的阅读需求,文化程度却不高,所以全都迷上了"谁是凶手"——要是这样解释,那他们就错了。他们必须承认,侦探小说的读者群中也有学识渊博的男士和品位高雅的女士。对于这一现象,我的解释很简单:侦探小说家的任务就是讲故事,而且他们往往把故事讲得既简洁又明确。他们必须尽快入题,这样才能吸引读者的注意。他们必须制造悬念,这样才能激发读者的好奇心。然后引入事件,使读者产生浓厚的兴趣。他们必须使读者同情应该同情的人物,而要做到这一点并非易事,需要有足够的聪明才智。最后,他们还必须使故事有一个完美的高潮。总之,他们必须遵守"讲故事"的自然法则——自从远古有个聪明人在以色列的帐篷里讲了约瑟的故事[1]之后,人们一直遵守着这一法则。

然而,当今的"严肃"小说家却很少讲故事,甚至完全不讲故事。他们自己使自己相信,故事在他们的艺术创作中是可有可无的。就这样,他们无视人心的一大渴望——听故事,而这一渴望,可以说和人类一样古老。因此,要是说侦探小说家

---

[1] 约瑟的事迹详见《圣经·创世记》。

夺走了"严肃"小说家的读者,那是他们自找的,要怪只能怪他们自己。再说,这些人又啰唆至极,简直令人难以忍受。他们中很少有人明白任何主题的发挥总是有限度的,所以他们会把一百页就能写完的东西漫无边际地写上四百页。时下流行的所谓"心理分析"更是助长了这种风气。在我看来,心理分析的滥用已经损害了当今的"严肃"小说,就如当初景物描写的滥用损害了19世纪的小说一样。现在我们知道,景物描写不但要简洁,而且要以情节发展的需要为唯一前提——心理分析也是如此。总而言之,侦探小说虽然有明显缺点,但仍能凭着自身的优点而被广泛阅读;"严肃"小说虽然有明显优点,但由于存在严重缺点,读者还是寥寥无几。

七

以上,我讨论了以爱伦·坡的《莫格街谋杀案》为先导的早期侦探小说。在过去的半个世纪中,有几千部侦探小说问世,它们的作者更是尽其可能地用各种方式使自己的作品显出新意。我在前面已经提到过一些稀奇古怪的谋杀手段。除此之外,他们还大胆采用了科学和医学上的新发现。他们用锐利的冰柱刺死人;他们巧妙地破坏电线,使受害人触电致死;他们把空气注入受害人的血管,使其心搏骤停;他们把炭疽杆菌抹在受害人的剃须刀上,使其血液中毒而不治身亡;他们把剧毒物质涂在邮票上，使受害人一舔邮票就顿时毙命；他们用装在照相机里的手枪把受害人射杀，甚至用隐匿的原子射线照射受害人，使其莫名其妙地死去。但是，所有这些方法都因为过于夸张而令人难以相信。

有时，侦探小说家还会大胆表现出一些奇思异想。其中最奇异的就是所谓的"反锁之谜"：一具尸体在一个房间里被人发现，死者显然是被人谋杀的，而房间的门却反锁着。也就是说，凶手既不能从门里进来，也不是从门里出去的。这样的"反锁之谜"，最初就出现在爱伦·坡的《莫格街谋杀案》中。但是，爱伦·坡对这一谜案的解释存在严重漏洞，而历代评论家居然从未察觉，这真是令人惊讶。

读者应该还记得，小说中邻居们被一阵可怕的尖叫声惊醒，便冲入了那幢案发的房子，结果发现住在里面的一对母女被人杀了，奇怪的是女儿被发现死在一个门反锁的房间里，窗户也是从里面紧紧关着的。杜邦先生[1]最后的结论是，杀死这对母女的凶手是一只巨猿，它是从敞开的窗户中逃跑的，而当它跳出窗户时，巨大的身躯带动了窗户，由于惯性，窗户自己关上了。然而，随便哪个警察都会告诉小说作者，两个法国女人——一个已经上了年纪，另一个也已到中年——晚上是绝对不会敞开窗户把外面带着露水的空气放进来的。不管巨猿是怎么进入房

---

[1] 杜邦先生：《莫格街谋杀案》中的侦探。

间的，反正它从窗户中跳出去的可能性不大，而窗户自己会关上，那就更加不可能了。但这一手法后来又被卡特·迪克森[1]采用并获得成功，以致引来无数的模仿者而渐渐令人生厌。

还有各种各样的背景：苏塞克斯的乡村别墅、美国的长岛或者佛罗里达、自滑铁卢战役后一直无人问津的小村庄、暴风雪中的赫布里底群岛上的古城堡……都几乎被侦探小说家用了个遍。还有各种各样的破案证据：指纹、脚印、烟蒂、香水、脂粉……也都一次又一次出现。还有一声不响的狗（证明它和凶手很熟悉——我想，这是柯南·道尔首创的）、天书一样的密码信、无法分辨的双胞胎、出人意料的秘密通道……还有不知为什么要在荒野里游荡而被神秘的蒙面人打晕的姑娘，而当读者厌倦了这样的姑娘时，又反反复复看到不知为什么坚持要和侦探一起探案，而又总会使探案遇到麻烦的美女……总之，所有这些背景、这些证据、这些案情，都被一用再用，几乎用烂了。

对此，侦探小说家当然明白。他们应对的方法是再想出一些更加怪异、更加夸张的东西，以期为那些已经讲过上百遍的故事增添一点新意和趣味。然而，一切都是徒劳。不管哪种谋杀手段、哪种破案方式，还是哪种蒙蔽读者的伎俩、哪个阶层的生活场景，都已经用过无数次，毫无新鲜感了。单纯的推理侦探小说走上了绝路。

---

[1] 卡特·迪克森：本名约翰·狄克森·卡尔，20世纪美国侦探小说家。

八

另辟蹊径以迎合读者口味的是所谓"硬汉派"侦探小说。据说,这一派的首创者是达希尔·哈米特[1],但厄尔·斯坦利·加德纳[2]声称,卡罗尔·约翰·戴利[3]是写出这类小说的第一人。不管怎样,是哈米特的《马耳他黑鹰》开创了这一派的风气。

这一派据称是现实主义的:被谋杀的人不总是公爵夫人、内阁大臣或者腰缠万贯的工业大亨;谋杀案不总是发生在豪华的乡间别墅里、高尔夫球场或者赛马会上;杀人犯也不总是年迈的女仆或者退休的外交官。雷蒙德·钱德勒是目前这一派小说家中最有名的,他在一篇题为《描写谋杀的艺术》的短文中简要而形象地说明了这一派小说的特点。"要真实地描写谋杀,就要描写这样一个世界:统治国家、统治城市的是一帮匪徒;宾馆经理、公寓主人兼做妓院老板;电影明星兼做黑帮眼线;全国有名的慈善家其实是地下赌场老板;家里藏满私酒的法官把口袋里放了一小瓶酒的人送进监狱;镇长靠纵容行凶谋取钱财,暗巷小路没人敢走;白天也能看到抢劫,而且要快快躲避,不可声张,因为劫匪或许有枪,警察又未必相信你的告发;就

---

[1] 达希尔·哈米特:20世纪初美国"硬汉派"侦探小说家。
[2] 厄尔·斯坦利·加德纳:20世纪初美国"硬汉派"侦探小说家。
[3] 卡罗尔·约翰·戴利:20世纪初美国"硬汉派"侦探小说家。

是到了法庭上,狡猾的律师也会在愚蠢的陪审团面前把你羞辱一番,而法官又被政治操纵,除了装模作样,别的什么都不管。"显然,在这样一种社会状况下,不仅现实主义侦探小说家可以获得足够的素材,读者也愿意相信,这些侦探小说家所讲的故事并非胡编乱造,而是真实的。是的,读者只要看看报纸、听听新闻就能知道,这样的事情几乎天天都在发生。

雷蒙德·钱德勒还说:"达希尔·哈米特把谋杀还给了真正有理由谋杀的人,他们不是为谋杀而谋杀,也不是用精制的手枪、隐藏的暗箭或者有毒的热带鱼谋杀,而是用他们可能有的工具和手段实施谋杀。同时,他还让杀人犯用他们平常所用的语言思考和交谈。"这是很高的评价,也很中肯。哈米特确实很熟悉自己笔下的那个世界,他曾在平克顿做过八年侦探。这使他能够讲出真实可信的侦探故事,而在这方面,也只有雷蒙德·钱德勒能和他相比。

在这一派侦探小说中,探案过程相对来说不是最重要的。凶手是谁并不是秘密,重要的是侦探如何克服种种困难使凶手认罪。这样,作者也就避开了寻找凶手时必然要遇到的那些烦人的线索问题。实际上,譬如在《马耳他黑鹰》中,侦探山姆·斯佩德直接指着布丽吉德说,她是唯一可能谋杀阿彻的凶手,而布丽吉德当时慌了,承认了。如果她拒不承认,而是冷静地反问:"证据呢?"那肯定是山姆·斯佩德慌了。其实,就是到了法庭上,如果布丽吉德请一位像厄尔·斯坦利·加德纳笔下的佩里·曼森那样精明的律师来为她辩护，那么凭山姆·斯佩德出示的那些不充分的证据，陪审团也不可能将她定罪。

"硬汉派"侦探小说家都很注意赋予笔下的侦探以某种个性，但并不夸张，以免个性变成怪癖。与此不同，"纯推理"侦探小说家则往往追随柯南·道尔，把各种怪癖堆积在笔下的侦探身上，使其变成怪人也在所不惜。

达希尔·哈米特作为一名侦探小说家具有原创性，他不像其他人那样让同一个侦探在好几个案件中出现，而是每写一个案件就创造一个新的侦探形象。譬如，《戴恩家的祸患》中的侦探是个身材魁梧的中年男人，但他并不依靠武力，而是靠智慧和勇气办案；《瘦子》中的侦探尼可·查尔斯是个幽默风趣的人，他娶了个有钱的女人后就不干侦探这一行了，后来迫于其他方面的压力，才不得不重操旧业；《玻璃钥匙》中的内德·博蒙特是个令人好奇的人物，创造出这样一个人物值得任何一位小说家感到自豪——他本是个职业赌徒，成为侦探纯属偶然；还有《马耳他黑鹰》中的山姆·斯佩德，是达希尔·哈米特塑造得最成功、最可信的侦探形象，他是个蛮不讲理的流氓、没有心肝的骗子，和他要对付的罪犯没有多大区别，读者甚至很难在他和罪犯之间做出道德判断，然而，就是这个下三流的坏蛋，被塑造得既真实可信，又生动有趣。

我们知道，福尔摩斯是个私家侦探，但追随柯南·道尔的侦探小说家似乎更喜欢让警探或者身手不凡的业余侦探来破解谜案。达希尔·哈米特自己就曾做过私家侦探，因而他笔下的主人公自然都是私家侦探。后来的"硬汉派"侦探小说家也都明智地以他为榜样。私家侦探，或者说"私家鹰犬"，是个既浪漫又沉闷的行当。和业余侦探一样，私家侦探似乎也比警探更有智慧，而且在大多情况下还可以偷偷地违反法律规定，做一些手脚。此外，他们还有一个优势：检察官和警方总是用怀疑的眼光看待他们那种不正规的探案方式，因而他们不但要和罪犯周旋，还要和官方较劲儿——这无疑使他们的探案过程变得更为紧张、更具戏剧性。最后，和业余侦探相比，私家侦探的优势在于他们是职业侦探，是以探案为生的，因而不会被人视为多管闲事而招人讨厌。

至于他们为何要从事这么个并不光彩的行当，我们就不得而知了。我们只知道他们赚钱好像并不容易，因为他们总是穷巴巴的，办公室又小又破。我们对他们的身世也几乎一无所知。他们好像都没有爹妈，没有亲戚，也没有兄弟姐妹。可是，他们好像都很幸运地有一个对他们心怀爱意的女秘书，而且这个女秘书十有八九是碧眼金发、美丽动人的。他们对这个女秘书大凡也都温情脉脉，有时还会亲吻她一下，但在我的记忆中，他们对她的感情好像从来不会发展到求婚的地步。我们既不知道他们从哪里来（只有雷蒙德·钱德勒笔下的菲利普·马洛是个例外），也不知道他们是在哪里学会做侦探的，却知道他们有怎样的个性、怎样的习惯，因为这是书里直接告诉我们的。

他们个个魅力无限，使女人神魂颠倒。他们全都高大、强壮、勇敢，一拳就把一个男人打飞，就像拍死一只苍蝇一样容易，而当他们挨打时，不管别人怎样拳脚相加，他们总是安然无恙、毫发无损。所以，与其说他们机智过人，不如说他们英勇无比，常常会手无寸铁地面对最凶狠的罪犯，而罪犯毒打他们的手段之残忍，会使你大惑不解，他们为什么只要躺上一两天就又生龙活虎了。他们往往深入险境，随时可能遭到突然袭击，其情其景令人屏息凝神。当然，这样的悬念还是很有点令人紧张的，但有一点可以放心，那些黑帮、恶棍和勒索者绝对不会用子弹把他们打得浑身窟窿（因为那样的话，小说就会提早画上句号）。

他们酷爱烈酒，办公桌抽屉里永远有一瓶黑麦威士忌或者波旁威士忌，只要有客人来或者闲着无事，就会拿出来喝一口。他们的衣袋里也总放着一小瓶酒，而汽车后备厢里总有一大瓶。他们每次走进旅馆，第一件事就是叫人拿瓶酒来。他们吃得就像大多数美国人一样，非常单调，不是培根煎鸡蛋，就是牛排炸薯条。在我的印象中，唯一对吃有点讲究的私家侦探好像只有尼罗·沃尔夫。但他不是土生土长的美国人，有一半欧洲血统，所以才喜欢吃多汁的菜肴，才会对西兰花情有独钟。

未来的历史学家会惊讶地发现，从达希尔·哈米特的写作年代到雷蒙德·钱德勒的写作年代，尽管相隔时间很短，美国人的生活习惯竟然发生了明显的变化。达希尔·哈米特笔下的内德·博蒙特在度过又是喝酒、又是奔忙、又是打斗的一天后，通常只是换个衣领[1]、洗洗手。而雷蒙德·钱德勒笔下的马洛却会洗个热水澡，还要换件干净的衬衫（如果我没有记错的话）。可见，在此期间，美国男人的卫生习惯发生了很大变化。此外，马洛和山姆·斯佩德也不同，是个正派人。他也想赚钱，但从不偷鸡摸狗，而且从不侦办和离婚有关的案件。马洛是雷蒙德·钱德勒的好几个侦探小说中的故事叙述者。通常，当故事叙述者就是小说主人公时，这个人物的形象总是比较苍白而不鲜明，譬如大卫·科波菲尔[2]就是这样。不过，雷蒙德·钱德勒却把马洛塑造得有血有肉，既勇猛无畏，又和蔼可亲。

在我看来，"硬汉派"侦探小说家中最出色的就是达希尔·哈米特和雷蒙德·钱德勒。两人相比较，雷蒙德·钱德勒比达希尔·哈米特更为出色。达希尔·哈米特有时会把案情讲得过于复杂，读者稍不留神就会晕头转向；雷蒙德·钱德勒却始终讲述得简洁明快、不枝不蔓，而且他笔下的人物也更为多样，人物动机和故事情节也更为可信。他们两人虽然都用紧凑、生动、口语化的美国式英语写作，但在我读来，雷蒙德·钱德勒的对话比达希尔·哈米特写得好——他绝好地掌握了那种典型的美国式俏皮话，因而给人以一种很自然的幽默感。

---

1 领子可以拆卸的衬衫，只要换领子，衬衫就不需要换了。
2 大卫·科波菲尔：狄更斯同名小说中的主人公，也是小说的故事叙述者。

九

如前所述,"硬汉派"侦探小说并不注重探案过程。它注重的是人物,也就是那些罪犯、骗子、赌徒、小偷和敲诈者,还有那些渎职的警察和虚伪的政客。这一派小说所讲述的故事,其精彩就精彩在故事中的那些人物。如果那些人物是虚假的,你就不会关心他们的所作所为和喜怒哀乐了。所以和纯推理侦探小说家相比,这一派小说家必须花更多力气来塑造人物。他们必然使自己笔下的人物表现得不仅是可能的,而且是真实可信的。大多数纯推理侦探小说中的侦探其实都有点像闹剧中的人物,由于作者赋予他们过于夸张的怪癖而使他们显得特别古怪。这样的人物显然是作者拍脑袋想出来的,只有作者自己相信。至于这类侦探小说中的其他人物,却又因为毫无个性而成了一个个晃动的影子。与此完全不同,达希尔·哈米特和雷蒙德·钱德勒笔下出现的都是真实可信的人物,就如我们日常所见的男男女女,只是稍稍拔高了一点,更加生动一点。

我自己也是小说家,因此我对这两位小说家如何描写人物相貌很感兴趣。我想,要使读者对某个人物的相貌有一个精确的印象总是很难的,所以小说家们才要做各种各样的尝试。达希尔·哈米特和雷蒙德·钱德勒都喜欢简明扼要地勾画人物的长相和衣着,就像警方的通缉公告一样。在景物描写方面,雷蒙德·钱德勒的手法更为娴熟。当马洛走进一个房间或者一间办公室时，他总会精确、简练而又具体地告诉我们那里有什么家具、墙上挂着什么画、地上铺着什么地毯。这使我们不得不佩服这位侦探的观察能力，他所用的语言就像剧作家（但不是萧伯纳）在剧本中对布景和道具所做的提示一样简单明了，以此巧妙地暗示细心的读者，这位侦探将会遇到怎样的人和怎样的事。当你对一个人的生活环境有所知晓时，你对这个人已经有所了解。

不过，从另一方面讲，我认为这两位小说家的巨大成功——不仅是数以百万计的销量所表明的商业上的成功，更有评论界予以肯定的文学上的成功——反而毁了这一派小说的前途。几十个乃至上百个模仿者蜂拥而来，而且就像所有模仿者一样，以为只要放大成功者的某些特点就能超越成功者。于是，这一派小说里的黑话越来越多，多到你必须查阅书后的"黑话词汇表"才能读懂小说；罪犯越来越凶残，越来越狂暴，越来越变态；女人越来越风骚，越来越像妓女；侦探越来越鲁莽，越来越像酒鬼；警察越来越无能，越来越像痴呆。是的，一切都过分得近乎荒唐。殊不知，模仿者越是夸张，越是想刺激读者，读者越是觉得无聊。模仿者没有使读者尖叫，反倒引来了读者的嘲笑。奇怪的是，成功者的优点他们好像从不模仿，因而他们写出来的英语全都很不流畅。

在我看来，雷蒙德·钱德勒后继无人。我相信，侦探小说，无论是纯推理侦探小说，还是"硬汉派"侦探小说，都已经死亡。不过，这不要紧，还有许多小说家会继续写侦探小说，而我，也会继续——读侦探小说。

诗人的三部小说

一

在读者开始阅读本文之际，我觉得有必要先说明一下：关于歌德的评论已如此之多，该说的早就有人说过了，为什么我还要撰文来谈他的小说呢？实际上，我只是为了自得其乐——这大概是我所知道的最好的理由了。我从小就能说英语和法语，幼年时法语还比英语说得好[1]。少年时，我到德国留学一年，在大学里学习德语。此前，我在学校里读过德国诗歌，虽然只是为了应付功课，却使我最初读到了歌德的诗，而且读得如醉如痴。也许正是这个缘故，我现在读他的诗仍然和半个世纪前一样如醉如痴，而且我读他的诗不仅仅是读诗，还借此回忆我年轻时代的情景：海德堡小城古老的街道、中世纪的城堡、沿着木栈道登上王座山峰顶、遥望内卡河平原的美景、冬天在湖面滑冰、夏天在湖中划船、有关文学与艺术的谈话、有关自由意

---

[1] 毛姆出生在巴黎，父亲是英国驻法使馆的法律顾问，十岁时父母先后去世，他被送回英国由叔叔抚养。

志与宿命论的争论，还有第一次怦然心动[1]，尽管——上帝做证——我从来都很被动。

　　大概就在那时，我读了歌德的小说。时隔多年后，我又读了一次，那是前几年我打算去德国故地重游的时候。歌德共写过三部小说：第一部是《少年维特之烦恼》；第二部是《威廉·迈斯特的学习时代》及其续篇[2]，第三部是《亲和力》。这三部小说中最重要也最有趣的是《威廉·迈斯特的学习时代》。我想，如今在英国已经不大有人会读这部小说了，除非出于研究的目的。我也想不出要去读它的理由——尽管它写得生动有趣，既浪漫又现实；其中人物个性独特、形象鲜明；场景描写变化有致、引人入胜；还至少含有两出高雅喜剧[3]，这在歌德的作品中是很少见的；还有点缀其间的诗歌，也像他诗集里的诗歌一样优美感人；此外还含有一篇关于哈姆雷特的论文，许多有名的评论家都认为这篇论文把丹麦人的暧昧性格分析得相当透彻；而最为重要的是，小说的主题既深刻，又不乏趣味。然而，尽管具有这么多优点，从总体上说，这部小说终究是一部失败之作。失败的原因就在于歌德自身。歌德固然天资不凡、才华出众，还富有人生阅历，但他终究只是天才诗人，不是天才小说家。

1　意为恋爱。
2　即《威廉·迈斯特的漫游时代》。
3　即内容复杂、诙谐幽默的喜剧，剧中出现的通常是上层社会的人物。

如果有人问我，天才小说家到底要有怎样的禀赋？我回答不出，只能浅显地说，小说家应该是外向型的，否则他就无法充分表达自己。小说家的智力要求并不高，大概和一个律师或者一个医生差不多。但是，他必须善于讲故事，否则就无法吸引读者。他不需要热爱他的同胞（这要求太高），但他必须对世人深感兴趣。他必须具有感同身受、换位思考的能力，这样才能感人所感、想人所想。也许，像歌德这样内向而关注自我的人，就是因为缺乏这种能力才成不了天才小说家。

下面我并不想多谈歌德的生平，只是因为他自己说他写的东西（科学类著作除外）或多或少都在讲他自己，所以我不得不说说他生活中的事情。

歌德二十岁刚出头就进了斯特拉斯堡大学攻读法律。他自己其实并不情愿，但这是他父亲的意思，他无法违抗。那时，他青春年少、风流倜傥，见到他的人都说他一表人才。他身材挺拔，看上去比实际稍高一点；他肤色红润，有一头天生的卷发；他鼻梁挺直，双唇饱满，而他脸上最为突出的是一双明亮的棕色眼睛，瞳仁特别大。他浑身充满活力，不论男女，都觉得他很有魅力。孩子们也喜欢他，他也乐于陪他们玩，甚至花几个小时给他们讲故事。

歌德到了斯特拉斯堡几个月后，有个同学邀请他一起骑马到二十英里外泽森海姆镇上的一个朋友家去玩几天。那个朋友是个牧师，叫布莱翁，已结了婚，还有几个女儿。歌德答应了，于是就去了，而且在牧师家受到了热情款待。牧师的几个女儿中有一个叫弗里德里克，她一见到歌德就爱上了他。她怎么能不爱上他呢？她从来没见过这么清秀标致、风度翩翩、舞步轻盈的美少年。那时，华尔兹舞传入斯特拉斯堡只有十年，但已经把米努埃舞和加伏特舞彻底淘汰了。眼前这位美少年，舞步居然那么娴熟，还手把手教她怎么跳，这使她更加倾心。歌德对弗里德里克也是一见钟情：她的金发碧眼、她的天真活泼、她的一举一动、她的那条贴合着身体的素色长裙，无不使他倾倒。据说，歌德四十多年后口述自传，讲到这段恋情时仍心情激动、声音颤抖。这对恋人在接下来的几个月里爱得如醉如痴，歌德还写了好多情诗题赠给弗里德里克。这些情诗中的大部分现在已散失，但从仅存的几首中仍可以看出他当年的爱之激情。不过，他们当时究竟爱到什么地步，别人还是无从得知。有人断定，歌德根本就没有考虑过要娶弗里德里克为妻。这很有可能。歌德在这个年纪就已经有门当户对的观念，后来年纪越大，这一观念就越牢固。他出生在令人羡慕的富有家庭，当然知道像他父亲那样严苛高傲的人是绝对不会同意他娶一个乡村穷苦牧师的女儿为妻的；再说，他自己在经济上还完全依赖父亲。但他当时青春年少，一时冲动便坠入了爱河。谁都知道，热恋中的男人常常会昏头昏脑地许诺，热情一消退，便全部忘记。但是，他们往往会惊讶地发现，那些女人竟然把他们的许诺当真了。歌德那时很可能也对弗里德里克说了什么，使她误以为他会娶她为妻。

最后，有一件事终于使歌德幡然醒悟：弗里德里克固然美貌动人，但她终究是个普通的乡村少女。布莱翁牧师一家在斯特拉斯堡有个亲戚，用歌德稍稍夸张的话来说，那一家人"地位显赫，家境富裕"。弗里德里克和妹妹奥莉维娅曾到那个亲戚家去住过一段时间。在此期间，姐妹俩都觉得很尴尬，甚至很屈辱。她们身上穿着普通的农家长裙，

青年的歌德容貌俊美、风度翩翩。

和那家女仆穿的裙子差不多，而她们的表姐表妹和时常来拜访的女士穿的都是昂贵的法国时装。这使姐妹俩很自然地对那里的生活感到抵触，而她们的表亲全都不想在朋友面前提起她们这两个穷亲戚，这又使她们感到愤怒。对于这种情况，弗里德里克选择了沉默，但奥莉维娅沉不住气，终日愤愤不平。歌德到那里去拜访她们，显然感到气氛很压抑，姐妹俩对他的态度也似乎变了。他回来后这样写道：

> 我最终发现她们俩离我越来越远，心里也好像有块石头落了地，因为我理解弗里德里克和奥莉维娅的内心感受。

三 小 说

当然，我不在乎奥莉维娅的情绪激动和愤愤不平，但我理解弗里德里克的内心矛盾。

就这样，这段恋情以不美满的结局结束了，但是我们可以理解的。确实，即便歌德考虑过要娶弗里德里克为妻，现实情况也向他表明，那是不可能的。

他下决心和弗里德里克分手。那时他正忙于准备毕业考试，有冠冕堂皇的借口减少到泽森海姆镇去的次数。他拿到学位后的第三周，就离开斯特拉斯堡回家去了。其间，他无法抑制自己的思念之情，骑马去看了弗里德里克最后一眼。离别是极其痛苦的。他后来说：

> 我坐在马背上伸出手去，只见她眼睛里满含着泪水，我的心情也格外沉重。

他离她而去，她悲痛欲绝。但他那时好像没有勇气告诉她，这次告别就是永远的分离。他在稍后写给她的一封信里才正式告诉她实情。后来，他在自传中告诉读者，弗里德里克的回信使他悲伤得几乎心碎：

> 这时，我才第一次感觉到分手对她的打击和折磨，然而我无能为力，无法减轻她的痛苦。

他还颇为内疚地说,在这种情况下,如果是女的提出分手也就算了,现在是男的提出,那是始乱终弃,实在太不应该:

> 我深深地伤害了一颗美丽的心灵;我在深切的悔恨中想到她为我牺牲的青春和爱情,这真的让人痛苦至极,不堪忍受。可是生活总还得继续,于是我就全身心地投入了其他事务。

年轻人总是比较坚毅,不会因为他人的苦难而精神崩溃。而在这方面,歌德又特别幸运,当他因为抛弃弗里德里克而受到良心谴责时,他可以在诗歌创作中寻求安慰:

> 我又开始写诗来忏悔。这种自我折磨的苦修应该看作是我内心的赎罪。《铁手骑士葛兹·冯·伯利欣根》和《克拉维戈》[1]中的两个玛丽和其他抱憾终生的情人,都是我内心悔过的写照。

歌德到底有没有引诱弗里德里克上过床?我们无处查证。有人认为,如果他们仅仅是调调情,恐怕他是不会承受那么持

---

[1] 《铁手骑士葛兹·冯·伯利欣根》和《克拉维戈》:歌德最早的两个剧本,分别出版于1773年和1774年。

久的良心折磨的。所以,他写那些动人的歌词[1]——第一行就是"我心里乱作一团,我心里沉重不堪"——很可能,不仅是因为他回想起弗里德里克所承受的痛苦,同时也因为他回想起了她曾给过他的温情。说不定,正因为歌德是个多愁善感的人,又因为他内心悔恨交加,这才使他写出了经典的格蕾琴[2]悲剧。不过,这只是有人对《浮士德》的成因予以考证时的一种推测而已。或许,很快就有人说,歌德未曾动过心,弗里德里克也未曾被他占有过。

二

《少年维特之烦恼》是歌德另一段恋情的产物。在歌德和弗里德里克分手并离开斯特拉斯堡后的半年左右,他到韦茨拉尔去参加培训,以期获得律师从业资格。在魏玛的一次舞会上,歌德偶然遇到一个名叫夏洛蒂·布芙的少女,她已经和一个名叫约翰·克里斯蒂安·科斯特纳的年轻人订了婚。歌德对她一见倾心,第二天就到她家里去拜访。很快,拜访就变成了天天都有的常事。他们一起散步,而夏洛蒂的未婚夫科斯特纳只要

---

1 指歌德诗剧《浮士德》中的一段歌词,后由舒伯特谱曲并命名为《纺车旁的格蕾琴》。
2 格蕾琴:即玛格丽特,《浮士德》中的女主人公,她因受浮士德引诱而生下私生子,后来浮士德将她抛弃,她在悲愤中杀死了他们的私生子,终判死刑。

有空也会陪他们一起散步。科斯特纳是个讲究实际的正派人，平淡而老实，特别能包容。但是，尽管他和善容忍，歌德对他未婚妻的倾慕，显然也使他觉得不舒服。他曾在日记里写道：

> 我每次做完事去见我的未婚妻，歌德博士总是在她那儿。很明显，他是爱上了她。他是个哲学博士，又是我的好友，但他每次看见我到了我未婚妻那儿就马上显得很不高兴。我是他的好友，但我真的不愿意看到他单独和我未婚妻在一起，还对她大献殷勤。

几星期后，科斯特纳这么写道：

> 洛岑[1]找歌德认真谈了。她告诉歌德，他们之间只能是朋友关系，想要超出这种关系是不可能的。歌德听了立刻脸色发白，一句话也没说就转身走了。

那一年夏天，歌德一直留在韦茨拉尔。他想下决心离开夏洛蒂，但又迟迟做不到，直到秋天来临，他才终于下定决心。他和夏洛蒂，还有科斯特纳，一起度过了最后一晚，但他仍没有直接表露心迹，第二天一早就离开了韦茨拉尔。临行前，他

---

[1] 夏洛蒂的昵称。

留下一封伤心绝望的信,使夏洛蒂读后泪流满面。

回到法兰克福后几个星期,歌德从报纸上看到,他的一个名叫耶路撒冷的年轻朋友,因为失恋在韦茨拉尔自杀身亡。他随即写信给科斯特纳,把这件事告诉他,还把那份报纸保存起来。后来,他在自传里这么说:

> 那时,小说《少年维特之烦恼》的构想就有了,来自各个方面的素材汇集在一起,非常丰富,其中好像有什么东西呼之欲出,就像接近冰点的水只要稍稍一动就会结成冰。我想我应该好好把握这个契机,所以,要从这些杂乱无章而又非常难得的素材中理出头绪并把它完整表现出来的想法变得越来越迫切,因为我深陷在痛苦中,感到前所未有的绝望,前途一片昏暗。

这段话说明,歌德确实又一次坠入了爱河。但几页之后,他又说:

> 有一种感觉很美妙,旧的激情还未完全消退,新的激情已开始让我们满怀希望,就如夕阳刚刚西下,我们就已看到月亮在对面的天空中遥遥升起。像这样同时沐浴在日光和月光中,真是可喜可贺啊!

这一比喻富有诗意，而使歌德说出这一比喻的人，是一个名叫马克西米莲的少女。歌德写信给马克西米莲的母亲，其中说：

只要我活着，就无法忍受我的生活中没有您的爱女马克西米莲，请允许我战战兢兢地、时时刻刻地爱慕她。

可惜，马克西米莲也已经订了婚，未婚夫彼得·布伦塔诺比她年长许多，在法兰克福做鲜鱼、油脂和奶酪生意。后来，这两个极不般配的人结了婚，歌德还是天天去看望马克西米莲，而且一去就是几个小时。不过，彼得·布伦塔诺可不像约翰·科斯特纳那么容忍，他很快就勒令歌德永远不得跨进他的家门。

正如歌德自己所说，耶路撒冷的自杀就如一根火柴点燃了他的想象力，最终使他写出了《少年维特之烦恼》。他当时理应马上想到，把他自己对夏洛蒂·布芙的那种不幸的恋情和耶路撒冷的自杀组合到一起，可以构成一部小说。他自己也时常"琢磨"自杀的念头。"琢磨"这个词是乔治·亨利·路易斯[1]在《歌德传》中使用的，我觉得很恰当。歌德在五十年后的自传中说，他当时的痛苦在于，当他受自杀念头的诱惑而想结束自

---

[1] 乔治·亨利·路易斯：19世纪英国哲学家、文学批评家、戏剧家。

己的生命时,却没有人理解他是怎样抵抗这个念头的。我冒昧说一句,人在回忆过去时往往会夸大其词,就是声名显赫的伟人也是如此。少年的歌德给人的印象总是兴致勃勃的、有说有笑的,殊不知他为此付出的代价是周期性的压抑,就像很多人那样。有一次,他上床时把一把匕首放在枕头边,脑子里不断地想着要不要拿起这把匕首,插入自己的胸膛。当然,这不过是一时的幻想,我觉得很多年轻人在情绪极度低落时都会这样。歌德的生之欲望其实非常强烈,真要他下决心结束自己颇为得意的生命,确实不太可能。但他的确有可能在描写小说主人公的内心世界时,把经常困扰他自己的种种情绪移植到主人公身上。最终,他决定采用书信体[1]写这部小说。当时受理查生的小说[2]和卢梭的《新爱洛伊丝》[3]的影响,书信体小说风靡一时。这种形式现在已然没落,不大有人采用了。但说实话,它有不少优点,其中之一就是可以增加小说的可信度和真实感。

  《少年维特之烦恼》中的故事很简单,几行字就能讲完。一个年轻人,来到一个无名小镇(当然是指韦茨拉尔),在乡村舞会上认识了一位魅力非凡的少女。他爱上了她,却发现她早已订婚,他却更加爱她。后来,他强迫自己离开了小镇。但过

---

[1] 《少年维特之烦恼》主要由维特写的书信组成。

[2] 塞缪尔·理查生的三部重要作品均为书信体小说。

[3] 让-雅克·卢梭:18世纪法国启蒙哲学家、文学家,被视为欧洲浪漫主义先驱,《新爱洛伊丝》为其著名书信体小说。

了不久，他对她的深爱又把他引回了小镇，这次他发现她已经结了婚而且很幸福。然而，他对她的爱丝毫不减——哦，不是，是更加炽热，甚至忘却了自我，仿佛觉得这个世界除了她已一无所有。最后，他的爱陷于绝望，而他无法想象没有她的生活，于是便开枪自杀了。这部小说其实篇幅很短（几个小时就可读完），却分为上下两篇。上篇写到维特离开小镇，下篇从他回小镇写到他自杀。

在上篇中，读者会看到我刚才叙述过的歌德在韦茨拉尔逗留期间发生的各种事情。歌德把他自己的性格魅力——如乐观、幽默、温和——以及善于社交和酷爱自然等特点全都移植到了主人公维特身上。他描绘的其实是一幅很有吸引力的自画像。全篇就是一首歌咏长长的夏日、皎洁的月光和宁静的乡村生活的田园诗。小说中的人物全都单纯而友善、耿直而正派，而那个年代的德国人的生活又是那么安宁而从容，读来令人舒心。女主人公绿蒂（歌德给她取的名字正是夏洛蒂·布芙的教名）是那么善良、那么温柔、那么美丽，又是那么忠贞的未婚妻，读来令人动心。绿蒂的父亲和性格沉稳的未婚夫（歌德给他取名阿尔贝特）令人感动。当然，还有维特毫无希望的一片深情，令人叹息。总的说来，上篇读起来令人愉悦，是当时典型的自传体小说。现在的自传体小说则不然，不论是第一人称的，还是第三人称的，读起来都很虚假，真是令人垂头丧气。其实，问题不在于这些小说家怎么自夸，说自己怎么聪明、怎么勇敢、怎么英俊、怎么能干，或者怎么妖艳——他们这么写是他们的权利，因为这毕竟是写小说，不是写历史；问题在于他们忽略了最关键的一点：自己有没有写小说的天赋。是的，大卫·科波菲尔[1]是个小说家，还是个著名小说家，但这一点在他讲述自己的故事时并不重要；重要的是他怎么讲述的。如果他没有讲故事的天赋，如果这个故事不是由他来讲的，那么这个大卫·科波菲尔还是去做公务员或者做教师为好，不要做什么小说家。我们已经知道，歌德一旦烦恼，一旦情绪恶劣或者良心不安，就会写诗寻求安慰。他这个人其实只要一见到美貌女人就会控制不住，就会单方面地爱得死去活来，但到绝望之际，他脑子里想到的永远是写一个剧本或者写一些诗。我认为，他在这种情况下的文学创作，在他自己看来其实也比他那些来得快、去得也快的单相思恋爱本身来得重要。我甚至可以说，他都有点怨恨这样的恋爱干扰了他想正常进行的文学创作。而在《少年维特之烦恼》上篇中，我们却看不出维特有这样的创作冲动。他友善合群、令人愉快，但没有多少艺术才能。当他下决心离开韦茨拉尔和绿蒂后，他应该找朋友谈谈心，写诗安抚安抚自己，然后当遇见另一个少女时，再次坠入爱河。但他没有这么做，而如读者所知，歌德本人则是这么做的。

这部小说的下篇纯属虚构。维特已不再是我们在上篇中看

---

[1] 这里的"大卫·科波菲尔"是指狄更斯。

到的那个人。他变得面目全非。我最初发现这一点时,还颇为得意,认为自己从经典作品中发现了有趣的缺陷。后来我偶然读到克莱布·罗宾逊[1]采访歌德的母亲阿娅女士[2]的记录,其中阿娅女士就已经说了,这部小说上篇中的维特就是歌德,而下篇中的维特则不是。从那时起到现在,关于这部著名小说的评论数不胜数,这个明摆着的事实肯定被反复提起,简直就明摆在眼皮底下。如果这样,问题就来了。毫无疑问,从小说一开始,歌德就有意要让维特以自杀告终。他为此还做了铺垫,早早地插入一个场景,让维特、绿蒂和阿尔贝特一起讨论自杀是否合理。绿蒂和阿尔贝特认为自杀很可怕,但维特反驳说,当一个人无法忍受生活时,自杀是唯一出路。他认为在某些情况下自杀不仅必要,而且是壮举,所以,世人不仅不该鄙视自杀者,还应为他喝彩。歌德就是凭本能也应该知道,他在上篇中是把他自己的性格移植到维特身上的,其中就包括对生命的珍惜,因而不管维特有怎样的烦恼,都应该和他自己一样不至于会自杀。但到了下篇,他又必须使这个人物无法抑制自己内心的自杀念头。实际上,歌德就是这么做的。这样一来,下篇中的维特当然也就不再是上篇中的维特了。

维特离开韦茨拉尔不久,就在朋友的劝说下接受了某宫廷外交代表的秘书一职。这时的维特变得易怒、狭隘、倨傲,而

---

1 克莱布·罗宾逊:19世纪英国作家,以日记闻名。
2 阿娅女士:歌德母亲卡塔琳娜·伊丽莎白·特克斯托的昵称。

且还很好斗。上司当然希望秘书仿效他本人的风格草拟文件，而维特却自行其是，因而他草拟的文件常常被退回。这使他非常恼火。当时，受过教育的年轻人似乎都发疯似的喜欢写倒装句，认为这样更有文采。然而维特的上司是个通达世故的外交官，知道在官方文件中是不能滥用倒装句的。他需要的是"中规中矩"的文件，而不是"花里胡哨"的东西。这很有道理。于是，上司和下属很快就起了争执。

接着发生的一件事，为日后的不幸埋下了伏笔。维特和该宫廷的一位高官是朋友。有一天，维特到这位高官家里去做客。那天晚上，主人正好要举行一场舞会，城里的贵族名流都将应邀到场。晚饭后，主人就让维特陪同他一起在客厅里迎接客人。维特既不是贵族名流，也不在正式受邀之列，所以当贵族名流带着家眷陆续来到时，维特发现，他们一看见他都吃了一惊。他马上意识到自己不应该出现在这种场合，但又不能拔腿就走，所以只好佯装不知。一会儿，就有一个地位显赫的贵妇人走到主人面前表示不满。主人随即叫来维特，非常有礼貌地请他离开那里。现在看来，这简直就是侮辱。但不要忘记，在那个年代，德国的贵族和平民之间仍有一条不可逾越的鸿沟。这件事很快在小城里传得沸沸扬扬，还被说成是维特在舞会上粗鲁无礼，被主人赶了出来。这使他苦恼至极，一周后就辞掉了秘书职务。

大概是为了不使这个年轻人过于难堪，有位对他颇有好感的王公邀请他到府上去小住。维特欣然前往，但只过了几个星期，他就得出结论：他和这位王公不是一路人。他写道：

> 他是个善解人意的好人，只可惜他也是个凡人；我和他相处时的感觉也只是像读一本写得还可以的小说差不多。

真是个目空一切的年轻人！他于是离开那里，回到了原来的那个地方，也就是绿蒂和阿尔贝特结婚后的安居之处。阿尔贝特见维特回来，显然很不高兴，因为他经常有事要去外地。尽管他并未公开反对，他也不喜欢看到维特总是来拜访他妻子。这时绿蒂的心理，歌德描写得很微妙。她知道阿尔贝特讨厌维特来访，她自己也希望维特不要来打扰她和丈夫的两人世界，但她又不下逐客令。她爱丈夫，尊重丈夫，但她对维特其实也是有爱意的，还不止一点点。圣诞节前，阿尔贝特又去了外地。绿蒂曾要维特保证，在她丈夫外出期间不来看她，但维特还是来了。她严厉指责他违背诺言，况且时间已是晚上，照规矩她是不可以和他单独相处的。她叫仆人去请几个朋友过来，但朋友们正好都有事，一个也没有过来。她见维特随身带了几本书，就让他念给她听。维特翻开一本莪相[1]的诗集，念了几首。没想到，这几首诗深深地打动了他们，绿蒂甚至流下了眼泪。绿蒂

---

[1] 莪相（Ossian）：苏格兰高地及爱尔兰传说中的游吟诗人，也译作"奥伊辛"或"奥西恩"。

的眼泪使维特再也坚持不住了。他也抽泣起来,接着一把抱住绿蒂,发疯似的吻她。对此,绿蒂又是惊喜又是愤怒,不知怎么办才好。最后,她把他推开,大声对他说:"这是最后一次!你绝不能再来了!"接着,书中的原话是:

她深情地看了一眼这个不幸的男人,便快步走进隔壁的房间,把自己反锁在里面。

第二天,维特给绿蒂写了一封痛不欲生的信,但没有送出去。信中说他已准备离开人世,还说他终于知道她是爱他的:

你是我的,绿蒂,永永远远都是我的。

不久,维特听仆人说阿尔贝特回来了,就叫仆人去向阿尔贝特借一把枪,理由是他要独自到野外去旅行。可想而知,阿尔贝特听到这个消息后如释重负,马上就把枪借给了他。第二天清晨,维特就用这把枪自杀了。人们在他的遗物中发现了他写给绿蒂的那封信。

以上几段不太连贯的叙述就是《少年维特之烦恼》的故事梗概。小说的最后几页[1]即便在今天读来仍令人感动。这本书问

---

[1] 《少年维特之烦恼》的最后一小部分不是书信体的,而是作者的客观叙述。

世后的反响可能是世上少有的,它被翻译成几十种外国文字广泛流传,有那么多人在讨论它,有那么多人在模仿它,可谓盛况空前。唯一对这本书大为恼火的,大概就是科斯特纳和夏洛蒂了。因为读者很快得知,他们是小说中阿尔贝特和绿蒂的原型。科斯特纳还愤怒地发现,自己被写成了一个呆头呆脑、根本配不上他妻子的傻瓜,而且小说还暗示,他妻子曾和歌德关系暧昧。很多人都在猜测,这部小说到底有多少是真实的、多少是虚构的。科斯特纳为此写文章表示抗议。歌德的回答简直使他目瞪口呆:

> 难道你没有意识到,一千个人心目中有一千个维特[1]吗?你所损失的,仅仅是你没能意识到这一点而已。

时至今日,每个人读过《少年维特之烦恼》之后都会问自己:这本书到底神奇在哪里,为什么会引起那么大的轰动?我想,用我们现在的话来说,是因为它"时尚"。那时,浪漫主义盛行于欧洲,卢梭的著作被翻译成德文后,人们争相传阅,其影响之大可能是我们今天难以想象的。尤其是当时的年轻人,他们不满于启蒙时代的理性束缚,而传统的宗教已经式微,难

---

[1] 这句话套用当时评论界的名言:"有一千个观众就有一千个哈姆雷特。"意为各人心目中的哈姆雷特是不一样的。

以满足他们的精神需求。卢梭的著作正好迎合他们的期盼。他们不假思索地全盘接受了卢梭的观点,即个人的情感比人类的理性更加宝贵;无常的感觉比恒常的思考更为重要。他们把多愁善感视为灵魂的美丽标志;他们把理智和常识视为感情匮乏;他们的感情时常不受控制:一点点小事,男男女女都会声泪俱下。他们写的信更是矫揉造作、感情泛滥,即便是年长而成熟的人也是如此。譬如,当时已经五十岁的诗人兼教授维兰德[1]写信给拉瓦特[2],信中称拉瓦特是"上帝的使者",最后还这样写道:

> 如能和你朝夕相处真是我的万幸!就是短短三个星期也是我的福气!只是,我担心我会和你相处得太亲密,因为到头来我们总要分离,那样恐怕我会太想念你而一病不起。

这样的感情表达,今天看来实在太做作了,而当时的德国评论家却习以为常,还补充说,维兰德经常拜访好友,每次告别都要说"我会太想念你而一病不起"。既然这是当时的"时尚",《少年维特之烦恼》问世后有千千万万人为之倾倒也就不足为奇了。年轻人激情澎湃而又痛苦绝望的爱情,总使人为之

---

1 克里斯托夫·维兰德:18—19世纪德国诗人、作家。
2 约翰·拉瓦特:18世纪瑞士诗人、面相学家、神学家。

动容。维特身陷爱情的囹圄，最后以死而求解脱，读者对此感到同情和惋惜，甚至有赞赏和崇敬之意，也是人之常情。

不管怎样，《少年维特之烦恼》使歌德一举成名，不管歌德还写过什么书，这本书是最出名的。歌德享有高寿，但他后来的作品都没有像《少年维特之烦恼》那样成功，那样震惊世界。

三

《少年维特之烦恼》出版于1774年秋天。这年年底的一天，一位名叫冯·克尼贝尔的上校前来拜访歌德。他说他是魏玛宫廷两位王子的驯熊师，此行特地来传达两位王子的口信，说要与大名鼎鼎的诗人结识一番。歌德欣然前往。那两位王子，年长的那位还不到十八岁，见到歌德就为他的风度所倾倒。不久，歌德由一位朋友引荐，出席雪曼夫人——富有的银行家遗孀——举办的宴会。雪曼夫人有一个独生女，碧眼金发。歌德走进大厅时，她正在弹钢琴。歌德和往常一样，一见此女就坠入爱河，而且两人很快就爱得如胶似漆。但是，他们的恋情却遭到男女两家的一致反对。莉莉·雪曼出生于法兰克福的贵族世家，将来要继承大笔遗产，嫁入富豪人家。歌德的祖父是个裁缝，娶旅店老板的遗孀为妻，一辈子靠做裁缝养家糊口。歌德的父亲虽学过法律而且有宫廷法律顾问的头衔，颇有社会地位，但毕竟还未跻身法兰克福的上流社会。因而，这位严守本分的父亲坚决反对儿子和一个显赫人家的女儿谈情说爱。那时，莉莉只有十六岁，当然像她这种年龄的女孩一样，喜欢跳舞，喜欢聚会，喜欢野餐。歌德并非不知莉莉的兴趣和他自己的爱好不合，但因为爱得太深，他并未多想。他为莉莉写的情诗，其中有好几首是他的杰作；这些情诗不像他为弗里德里克写的情诗那样有忏悔之意，而是有一种飘忽不定的感觉。他既不知道自己是否会永远爱莉莉，也不知道莉莉是否会永远爱他。不过，即便如此，他们还是不顾家庭反对订了婚。订婚不久，歌德就开始心神不定了。他才二十六岁，才华出众而且渴望到世间去闯荡一番。他不想庸庸碌碌地娶妻生子，安度一生。

考虑良久——要是他考虑到莉莉一定会伤心欲绝，肯定还经受了良心的煎熬（这是我猜想的）——他最终决定，必须舍弃莉莉，结束这段恋情。机会很快就来了。有两个年轻贵族，其中一位还是有名的施陶芬贝格伯爵，因为仰慕歌德，专程到法兰克福来拜访他。他们还要到瑞士去游览，邀请歌德同往。他同意了。于是，他们身穿《少年维特之烦恼》中维特时常穿的那种蓝色外套，脚穿黄色长筒袜和长筒靴，头戴灰色圆帽，出发了。歌德既没有和莉莉告别，也没有留下道别信，而是一走了之。这当然使莉莉和她的家人又惊又恨。歌德的这种行为，说得好听一点是不懂礼貌，说得难听一点简直畜生不如。但他就是这样，我行我素，冷酷无情。奇怪的是，他对自己的这种不顾他人死活的行为从来没有反省过，甚至都没有觉察到。他和那两个年轻贵族一起在瑞士游览,饱赏美景,但这之后,他好像又想起了莉莉。从他当时写的那些动情的诗文中可以看出,他是多么渴望得到莉莉的爱。不过,诗文是用来发表的,不足为凭。不管怎么说,瑞士之旅是失败的,他没能真正一走了之。

他回到了法兰克福。根据现有资料,我们弄不清楚他和莉莉到底有没有取消订婚。他们仍然见面,次数还不少,好像仍然在相爱。但事情明摆着,歌德的父亲必然会有所动作。他建议儿子去意大利远游,表面上是让他长点见识,实质上是要他和莉莉断绝关系。父亲的建议正合歌德的心意,他一口答应了。然而,正在准备行装时,年轻的魏玛公爵迎娶黑森-达姆施塔特的公主返回途中经过法兰克福,热忱地邀请歌德前往魏玛做客。盛情难却,歌德接受了邀请。尽管他父亲竭力反对他和王公贵族结交,他还是和魏玛公爵约定了起程日期。这次外出他有没有事先告诉莉莉,我们不得而知。我们只能根据他后来在自传里说到的一件小事加以猜测:在临行前两天的晚上,他在法兰克福的街道上散步,突然发现自己走到了莉莉的窗下。他听到她在弹钢琴,还唱着歌。仔细一听,唱的正是一年前他为她写的那首歌。他接着写道:

> 我情不自禁地停下脚步,聆听她那动人的歌声。听她唱完,我隐约看见她站起身,在房间里来回走动,影子投在百叶窗上,但我怎么也无法透过厚厚的窗帘看清她的面容。

我不得不暗暗下决心，不要打扰她，离开她，斩断我与她之间的情丝……

十八个月后，莉莉依从她母亲的夙愿，门当户对地嫁给了一个富有的银行家。

歌德到了魏玛，本来打算一两个月后就走，但谁知道，他后来竟要在那里一直住到死，仅偶尔离开过几次。年轻的魏玛公爵非常喜欢他，两人简直形影不离，他们一起喝酒、一起狩猎、一起在途中和乡下姑娘调情。魏玛公国的宫廷大臣处世稳重，无不认为这个吊儿郎当的诗人在他们君主身边是有害的，因而都希望他早点走。可是，他们的君主不让他走。为了挽留歌德，魏玛公爵授予他内阁职位，发给他薪俸，还赏赐给他一幢河畔别墅。其实，魏玛公爵要留住歌德是经过慎重考虑的，因为歌德年轻有为、智力超群、才华出众，可以为他做许多事。他后来确实委派歌德去办理一项又一项事务，歌德也一项又一项地出色完成。我知道，有许多人都说歌德当年留在魏玛宫廷听差是他一生中最大的错误，因为他是诗人，了不起的大诗人，说什么也不应当去充当魏玛公国的一名公务员。这么说不无道理，但别忘了，当时的歌德还不是大诗人，而是一个二十六岁的年轻人：他有无限精力；他要享受人生、充实人生。他知道自己没有什么地位，能得到魏玛公爵的器重，是再好不过的机会。就算他为魏玛公爵效犬马之劳，那也是知恩图报，没什么错。不管怎么说,他有机会办理各项宫廷事务,由此体验宫廷生活、了解民间疾苦,总比在法兰克福的市民圈里混一辈子要精彩得多。然而,他父亲却为此大怒,断绝了经济上对他的资助。那时和现在一样,诗人是绝对不可能靠写诗来谋生的。文人也一样,都要去给王公贵族的子弟当家庭教师,或者到大学里去任教,才能拿点微薄的薪水来养家糊口。席勒是当时全德国最赫赫有名的剧作家,他也要靠翻译法文书籍、拿点翻译稿费来维持生计。

有些人严厉批评歌德去侍奉小小的魏玛宫廷是自暴自弃、自我贬低,我不知道这些人要歌德去做什么事才不是自我贬低。我说过多次,但没人相信:作家并不喜欢住在阁楼里忍饥挨饿。歌德平步青云,三十多岁就任魏玛公国首相之职,神圣罗马皇帝还因魏玛公爵请求,特意授予他贵族头衔。他的正式头衔是"枢密大臣冯·歌德阁下"[1]。他在魏玛住下后没几个月,就再次坠入情网。这次他爱上的是骑兵统帅冯·施泰因男爵的夫人夏洛蒂·冯·施泰因。这位夫人比歌德大七岁,生过七个孩子,仅有三个存活。她并不怎么美貌,但身材轻盈修长,而且聪慧贤淑。她和歌德意趣相投、无所不谈,又是歌德高谈阔论时的忠实聆听者,歌德自然欢喜。他和过去一样,激情洋溢,开始求爱。但冯·施泰因夫人只想做他的朋友,不想做他的情人,所

---

[1] "冯"(von)是德国姓氏中的贵族标记。

以，有四年之久，她一直拒绝他的求爱。后来，歌德略施一计，说服魏玛公爵邀请名演员柯洛娜·希罗德到魏玛皇家剧院出演他的剧作《伊菲革涅亚[1]》。上演宫廷专场时，柯洛娜·希罗德扮演女主角伊菲革涅亚，歌德自己扮演俄瑞斯忒斯[2]。台下的观众从未见过这样一对俊男靓女，无不拍手叫好。冯·施泰因夫人当然也在观众席上。她显然中了歌德之计，担心歌德会迷上美貌的柯洛娜·希罗德而冷落她，于是就接受了他的求爱。此后的四五年间，他们朝夕相处，情意绵绵。

四

歌德自少年时代起就对戏剧深感兴趣。他祖母曾送给他一套木偶演员，他特意为这些演员写了剧本，上演给他周围的那些大大小小的孩子看。他初到魏玛时就发现，那里的业余剧团很活跃，而且很欢迎他的加入。剧团中还有几个成员也是来自宫廷的，有的还是宫廷大臣，偶尔还会有一两个专业女演员加入。演出并不限于魏玛，也会到邻近的大公国去巡演。布景和道具用骡子驮运，人员都骑马而行。他们不是露天搭台演出，就是宫廷剧院里表演，用过晚餐后就骑马回家。也许是这种巡

---

[1] 伊菲革涅亚：古希腊神话人物，阿伽门农之女，险被其父祭神。
[2] 俄瑞斯忒斯：古希腊神话人物，阿伽门农之子。

回演出很有趣，很令人兴奋，歌德想起了他早先在法兰克福时就想写的一部小说。那还是在1779年，他在一则日记中第一次提到这部暂名为《威廉·迈斯特的演艺生涯》的小说。现在，两年后，他开始写这部小说。小说采用的是古老的"流浪汉小说"形式。我想，这种很受欢迎的小说大概和佩特罗尼乌斯的《萨蒂利孔》一样历史悠久。不过，真正出名的是西班牙的"流浪汉小说"。后来，勒萨日的《吉尔·布拉斯》、亨利·菲尔丁的《汤姆·琼斯》和斯摩莱特[1]的《亨弗莱·克林克》则是"流浪汉小说"中的佼佼者。简单说来，这类小说就是写穷困潦倒的主人公走出家门、四处闯荡，尝遍甜酸苦辣、看尽世态炎凉，最后以主人公娶回美貌富有的娇小姐而圆满收场。这样处理主人公的经历，有利于小说家陆续引入形形色色的人物，分头讲述千奇百怪的故事，变化多端、趣味倍增，特别吸引读者。歌德的这部小说本想写十二卷，但他写完第一卷后，停了几年才写第二、三卷，后来每年写一卷，总共写了六卷。

像他这样写小说，真是很少见。大多数小说家都是心无旁骛地写一部小说，一天写下来，身心俱疲，还要紧张地想好第二天写些什么，好像到第二天再想是在浪费时间。歌德却不然，他可以隔一年再往下写，好像这一年只有几个小时，而且章节之间照样衔接得自然流畅。这只能说他早已打好了整本书的腹

---

[1] 托比亚斯·斯摩莱特：18世纪苏格兰小说家，流浪汉体裁小说《亨弗莱·克林克》为其名作。

稿，又凭惊人的记忆力一部分一部分地写出来。那时，德国的大多数剧院都由王公贵族资助，剧院经理往往只上演一些纯娱乐性的歌剧、轻喜剧和通俗情节剧供人们消遣消遣。歌德写这部小说的宗旨，就是要提醒人们，剧院要有教育功能，要对本国文化有所贡献。这一观点在当时可说是振聋发聩的。正是基于这一观点，歌德让这部小说的主人公威廉·迈斯特体验人生百味之后成了一家剧院的经理，还身兼演员和剧作家二职。最终，他经营的剧院堪称全国第一，他创作的剧本使德国戏剧堪与英法媲美。

不过，有段时间，歌德却有点焦躁不安。魏玛宫廷的繁文缛节使他厌烦，陪同魏玛公爵出访也不像他起初想象的那么欢畅。魏玛社交界早年曾智者如云、光彩绝伦，如今已变得偏执狭隘、庸俗不堪。还有他的官职，也使他颇为疲惫。夏洛蒂·冯·施泰因夫人刚接受他的求爱时，才三十二岁，如今已年过四十，确切地说，已经四十三岁。他们的恋情已不像当年那样浪漫，而成了一种习惯，虽然没人非难他们的恋情，但当年的年轻夫人已经变成了半老太婆。再说，冯·施泰因夫人还有点家庭教师的习气：她总要谆谆教导歌德，要他谈吐得体、举止优雅，并把他引入新的社交圈；她要把这位诗人打造成真正的绅士和宫廷大臣。歌德写给她的诗也不像刚开始时那样激情澎湃了，虽然还是温情脉脉，但多少已有点敬爱、仰慕的意味。最后，他终于意识到，他应该不惜一切离开魏玛。于是，

约翰·海因里希·威廉·蒂施拜因所绘《歌德在坎帕尼亚》

在一天凌晨三点,他带了一个仆人、一个背包和一只皮箱,悄悄离开魏玛,化名莱比锡商人约翰·菲利普·默勒,前往意大利。他没有和冯·施泰因夫人告别,就这样失踪了,而且一连两年,在欧洲各地游荡。

有人说,夏洛蒂·冯·施泰因夫人从来就没有真正成为歌德的情人。现在看来,这已经不重要了。不过,我还是认为歌德是把冯·施泰因夫人当作情人的,证据就是歌德决定出走而没有告诉她。如果她只是他的好友,如果这么多年歌德写给她的那么多诗只是押韵的信件而不是情诗,那么,当他陷入困境时就很可能会找她倾诉,也可能征求她的建议。这样,他一定会把自己的出走计划告诉她。她也许会对此感到遗憾,但她了解他的内心世界,知道他为了写一部小说必须到外面的世界去

三 小 说

体验体验。反之,如果冯·施泰因夫人的确是歌德的情人,那么歌德要出走数月,她一定会伤心流泪、苦苦相劝。歌德很可能就是怕她知道后会凄凄切切,弄得他不好意思走了,所以他干脆不告诉她,狠狠心,不辞而别。我在前面已经说到过,歌德是从不关心他人感受的。此外,歌德和冯·施泰因夫人的恋情也不是柏拉图式的精神恋爱,如果真是这样,冯·施泰因夫人是没有理由在歌德返回后那样责怪他的,更没有理由在他兴致勃勃地想讲述他的意大利之旅时一句都不听。她厉声责怪他擅自和她分离那么久,而且不管他怎么说,说他从未忘记她也好,说他就是因为想念她才回来也好,都没用。他觉察到,她认定他原本是不打算回来的。他无法忍受她的冷落与责备,写信给她说:

> 我冒昧承认,我无法忍受你如今对我的态度:我谈兴正浓时你一言不发;我闭口不言时你说我冷淡;我与朋友交谈,你又怪我把你冷落在一边。你盯着我的一举一动,数落我的一举一动,看我稍稍安宁,就没事找事。你这样故意为难我,叫我怎么还敢跟你说心里话呢?

但是,还是没用,冯·施泰因夫人不是那么容易安抚的。自此以后,他们只在正式场合才偶尔见面。

当初离开魏玛时,歌德已经写出这部小说第六卷的草稿,尽管他一直在为第七卷打腹稿,但无论是在意大利期间还是回到魏玛后,他都没有写出第七卷。我大胆猜测,他是不知道该怎么写了。按原计划写十二卷,他现在正好写了一半,但小说的结局已经摆在眼前。威廉·迈斯特已经成了剧院经理,歌德不可能不知道,除了还剩流浪汉小说的俗套结局——主人公喜结良缘——他还真的没什么可写了。既然不可能使小说再添新意,不如就此结束——我想,他当初可能就是这么想的。但是,自从歌德不辞而别去意大利游历之后的八年间,世事多变。法国大革命震惊世界,路易十六和他亲爱的王后被送上断头台。刚诞生的法兰西共和国军队打退前来干涉的奥地利军队,并占领了莱茵省。歌德似乎觉得,未来世界将会变得和过去截然不同,因而他必须顺应这一变化。1794年,他开始重写这部小说,其宗旨是要向读者展示主人公在诸多外界因素影响下的心灵历程,最后他以自身的天赋才能服务于人类的至善事业。小说所关注的不再是戏剧艺术,而是生活艺术。我不知道是否真有生活艺术,但从字面上看,好像还是有点意思的,只是说不出到底是什么意思。其他艺术,譬如舞蹈,都有其范围或限制;生活艺术却没有,唯有死亡是其限制。其他艺术都能通过训练而习得;生活艺术却不能,而要靠天赋。所以,生活艺术也就是命运的艺术,而命运多半是机缘与巧合,因为上帝总是在掷骰子。

歌德用了不少时间删减、修改原稿,调整章节次序,还改了书名。小说出版了,即《威廉·迈斯特的学习时代》。

五

《威廉·迈斯特的学习时代》中的故事很复杂，我只能简要复述一下。不过，在此之前我要提醒读者，18世纪的读者喜欢听生动有趣的故事，喜欢故事中有出人意料、令人惊讶的事情发生——至于这种事情可能不可能，他们是不管的。事情要有可能性，这是19世纪现实主义小说家提出的，他们认为：小说中发生的事情不仅要有可能性，最好还要有必然性，是必然会发生的。现在的读者可能并不自知，你们和我一样，都是决定论者，但18世纪的读者却不是，他们并不认为事物有必然性，而是相信各种各样的可能性都是有可能的。

威廉·迈斯特是商人的儿子，父亲和一个叫维纳的人合伙做生意。他父亲认为，自己的儿子和维纳的儿子应该继承父业，也合伙做生意。小说开始时，有个剧团到法兰克福来巡演，威廉·迈斯特爱上了剧团中一个名叫玛丽安的漂亮女演员。他不想继承父业，而是热爱戏剧，又坠入了爱河。他想娶玛丽安为妻，然后和她一起从事舞台事业。可是，他没有钱，玛丽安便弃他而去，嫁了个富豪。他为此伤心至极，病倒在床。等病愈后，他不再喜爱戏剧，甚至还有点厌恶。所以，在后来的三年中，他一直在父亲的公司里埋头干活。后来，父亲派他外出收账。他在一个小镇上逗留，偶遇一对男女演员，拉尔特斯和费琳娜，他们因为剧团破产而失业，不得不滞留在小镇上。这时，有个杂技团到镇上来表演，其中有个叫美侬的女孩。歌德在小说中为这个人物写了一首非常有名的诗——《你可知道那柠檬花盛开的地方》。威廉·迈斯特偶尔看见美侬被杂技团老板毒打，非常愤怒，上前把那个老板打了一顿后，又用30道拉[1]把美侬从杂技团里赎了出来。杂技团走后，威廉·迈斯特从前认识的一对演员夫妻来到小镇上，他们本是想来加入拉尔特斯和费琳娜所在的那个剧团的，没想到剧团已经破产，非常难过、不知所措。威廉·迈斯特看到聚集在自己身边的这些演员，心中对戏剧的热爱又死灰复燃。他决定和这些演员一起组建自己的剧团。他还买下了那个破产的剧团留下的道具和服装。他的钱是为公司收账得到的，其实是在挪用公款，但鉴于公司属于他父亲，我们也就不计较了。

又来了几个四处飘零的演员，也加入了他们的剧团。而就在这时，出现了一个名叫哈珀的神秘人物。此人年纪不轻，一大把白胡子，身体瘦弱，穿一件棕色长袍，但威廉·迈斯特赏识他的演技和歌喉，力排众议，让他加入了剧团。不久，剧团在一家旅馆投宿，偶尔遇到一位侍从武官，他是为某伯爵和伯爵夫人来预订房间的。伯爵夫妇是在回自己城堡的途中，回去后要接待一位王爷。这位王爷同时又是一位著名的将军，此时正带着部队返回司令部。伯爵夫妇到达旅馆后，听说有一个剧

---

[1] 18世纪德国货币名。

团也住在这家旅馆，就想请他们一起回城堡，在接待那位王爷时演戏助兴。于是，威廉·迈斯特就被引荐给伯爵夫人。没想到，这位伯爵夫人年轻美貌、风度翩翩，威廉·迈斯特不禁为之倾倒。一切安排妥当后，威廉·迈斯特便兴冲冲地和剧团一起前往城堡，一是他想再睹伯爵夫人的风采，二是他想借此机会结交王公贵族，这是他衷心向往的，也是歌德自己所想：只有上流社会才有高雅的礼仪和良好的教养。不过，当今的贵族已失权势，甚至贫困潦倒，也就谈不上什么礼仪和教养了。至于有些贵族愚蠢至极，还在自命不凡、装模作样，那只能沦为笑柄。但我想提醒读者，在歌德那个时代，在整个欧洲，特别是在德国，贵族和平民之间有一条不可逾越的鸿沟，贵族和平民简直就像两个物种：贵族在上，平民在下；贵族发号施令，平民唯命是从；贵族高雅，平民粗俗——不管理论上怎么说，事实就是如此。

在上述这些人物中，最美貌诱人的是费琳娜。她是个迷人心窍的风骚女人——没有道德感，但既慷慨又热心，所以人见人爱。她轻佻放荡，随时准备献身于值得她献身的男人。她是个娼妓般不知廉耻的女人，歌德当然不会认同，但她实在太迷人了，歌德情不自禁地被她迷住了。所以，在整部小说中，歌德对这个人物一直是袒护的，从未指责过她。我认为，歌德之所以不指责她是因为他觉得，这个女人虽然不道德，但本性不坏。费琳娜第一次见到威廉·迈斯特就爱上了他，但威廉·迈斯特摆出一副富家公子的样子，对她的献媚不予理会。于是，她就去把一个叫弗里德里克的小伙子勾引到手，让他整日围着她转。后来不知怎么回事，他们吵架了：她要赶他走；他也不想再服侍这个"狐狸精"，就离开了她。费琳娜又去勾引威廉·迈斯特，这一次威廉·迈斯特忍不住了，因为他终究不是圣徒，不可能对费琳娜的妩媚妖娆无动于衷。然而，正当他要投入她的怀抱之际，他忽然听说她同时还在勾引伯爵的侍从武官，还约好一起共进晚餐。他既妒忌又愤怒，没胃口爬到她床上去了，而且下决心不再理她。后来，他心里乐滋滋地听说，那天晚上费琳娜和侍从武官共进晚餐时，在一旁服侍他们的弗里德里克一怒之下把一锅炖肉扣在他们头上。

他们在瓢泼大雨中抵达城堡，却发现安排他们住进一幢废弃的旧房子，里面连家具也没有。只有费琳娜通过侍从武官的关系住进了城堡里的一个房间。她百般巴结伯爵夫人，很快伯爵夫人就事事找她商量。威廉·迈斯特要见到高贵的伯爵夫人，不得不请费琳娜帮忙预约。他的才貌和魅力使伯爵夫人对他另眼相看。他把自己写的诗朗诵给伯爵夫人听——他和歌德一样，既多才又多情——很快，他便爱上了伯爵夫人，而且相信她对他至少颇有好感。费琳娜熟谙此道，一开始就发觉两人眉来眼去。她虽然内心爱恋威廉·迈斯特，但她还是尽力撮合这对有情人——这个女人，真不寻常！后来，王爷在一群仆从的簇拥下驾到，城堡主人设宴款待，并上演精心准备的剧目为其助兴。

演出时的情景,歌德做了详尽而生动的描述,尤其是伯爵夫人设宴时上演的那场戏,他描述得精彩至极,简直可与霍夫曼施塔尔[1]的《玫瑰骑士》第一幕媲美。威廉·迈斯特结识了王爷随从中的一个叫亚诺的上校。此人老于世故又有学问,他送给威廉·迈斯特一部莎士比亚戏剧集,这无疑使威廉·迈斯特喜出望外。然而,不知怎么,附近突然发生了战争,城堡里匆匆撤宴,众人纷纷疏散,剧团也拿了报酬后准备离开。离开前一天夜里,费琳娜带威廉·迈斯特去和伯爵夫人道别。她有意走开,让他们单独在一起。伯爵夫人给了威廉·迈斯特一枚戒指,里面有她的一撮头发,接着不知怎么一来,两人就紧紧地拥抱在一起了。最后,伯爵夫人毅然挣脱威廉·迈斯特的双臂,流着泪对他说:"你走吧,但要爱着我!"就这样,他离她而去。

离开城堡后,威廉·迈斯特带着剧团想到汉堡去演出,那个繁华的大城市,演出机会比较多。不料,碰到一伙强盗拦路抢劫。威廉·迈斯特和他们大打出手,被一枪击中而昏倒。等他醒来,发现自己躺在费琳娜怀里。正在此时,有位年长的绅士和一个年轻女子由一群骑手护卫着路过此地。他们看见受伤的威廉·迈斯特,便停了下来。那个年轻女子好像特别为威廉·迈斯特的伤势担忧,要年长的绅士脱下大衣盖在威廉·迈斯特身上。威廉·迈斯特虽身负枪伤,但那女子的美貌和柔情

---

[1] 霍夫曼施塔尔:19—20世纪奥地利小说家、剧作家、诗人,《玫瑰骑士》为其所写歌剧剧本,由理查·施特劳斯谱曲,首演于1911年。

仍使他心动,随即爱上了她。其实那年轻女子很快就走了,但他却对她一直念念不忘,赞美她是"亚马孙[1]女英雄"。这之后,威廉·迈斯特被安顿在附近村庄的一家小旅馆里。原来,整个剧团的人都逃到了那里。费琳娜由于及时和强盗头目调情,她的行囊和伯爵夫人送给她的东西都没有被抢走。其他人对此愤愤不平,因为他们被抢得只剩身上的衣服。他们对威廉·迈斯特选择走危险的小路而不走安全的大路心怀怨恨,便抛下他自顾自走了,只有哈珀、美侬和费琳娜留在威廉·迈斯特身边。由于费琳娜悉心照料,威廉·迈斯特日渐康复。一天早上,他醒来时发现费琳娜蜷缩着睡在他脚边。等她醒来,他又闭上眼睛,假装熟睡。过了一两天,费琳娜一句话也没说就独自走了。

单身男人拒绝一个送上门来的漂亮女人,就因为这女人有点不正经,这在有些人看来好像很值得赞赏,但在大多数人看来,这实在太傻、太可惜。歌德曾说威廉·迈斯特是他的自画像,但有意思的是,他也曾说威廉·迈斯特是个可怜的傻瓜。这种说法,无论是歌德的同时代人,还是后来的人,都表示同意,《威廉·迈斯特的学习时代》的英译者托马斯·卡莱尔[2]就曾说威廉·迈斯特是懦夫。这当然说得太刻薄,威廉·迈斯特为人忠厚而富有同情心。他不仅解救遭人虐待的美侬,还收留了绝望无助、有点精神错乱的哈珀。他总是尽其所能帮助不幸

---

[1] 亚马孙:古希腊神话中的女人国,其中女人全都强悍尚武。
[2] 托马斯·卡莱尔:19世纪英国历史学家、散文家、评论家。

的人，甚至帮助惹人讨厌的人，譬如后面将要出现的那个奥蕾莉亚。是的，他很容易上当受骗，把钱送给一些卑鄙的骗子，但这不能归咎于他的同情心，而是因为他年轻，不谙世事。他有时还很勇敢，在剧团遇到强盗时，他挺身反抗，直到被击昏。其他小说中的许多主人公还没有威廉·迈斯特这么好，就已得到读者的啧啧称赞，也就是卡莱尔才对威廉·迈斯特的为人嗤之以鼻。

歌德早在他的第一部小说《少年维特之烦恼》以及他的两部剧作《铁手骑士葛兹·冯·伯利欣根》和《克拉维戈》中就曾画过三幅自画像。和威廉·迈斯特一样，那三个虚构人物也有同样的性格弱点。他们全都优柔寡断，屈从于自身的情感而不可自拔。对此，我们只能这样认为：这种性格弱点是歌德在自己身上发现的。在这部小说中，歌德把他自己的癖好、思想、情感、个性全都置于威廉·迈斯特身上。譬如，他喜欢背诵自己的诗歌，威廉·迈斯特也是；他不擅长高谈阔论，威廉·迈斯特也是；他注重陶冶情操，威廉·迈斯特也是；他酷爱艺术，威廉·迈斯特也是；他有诗人天赋，威廉·迈斯特也是；他风流多情，威廉·迈斯特也是；他遇事犹豫不决，威廉·迈斯特也是。既然这样，读者也就不必把威廉·迈斯特当回事了。因为他看上去像是小说主人公，其实只是个傀儡。小说真正的主人公，是歌德自己。

六

威廉·迈斯特伤愈后，仍矢志献身于戏剧。他和哈珀、美侬一起去了汉堡，因为那里有他的一个叫索洛的朋友，正在经营一家剧院。在汉堡期间，他从父亲的合伙人维纳写来的一封信中得知，父亲去世了。

维纳在信中还说，他打算把自己的财产和威廉·迈斯特刚继承的财产合在一起投资房地产，等着他回去商量。威廉·迈斯特回了一封信，拐弯抹角地说他对房地产不感兴趣。这封信很长，下面两段引自托马斯·卡莱尔的英译本：

> 如今我在这里提高我的个人修养，这是我年少时就有的愿望和目标，虽然那时尚无明确方向，但我从未忘记……我不知道国外情况怎样，反正在德国总是这样：除了贵族，其他人要想提高个人修养是难而又难的。中产阶级[1]可能会有美德，特别努力的话，可能还会有聪明的头脑，但不管他们怎么努力，他们很少会有，甚至根本不会有那种优雅的风度。公众人物[2]因为时常要和上流社会接触，不得不学会优雅举止。不过，对他来说，学习的机会多的是，最后总能使

---

1 此处指生意人，暗示开公司、投资房地产之类的人，即像他父亲和维纳这样的人。
2 此处指经常要出现在公众面前的人，暗示演员、编剧、剧团经理之类的人，即像他这样的人。

自己举止优雅、落落大方。要知道，无论是在宫廷里，还是在军营里，举止优雅都是很重要的，甚至是必需的。因此，他不仅要把这看得很重要，而且还要时时在别人面前表现出来。他的举止优雅而又自然、端庄而又风趣，这对他们来说是最合适的，因为这表明他们始终有一种平和的心境。作为公众人物，他的举止越优雅、声音越洪亮、神情越稳重，他的形象越完美。无论遇到谁，无论是在家人面前，还是在朋友面前，他若能始终保持这样的优雅风度，别人就不会责怪他，也不会藐视他。即便他冷漠无情，别人也会说他是镇静自若；即便他奸诈狡猾，别人也会说他是足智多谋。只要他在生活中时时保持这样一种优雅风度，别人就只会说他好话，不会说他坏话，他就能得到德才兼备的好名声，还能得到一大笔钱财。

跳过三段，下面一段是：

如今我在培养自己，这是我过去渴望做而不能做的事情。自从和你分别后，我一直在努力做这件事情，而且很有长进。对于时常会碰到的那些令人尴尬或令人讨厌的人和事，我都能坦然处之。我一直很注意自己的措辞和发音，我可以毫不夸张地对你说，我现在和人交往，绝对不会使别人感觉不快。我不想对你隐瞒，我要成为名人，要大范围地使公众喜欢我、称赞我，所以我每天都要培养自己，使自己越来越完美。因而，把我对诗歌、戏剧的热爱和我自身的素质、修养融合在一起是非常必要的。从今以后，这种自我培养将成为我生活中不可缺少的一部分，因为只有这样，我才能懂得什么是善、什么是美。你知道，所有这些，除了舞台是无处可求的；只有在戏剧艺术中，我才能实现愿望，才能提高自己、成就自己。在舞台上，一个高贵的角色加上出色的演技，能使演员光芒四射，仿佛他是来自上流社会的高雅之士。这需要他在学习过程中全身心投入，最后才能在舞台上——在其他地方也一样——不断发挥自己的才华。

这段话的意思似乎是，中产阶级出身的年轻人若为舞台奉献一生，通过扮演伟人贵胄，也能获得像贵族一样与生俱来的高贵品质和优雅风度。不过，也许还有更深一层的意思，即舞台小世界、世界大舞台；一个人若能在舞台上扮演好角色，也就一定能在现实世界中崭露头角。

威廉·迈斯特把他的财产全部作为剧团股份，用于戏剧制作和演出。他还请求索洛入股他的剧团。索洛不愿意，但他同意聘用威廉·迈斯特的剧团，这样就是威廉·迈斯特入股他的剧院。就在这时，费琳娜又出现了，她对威廉·迈斯特说了一句后来堪称经典的话：

我爱你，和你有什么相干？

对此，就如我们看到的，威廉·迈斯特无言以对。费琳娜很快就上了索洛的床。威廉·迈斯特和索洛合作的第一部戏剧是《哈姆雷特》，由威廉·迈斯特出演男主角。歌德的幽默通常是嘲讽多于诙谐，就如他从小就对恶作剧有特殊爱好，现在小说写到威廉·迈斯特和其他演员一起排演《哈姆雷特》，又给了歌德一次恶作剧的机会。不过，我不敢肯定，他是有意的，还是无意的。彩排之后，威廉·迈斯特回到自己房间，正要更衣，突然看到床前放着一双拖鞋，那是费琳娜的，他认得。接着，他又发现床帐好像被人撩动过。他随即想到，费琳娜一定躲在床上。"出来，费琳娜！"他怒气冲冲地喊道，"你这是什么意思！你也太不像话了吧！明天不是要被人笑死吗！"没人回答，也没有任何声音。"我不是开玩笑，"他接着说，"这种鬼把戏我不感兴趣！"仍然没人回答，仍然没有任何声音。他把床帐一撩，床是空的。这个恶作剧女人！竟然戏弄他，弄得他哭笑不得。第二天晚上是首演，很成功，赢得满堂喝彩。演出结束后，大家庆贺一番。这之后，威廉·迈斯特回到自己房间，疲惫地脱衣、熄灯、上床。忽然，听到一阵窸窸窣窣的响动，便在黑暗中蓦地坐起身来。这时，他只觉得有人用两条柔软的手臂一下子把他抱住，两片散发着香气的嘴唇堵住了他的嘴，两个大而软的乳房紧紧抵在他的胸口上。他没有抵抗，任其摆布，继而又在一阵激情澎湃后昏昏睡去了。第二天一早醒来,他发现床上只有他一个人。奇怪的是,他后来一直不知道那个女人是谁。当然,精明的读者知道,那是费琳娜无疑。不过,这样一度春宵,看来费琳娜事后一定觉得并不像她当初想象的那么美好,因为她就此消失了,再也没有出现。至于她的结局如何,是到小说最后由作者交代的。

我在前面还提到过一个人物——奥蕾莉亚。她是个演员,剧院经理索洛的妹妹,在威廉·迈斯特主演的《哈姆雷特》中扮演奥菲莉娅[1]。她后来经不起一个叫罗塔里奥的贵族公子的引诱,和他生下私生子后,便被他抛弃了。她伤心欲绝,一病不起。临死前她写了一封遗书,托威廉·迈斯特一定要亲手交给罗塔里奥。威廉·迈斯特向来助人为乐,发誓要去好好教训一下那个花花公子,要他为奥蕾莉亚的死付出应有代价。他安置好美侬和哈珀,只身前往罗塔里奥的城堡。哈珀此时已精神失常,威廉·迈斯特把他交给一位友善的牧师照看。威廉·迈斯特和索洛的关系此时有点紧张。因为威廉·迈斯特坚持上演对观众有教益的严肃戏剧,不肯上演观众喜欢看的娱乐剧,所以,观众一直很少。索洛赚不到钱,就想甩掉他这个古板的合伙人了。

在前往城堡的路上,威廉·迈斯特想好了他要对罗塔里奥说的话;他要义正词严地指控罗塔里奥的卑劣行径。他到了城

---

[1] 奥菲莉娅:哈姆雷特的未婚妻,后投河自尽。

堡，费了好大的周折才见到罗塔里奥。但当他把奥蕾莉亚的遗书交罗塔里奥时，罗塔里奥竟然拿着遗书跑到隔壁房间里去了。过了一会儿，他神情冷漠地出来，对威廉·迈斯特说，他近来很忙，要过些时间才能和他详谈此事，并叫来一个神父，请他为威廉·迈斯特安排过夜的房间。

小说写到这里，人物和情节开始变得有些紊乱而不太可信了。歌德在前面某一章开头时曾说：

> 在戏剧中，剧情发展要有必然性，不能有偶然性；但在小说中，偶然性是允许的，而且很有用。

话虽不错，但也要看怎样的戏剧和怎样的小说，不能一概而论。其实，歌德在这部小说中有滥用偶然性之嫌：最不可能发生的事情，竟然也会发生；最不可能出现的巧合，竟然也出现了。小说从开始到这里一直是写实的，但从这里开始，人物和情节都变得有点荒诞不经了。当然，歌德可能并不自知。他想表明的是：任何有助于提高个人修养的机会，威廉·迈斯特都不会放过。威廉·迈斯特最初抓住的机会是趁一个剧团破产之机组建了自己的剧团，从而得以借助戏剧提高个人修养；现在，又一个机会来了，那就是借助罗塔里奥，直接进入上流社会，这是提高个人修养的最好机会。不幸的是，歌德是用一种不可信的方式来表现这一机会的。就歌德自己来说，他是用当时德国贵族社会的一个时髦组织——共济会——来代表上流社会的，因为魏玛公爵和诸多宫廷大臣都是该组织成员。可能是为了讨好他们，歌德在小说中是这么写的：威廉·迈斯特到了罗塔里奥的城堡，在那里认识了好几个贵族青年。这几个贵族青年成立了一个秘密社团，即共济会，其宗旨是统一欧洲、统一世界。其实，这个共济会，除了繁文缛节，就是夸夸其谈，但那些成员却一个个信仰坚定，实在天真得可笑。这不去管它，我们的问题是：共济会为什么要看中威廉·迈斯特？他们是怎么了解他的身世和思想观念的？最重要的是，那几个贵族青年为什么要让一个法兰克福商人的儿子加入他们的贵族社团？这些，歌德都没有给出解释。

威廉·迈斯特到达城堡后的第二天，罗塔里奥和人决斗，因为他和某女子有染，女子的丈夫要求和他决斗。罗塔里奥受了伤，不能和远道而来的威廉·迈斯特详谈奥蕾莉亚的事。威廉·迈斯特只得住在城堡里等罗塔里奥伤愈后再说。然而，等他终于见到罗塔里奥，想当面怒斥他抛弃奥蕾莉亚的卑劣行径时，罗塔里奥只说了一句话，就使他哑口无言了。罗塔里奥说："这个女人最大的不幸是当她真心爱时就不可爱了。"威廉·迈斯特听得懂，这是委婉地说奥蕾莉亚另有所爱。他沉默了一阵，接着责问罗塔里奥，总不该对孩子不闻不问。罗塔里奥的回答是，那个孩子不可能是他的。

威廉·迈斯特这才意识到，他错怪了这位城堡主人。罗塔里奥曾到美洲去过，后来发现，要有所作为，哪里都一样，于是就回国了。他还说过一句名言："哪里也别去，这里就是美洲。"[1] 眼下，罗塔里奥正忙于处理自己的财产，因为他有一个在当时可说颇具革命性的想法，即劳动者是创造财富的参与者，故而劳动者也应该享有财富。他深受众人的尊敬和爱戴。他为人友善，对仆人也平等相待；他知书达礼而又机智聪明，而且热情好客，天生是个领袖人物。我想，歌德是有意要塑造一个伟大人物，一个完美的贵族形象，但实际上他只是塑造了一个还算有点良心的富人形象。我不知道歌德为什么要把他写成一个有那么多情妇的好色男子，是不是这也可以为这一人物增添光彩——好色是男人对女人的慷慨？

罗塔里奥请求威廉·迈斯特为他做件事，因为他有个情妇叫莉迪亚，出身卑微，一直住在城堡里，现在他想打发她走，请威廉·迈斯特护送她到某地去做一个名叫特里莎的女人的侍女。特里莎其实年轻能干，操持家务胜过一般人，还会精打细算，而且长得眉清目秀。威廉·迈斯特虽然对那个"亚马孙女英雄"还念念不忘，但很快就被特里莎吸引住。他和她相处没几天，她就对他吐露了自己的身世。不过，这里只需提及，特里莎几年前将和罗塔里奥结婚时，罗塔里奥突然发现特里莎的母亲曾是他的情妇，惊恐之下，他解除了和特里莎的婚约。罗

---

[1] 当时在一般人眼里，美洲是"新世界"，是施展个人才能的好地方。

塔里奥为什么要这么做，我们只觉得很奇怪，因为这种事情在上流社会并不稀奇，完全没必要解除婚约。威廉·迈斯特回到城堡后，罗塔里奥建议他骑马返回汉堡，把美侬和小菲利克斯接过来。威廉·迈斯特去了。他和索洛宣布分手，而且发现自己一直弄错了，菲利克斯其实不是奥蕾莉亚的儿子，而是他自己的儿子，是当年和他相爱的女演员玛丽安生的，而且玛丽安生下菲利克斯后便死了。

接下来，城堡里发生了一连串出人意料的事情。共济会不知怎么竟然知道威廉·迈斯特曾借助戏剧提高自身修养，而且还认为他已具备贵族修养，所以接纳他入会。罗塔里奥不知怎么继承了一大笔遗产，准备在城堡附近购置大块地产，为共济会兄弟每人建一座豪华庄园。但是，有一个法兰克福商人也想买这块地产，罗塔里奥就邀请这个商人来城堡洽谈，希望和对方达成妥协。没想到，那个商人竟然就是威廉·迈斯特的朋友、他父亲的合伙人维纳，这实在出人意料。威廉·迈斯特自从发现菲利克斯是自己的儿子后，一直觉得自己对他负有责任，决定为他找个继母，于是便写信给特里莎，向她求婚，而且自信婚后特里莎会把菲利克斯看成像自己亲生的一样。其实，威廉·迈斯特并不爱特里莎，只是赏识她会操持家务而已。在特里莎尚未回信之际，威廉·迈斯特去看望罗塔里奥的妹妹娜塔莉，因为生病的美侬正由她在照看。使他大吃一惊的是，娜塔莉竟然就是他朝思暮想的"亚马孙女英雄"，这当然也太出人意料。他们再度相逢，威廉·迈斯特深信自己一直爱着娜塔莉。奇怪的是。娜塔莉竟然有一封特里莎托她转交给威廉·迈斯特的信。信中，特里莎答应了威廉·迈斯特的求婚。这样一来，威廉·迈斯特出人意料地突然陷入了尴尬境地。然而，不知怎么一来，罗塔里奥竟然发现特里莎并不是他昔日情妇的亲生女儿，而是她丈夫的私生女，所以，他又打算和特里莎结婚。这样一来，威廉·迈斯特又出人意料地突然摆脱了尴尬境地，可以心无旁骛地爱恋娜塔莉了。

接着，城堡里又出现了一个从未出现过的人物，一个正在德国游览的意大利侯爵。神经错乱的哈珀恢复了正常，剃掉胡子，打扮得像绅士一样出入城堡。那个意大利侯爵一碰到他，就立刻认出他是多年前失散的哥哥。而此时，久卧病榻的美侬不幸死了，尸身涂满香油准备下葬。那个意大利侯爵看到她的尸体，从她胳膊上的胎记惊讶地认出，原来她是他的侄女，也就是哈珀的女儿，是当年哈珀神经错乱，和妹妹乱伦，生下了这个女儿。哈珀偶然得知自己犯有乱伦罪，惊恐、悔恨之余，割喉自尽了。还有那个甘于侍候费琳娜的弗里德里克也来到城堡，原来他是罗塔里奥的弟弟。他现在仍和费琳娜同居，因为费琳娜怀孕了，所以才没有带她来。为了使这个贵族家庭大团圆，歌德让我们在前面已见过的伯爵和伯爵夫人也来到了城堡，原来伯爵夫人是罗塔里奥的姐姐。小说最后，娜塔莉——也就是"亚马孙女英雄"——接受了威廉·迈斯特的求爱，两人不久便将喜结良缘。为了皆大欢喜，歌德又让亚诺宣布，他将娶被罗塔里奥抛弃的莉迪亚为妻。歌德写这部小说时，每写完一卷，就寄给席勒看，请他指正。奇怪的是，席勒对小说中那么多匪夷所思的事情都没有什么看法，偏偏只对一件事情有意见：怎么能让三个贵族都娶平民女子为妻！

歌德自己肯定对这样的结尾觉得很满意，因为他借弗里德里克之口说威廉·迈斯特"就像基士的儿子扫罗，出门去找驴子，结果得到的是王位"[1]。评论家都认为这部小说的结尾意义深刻，我却大惑不解。威廉·迈斯特除了得到一个贵族女子为妻和一座庄园，我不知道他还得到了什么。歌德信心十足地认定，富裕而宁静的生活（就是威廉·迈斯特最后将要过的那种生活，即一个有贤妻相伴的庄园主的生活）是最理想的，远远胜过艺术家和演员的生活，或者诗人和学者的生活。对此我更加大惑不解，因为我一直认为，创造性的生活，即发挥自己的天赋才能而赢得他人尊敬的生活，才是最理想的生活。

我觉得，歌德没有按原计划完成这部小说，实在令人遗憾。否则的话，就算他不一定能写出一部伟大的小说，至少也能写出一部更好的小说，一部堪称上乘之作的"流浪汉小说"。不过，话得说回来，歌德的这部小说虽然写得不怎么样，甚至可以说是一部失败之作，但它的重要性却远超过许多比它成功

---

[1] 典出《圣经·撒母耳记》，上帝嘱咐撒母耳去迎接前来找驴的扫罗，并拥立他为以色列人的王。

中年的歌德

的小说。因为这部小说开了Buildungsroman[1]的先河,后来有许多德国小说家步其后尘,或精彩或不怎么精彩地写出许多Buildungsroman。其中最有名的就是托马斯·曼的《魔山》[2]。我知道Buildungsroman这一名称目前还没有令人满意的译名,一般译作Educational Fiction[3],我觉得完全失去了Buildungsroman原有的意味。这种小说——它关注一个年轻人对生活的学习与探索——并非像有些人所认为的,只有德国才有;其实,《大卫·科波菲尔》和《潘登尼斯》[4],还有《情感教育》,才是这种小说的代表作。在这种小说中,小说家可以对各种人生问题——如人生的困惑和人生的意义等——发表自己的见解,就是想进行一些哲学探讨也可以。只是,小说家最好不要忘记,哲学问题最好还是留

---

1 德文,直译为"成长小说"。
2 托马斯·曼:19—20世纪德国小说家、散文家、社会批评家,代表作有长篇小说《布登勃洛克一家》及《魔山》,中篇小说《威尼斯之死》等,1929年获诺贝尔文学奖。纳粹执政时逃往瑞士,"二战"时旅居美国,战后回到瑞士。
3 英文,直译"教育小说"。
4 《潘登尼斯》:19世纪英国小说家萨克雷的长篇小说。

给哲学家去探讨，免得别人说你不懂装懂。有一点很奇怪，我不知道怎么说，那就是从《威廉·迈斯特的学习时代》到《魔山》，这种小说中的主人公似乎性格都不怎么健全，甚至有明显的缺陷，因而不仅不能赢得读者的同情，反倒有点令人讨厌。我想，这大概是这种小说无法避免的。

七

《威廉·迈斯特的学习时代》出版后，歌德一直想写续篇。不幸的是，席勒还鼓励他写。不过，歌德拖了很久才写出续篇，取名《威廉·迈斯特的漫游时代》。据歌德的秘书爱克曼说，这本书出版后，读者都不知道怎么理解它。全书杂乱无章、漫无头绪，篇幅又长，令人晕头转向。不过，平心而论，读者在这部小说中还是能读到一些有关宗教、教育和社会生活等方面的真知灼见的。只是这些真知灼见，读者已经在歌德的其他作品中读到过了，再读一遍也不见得表述得更有智慧、更有才华，倒有点啰唆。

还是来讲讲1808年的事吧。那一年，歌德从意大利返回魏玛后被免除了官职，仅担任魏玛公爵的顾问。不过，魏玛公爵没有收回他那幢河边别墅，反又给了他一幢魏玛城里的豪宅，好让他在那里款待友人，接见慕名而来的访客。他已经不再是身材挺拔、面貌英俊、精神抖擞、魅力无限的年轻人了。他六十多岁了，身体发福、眼袋下垂、步履缓慢、颤颤巍巍；同时，他好像总是在本能地提防着别人，生怕有人对他无礼——这一点随着他年纪越来越大，变得越来越严重。他变成了一个令人望而生畏的人。他和席勒的友谊是他当年思考再三才建立的，而席勒曾在给朋友的一封信中这样说到他：

> 我不喜欢和歌德频繁见面，他这个人就是对最亲密的朋友也不会说心里话，很难捉摸。实际上，我觉得他是个相当以自我为中心的人。他要别人时时注意他，围着他转。他有时漫不经心，有时全神贯注，但不管什么时候，他总是我行我素。他以善行而出名，其实就像上帝，一直高高在上，从不屈尊奉献。

克莱布·罗宾逊仰慕他的天才，曾由人引荐拜访过他[1]，见到的是一个尊贵持重、令人敬畏的长者，双唇紧抿、目光逼人，时时想看穿别人的内心。克莱布·罗宾逊写道：

> 听到陪我去的人谈到歌德年轻时的各种奇异经历时，歌德总算笑了，我觉得他的笑有点屈尊俯就的意味。等到我

---

[1] 克莱布·罗宾逊曾在德国游学五年，广泛结识当时的著名文人，如歌德、席勒、赫尔德等。

们告辞出来,到了房子外面,我才松了口气,不由得说了声:"感谢上帝!"

就是一向自视甚高的海涅[1],他在拜访歌德前准备和歌德讨论一些高深的问题,但见到歌德时,也敬畏得脑子一片空白,最后只和歌德聊了聊耶拿、魏玛一带的梅子有多好吃。

以此这些,似乎都使人觉得歌德有点令人胆寒。其实,并非完全如此。歌德要是觉得你不值得理睬,当然会对你很冷淡,但要是他觉得你值得交往,也会相当随和,说话也会滔滔不绝。有一段时间,大约在他六十岁不到的时候,他觉得住在魏玛城里太闭塞,于是就移居到附近的大学城耶拿。在那里,他结识了一位颇有教养的书商弗罗曼,常和他以及他的亲友谈论文学与艺术。弗罗曼夫妇有一养女(十岁时收养的),叫米娜·赫兹利博,那时十八岁,长得很漂亮。歌德一见到米娜就爱慕倾心,而且和过去一样,诗兴大发,写了一大堆情诗来取悦(或者说,勾引)米娜。弗罗曼夫妇看到歌德这样痴情,不免担忧,因为歌德不仅比米娜大四十岁,而且是有妇之夫。那是在歌德从意大利回来后不久,有一天他在魏玛公园散步,有个年轻女子过来和他说话,还交给他一份请愿书。原来,她是想请歌德帮忙,为她哥哥在耶拿谋一公职。这个女子叫克里丝蒂安·福毕斯,

---

[1] 海因里希·海涅:19世纪德国浪漫派诗人、散文家、批评家。

父亲是魏玛公国的一个小公务员,已经过世,她在附近的一家工厂做女工。这个女子虽未受过什么教育,但秀发披头、双目含笑、身材优美。歌德顿时被她迷住,不仅帮了她忙,还和她谈情说爱。几个月后,她就怀孕了。歌德把她接过来同住。又过了几个月,她为歌德生下一个儿子,由魏玛公爵任其教父并赐名奥古斯特,由魏玛教会总监赫尔德[1]为其施洗。后来,克里丝蒂安又生过三个孩子,但一个死于襁褓之中,另外两个一出生就夭折了。1806年,歌德和克里丝蒂安正式结婚。此时,他们的儿子奥古斯特已经十七岁,在场见证了父母的婚礼。

弗罗曼夫妇见歌德对米娜一往情深,就找了个借口,把米娜送走了。歌德经过一番内心挣扎,最后决定离开耶拿,回到魏玛,回到妻子克里丝蒂安身边。这是唯一的解决办法。我们知道,歌德一失恋就会写诗解愁,但这次他却是写小说,写了长篇小说《亲和力》,并声称小说中没有一行字不是他的切身体验——确实,他写这部小说比写其他任何作品都要投入。然而,小说出版后,评论界虽一致赞扬,读者却反应冷淡,使歌德大为难堪。这并不奇怪,这部小说的毛病太明显了。歌德和许多作家一样,对别人作品中的毛病可谓目光锐利,但对自己作品中的毛病却像患了失明症,两眼一抹黑。更为可笑的是,他还趾高气扬地宣称,任何人在没有把他的这部小说读过三遍之前

---

[1] 赫尔德:18世纪德国哲学家、神学家、诗人、批评家。

都无权发表评论。

已故罗伯森教授曾在他的《歌德的生平和著作》一书中对这部小说做过精彩评论。既然我无法评论得比他更精彩,就在这里复述一下他的评论吧。罗伯森教授说,这部小说开头就让一个人物说了这样一段话:

> 同类物质具有天然的亲和力,因此水滴能汇成溪流。不过,有些物质对异类物质也具有亲和力,很容易混合在一起,如酒混合在水里;还有油,要溶于水,只需借助碱就行。在有些物质之间,这种亲和力会相当强烈,以至于结合时会产生新的物质,比如硫酸,泼在石灰石上会产生两种新物质——碳酸和石青。甚至还有第三种亲和力——双重亲和力,或交叉亲和力——即物质A和B结合在一起,物质C和D结合在一起,如果把A、B、C、D混在一起,A可能脱离B去和D结合,而B可能去和C结合。

这样,歌德在小说一开始就表明了他的写作意图,即他要用人物A、B、C、D代替物质A、B、C、D,写出人物A、B、C、D之间的亲和力。

众所周知,19世纪的伟大小说家都是以自己熟知的人作为人物原型的。有些小说家,譬如屠格涅夫,还曾公开承认,没有生活中的原型,他无法凭空虚构小说中的人物。他们苦心经营，尽量改造原型，使其符合他们的写作意图，所以最终出现在他们笔下的人物，已经和生活中的原型大不相同。也就是说，除了保留原型的某些个性特征——譬如音容笑貌等——小说家基本上是凭自己的想象力创造出小说人物的。正因为这样，小说家才有可能创造出比生活中的真人更生动、更有趣的小说人物。然而，歌德却把化学物质当作人物原型，这也太别出心裁了。我不知道，除了他还有哪个小说家曾这么做过。

《亲和力》中所讲的故事并不复杂，大概是这样的：富裕的男爵爱德华和妻子夏洛蒂住在自己的庄园里。他们小时候就认识而且有感情，但两人都服从父母的安排，各自结了婚，直到两人的配偶都过世，他们才走到一起。不过，这些以前的事情，读者一开始并不知道，因为小说一开始，这对夫妻已经人到中年，安居在自己的庄园里。一天，爱德华对妻子夏洛蒂说，他想请一位老朋友到庄园来做客，因为这位老朋友曾对他有恩，他应知恩报答。小说中始终没有说出这位老朋友姓甚名谁，只称他"上校"。对此，夏洛蒂理应回答："好啊，那你就叫他来吧！"但是，她却回答说："这倒要考虑考虑再说。"爱德华当然不高兴了，就和她争执。争执的结果，夏洛蒂终于同意了丈夫的提议，但有一个条件，就是要请她的侄女奥特丽也来做客。爱德华同意了。于是，上校和奥特丽都来了。奥特丽年轻貌美；上校风度翩翩。没想到，爱德华和奥特丽一见面就有"亲和力"，相互吸引；夏洛蒂和上校呢，也一样。接着，奇怪的事情发生了:爱德华保留着早年在军队服役时所记的日记,想修改整理后出版,于是就请奥特丽帮忙,把他涂涂改改过的日记誊写一遍。奥特丽誊写好之后,交给爱德华。爱德华当场翻开一看,大吃一惊,因为誊写好的日记前半部分明显是奥特丽的笔迹,后半部分的笔迹却变得非常像他自己的笔迹,简直就像是他自己写的。爱德华惊呼:"你这样喜欢我的笔迹,说明你爱我!"说着,便一把将奥特丽搂在怀里。此时,夏洛蒂和上校也都意识到相互之间的爱意。但上校又明智地意识到,要避免爱上朋友的妻子,唯一的办法是赶快离开——他也确实这么做了。夏洛蒂知道丈夫和奥特丽的恋情后,要让奥特丽离开庄园。但爱德华却说,要离开的话,还是让他离开算了。于是,爱德华就离开庄园住到别处去了。这之后,爱德华托人带口信给夏洛蒂说,他想跟她离婚。那时,德国新教盛行,离婚并不难。[1]离婚后,他可以和奥特丽结婚,夏洛蒂和上校也可以想怎样就怎样了。

但是,传信人传回口信说,夏洛蒂怀孕了。这使爱德华蒙了:这段时间他虽和奥特丽爱得如胶似漆,但一时兴起,也可能偶尔与妻子同过房,难道已是中年的夏洛蒂也会怀孕?本来,爱德华应该为妻子怀孕感到高兴,因为他的庄园将有他们自己的子女来继承;再说,他毕竟爱过夏洛蒂,无论是从情理上说,

---

[1] 罗马天主教不允许离婚,宗教改革后,从罗马天主教分离出来的基督教新教允许离婚。德国是基督教新教的诞生地。

还是从道德上说，他都应该回到庄园去，负起丈夫的责任。但是在歌德笔下，事情却变得稀奇古怪。爱德华不知出于什么原因，竟然决定再去参军，到战场上去拼杀，为国捐躯。后来，孩子出生了。令人惊讶的是，这孩子的眼睛竟然像奥特丽，下巴竟然像上校。歌德这么写的用意大概是想说，爱德华和夏洛蒂同房时，由于一个爱着奥特丽，一个爱着上校，于是暗结珠胎时就成了这个样子。当然，这是胡说八道。

爱德华没有为国捐躯，而是打完仗回到了原来的住处。上校来看他。他便要上校到夏洛蒂那里去，劝她同意和他离婚。等不及夏洛蒂的回音，他骑马到庄园去，想面见夏洛蒂。路上，他偶然遇到正带着夏洛蒂的孩子在湖边散步的奥特丽。他把要上校传口信给夏洛蒂的事情告诉奥特丽。奥特丽应诺，只要夏洛蒂同意离婚，她就嫁给他。两人分别后，奥特丽带着孩子到湖上划船。由于心事重重，她不慎把船桨掉进水里。她侧身去捞船桨，船一倾斜，孩子掉进水里，顷刻便淹死了。小说最后，这四个人——爱德华和奥特丽、夏洛蒂和上校——在庄园里重聚。由于孩子已死，夏洛蒂同意和爱德华离婚。情形好像每个人都将如愿以偿。但是，发生的又是怪事：奥特丽为孩子的死深感内疚，认为这是上帝对她和爱德华有私情的惩罚，不想嫁给爱德华了。这还没有什么，奇怪的是她竟然就此一言不发、滴水不进，最后死了。爱德华无法承受奥特丽的死，竟然也死了（不是自杀）。最后，夏洛蒂同意把爱德华葬在奥特丽身边。

以上就是《亲和力》的故事梗概。不论是人物，还是情节，都奇怪得令人匪夷所思、难以想象，而且小说中的旁枝末节又多得不得了，几乎使小说丧失了完整性。歌德从早年起就喜欢口述，即由他口授，旁人记录。这种方法已由多名作家证明是很糟糕的。因为当你讲着讲着，讲到自己感兴趣的话题，就会不知分寸地大讲特讲，而这样大讲特讲的东西，往往是游离主题的。在这部小说中，歌德似乎对我们今天所称的"园林设计"特别感兴趣，于是就大讲特讲夏洛蒂和上校怎样讨论、怎样着手改建爱德华原来所建的那个小花园。还有，讲述爱德华如何上战场、如何退役，也是下笔千言、离题万里。夏洛蒂与前夫所生的女儿叫露西安，她好像从来没有和母亲住在一起，不知怎么回事要住姑婆那里，后来又和一位年轻人订婚，有一次带着一群朋友来庄园探望夏洛蒂。那时正是冬天，这群年轻人溜冰滑雪、奏乐唱歌、作诗演戏，玩得不亦乐乎，歌德不厌其烦地一一描述。说实话，他的描述并非无趣，有的还很精彩，可以使我们知晓18世纪末德国贵族是如何接待客人、如何自娱自乐的。但是，这些和他所讲的故事毫不相干，再精彩也是多余的，只会使读者厌烦。还有小说中的人物也都没有个性而缺乏魅力，因而无法使读者同情他们的命运。他们就像字母表上的四个字母，仅仅是四个符号，是作者用来演绎其抽象理论的工具而已，不说性格鲜明，就是连个普通活人都不是。按罗伯森教授的精辟概括：

这些人物既没有直觉能力，也没有想象能力，只有逻辑推理能力。

这是致命的毛病！这一毛病，其实在歌德最初构思这部小说时就已存在。爱德华和奥特丽互相吸引，当然可以，但让夏洛蒂和上校也对等地相互吸引，这种可能性即使有，也小得不大有人会相信。如果用这个故事来写一出喜剧，大概还可以。如果让马里沃[1]来写，可能还会写得很有趣；如果让萧伯纳来写，可能还是一部机智幽默的讽刺剧。遗憾的是，歌德用它来写小说，还设置了一个悲剧结局，但它既没有使读者产生怜悯之情，也没有使读者心怀恐惧之感。

八

我在本文中不知不觉讲了太多歌德的生平，这并非我的本意。我不知道读者读完本文后会觉得歌德是怎样一个人，但我相信，我对歌德的描述肯定是有偏差的。格林童话中有一则故事，说有个年轻人只身到城堡中去解救一位公主，当他看见公主时却大吃一惊，因为他眼前的公主是个满脸皱纹、眼窝深陷、披头散发的老婆子。他问她："你就是美貌闻名天下的公主

---

[1] 皮埃尔·马里沃：18世纪法国著名喜剧作家。

吗?""是啊,"她回答说,"但你看到的不是我的真面貌,因为用眼睛直接看我,只能看到这个样子。你要在镜子里才能看到我的面貌有多美。你若不信,可以试试,镜子是不会说谎的。"说着,她递给他一面镜子。果真,镜子里的公主美貌无比。其实,看歌德也是这样:你直接看他这个人,自私、自负、古板、势利、冷漠。海涅曾诙谐而刻薄地说,歌德从不称赞和他一样有才华的人,只称赞平庸之辈,因此,歌德的称赞就是平庸的证明。但是,歌德写的诗却像一面镜子,只有从这面镜子中才能看到真正的歌德有多么伟大,就如只有从镜子中才能看到真正的公主有多么美貌。歌德自己也曾说过,伟人和常人其实是一样的,只是伟人的优点比常人多一点,缺点也比常人多一点。如果这是说他自己,那再恰当不过了。确实,他的缺点比常人多,到了晚年却有所减少。这从爱克曼的《歌德谈话录》中即可看出。《歌德谈话录》是本好书,是那种随手翻到哪一页都会使你继续往下读的书。书中除了记录歌德的言论,还有爱克曼对歌德言论所写的详细解读。这和黑兹利特记录的他与诺斯寇特[1]的对话很相似。不过,歌德的秘书爱克曼当然不能和黑兹利特这样一位大作家相提并论。爱克曼出身贫寒,曾靠勤奋劳作攒钱上学。为了表示对歌德的崇敬与爱戴,他托人把自己的一本诗集和一本评论集送到歌德那儿,恳请指教。歌德看了那两

---

1 诺斯寇特:18—19世纪英国画家。

老年的歌德

本书后很高兴,说要见见作者。于是,爱克曼去面见歌德。见面后,歌德发现这个年轻人对他万分敬仰,便决定把他留在身边。只是,歌德要到马里昂巴德温泉去疗养,所以,他和爱克曼约好,等他疗养结束后,在耶拿再见面。

那时，歌德已七十四岁，比中年时平易近人一点。从那时的画像中可以看出，他比四十多岁时瘦了一些，身材仍然很好；头发虽白，但仍然浓密；目光锐利、双唇紧抿，一如既往，还是那副咄咄逼人的样子。他仍然很有魅力，每个见过他的人都印象深刻。此时，克里丝蒂安·福毕斯已去世多年。她生前尽了贤妻之责，晚年虽常喝醉，但清醒时仍辛勤操持家务，料理歌德的起居。她的去世，使歌德深感丧妻之痛。

在马里昂巴德，歌德遇到一个十七岁的少女，叫乌尔里克。其实，他们曾在两年前见过面。乌尔里克年轻活泼，又是贵族出身，歌德怦然心动。于是，这个不知疲倦的情场老手又一次投入情网。乌尔里克对歌德这个大名人的示爱不仅仅是受宠若惊，她确实觉得这个白发苍苍的老头儿魅力非凡。他向她求婚，她显然没有拒绝，因为有歌德的一封信保存下来——在那封信中，歌德告知乌尔里克家人，他已向乌尔里克求婚，而且已商定近期举行婚礼。这使那家人集体昏倒。乌尔里克的母亲更是惊恐万分，并在惊恐之余断然拒绝了这桩婚事。确实，如果还有一点理智的话，谁都会觉得这桩婚事实在太荒唐了。

歌德求婚未成，心情抑郁，悻悻然离开了马里昂巴德。在返回耶拿的马车上，他写了一首诗，题为《挽歌》，抒写他对乌尔里克的爱情被扼杀后的悲伤与痛苦。这首诗写得很精致，不像他的早期诗歌那样质朴、自然。他的早期诗歌大多如信手拈来，写伤心之事就如失声痛哭，写高兴之事就如鸟儿鸣唱。这首《挽歌》虽然感情真切,却是从容打造、细细推敲出来的。由此可见,他在返回耶拿途中就已经心平气和了——毕竟,一个七十四岁的老头儿想娶一个十七岁的少女为妻,本是不该有的痴心妄想。

回到耶拿,歌德按原计划把爱克曼收留在身边,并打算带着爱克曼住到魏玛城中的那幢豪宅里去。歌德向爱克曼描绘了一幅诱人的画面,告诉这个年轻人说,和有教养、有知识的人住在一起好处多多,既能陶冶性情,又能磨砺诗艺。爱克曼本来就崇拜他,被他这么一说,更是对他奉若神明,两星期后跟随他去了魏玛。歌德随即指派事情给爱克曼做,这样一做就是九年。有好几次,爱克曼想离开,但歌德都没有同意。素来冷漠无情的歌德还不允许爱克曼写自己的作品。虽说这个年轻人没有多少文学天赋,但他还是想写点东西的,只是由于歌德不允许,他没能如愿。不过,他跟随歌德,毕竟还算在文学史上留下了名字。

爱克曼经常和歌德一起用餐,有时就他们两人,有时则高朋满座,因为老年的歌德喜欢设宴请客,主办人就是他的儿媳奥提丽。奥提丽年轻能干,深得歌德信赖;还有两个孙子,也是歌德喜欢的。歌德时而会和爱克曼谈谈文学,谈谈艺术,爱克曼出于对歌德的崇敬,把他的话都一一记录下来。有些话是歌德和他乘车同行时说的;有些话是歌德坐在书房里说的;有些话是歌德招待地位显赫的客人时说的,爱克曼正好在场。爱克曼在《歌德谈话录》中的某处偶尔提到，歌德说了一些很有趣的话。要是他当初觉得这些有趣的话也有记录价值就好了，可惜他没有。他一本正经，只注意歌德具有学术价值的言论，而歌德又是有点学术癖的，所以，他的笔记本上都是这类记录。

大概就在那时，歌德的亲友一个接一个地离他而去。当初席勒去世，歌德就说他的半条命已随席勒而去。现在，他的初恋情人弗里德里克·布莱翁去世了。我当年在斯特拉斯堡时，还专门乘车去过泽森海姆小镇，想看看当年那个乡村牧师布莱翁和他的家人所住的房屋，还有他常在里面布道的那座教堂。变化肯定是有的，所幸变化不大。歌德和弗里德里克一起散步的那条田间小路也仍然在。然后，我到公墓去找弗里德里克的墓。可惜没有找到，倒是在公墓大门附近找到了"二战"英国空军阵亡将士的十二座坟墓。墓碑是白色的，其中十一块墓碑刻有死者的名字和年龄，都只有二十几岁。唯有一块墓碑，上面没有死者的名字，大概是遗体残缺严重，无法辨认，所以第一行"英国空军"下面是空行，第三行刻的是"上帝知道他的名字"，读之令人心碎。

后来，夏洛蒂·布芙和莉莉·雪曼去世了，冯·施泰因夫人去世了，魏玛公爵去世了。再后来，连他的儿子奥古斯特也去世了。当歌德得知儿子的死讯时，据说他是这么说的："人总要死的。我生的是人，不是神仙。"这种理智而冷漠的话只有歌德才会说。不过，没有人是完全不动感情的，他内心的丧子之痛其实非常强烈，只是没有表现出来罢了。没过几天，他就中风了。后来慢慢恢复过来，甚至还能继续写作。但两年后，他一病不起。1832年3月22日早上，他似乎感觉好了一点，叫人扶他起床，坐在一把有扶手的靠背椅子上。他好像在沉思默想，又好像是出了神，也许是恍恍惚惚地想到了席勒。黄昏时分，房间里开始暗了，他对仆人说：

打开窗让屋子里多一点亮光。

这是他说的最后一句话。后来，人们把这句话中的"多一点亮光"当作他的临终遗言，以示他一生的理想与追求。

莫泊桑小说的优缺点

有位目光敏锐的评论家,不但博览群书、富有见地,而且世故之深在同行中也实属罕见——就是这位评论家,发现我的小说受过莫泊桑的影响。这并不奇怪。在我少年时代,莫泊桑是公认的法国最佳的短篇小说家,我曾拼命读他的作品。从十五岁起,我每次去巴黎都要花半天时间钻在奥泰昂长廊书店的书堆里。那是最使我心醉神迷的时光。穿着黑色长袍的书店伙计对那些兜来兜去翻着书的人视若无睹,任凭他们一连翻上几个小时。有个架子上放的全是莫泊桑的作品,但它们每本要卖3法郎50生丁,我嫌太贵,就不得不站在那里,尽力想从那些未裁开的纸页间偷看到几行字[1]。等伙计一走开,我就匆忙裁开一页,痛快地看起来。幸喜那里有时会有几本普及版的莫泊桑作品,每本只卖75生丁,我每次看到几乎总会买一两本回来。就这样,我不到十八岁就把莫泊桑最好的小说全都读了。那时,我自己也正好开始写起小说来,所以很自然地就把他的短篇小

---

[1] 那时有许多书为了节约成本,要读者买回去后自己把书页裁开。

莫泊桑

说当作自己的范本。除了莫泊桑，我再也找不到更好的老师了。

莫泊桑的声誉现在已不如从前那么高了。显然，他的作品现在看来确实有不少使人讨厌的东西。他是法国人，又生活在一个激烈反对浪漫主义的时期，当时的浪漫主义已随着（马修·阿诺德[1]很赞赏的）奥克塔夫·富叶的多愁善感和乔治·桑[2]的偏激狂热一起走上了穷途末路。他是个自然主义者，一味追求真实，而他那种真实，今天看来却不免有点肤浅。他不喜欢分析人物，对于他们为什么这样、为什么那样之类的问题，他不感兴趣。他们只是行动着，至于他们为什么这样行动，他是从不深究的。"我认为，"他说，"长篇小说或者短篇小说中的心理学，就是用一个人的外部生活来显示他的内心活动。"这话当然不错，我们大家其实也都想这样做，可惜的是外部生活并不总是能显示内心活

---

[1] 马修·阿诺德：19世纪英国评论家、散文家、诗人、教育家。
[2] 奥克塔夫·富叶和乔治·桑均为19世纪法国浪漫主义作家。

动。对莫泊桑来说，其结果就是人物的简单化。这在一篇短篇小说里还不成问题，但是反复出现的话，你就会觉得不可信了。你会说，人并不是这么简单的。

另外，还有一种让人讨厌的想法也一直纠缠着莫泊桑。这种想法在当时法国人的头脑中十分普遍，就是认为：一个男人若碰到一个四十岁以下的女人，就得和她上床，好像这是一个男人应尽的义务似的。莫泊桑的人物都沉湎于肉欲并以此为荣。他们就像有些人那样，饱着肚子还吃鱼子酱，原因就是鱼子酱价格昂贵。在他的人物身上，唯一强烈的人类情感也许就是贪欲。对于人心的贪欲，他能理解。他虽对它表示过厌恶，但心底里却是暗暗向往的。他有点庸俗，但如果有谁想就此否认他的卓越成就，那也是愚蠢的。一个作家有权要求别人用他最好的作品来对他做出恰如其分的评价。十全十美的作家是没有的。作家的缺点，你只能接受，别无他法，他们的缺点往往是和他们的优点相伴而来的。

值得庆幸的是，后人对前辈作家的缺点大都比较宽容。他们往往着眼于前辈作家的优点，而不太注意他的缺点。有时候，他们甚至会把明显的错误也说成是含有深刻意义的，把一些实事求是的读者弄得莫名其妙。譬如，你会看到有些评论家把莎士比亚剧本里的有些地方解释得头头是道，并对此赞叹不已。其实，任何一个头脑清醒的剧作家都能看出，这些地方是由于莎士比亚的疏忽或者草率所致，根本用不着再做别的解释。

莫泊桑的小说都是好小说。撇开叙述技巧不谈，故事本身就趣味盎然，在餐桌上讲讲是很吸引人的，这一点我认为是他的最大优点。不管你用的词句多么别扭、讲法多么平淡，你只要把《羊脂球》里的故事讲出来，人家照样听得津津有味。他的小说总是有头有尾的。它们有固定的线索，从不随意发展，不会让你看不清它们究竟要把你带往何处，而总是让你稳稳当当地随着故事的展开，顺着一条曲折生动的线索一步步走向高潮。也许，它们没有多大的思想意义，但莫泊桑的目的本来就不在于此。他只把自己看作是个普通人，事实上，在众多优秀作家中，也只有莫泊桑一人把自己仅仅看作是一个卖文为生的文人。他并不以哲学家自居，这是他聪明的地方，因为他发的议论大多庸俗不堪。

尽管莫泊桑有种种缺点，他仍是个杰出的小说家。他有塑造活生生人物的惊人才能。不管篇幅多短，即使在寥寥几页中，他也照样能写出六七个人物，而且个个栩栩如生。你想知道的，他全给你描绘出来了。这些人物往往轮廓分明，各有各的性格特征，而且全都富有生气。只是，他们缺少复杂性，尤其缺少我们在人身上常看到的那些不确定的神秘因素。事实上，他们是出于短篇小说的需要而被简化了的。莫泊桑并非有意要把人物简单化，他那双敏锐的眼睛看什么都很清楚，就是看得不深，好在凡是小说所需要的东西，他都看到了。他的环境描写也一样，非常准确、简洁，给人的印象很深刻。他无论是描写诺曼底的景色也好，还是描写19世纪80年代那种放满家具、令人窒息的客厅也好，其目的都很简单，那就是为了故事的需要。在这方面，我觉得没有人能和他相比。

俄罗斯三部小说名作

伊凡·屠格涅夫

在此，我想提一下19世纪俄罗斯的三部小说名作，即屠格涅夫的《父与子》、托尔斯泰的《战争与和平》和陀思妥耶夫斯基的《卡拉马佐夫兄弟》。在这三个作家中，屠格涅夫较不重要。但他是个艺术家，能敏锐地感受到生活中的诗意，而且他很有魅力，富有同情心和博爱精神。他虽不使人强烈地受到感动，却也不会令人厌烦。《父与子》是他最好的作品，在这部作品中，他首次塑造了一个虚无主义者的形象。说来奇怪，根据不同的政治观点，人们在他的主人公巴扎洛夫身上看出了许多不同特点，有人说他在我们这个世界制造了极大的混乱，有人却说他为我们开拓了新的生活前景。巴扎洛夫是个粗暴的人,但他给人的印象却特别深刻,再说他也不是毫无人情味的;他很有能力,只是由于没有行动的机会,所以只能用言论来表现自己,如果给他合适的机会,他肯定会把自己的大胆设想付诸行动。他有一种阴暗、可悲的"崇高"品质。

关于托尔斯泰,我原先想劝你读他的《安娜·卡列尼娜》而不是《战争与和平》,因为在我的记忆中前者好像比后者好一点;但是为慎重起见,我又把这两本书都重读了一遍,现在我可以毫无疑问地对你说,还是《战争与和平》更为出色。

托尔斯泰在《安娜·卡列尼娜》中虽然描绘了19世纪后半期俄罗斯社会生活丰富而生动的画面,但他在故事中掺入了太多的道德说教,读起来很难让人觉得轻松愉快。安娜爱上了渥伦斯基,托尔斯泰对此大不以为然,为了让读者懂得罪恶的报应就是死亡,他便把一个悲惨的结局强加到安娜身上。安娜的死,除了托尔斯泰有意要把她引向死路,没有其他理由可以解释。既然安娜从未爱过她丈夫,她丈夫也从不把她放在心上,她为什么就不可以跟丈夫离婚,改嫁渥伦斯基,从此快快活活地过日子呢?为了把故事引向悲惨结局,托尔斯泰不得不把他的女主人公写得既愚蠢又令人讨厌,既苛刻又不讲情理。虽然我毫不否认,像这样的女人世上确实很多,但是我对她们因愚蠢而自找的麻烦,实在难以表示由衷的同情。

我原先之所以对推荐《战争与和平》有所迟疑,原因就是

列夫·托尔斯泰

我觉得它有不少地方写得过于沉闷。战争写得太多,对许多战役的叙述太琐细,关于皮埃尔在秘密宗教团体共济会里的经历,读起来也令人乏味。不过,即使把这些东西统统省略掉,这部小说仍不失为一部伟大的作品。它以史诗般的大手笔描绘了整整一代人的成长和发展。故事发生的地点是从伏尔加河到奥斯特里茨的整个欧洲大陆;众多栩栩如生的人物在这广阔的舞台上亮相;数量惊人的素材被处理得尽善尽美。在有些地方,笔触就像荷兰画派那样细致入微,而在有些地方,却又像西斯廷教堂里米开朗基罗的天顶壁画那样气势磅礴,令人屏息凝神。它写出了人生的纷扰,以及在与决定各国命运的黑暗力量的对照下,个人的卑微和渺小,给你一种简直无法抵御的深刻印象。《战争与和平》确实是一部天才的惊人之作。这部作品中还有一个成功之处对于小说家来说是最难能可贵的,那就是托尔斯泰塑造了一个自然纯朴、活泼可爱的少女形象,她也许是所有小说中最迷人的女主人公。但是托尔斯泰最后又写出了一种只有最伟大的小说家才能构想出来的奇妙结局：他让你看到，她在幸福的婚姻生活中变成了一个贤妻良母。那个欢快活跃的姑娘变得既琐屑又平庸，而且身体也发胖了。你觉得惊讶，但只要稍稍想一想，马上就会意识到，这种结局是再自然不过了。它最后给这部惊人的小说加上了一个平淡而真实的注释。

你一定还记得，我在谈英国文学的时候曾说过，凡是你觉得没有趣味的书，你就没必要读。现在，当我要谈到《卡拉马佐夫兄弟》时，我对自己说过的话又感到犹豫了，因为我不知道这部冗长而深沉的悲剧性作品会不会让你觉得有趣味。这要看你的趣向如何，如果你觉得像海上风暴、森林大火和江河泛滥这类令人惊心动魄的景象很有吸引力的话，那么《卡拉马佐夫兄弟》对你来说一定会很有趣味。不过，我又曾说过，你要读那些不读会觉得可惜的书，或者说读那些会使你的生活变得更充实的书。依此标准的话，我想《卡拉马佐夫兄弟》理应在我们的书单上占有一席之地，也许还应占据最重要的位置。在所有小说中，除了我们的艾米莉·勃朗特写的《呼啸山庄》和美国作家麦尔维尔写的《白鲸》，没有哪部作品和陀思妥耶夫斯基的作品相近，而在陀思妥耶夫斯基的所有作品中，《卡拉马佐夫兄弟》又是最震撼人心的。你绝不能像读那些描写你所熟悉的平常人的小说那样去读它。我刚才说到的海上风暴或者森林大火，并非信手拈来的比喻。陀思妥耶夫斯基笔下的人物是和大自然的黑暗势力息息相通的。他们不是平常人；他们充满激

费奥多尔·陀思妥耶夫斯基

情,精神极度紧张,神经极度敏感,而且往往忍受着极度的痛苦。他们在经受上帝的折磨。他们的行为就如疯人院里的疯子,然而就在他们疯狂的语言和疯狂的举止里,却蕴含着极其深刻的意义。你会深深地意识到,他们不仅在极度痛苦地向你做自我表白,同时也在向你揭示人类灵魂的深不可测和神秘可怕。

《卡拉马佐夫兄弟》篇幅很长,结构很不匀称,有些部分写得冗长而且松散。不过,除了后面几章,其他部分是很有吸引力的。虽说有些场面写得可怖可憎，但也有极美的画面。我从未见过这样的小说，它把人性的崇高和卑劣都写得那么出神入化，把个人灵魂的历险及厄运写得那么生动有力。陀思妥耶夫斯基对人类苦难深怀哀怜之心，这种哀怜之心只有自己也经受过苦难的人才有。他说：

> 不要责难人，要爱怜人；不要害怕人的罪恶，要爱怜有罪的人。

当你合上这本书时，你不会感到绝望，只会感到欢欣鼓舞，因为善之美最终透过恶之丑而闪闪发光。

契诃夫及其小说观

一

契诃夫出生于1860年,祖父是农奴,后来用积蓄的钱赎回自己和三个儿子的自由[1]。三个儿子中有一个叫巴维尔,在阿佐夫海边的塔干罗格开了一家小杂货店,结婚后生有五个儿子和一个女儿。五个儿子中的第三个,就是安东·契诃夫。巴维尔是个没有文化的人,愚昧自私、刚愎粗鲁,而且还很迷信。契诃夫多年后还这样讲到他父亲:

> 我记得我五岁时,父亲就开始管教我,说白了,是开始打我,用鞭子抽我,打我耳光,敲我的头。我每天早上一睁开眼睛,首先想到的是:今天会不会又要挨打?父亲不许我玩游戏,也不许我嬉笑。每天早上和晚上,我们都要去教堂祷告,亲吻神父的手,回家还要读赞美诗……我八岁时开

---

[1] 旧俄农奴制和中国旧时的家奴制有点相像,农奴是失去生活资料而卖身给地主的人,但农奴只要支付赎金,就可脱离地主,成为"自由民"。

始帮父亲看店铺，帮父亲跑腿，几乎天天都要挨打，我的病根就是那时种下的。后来，我上了中学，一早出去到晚饭时才回家，但吃过晚饭后我还要看店铺，一直到夜里店铺关门。

契诃夫十六岁时，他父亲因为还不了债，逃到莫斯科去了，那时他的大儿子亚历山大和二儿子尼古拉正在那里上大学。契诃夫留在塔干罗格继续上中学，靠给差生补习功课挣钱养活自己。三年后，他也被大学录取，还获得每月25卢布的奖学金，这才和父母在莫斯科团聚。他想学医，于是就进了医学院。那时契诃夫二十岁不到，个子已经很高，有六英尺[1]多，头发是浅棕色的，眼睛是棕色的，嘴唇很厚实。他们一家租住在贫民区一幢楼房的地下室里，上面是一家妓院。契诃夫带来两个同学租住在他家里，租金是每月40卢布，另外还有一个房客每月付20卢布，加上契诃夫每月的25卢布奖学金，总共85卢布，要供九个人吃饭，还要付房租。不久，他们搬到了那条肮脏的街上的一套稍大一点的公寓里：他的两个同学住一间，那个房客住一小间，契诃夫和两个弟弟住一间，他母亲和他妹妹住一间，第五间用来吃饭，第六间本是客厅，现在成了他的两个哥哥亚历山大和尼古拉的卧室。他父亲巴维尔找到了一份管仓库的差事，每月挣30卢布，但必须天天住在那里，所以有那么一段时间，

---

[1] 1英尺约0.3米。

少年的契诃夫，脸上稚气未脱。

因为这个既愚蠢又暴躁的家伙不在身边，家里人都如释重负。

据说，契诃夫天生就有编笑话逗乐朋友的才能。由于家境贫困，他一直想尝试写作。一次，他写了一个短篇小说投给圣彼得堡的一家名叫《蜻蜓》的周刊。一月里的一天下午，他从医学院回家路上买了一份《蜻蜓》周刊，发现自己的短篇小说登了出来，稿费是一行5戈比[1]。在此我要提醒读者，当时1卢布兑2先令，100戈比是1卢布，所以换算成英镑，这稿费大约是一行1便士。从那时起，契诃夫几乎每星期都会投稿给《蜻蜓》杂志，但登出来的寥寥无几。莫斯科的一家报纸登了他的作品，但稿酬也少得可怜，因为这是一家小报社，有时撰稿人为了一点点稿费，还得坐在报社编辑室里等报童在大街上把报纸卖掉后才能拿到一些零零碎碎的钱。

契诃夫的第一次机会来自圣彼得堡的一个名叫雷金的编辑，他当时正在主编一份名叫《片断》的报纸。雷金向契诃夫约稿，每周一篇一百行的短篇小说，稿费为8戈比一行。然而，这

---

1 这里的"一行"是个字母数，为了计算方便，当时报纸和杂志上的每一行字母数都是大致相同的。

请不要复制生活——毛姆谈艺术

是一份以幽默见长的娱乐报纸，而契诃夫的短篇小说则比较严肃，为此雷金还曾对他抱怨过，说他的小说不合读者口味。其实，契诃夫的短篇小说在另一个地方很受欢迎，而且还颇有名气，但那份报纸却在篇幅和题材上都对他有种种限制，这使他很恼火。好在雷金是个通情达理的人，把他推荐给了《彼得堡公报》。该报约请契诃夫每周写一个短篇小说，篇幅可稍长，题材不受限制，稿费同样是8戈比一行。就这样，从1880年到1885年，契诃夫共写了三百篇短篇小说。

显然，契诃夫的作品都是为挣钱而写的。这种作品英文称作potboiler，《牛津英语词典》里称该词通常用作贬义词，指为了谋生而粗制滥造的文学作品或艺术作品。不过，报道文学事件的记者们最好不要用这个词。我的意思是，有创作冲动的业余写作者（他们的创作冲动就如性欲冲动一样，其源头何在，至今是个谜）可能会认为写作能使自己出名，但绝不会认为写作能使自己发财。他们不贪财，因为他们并不靠写作来挣钱。然而，一旦他们决心成为职业作家，靠写作为生，那就很难对挣钱无动于衷了。好在，作家的写作动机与读者毫无关系。

契诃夫当时一边要写大量短篇小说，一边还要在医学院攻读学位。白天要去听课，他只能晚上写作，但写作环境很糟糕。尽管房客都被打发走了，他们一家还搬进一间稍小的公寓单独住，但契诃夫在写给雷金的信里说：

家里小孩子（我哥哥亚历山大的孩子）哭个不停，我父亲在大声读故事给我母亲听，还有人在拨弄音乐盒，叮叮咚咚的乐声直往我耳朵里灌，奏的是《美丽的海伦》……我的房间里还住了一个外地来的亲戚，这人老是缠着我讨论医学问题。……小孩子又哭闹了！我刚做了决定，将来绝不要孩子。我想，法国人孩子生得少就是因为他们爱好文学……

一年后，他在给弟弟伊凡的信里说：

我挣的钱比你们的陆军中尉还要多[1]，可是我自己却用不到多少，我吃得很差，连供我写作的地方也没有。……现在我手里一点钱也没有，就等着下个月了，那时圣彼得堡会寄给我60卢布稿费，不过钱一到手，马上又会没了。

1884年，契诃夫发现自己咳嗽时会咳出血来，便怀疑自己得了肺结核，但又害怕怀疑得到证实，不到医院里去求诊。他母亲见此很焦虑，他安慰她说，出血是因为喉咙发炎引起的，不是肺结核。这年年底，他通过最后一门考试，成为开业医生。几个月后，他凑足路费第一次去了一趟圣彼得堡。此前，他从来就不觉得自己的小说有多大价值，他不仅承认自己写这些小

---

[1] 他弟弟当时在部队服役。

说只是为了挣钱，而且还说过，每篇都是在一天里草草写出来的。但到了圣彼得堡，他却惊讶地发现自己居然还名气不小。圣彼得堡是当时俄国的文化中心，那里的文化人觉得他的小说虽然篇幅短小，但清新鲜活，视角独特，因而颇为推崇。不仅如此，契诃夫还突然发现自己竟然被人誉为当代最有天赋的小说家之一，各家报纸都纷纷向他约稿，开出的稿费也比以前要高许多。当时俄国最著名的大作家[1]则鼓励他放弃过去学的那些东西，认真创作严肃文学。这使他很震惊，因为他从未想过要做职业作家。他说：

青年的契诃夫，此时的他刚刚大学毕业，找到了一份在办公室的工作。

医学是我合法的妻子，文学是我偷情的情人。

他返回莫斯科后，仍然一心想做医生。不过，必须承认，

---

1 即列夫·托尔斯泰。

三 小 说

他在行医方面并没有花过多少心思，也没有挣过多少钱。他结交的朋友不少，由朋友介绍过来的病人也不少，但他不好意思要他们付钱。他待人开朗，时常乐呵呵的，因而是文人圈子里受人欢迎的常客。他喜欢参加聚会，也喜欢举办聚会，喜欢喝酒，但除了婚礼、命名日（俄国人对生日的称呼）和教会节日，他很少喝醉。他并不完全拒绝女人，曾和几个女人有过风流事，但后来都不了了之。他有了一点钱后就开始经常到圣彼得堡去，还要到俄罗斯各地去走走。每年春天，他都打发掉那些需要诊治的病人，带着家人到乡间度假，直到初秋才返回。人们听说这位著名小说家还是医生，便纷纷来找他看病——当然，他也不好意思要他们付钱。为了挣钱养家，他不得不继续写作，而且越写越成功，稿费也越来越高，但他仍觉得入不敷出。他在写给雷金的一封信中说：

> 你问我钱都用到哪里去了。我既不是败家子，也不是浪荡子；我既没有债要还，也没有情人要养（我享受爱情从来不需要付钱），可是我在复活节前刚从你和苏沃林那里拿到的300卢布，现在只剩40了。这40卢布明天还要付给别人，天知道我的钱用到哪里去了！

他们家搬进一套新公寓，契诃夫终于有了用于写作的房间，但为了交房租，他还是不得不请求雷金预付稿费。1886年，他又在咳嗽时吐血。他知道自己应该到克里米亚去疗养，那里气候温和，对结核病有好处，就像欧洲的结核病人都到法国的里维埃拉或者葡萄牙去疗养，然后像苍蝇一样死掉。但他没有那么一笔钱。

1889年，他哥哥尼古拉死于肺结核，他生前是个颇有才华的画家。这对契诃夫来说既是噩耗，又是警告。到了1892年，他的健康状况恶化，已经无法承受莫斯科的冬天。于是他借了点钱，在莫斯科郊外五十英里的梅里科沃村买了一间农舍，带着家人，包括他脾气暴躁的父亲，还有母亲、妹妹和弟弟米哈伊尔，还带着整整一车药，一起住了过去。和以往一样，仍有许多病人到那里去找他看病，他也仍然尽力而为，仍然不要他们付钱。

就这样，他在梅里科沃村断断续续住了五年。这五年算得上是他的幸福时光，其间他写出了最好的小说，拿到了最高的稿费——每行40戈比，差不多合1先令。他参与村里的事务，还出资为村里修了一条路，为村民建了一所学校。他哥哥亚历山大是个酒鬼，也带着老婆孩子一起住了过来。有时有朋友来访，也会在他那里住上几天。尽管他抱怨他们影响他写作，但他又需要他们。尽管他常受病痛困扰，但他总是表现得愉悦、友善、风趣而快活。

他有时会到莫斯科去。1897年，一次在莫斯科，他大口大口吐血，被紧急送往医院，住院期间有好几次生命垂危。他一直拒不相信自己得了肺结核,而这次医生说他两个肺的上半部分全都受结核菌感染,如果还想活命,必须改变生活环境。后来,他尽管回到了梅里科沃村,但他心里明白,他无法在那里过冬,也不能继续给人看病了。于是,他离开俄国,去过比亚里茨,去过尼斯,最后他选择住在克里米亚的雅尔塔[1]。医生建议他在那里永久定居。他为此不得不向他的编辑朋友苏沃林预支稿费,这才在那里建了一间小屋。他手头总是没钱。

不能继续行医对他来说是个沉重打击。我不知道他究竟是哪一科的医生。实际上,他获得医生资格后,在医院里工作至多不过三个月,而且我猜测他治病时很可能是粗略而急躁的。不过,他是个理智而有同情心的人,只要他顺其自然,我相信他会像医术高明的医生一样有助于病人,而行医时的各种体验对他自身也有好处。我认为行医经历对于一个作家来说是非常有益的,他可以从中获得极其宝贵的知识,并由此洞察人性中的至善与至恶[2]。因为人在生病时往往会害怕,也就顾不上平时的面具了。医生所见往往是病人的本来面目:有自私的、冷漠的、懦弱的,也有坚毅的、豁达的、善良的。对于人性的弱点,医生通常都很宽容,而对于人性的高贵,医生也同样会赞叹不已。

住在雅尔塔尽管使契诃夫觉得很无聊,却使他的身体有所

---

1 雅尔塔:俄国南方小城,濒临黑海,被誉为度假和疗养胜地,气候温和湿润。
2 毛姆本人也是学医的,曾有行医经历。

康复。我在前面没有机会提到，契诃夫除了写有大量的短篇小说外，还写过两三个剧本，但不太成功。有个剧本排演时，他认识了一个名叫奥尔佳的年轻女演员。两人相爱后，于1901年结婚。此时他仍未停止对家人的资助，尽管他对他们满怀怨恨。婚后的生活是这样安排的：奥尔佳继续在莫斯科演戏，契诃夫继续在雅尔塔养病。也就是说，只有当他去莫斯科或者她有"空档"（演艺界都这么说）来雅尔塔时，两人才在一起。他写给她的书信全都保留了下来，写得温情脉脉、感人至深。可惜他的身体状况不佳，病情有所加重，整日咳嗽不止，夜里难以入睡，而奥尔佳的流产更使他倍感痛苦。奥尔佳一直要他写一部迎合大众的轻喜剧让她来演，但我想主要是为了取悦妻子，契诃夫又开始写剧本了。这个剧本取名为《樱桃园》，他还答应妻子要再写几个剧本。他在给朋友的信中写道：

我每天只写四行，就是这样我也觉得劳累不堪。

但他最终还是写完了这个剧本，并于1904年年初在莫斯科上演。同年6月，他接受医生建议，到德国温泉小镇巴登威勒去疗养。有个年轻的俄国文人曾去拜访过他，并记下了他在那里等死的情景。下面这部分转引自麦加沙克的《契诃夫传》：

契诃夫穿着长睡衣，披着一件外套，坐在一只沙发上，身旁塞满靠垫,腿上盖着一条毯子。他瘦骨嶙峋,看上去又瘦又小。他双肩耷拉,面颊塌陷,脸色苍白——那衰弱的样子简直使人认不出他了。没想到,一个人的变化竟会如此之大。

他伸出一只手来。那手又瘦又黄,我都不忍心再看一眼。他看着我,眼神很温和,但不像过去那样笑眯眯的。

契诃夫与妻子奥尔佳

"我明天就要走了,"他说,"走得远点去死。"

他说死,其实用的是另一个词,比"死"更加冷酷,我不想在此重复。

"走得远点去死。"他一个字一个字地又说了一遍,"替我向你的朋友们道个别……告诉他们,我会记住他们的,我喜欢他们。请替我向他们祝福,祝他们幸福快乐。我们就要永别了。"

其实,一开始他在巴登威勒恢复得很好,还开始计划到意大利疗养。一天下午,他已经准备上床睡觉了,却突然要陪了

他大半天的奥尔佳独自到公园里去散步。等奥尔佳散步回来,他仍没有睡,又要她下楼去吃晚饭。她告诉他,晚饭时间还没到。他说,时间没到就让他讲故事给她听:在某个旅游胜地,挤满了上等游客,有专来品尝美食的银行家和美国人,还有脸庞红通通的英国人。一天傍晚,他们回到酒店,却发现厨师跑了,没有晚餐供应。

中年的契诃夫

接着,他就开始绘声绘色地描述这帮饕餮之徒的狼狈相。他讲得很有趣,惹得奥尔佳捧腹大笑。接着,奥尔佳下楼去吃晚饭。等她回来,契诃夫静静地躺着。突然,病情急剧恶化,他一下子不行了。医生马上赶来,奋力抢救,但无济于事。就这样,四十四岁的契诃夫去世了。他说的最后一句话是德语Ich Sterbe(我死了)。

亚历山大·库普林[1]在追忆契诃夫时曾说过这么一段话:

---

[1] 亚历山大·库普林:俄国作家、探险家,契诃夫的好友。

我想，他从来没有向谁袒露过他的内心，也从来没有真正信任过谁。但是，他对谁都很友善，而他对友情又确实比较冷漠，同时——也许他并不自知——他对友情又极感兴趣。

这样的性格分析颇不寻常，寥寥数语就揭示了契诃夫的个性，而且比我刚才所讲的契诃夫生平中的任何地方都要深刻。

二

契诃夫的早期作品主要是短篇幽默小说。他写得很轻松，用他自己的话来说，他写那些短篇小说"就像鸟儿唱歌一样毫不费力"，因而他也没把自己写的那些东西当回事。直到他第一次去彼得堡，发现人们把他视为前途无量的杰出小说家，他这才认真起来，开始考虑和练习小说技巧。有一次，有个朋友发现他好像在抄写托尔斯泰的一部小说，就问他这是干吗。他回答说："我在改写这部小说。"那个朋友大吃一惊，他怎么可以任意改写大师的作品？契诃夫解释说，他只是在练习，因为他想（我觉得这个想法很好），改写大师的作品可以使他通过了解大师的表现手法而培养出他自己的写作技巧。事实表明，他的这番努力是有用的，他掌握了创作小说的完美技巧。譬如，他的短篇小说《农民》，其结构之精练，几乎和福楼拜的《包法利夫人》不相上下。此外，他还要求自己写得简洁、清晰，而在这方面，有人认为他已达到了极致。对此，我们这些阅读译本的人无话可说，因为哪怕是最精确的译本，也都丧失了原作的笔法、韵味和语气语调。

契诃夫极其注重短篇小说的写作技巧，而且发表过很多非常有趣的观点。譬如，他认为短篇小说中不能有任何多余的东西：

> 任何无关的东西都应该被无情地删除。如果你在第一节里提到墙上挂着枪，那么在第二或第三节里就一定要打一枪。

说得有理。同样有理的是他认为景物描写要简洁，而且要切题。他自己能寥寥数语勾画出一幅夜莺啼鸣的仲夏夜美景，或者一幅冰雪覆盖的荒原冬日景象，这是难得的天赋。但他对拟人化手法的奚落，我不太同意。他曾在一封信里调侃说：

> 大海在微笑，你就欣喜若狂了。可是，这种手法太粗俗、太廉价了。……大海既不会微笑，也不会痛哭，它只会轰轰作响或者闪闪发光。看看托尔斯泰是怎么写的吧："太阳升起又落下，鸟儿不断地鸣叫。"没有什么在笑，也没有什么在哭。这是最重要的——简简单单。

话虽说得有理，但不管怎样，人类在原始时代就已经把大自然拟人化了，因而不是只要稍加努力就可避免的。契诃夫自己确实尽量避免使用拟人化手法，但在短篇小说《决斗》中，他还是不慎写道："一颗星星探出头，小心翼翼地眨了眨眼。"我对这句话一点也不反感；相反，还挺喜欢。他哥哥亚历山大也写短篇小说，只是水平不高。他说小说家绝对不要描写没有亲身体验过的心理活动。这也未必见得。小说家要描写杀人犯行凶时的心理活动，当然没必要自己去杀个人。毕竟，合格的小说家是有足够想象力的，完全可以想象出人物的心理活动和情感状态。

不过，契诃夫最为苛刻的要求，还是他认为短篇小说写完后应该从头到尾删一遍。他自己就是这么做的，以至于他的朋友常说：他的小说一脱稿就要拿走，否则会被他自己删得面目全非，"他会把自己的小说删成一句话：他们俩钟情而相爱，结为夫妇后而终致不幸"。当然，这是刻薄话，而契诃夫回答又是答非所问："可是，你看看周围，事实就是这样。"

契诃夫把莫泊桑视为自己的楷模，要不是他自己说的，我绝对不会相信，因为在我看来，他们两人的写作目的和写作手法可谓大相径庭。莫泊桑总的说来是要把故事讲得富有戏剧性，为了达到这个目的，他从不介意故事的可信度，而契诃夫呢，我觉得他是有意在回避戏剧性情节。他笔下的人物都是凡夫俗子，就如他自己在一封信里所说：

不是跑到北极从冰山上滚下来的探险家，而是上班下班、一日三餐、喝喝白菜汤、偶尔和老婆吵吵架的普通人。

有人可能会对此不以为然，因为确实有人跑到北极，虽然没从冰山上滚下来，但也体验到了极度的危险，小说家没有理由不讲他们的故事。显然，仅仅写上班下班、一日三餐、喝喝白菜汤的普通人不是问题的关键，但若认为要把故事讲得有意思，就要讲贪污盗窃、行贿受贿、虐待老婆、欺骗情人，我相信契诃夫是绝不会同意的，他认为平平淡淡的生活讲起来更有意思。由此看来，小说既可以讲述荒诞离奇的故事，也可以讲述平平淡淡的故事。关键是怎么讲。

契诃夫的医术虽不怎么高明，但他在行医过程中接触到了各种各样的人——农民、商人、工匠、小老板、小官吏，还有破产的地主。对这些人，他似乎还握有生杀大权。但他肯定没有接触过贵族，我能想起来的，他好像仅在一篇名为《公爵夫人》的小说中讲过贵族。通常，他总是用直白到近乎冷漠的笔调讲述地主的昏庸无能、田园荒废；讲述劳工的艰难困苦、食不果腹，而工厂主却大发其财；讲述农民的愚昧无知、肮脏懒惰，他们整日酗酒，所住的茅草棚里臭气熏天、蚊蝇乱飞。

契诃夫讲述的一切都给人不寻常的真实感，就如读一个诚实的记者所写的新闻报道，使你深信不疑。不过，契诃夫并不是记者，他冷静观察后所得的素材是重新组合过的，其中还含有他个人的揣度和推测。科特林斯基[1]曾说：

> 契诃夫冷静得无与伦比，他超越个人悲喜而洞察一切。他从不宣扬仁爱，但他却仁慈为怀；他从不多愁善感，但他却富有同情心；他从不指望他人感激，但他却一直在施惠于人。

然而，契诃夫的冷静和超脱却使当时不少俄国知识分子感到愤怒而指责他漠视时代与社会，因为在他们看来，关注时代与社会是俄国作家的责任与义务。对此，契诃夫回答说，作家的责任是讲述真实的故事，至于如何做出反应，应该由读者自己去决定。他还坚持认为，不应该鼓动艺术家去处理具体的社会问题：

> 因为具体问题是由专家处理的。专家的责任才是处理酗酒问题，判断当前社会是好是坏，资本主义何去何从……

这话说得很有道理，我完全赞成。实际上，这也正好是英国文艺界近年来一直在讨论的一个问题，几年前我还曾就这个

---

[1] 科特林斯基：19—20世纪俄罗斯文人、翻译家。他1911年定居伦敦，经营文学杂志，并将陀思妥耶夫斯基和契诃夫等俄国作家的作品译成英文。

问题在全国图书联盟做过一次演讲。所以,我想只要从那次演讲中抄几段放在这里就可以了。

我经常阅读某周刊,因为它算是英国最好的周刊之一。有一次,我读到一组关于当代文学的评论,其中一位评论家的文章开头就说:"某先生不仅仅是个讲故事的人。"我看到"仅仅"二字,觉得就像吞了两只蟑螂,难受极了。于是,从那天起,我就再也不读那本周刊了,免得我会像但丁《神曲》里的保罗和弗兰切斯卡[1]一样被罚入地狱。这位评论家自己也是个有名的小说家,我虽然从来没有读过他的作品,但我想大概也是写得不错的吧。可是从他说的这句话里我得知的竟然是,他认为小说家不应该仅仅是小说家。

这种观点在当代作家中好像还很流行,就是认为处在我们这样一个混乱的时代,写小说如果只是为了使读者愉快地消遣消遣,这样的小说家是没有什么价值的。所以,这样的小说被人看不起,被称为"逃避现实",这大家都知道。其实,我觉得"逃避现实"这种说法,和"为钱写作"的说法一样,最好永远不要出现在文学评论家的文章里,因为所有的艺术都是对现实的逃避,莫扎特的交响乐、康斯特布

---

[1] 保罗和弗兰切斯卡:《神曲·地狱篇》里的人物,他们均为已婚之人,因读了亚瑟王传说中骑士朗斯洛和王后圭尼维尔的爱情故事而偷情,最终被罚入地狱。

尔[1]的风景画，都一样。我们读莎士比亚的十四行诗，或者读济慈的颂诗，如果不是为了愉悦，还有别的目的吗？为什么我们对诗人、作曲家和画家是这样，对小说家却要提更多要求呢？

其实，世界上根本就没有什么"仅仅是故事"这种东西。小说家讲一个故事，就算他只是想使读者喜欢这个故事，实际上他还是把他对生活的某种理解、某种看法传递给了读者。鲁德亚德·吉卜林在《山间故事集》里讲述关于印度平民和玩马球的英国军官及其家眷的故事，讲述得就像一个正派的年轻记者写的新闻稿，既真实又有点天真，很吸引读者。令人惊讶的是，当初没有一个人从这些故事里读出什么，只是把它们当作故事读，而如今呢，我们一读到这些故事马上就意识到：英国迟早会被迫放弃对印度的统治。契诃夫也是这样，尽管他保持冷静和超脱，只是如实讲述真实的故事，但读者读了他的故事显然会意识到当时俄国人生活中的残忍和无知、穷人的赤贫和堕落、富人的冷漠和自私，而这一切都意味着俄国将不可避免地发生一场暴力革命。

我想，绝大多数人读小说是因为没有别的事可做，想找点乐趣而已。这毫无疑问，但不同的人想要的乐趣却不尽相同，其中之一就是在小说中寻找自己熟悉的生活。现在

1　康斯特布尔：18—19世纪英国著名风景画家。

有那么多读者热衷于读安东尼·特罗洛普的《巴塞特郡纪事》,原因就是这部分读者大多属于中产阶级,而特罗洛普的书里讲的正是那时这一阶级的生活,所以这部分读者很容易就产生了共鸣。他们读到书中的人物布朗宁先生说"上帝就在天堂,人间处处美好",自然而然就有同感,甚至还有一种得意扬扬的满足感。时间赋予了特罗洛普的系列小说一种特殊的魅力[1]。我们读他的小说会觉得很有趣,也很诱人,颇有19世纪风俗画的味道:绅士们留着络腮胡子,穿着双排钮常礼服,戴着大礼帽;太太们一个个华丽多姿,戴着宽檐帽,穿着紧身圈环裙。而且,那些绅士和太太的生活真是令人羡慕,不管遇到什么事情,最后总是大团圆,人人称心如意——要是我们也能这样,那该多好啊!当然,也有部分读者,他们读小说是想看到新奇异样的生活。所以,讲述异国风情或者荒野历险的小说就成了他们最喜欢的热门书。大部分人的生活是枯燥乏味的,而沉浸在一个陌生而危险的小说世界里,哪怕只有几个小时,也足以使人兴奋一阵,从而暂时摆脱生活的单调与无聊。

我想,读契诃夫小说的俄国读者所感受到的乐趣肯定是英国读者无法感受到的,因为他们最熟悉契诃夫笔下那些

---

[1] 特罗洛普的小说刚问世时很受欢迎,其销量甚至超过狄更斯的作品,到了19世纪后期,却变得无人问津,几乎被人遗忘。但到了20世纪初,又赢得大量读者而红极一时。

活生生的人物。而英国读者呢，则会感受到契诃夫小说中的那种阴沉可怕的异国氛围，同时又感受到其中所含有的那种不寻常的、令人难忘的，甚至有点夸张的真实性。

只有天真无知的人才相信，小说家可以为小说读者提供有用信息，或者为我们如何为人处世提供咨询。实际上，小说家的秉性就决定了他是做不到这些的。小说家写小说不是为了说什么道理，而是通过感觉、想象，营造一个小说世界，因而他不会是客观而公正的。小说家无论是选择题材、设置场景，还是塑造人物，全都受制于他的偏见；他的作品所呈现的是他的经历、他的直觉、他的情感、他的个性和他的本能。他还虚构事实，有时他自己也不知道为什么要虚构，有时则很清楚虚构的目的。同时，他又会采用必要的技巧加以掩盖，使读者看不出他在"编造谎言"。亨利·詹姆斯曾坚持说，小说家应该使生活戏剧化。这话虽说不错，但不太好懂。他其实是说，小说家应该虚构故事，这样才能吸引读者。谁都知道，亨利·詹姆斯自己就是这么做的。当然，科学著作和理论著作是不能虚构事实的，所以，如果你关心的是具体的现实问题，那么——就如契诃夫所建议的——你应该去读相关的专题论著，而不应该去读小说。小说家的本职不是指导读者，而是娱乐读者。

亨利·詹姆斯的小说

一

我觉得，亨利·詹姆斯一点也不了解人是怎么活的；他写出来的人物既没有肠胃，也没有性器官[1]。他的小说有些是写知识分子的，据说有人读了之后提出抗议，认为知识分子其实并非像他写的那样，他反驳说："我没有丑化知识分子，倒有点美化了！"他也许并不是他自认的现实主义者，这一点我虽然不敢肯定，但我想他一定觉得《包法利夫人》[2]是一部极其恐怖的小说。马蒂斯[3]有一次向一位夫人展示他的一幅裸体女人画，那位夫人看了之后惊恐地对他说："女人不是这样的！"马蒂斯回答说："夫人，这不是女人。这是一幅画。"我想，如果有人大胆向亨利·詹姆斯提出，他的小说脱离生活，他同样会回答说："先

---

1 此处的"肠胃"和"性器官"喻食欲和性欲，即人的基本欲望。
2 《包法利夫人》：福楼拜的代表作，一般被认为是一部典型的现实主义小说。
3 亨利·马蒂斯：19—20世纪法国画家，"野兽派"代表人物。

生，这不是生活。这是小说。"

关于这个问题，亨利·詹姆斯自己曾在小说集《大师的教训》的序言中阐述过。可惜那篇序言写得很难懂，我读了三遍，仍然不敢说完全读懂了。我揣摩其要点，大概是这样的：面对"几乎全然是无聊与痛苦的生活"，对一个小说家来说，最普通的做法就是去寻找"某些和这种生活相对立或者逃避这种生活的人，以此作为范例"而创造出"和这种生活相抗争"的人物形象。然而，他在现实生活中却找不到这样的范例，所以他只能凭借自己的想象力来创造这种人物形象。在我看来，就算要这样来创造人物形象，小说家也必须使他们具有某些基本的人类共性；否则的话，他再怎样塑造他们的个性，也很难使读者信服。当然，这是我个人的观点，任何人都可以表示反对。譬如德斯蒙德·麦卡锡[1]，他每次到里维埃拉来看我，都会和我谈论亨利·詹姆斯的小说，而且谈论很长时间。我现在的记忆力已大不如前了，但我仍然记得，德斯蒙德·麦卡锡不仅是个态度和善的伙伴，还是个言辞犀利的评论家。他知识很广博，对世事也很通达，这是很多评论家没有的优点。他写的评论虽然范围有限（他对造型艺术和音乐一点不感兴趣），但都有条有理，因为他知识广博、通达世事。记得有一次晚饭后，我们几个人坐在客厅里聊天，我大胆地说了一句：亨利·詹姆斯

---

[1] 德斯蒙德·麦卡锡：19—20世纪英国评论家，以其对亨利·詹姆斯的评论而出名。

的小说虽然细节描写很精巧，但故事情节大多很单调，而且都差不多[1]。德斯蒙德·麦卡锡当即就表示强烈反对，因为他是亨利·詹姆斯的崇拜者。我想戏弄他一下，就灵机一动，当场编了个故事，取名"标准亨利·詹姆斯式故事"。这个故事我现在还记得，大体是这样的：

> 毕林普上校和夫人住在朗兹广场的一幢豪宅里。今年冬天，他们到里维埃拉去住了一段时间，并在那里结识了一个名叫（这时我想了一想）勃莱莫顿·费雪尔的美国朋友。费雪尔夫妇很富有而且很大方，不仅款待了毕林普夫妇，还带他们到拉摩托拉、艾克斯和阿维尼翁去游玩，而且一定要支付全部费用。
>
> 毕林普夫妇返回英国后，也热情邀请他们的美国朋友到伦敦来旅游。那天早上，毕林普夫人从《晨报》上得知[2]，费雪尔夫妇已经到达伦敦，住在布朗酒店。显然，毕林普夫妇应该回报费雪尔夫妇的盛情款待。

---

[1] 这其实正是亨利·詹姆斯致力于小说改革的要点，即小说不依赖故事情节，仅靠小说家的叙述技巧吸引读者，这样小说才能成为一门真正的艺术。但小说又不可能完全没有故事情节，所以，亨利·詹姆斯淡化了故事情节。然而，毛姆是讲故事的老手，而且主张故事情节是小说的核心，所以对亨利·詹姆斯的小说也就不以为然了。

[2] 这是当时欧美上层人士的一种做法，到达某地后就在当地报纸上登一条消息，当地若有人要见面，先前往宾馆拜访，然后再商定正式会见。

三　小　说

正当他们商量着怎么招待客人时，有位朋友来访，此人名叫霍华德，是居留英国的美国人，他对毕林普夫人一直怀有一种柏拉图式的爱慕之情。毕林普夫人当然对他的追求从未有过回应，他的追求其实也不怎么迫切。不过，两人的关系还是很微妙。霍华德是在英国住了二十年的美国人，可说比英国人更像英国人。社会名流他都认识，全国各地他都去过。毕林普夫妇于是就跟他谈起他们结识费雪尔夫妇的事情。

毕林普上校想为远道而来的客人举办晚餐会。毕林普夫人对此犹豫不决，因为她觉得费雪尔夫妇是他们在国外认识的朋友，彼此都很有好感，这次在伦敦重聚，要是招待不当，关系可能就会有变；如果举办晚餐会，邀请费雪尔夫妇和他们的一些体面朋友见面，那些朋友固然都很体面，就怕他们会觉得费雪尔夫妇庸俗无聊，这样一来，那对可怜的美国夫妇就会觉得自己和他们夫妇不是"同一路人"。

霍华德很赞同毕林普夫人的担忧，说凭他过往的经验，像这样的晚餐会几乎无一例外没有什么好收场，都是不欢而散。

"那么，可不可以单独请他们夫妇吃顿晚饭？"毕林普上校说。

毕林普夫人还是犹豫不决，觉得这样的话，费雪尔夫妇会不会认为自己受了怠慢，或者会不会认为他们没有体面的朋友可以引见。于是，毕林普上校又建议带费雪尔夫妇去看戏，然后到萨伏伊饭店用晚餐。不过，这样好像也不妥当。

"我们总得做点什么。"毕林普上校说。

"是啊，我们总得做点什么。"他的夫人应和着。

其实，毕林普夫人是希望她的丈夫不要插手这件事。毕林普上校虽然具有皇家禁卫军上校的所有优良品质，他的"优等服役勋章"也不是骗来的，可是一旦事关社交活动，他就变得一塌糊涂。所以，毕林普夫人觉得这件事应该由她和霍华德来商量决定。既然这样，一直到第二天早上，这件事仍然没有结果，毕林普夫人打电话给霍华德，约他傍晚六点过来喝茶，因为此时她丈夫正在俱乐部打桥牌。

霍华德来了，可是也没有商量出一个结果来。此后的几个星期，毕林普夫人和霍华德一直在反复权衡利弊，从每个角度、每种立场加以斟酌。各种想法都提了出来，都讨论到最最细微处，仍没法做出决定。然而，最终解决问题的竟然还是毕林普上校，这谁能想到？

有一次，上校夫人和霍华德正在商量此事，正当他们商量得头昏脑涨、几乎要绝望时，上校意外地出现了。

"为什么不到宾馆去递张名片呢？"上校说。

"对啊！太对了！"霍华德大声回答。

毕林普夫人惊喜之余也终于舒了口气。她自豪地朝霍华德看了一眼。她知道霍华德看不起毕林普上校,认为他个自以为是的笨蛋,根本配不上她。她这一眼的意思就是:"你看,这就是真正的英国男人,不算太聪明,也不太会说话,但他值得信赖,因为到了紧要时刻,他总能做出正确决定。"

一旦前景明朗,像毕林普夫人这样的女人是从不犹豫的。她马上通知管家,叫他马上把汽车开过来。她还换上一条最时髦的裙子,戴了一顶崭新的帽子,以表示对费雪尔夫妇的敬重。就这样,她手里拿着名片盒,上了车,直往布朗酒店而去——可是,人家却告诉她,费雪尔夫妇今天一早就出发到利物浦去了,准备在那儿乘豪华邮轮回纽约。

德斯蒙德·麦卡锡很不舒服地听完我的这个戏谑故事后,冷冷地呵呵一笑,说:"可是,我可怜的威利[1],你错了,亨利·詹姆斯要是来写这个故事,一定会写到圣保罗大教堂的古朴庄重、圣潘克拉斯老教堂的阴森可怕,还有……还有沃本修道院被尘封的金碧辉煌。"

他一说完,其他人顿时哄堂大笑。我给他倒了杯威士忌加苏打水。这时天色已晚,大家嘻嘻哈哈地道过晚安后,各自回卧室睡觉去了。

---

[1] 威廉的昵称,毛姆全名威廉·萨姆塞特·毛姆。

二

尽管亨利·詹姆斯那么留恋英国[1]，但我相信他并没有真正融入英国。他在英国始终是个友好而又相当挑剔的外国人。他不可能像英国人那样本能地了解英国人，因而在我看来，他笔下的英国人总有点不那么真实。不过，他笔下的美国人倒是大体上真实的——至少在英国人看来是这样的。亨利·詹姆斯有一些了不起的天赋，但他没有换位思考和换位感受的能力，而作为一个小说家，只有通过换位思考和换位感受，才能深入人物的内心，想人物所想，感人物所感。据说，福楼拜在写到包法利夫人自杀时竟然呕吐了，好像是他自己吞下了砒霜。我无法想象亨利·詹姆斯在写到类似情景时会有同样反应。譬如在《〈拜尔特拉费奥〉的作者》这个短篇小说中，一个母亲竟然看着自己年幼的独生子死于白喉而不管，就因为她对丈夫的作品极其反感，不想让儿子受它们的毒害。任何能真切地想象母爱、想象孩子在病床上痛苦挣扎的人，都不会写出这样残忍的小说。这种小说，法国人称为"纯文学"，英语中没有严格对应的词语，若效仿"作家痉挛"[2]的说法，或许可以称作"作家自说自话"。也就是说，这种小说纯粹出自作家自身的目的，真实

---

[1] 亨利·詹姆斯出生于美国，后移居英国并加入英国国籍。
[2] "作家痉挛"意即手指痉挛，因为作家总用手指握着笔写作。

亨利·詹姆斯眼神犀利

不真实、可能不可能都无所谓。譬如，有个小说家想知道谋杀到底是什么感觉，于是就塑造出这样一个谋杀犯主人公，他实施谋杀的唯一动机就是想知道谋杀到底是什么感觉。这就是"纯文学"。一般人实施谋杀总有各种现实动机，不会只为了体验谋杀有什么感觉。伟大的小说家总是对生活充满热情，实实在在地活在人群中，哪怕在离群索居时，也不会放弃生活。然而，亨利·詹姆斯却总是满足于透过窗户观察生活。实际上，除非你亲身体验，亲自成为生活悲喜剧中的一员，否则你永远不可能令人信服地描写生活，你的作品永远会有欠缺。小说家不管用怎样的写实手法，都不可能像印刷品一样把生活准确地复制出来。他通过人物和人物经历描绘出来的是某种生活草图，如果他的人物具有和读者一样的心理、感情和缺陷，如果他的人物经历符合自身的性格特点，那么他就有可能使读者相信他的人物，从而接受他所描绘的生活草图。

亨利·詹姆斯虽然对亲戚朋友感情至深，但这并不能说明他具有真正的爱心。每当他的长篇或短篇小说涉及这一人类最深沉的情感时，他总是显得那么迟钝。尽管他很能逗人感兴趣（逗人感兴趣的是作者而不是他的作品），但你时不时地总会有一种不真实的感觉，因为他所描述的人物举止和一般人的行为方式不符。所以，你没法像对待《安娜·卡列尼娜》或《包法利夫人》那样认真对待亨利·詹姆斯的小说。读他的小说时，你总情不自禁地想笑，心里总有这样那样的疑惑，就像读王政复辟时期的剧本一样[1]（这个类比不像看上去那么唐突，如果康格里夫写小说的话，他很有可能会写出像亨利·詹姆斯的《梅西知道什么》那样一团混乱的色情小说）。亨利·詹姆斯的小说和福楼拜或者托尔斯泰的小说之间的差别之大，就如把康斯坦丁·盖伊斯[2]的画和杜米埃[3]的画加以比较。康斯坦丁·盖伊斯画中的漂亮女人雍容华贵，坐着华丽的马车驶在波伊斯大街上，但她们的衣裙里面是空空荡荡的，没有肉体。她们看上去很迷人，却像梦一样虚幻。亨利·詹姆斯的小说就像老宅子阁楼上的蜘蛛网——纤细、精巧，令人眼花缭乱，但随时都可能被女仆用一把叫"常识"的掸帚狠狠地掸落下来。

---

[1] 毛姆认为，亨利·詹姆斯的小说和王政复辟时期的剧本有点像，都有点"做作"。王政复辟时期即17世纪清教革命失败后的斯图亚特王朝复辟时期（1660—1688），国王为查理二世。
[2] 康斯坦丁·盖伊斯：19世纪法国印象主义画家。
[3] 奥诺雷·杜米埃：19世纪法国现实主义画家。

三

我写此文不是专门为了批评亨利·詹姆斯的小说,但我没法只谈亨利·詹姆斯这个人而不谈他的小说创作。两者没法分开。他作为小说家的倾向中含有他的个人性格。对他来说,小说创作给了他生活的意义,但除了小说创作,他对其他艺术都不太有兴趣。戈斯[1]动身去威尼斯之际,亨利·詹姆斯叮嘱他一定要到圣卡夏诺去看看丁托列托[2]的《耶稣受难像》。他为什么要推荐这幅精致得有点做作的画,而不推荐提香的名画《进献童贞马利亚》或者委罗内塞[3]的《耶稣在利未家》,我觉得并不奇怪。凡是认识亨利·詹姆斯的人,在读他的小说时都会情不自禁地想到他这个人。他写的每一行字都表现出他的个人风格,尤其是他的后期作品,其风格简直令人反感——笨拙的法语句式、大量堆砌的形容词、繁复无度的比喻、臃肿浮华的长句[4]——但你不得不接受(不是心甘情愿,而是不得已),因为这些都是作者自身性格的一部分,它会使你想起这个高雅、善良而又浮夸得有点好笑的人。

---

1 埃德蒙·戈斯:19—20世纪英国学者、评论家,著作颇丰,包括《十八世纪文学史》《英诗颂歌体》等。
2 丁托列托:16世纪意大利威尼斯画派画家。
3 保罗·委罗内塞:16世纪意大利威尼斯画派画家。
4 这其实仍和亨利·詹姆斯的小说改革有关,因为他放弃了故事情节,要用这些取而代之。至于效果,那就仁者见仁、智者见智了。

我总觉得，亨利·詹姆斯的朋友圈子对他很不利。他的那些朋友其实都很自私，都把自己看作是亨利·詹姆斯唯一的知心朋友。所以，他们就像一群争抢骨头的狗一样争抢对亨利·詹姆斯的膜拜权，一旦怀疑有人威胁到他们在偶像前的这种特权，他们就会发出低沉而愤怒的吼声。这对亨利·詹姆斯实在没什么好处。在我看来，这群人常常显得愚不可及；他们会咯咯地傻笑着相互低声耳语：亨利·詹姆斯私下说，《奉使记》里的那个寡妇，其实是靠做尿壶生意发财的，只是出于礼貌，他才没有直接写出来——但我一点也不觉得这有什么好笑。当然，朋友们如此崇拜他，如果说这是亨利·詹姆斯主动要求的，那恐怕对他不太公平，但他对此显然沾沾自喜。英国作家一般不像他们的法国同行或者德国同行，并不喜欢摆架子，在他们看来，像"尊敬的市长先生"似的装腔作势简直荒唐可笑。但也许是因为最先接触的是一些法国名作家，亨利·詹姆斯对仰慕者的顶礼膜拜不仅不觉得别扭，还视为理所当然。在这方面，他还很敏感，一旦觉得自己没有受到应有的崇拜，就会勃然大怒。有一次，我的一位年轻的爱尔兰朋友想在周末到亨利·詹姆斯的希尔庄园去见见他。庄园女主人亨特夫人告诉亨利·詹姆斯，这是个才华出众的年轻人，于是亨利·詹姆斯在周六下午接见了他。交谈中，我的朋友脾气急躁，被亨利·詹姆斯讲话时的字斟句酌弄得有点烦了，最后忍不住说："噢，詹姆斯先生，我是个无足轻重的人，您用不着这么郑重，随便对我怎么说都可以。"亨利·詹姆斯又惊又怒，马上对坐在一旁的亨特夫人说，这个年轻人不懂礼貌，亨特夫人马上责备这个年轻人，还要他向詹姆斯先生道歉，他照办了，这才免于尴尬。还有一次，威尔斯夫人把亨利·詹姆斯和我哄到了一场舞会上，那舞会其实是以她丈夫 H. G. 威尔斯[1]的名义举办的慈善舞会，与会者都要捐款。其间，威尔斯夫人、亨利·詹姆斯和我坐在舞池旁的一个包厢里交谈，当亨利·詹姆斯正在说话时，有个年轻人莽撞地闯进来，一把抓住威尔斯夫人的手，大声说："威尔斯夫人，来跳个舞吧！你一定不喜欢坐在这儿听这个老头儿说个没完。"这当然太不礼貌了，威尔斯夫人紧张地瞟了亨利·詹姆斯一眼，满脸尴尬地挤出一个微笑，然后就跟着那个莽撞的年轻人走了。对此，亨利·詹姆斯本可以明智地一笑了之，但他太不习惯别人这样对待他了，不由得大为恼火。等威尔斯夫人一回来，他马上起身告辞，还故意很有礼貌地对她道了晚安。

当一个人离开母国移居到他国时，往往容易接受当地人的缺点，而不是优点。亨利·詹姆斯所移居的英国，等级意识很强，这和他在小说中对下层人物的贬低在我看来不无关系。对亨利·詹姆斯来说，一个人需要为生计奔波简直是不可思议的，除非他是个艺术家或者作家。我想，当他写到一个底层人物的死亡时，通常只会淡淡地一笑。他自己出生于富豪之家。他居

---

[1] H. G. 威尔斯：19—20世纪英国作家、政治家和历史学家，《时间机器》是其代表作。其妻子原名凯瑟琳，后更名为简。

住在英国的时间一久,就会注意到英国人眼中的美国人都是差不多的,这又进一步增强了他的等级意识[1]。他有时会发现那些来自密歇根州或者俄亥俄州的暴发户也照样有人对他们大献殷勤,好像他们来自波士顿或者纽约的显赫世家似的。因而,为了表明自己的高贵出身,他常常夸大自己在美国的社会地位。有时,他还会犯一种荒唐的错误,把某个讨得他一时喜欢的年轻人夸奖得天花乱坠,而事实并非如此。

如果我所说的这一切——我想我说得并不恶毒——让人觉得亨利·詹姆斯有点荒唐的话,那我声明,这是他留给我的印象。我觉得他把自己看得太重了。一个人如果不停地对你说他怎么怎么了不起,你免不了要瞪他一眼。我想,亨利·詹姆斯如果不是那么频繁地自称为艺术家[2]的话,或许他还能讨人喜欢一些——这话最好还是留给别人去说。不过,亨利·詹姆斯确实是个文质彬彬的君子,心情好的时候还不乏风趣。他具有非凡的天赋。虽然我认为他误用了自己的天赋,但那是我个人的看法,我也不要求别人赞同。不管怎样,他最后的几本小说尽管写得不很真实,但可读性确实很强。这一点,除了经典杰作,其他小说是无法比拟的。

---

[1] 意即他特别想表明自己是出身豪门的美国人,而不是一般的美国人。
[2] 这仍和亨利·詹姆斯的小说改革有关,因为他致力于使小说成为艺术,使小说家成为艺术家,而在当时,小说通常就是讲故事,缺乏规则和技巧,所以并不被认为是可以和诗歌、戏剧、音乐、绘画相提并论的艺术。

四 其他

英国散文的两种风格

17世纪最后二十五年，英国散文风格发生了很大改变——这变化有多大，只要比较一下霍布斯和约翰·洛克[1]或者弥尔顿和艾迪生[2]的文章就明白了。霍布斯的文章洋洋洒洒，但不免啰唆而零乱；洛克的文章虽不免呆板而冷漠，但严谨而清晰；弥尔顿的文章慷慨激昂，但读之令人生厌；艾迪生的文章虽有随意散漫之嫌，但轻松而优雅。有人说，这种文风的变化，很大程度上是当时逃亡到法国的保皇派文人[3]造成的。我虽不了解具体情况，但也知道当时大概是这样的：那些保皇派文人流落异乡，无法再为失势的君王效劳，却从法国文人那里学到了一种清晰简明的写作风格。后来，王政复辟，他们回英国后常在咖啡馆聊天，于是又有意无意地用聊天时的浅显语言来写文章。

---

1 托马斯·霍布斯：17世纪英国政治哲学家，代表作有《利维坦》等。约翰·洛克：17世纪英国哲学家，代表作有《政府论》《人类理解论》等。
2 约瑟夫·艾迪生：17—18世纪英国散文家，与同为散文家的好友创办《旁观者》杂志，开创英国近代散文。
3 17世纪英国清教革命时期，国王被推翻，许多拥护国王的文人、作家纷纷逃亡到法国。后来王政复辟，他们又回到英国。

就这样,英语书面语变得通俗、简洁而自然了。德莱顿[1]曾说:

> 如今已不大有人懂得用文言来写作的各种规矩了,就是绝顶聪明的人也要经过一番古文学的训练才行。他既要熟读经典作家的经典之作,还要熟知人情世故、礼仪礼节和上流社会的言谈举止。总之,既要有学问,又要通世事。

这话说得句句有理。托马斯·伯奇[2]在其《坎特伯雷大主教约翰·蒂乐生传》一书中说:

> 德莱顿先生很乐于承认,他如果真有什么了不起的文学才能的话,那也是因为他熟读了蒂乐生大主教的大作所得。还有斯威夫特[3]博士,他独具慧眼,在蒂乐生大主教当初还是一个刚入圣职的年轻人时,就在一封信中称赞这个年轻人"出类拔萃"。

托马斯·伯奇还说:

> 艾迪生先生认为,蒂乐生大主教的文章可用作衡量文

---

1 约翰·德莱顿:17世纪英国王政复辟时期最显赫的诗人、剧作家、评论家,著有政论诗《押沙龙与阿奇托菲尔》和剧作《格拉纳达的征服》等。
2 托马斯·伯奇,18世纪英国诗人、散文家。
3 乔纳森·斯威夫特曾任都柏林圣帕特里克大教堂主教。

章好坏的标准,所以他把蒂乐生大主教的布道文当作范例。还有约翰逊博士,由于时局变化,安妮女王[1]登基后他被解除公职,于是就悉心去编纂那部英语词典,而在那部词典中,他也把蒂乐生大主教布道文中的词句用作例句。

德莱顿、斯威夫特、艾迪生,这三位大散文家的文章大概是无人可比的,而若他们也曾得益于蒂乐生的布道文,那么仅凭这一点,就足以表明蒂乐生有多么重要了。就是说我们今天的散文风格依然深受这位大主教的影响,大概也不为过。

英国散文有两种风格:一种是平实简朴的,一种是典雅华丽的。在文学史上,典雅华丽风格的代表就是托马斯·布朗[2]爵士,还有杰里米·泰勒[3]的那部名作——《死得崇高》。这两位的文风之华丽,没有人会愚蠢地予以否认。仅仅称他们"写得出色",等于是贬低他们。至于平实简朴的风格,其代表是约翰逊博士和吉本。当然,有关这几位的评价,历来是有分歧的。有些偏执之人甚至把他们说得一钱不值。实际上,我觉得这四位的文章就如毒品,多尝几口就会上瘾,而一旦上瘾,便难以自拔。他们的文章不管写得多么浮华,或者多么平淡,总有读

---

[1] 安妮女王:1702—1714年在位的英国女王。
[2] 托马斯·布朗:17世纪英国作家、文体家,著有《一个医生的宗教信仰》等。
[3] 杰里米·泰勒:17世纪英国基督教圣公会教士、散文家,代表作有《预言的自由》和《死得崇高》等。

者会读得津津有味、其乐无穷。平实简朴和典雅华丽这两种风格，很难说谁是谁非。风格只有品位之别，没有是非之分。不过，在我看来，平实简朴比典雅华丽更适合描述平常事物。如果你的文章所关注的，是面包加黄油，而不是美味果酱[1]，那就应该避免典雅华丽，这样才能使你的文章更有说服力。举例来说，杰里米·泰勒的《预言的自由》和《死得崇高》这两本书，读者不妨比较一下。《死得崇高》写得典雅华丽至极，各种玄妙的意象层出不穷，而《预言的自由》则写得平实简朴、明明白白。当然，文学写作不免要受时代语言习惯的影响，所以这本书今天读来像是海军部的军情报告。在这本书里，杰里米·泰勒写的是他的亲身经历。他曾生计艰难，财产被没收，房子被强占，一家人流离失所。后来，他辗转到南威尔，那里的显贵——卡伯里伯爵收留他当私人牧师，他这才得到栖身之所，将妻儿接来团聚。不过，虽有栖身之所，工资却很微薄，据说还不按时发放。就在此种境遇下，他写了《预言的自由》一书。当时他生活艰辛、前途渺茫，唯一能倚仗的是卡伯里伯爵捉摸不定的施舍。因此，虽然如埃德蒙·戈斯所说，华丽文风是"杰里米·泰勒的特色所在"，他的这本书里却没有任何"华丽意象"——这是情理之中的。这本书写得简洁明了，不但不华丽，甚至还有点枯燥；主题也很简单，几句话就能概括——这

---

[1] 面包加黄油喻平常事物，美味果酱喻不平常事物。

一点,我觉得斯图亚特王朝[1]早期的一位历史学家说的几句话,可谓此书主题的最好概括。他说:

> 无论是对宗教,还是对其他事物,理性是终极评判标准;而现如今,理性几乎已成了每个人的天性,因此对宗教有不同看法是很自然的。既然谁也不能肯定自己的看法比别人的看法更正确,那么对非正统的看法加以压制显然就是错的,因为没有任何正当理由证明非正统的看法是不正确的。

还有比这更明智的明智之言吗?

《预言的自由》写于1646年,《死得崇高》写于1651年。这几年间,杰里米·泰勒一直住在卡伯里伯爵的乡间别墅"金树林"里,他的精神支柱就是他所尊敬的伯爵夫人,一个聪明、善良而又不乏勇气的女人。她婚后十五年里一直不断怀孕生子,生到第十个孩子时竟命绝归天,那是在1650。第二年,杰里米·泰勒的妻子也随之而去。不用猜测,就是这两个女人之死,促使他写了《死得崇高》一书。毋庸置疑,这是一部旷世杰作。批评家无不称赞此书的文辞之典雅、意象之奇谲,称其为"具有永恒之美的华丽篇章"。此书风格和《预言的自由》截然不同。在《预言的自由》一书中,他所关注的是他自己的遭遇,

---

[1] 指18世纪初安妮女王统治时期。

他的目的不是渲染,而是陈述;而在《死得崇高》一书中,他全然表现出了一种更为难得的天赋——抒发悲情的天赋。失去可敬的伯爵夫人和心爱的妻子,他肝肠俱裂、痛苦万分,这可想而知,但令人惊讶的是,他竟然能以天才的想象力把自己的悲痛化作音乐般美妙的文辞和层出不穷的奇妙意象,把自己对死者的追思铸造成一座不朽的丰碑,从而获得心灵的慰藉。这是富有创造力的艺术家拥有的特权,珍贵无比的特权,即在艺术创作中化解人生的痛苦。

不过,关于散文的这两种风格,我总觉得平实简朴要比典雅华丽更为可行,也更为读者看好。典雅华丽若能达到出神入化之境,固然也能流芳百世,但能达到这种境界的人,实在少而又少。在整个文学史上,我看也只有我在前面提到的那两位达到了这种境界,其他以这种风格写作的人,因为天资略差,恐怕都要被时间所淘汰。譬如上世纪[1]中期的托马斯·德·昆西[2],有不少评论家认为他是散文大师中的大师,称他以无与伦比的方式创造了一种既细致入微又典雅华丽的散文风格,而且把这种风格发挥到了极致。但在我看来,他的文章大多写得矫揉造作、华而不实。还有理查德·阿尔丁顿先生在前几年编辑出版过一本19世纪的诗文集,书名是《美之宗教》,其中的诗歌

1　指19世纪。
2　托马斯·德·昆西:19世纪英国作家、评论家,重要著作有《一个英国瘾君子的自白》等。

今天读来仍不失当初的魅力，但那些文体家——如乔治·梅瑞狄斯、沃尔特·佩特、麦克斯·比尔博姆[1]——写的散文，其典雅风格不得不说已经过时。譬如，《理查德·费勒维尔的磨难》[2]中费迪南德和米兰达见面时的那段做作的场景描写，今天读来都会让人觉得很尴尬；还有沃尔特·佩特的《美学诗歌》中的那些段落，则给人"食之无味，弃之可惜"之感。作者有想象力，但缺乏灵感；写得很卖力，但不讨好。当然，这部诗文集中也有几篇至今仍值得一读的文章，譬如阿瑟·西蒙斯[3]写可怜的恩斯特·道生[4]的那篇文章就写得很好，但不是典雅华丽的，而是平实简朴的。

---

1 麦克斯·比尔博姆：19—20世纪英国散文家、讽刺作家和漫画家，代表作为小说《朱莱卡·多布森》等。
2 《理查德·费勒维尔的磨难》：梅瑞狄斯的著名长篇小说，出版于1859年。
3 阿瑟·西蒙斯：19—20世纪英国诗人、评论家、杂志编辑。
4 恩斯特·道生：19世纪英国诗人、小说家，二十多岁时因失恋及父母病故而穷困潦倒、精神崩溃，三十二岁便死于酗酒。

好的散文有三个特点

不知道是因为无意识地喜欢散文写作呢,还是因为天生喜欢做事有条有理,我很关注奥古斯都时期[1]的散文作家。斯威夫特的散文使我入迷,我认定他的散文是最完美的,所以我像看待杰里米·泰勒一样看待他。我读了他的《桶的故事》。据说,这位教士晚年重读自己的这本书时曾惊叹道:"那时我多么有才啊!"我倒觉得,他的其他几本书写得更有才。《桶的故事》是个读来并不怎样的寓言故事,但它的文体却使你不得不佩服。我想不出还有哪种文体比它更好:没有华丽的词语,没有巧妙的措辞,也没有夸张的形容,只有朴实的词语、谨慎的措辞和直白的描述。这才是高品位的文体,既不故弄玄虚,也不哗众取宠。粗看上去,他好像写得随随便便,但由于他感觉敏锐、思维清晰,随随便便写出来的,竟是最恰当的词句。这种看似随便、实则严谨的文体,源于他的人品和修养。我曾大段大段抄录他的词句,看熟后再默写出来。我还曾想改写他的词句,

---

[1] 即英国文学史上17世纪后半叶至18世纪初的古典主义时期,当时的散文作家以及剧作家都讲究"仿效典范"(即古希腊罗马文学),故称古典主义。

看看哪里可改一个词语，哪里可改一下语序。结果发现，他的词语是最确切的，他的语序是最顺畅的，都不能改——真是毫无瑕疵的完美文体！

但是，完美也有不好的地方，那就是容易使人厌倦。斯威夫特的散文就像一条法国运河，笔直通畅，两岸整齐地种着白杨树，周围是一片田园风光。在这条运河上行驶，你只感到平稳而舒适，既不会摇晃，也不会颠簸。你读啊读，一点障碍也没有，没多久你就会有倦意。于是，尽管你佩服斯威夫特的文章写得清晰明了、流利通畅，但你仍会心不在焉，除非你被他讲的事情所吸引。我想，如果做过的事情能重做的话，当初我不应该花那么多时间去研读斯威夫特的散文，而应该把时间用在德莱顿身上。我是做错事后才发现德莱顿的。他的散文不像斯威夫特的那样完美，也不像艾迪生的那样优雅，但非常感人，有一种春天的感觉，适度惬意、轻松快活。德莱顿作为一个不错的诗人，虽然很少被人认为他有写抒情诗的天赋，但奇怪的是，他的散文却写得很抒情，而且抒的是一种温柔之情。在他之前，英国散文是从不这样写的；在他之后，也很少有人这样写。他是一个享乐时代的产物。詹姆斯一世时代[1]醇厚圆熟的语言深入他的骨髓，再加上从法语中学来的轻捷雅致[2]，他所使用的那种语言，既可表达严肃主题，又可表达即兴随想。他是英

---

[1] 即17世纪初（1603—1625）斯图亚特王朝的詹姆斯一世统治时期。
[2] 17世纪英国文学深受法国文学影响，几乎所有英国诗人和文人都学法语。

国第一位洛可可[1]艺术家。如果说斯威夫特的散文像一条法国运河，那么德莱顿的散文就像一条英国河流，它轻快地绕过山峦，穿过宁静而繁忙的小镇，紧挨着一个村庄，形成一片波光粼粼的湖泊，接着又水声汩汩地穿过一大片树林。它生机勃勃、变化万千，散发着英国郊外的那种令人欢愉的气息。

研读斯威夫特和德莱顿的散文，对我确实大有好处。我比以前写得好多了，但还不够。我写得还有点生硬，还不够洒脱。我总想形成自己的语言风格，而没有意识到自己写出来的东西太做作。我总想学斯威夫特的遣词造句，而没有意识到，他那种18世纪的语句由我这个20世纪的人写出来是极不自然的。我竭力想学斯威夫特，结果就是达不到他那种效果，这使我更加对他佩服得五体投地。后来，我写了许多剧本，脑子里除了想人物对话，别的都不想了。这样五年后，我又开始写小说。那时，我已经不想做什么文体家了，也不再想写出完美无缺的散文。我只想朴实无华地尽量用直白、自然的语言写作。我只想把我要讲的事情讲清楚。一开始，我就定下了一个很难达到的目标，那就是尽量不用形容词。因为我觉得，如果用确切的名词、动词讲得清楚，就没有必要啰里啰唆地用什么形容词了。所以，我自己也知道，我的书读起来就像一封长而又长的电报，因为要写得简洁明了，我把可用可不用的词统统省略了。

---

[1] 洛可可本指18世纪西欧的一种轻快雅致的装潢风格，后用作轻灵、巧妙的同义词。

自那以后，我又写了许多其他的书，尽管我不再大量研读以往那些散文大师的范文（就是我想读，精力也不够），但我仍努力把文章写得更好。我知道自己的局限，对我来说，唯一的明智之举，就是在自己的局限范围内尽力而为。我知道我没有多少抒情才能。我的词汇量很少，虽曾努力增加，但效果不佳。我对隐喻几乎一窍不通，明喻也很少有独到之处。诗意盎然、浮想联翩，就更加不谈了，不是我所能及的。我很羡慕别人有这种才能，就如我羡慕别人的绝妙比喻、别人的语言暗示能力；但我一点也不想学，因为要学自己不擅长的东西，实在太累。再说，我也并非一无是处，譬如，我的观察力就比较敏锐，别人看不清的东西，我一眼就能看清，而且还能明白无误地表达出来。还有，我对声音的感知能力也比较强，虽然我对别人字斟句酌的言谈不能一下子弄明白其中的字面含义，但我却能立刻从他的语气语调中听出他的用意何在。我知道我永远不可能写得像我希望的那样好，但我觉得，只要我努力，我可以在我力所能及的程度上把散文写好。所以，我就想，我应该在三个方面努力，即要把散文写得清晰、简洁、动听。我觉得，好的散文应该有这三个特点。下面就依次来谈谈它们的重要性。

一、清晰

对于那些文风艰涩的作家，我向来没有多少耐心。其实，只要你去读读那些大哲学家的著作，你就能知道，最深奥的哲理也是可以清晰地表达出来的。你或许会觉得休谟[1]的书很艰深——是的，如果你从未接触过哲学，那确实会一头雾水、不知所云，但只要是受过一定教育的人，每一句话都能看得明明白白。还有贝克莱[2]的书，更是写得既清晰又典雅，很少有英国作家能写出这样的书。那么，散文作品又为什么会写得含混不清、令人费解呢？无非就是两种情况：一是作者疏忽大意；二是作者有意为之。

第一种情况，往往是因为作者没有下功夫，不知怎样才能把文章写得明白易懂。譬如，你经常可以看到，有些现代作家，甚至文学批评家，他们的文章写得很难读懂。这真是怪事一桩！本来，这些终身致力于文学事业的人，理应对文字表达有足够的修养，即便写出来的东西不怎么优美，至少也是清晰可读的。没想到，你竟会发现，他们写的文章至少要读两遍才能弄懂他们究竟想说什么，有时，你甚至还不得不猜测它们的意思。这其实并非作者卖关子，而是没有把话讲清楚，或者不懂怎样把话讲清楚。还有一个原因，不是作者没有讲清楚，而

---

[1] 大卫·休谟：18世纪英国哲学家、历史学家、经济学家，其思想对西方近现代理论产生很大影响，著有《人性论》《人类理智研究》等。
[2] 乔治·贝克莱：18世纪英国哲学家，主观唯心论的主要代表，其哲学标志着英国经验论的一个转折点，对后来英国和西方哲学产生了很大影响，著有《视觉新论》《人类知识原理》等。

是他自己没有想清楚,所以讲不清楚。他对自己想要讲的事情只有一个模糊印象,又由于智力有限,或者生性懒惰,在没有把要讲的事情想清楚之前,就稀里糊涂、乱七八糟地写出来了。这样写出来的东西,别人看得懂才怪呢!这在很大程度上是因为作者写作前没有完全想好,而是边写边想,即所谓"笔杆里的脑袋"。这样做的危险——确实,这是写作者必须时常提防的危险——就是写出来的东西会像鬼魂出现一样,恍恍惚惚、似有似无,别人看了也会觉得缥缥缈缈、神经兮兮。

这一种含混不清,和第二种有意为之的情况已经很接近了。有些故意不展现清晰思考的作家[1],他们好像有这样一种想法,即他们的思想具有比表面上更多的含义。有人真的相信他们的思想太深奥,因而他们的作品才会艰涩难懂。这当然是拍马屁的话,其实这些作家心里完全明白,自己是可以把思想清晰表达出来的,只是这样不及故弄玄虚对读者更有吸引力。这里涉及词语的魔幻性。人们很容易相信,自己不太明白的词语,一定具有自己不太理解的神奇含义。正因为这样,才有人故意用含糊不清的语词描述含糊不清的所谓潜意识,让读者相信其中必有深意。这和我们经常看到的一种情况很相像,那就是痴呆症患者总是相信自己有一种隐匿的超凡能力。

还有一种故意为之的晦涩,则是贵族式唯我独尊的自我伪

---

[1] 指现代派作家,如象征主义作家、意识流作家、超现实主义作家等。

装。作者故意写得晦涩难懂,似乎他拥有凡夫俗子不得进入的"圣地"。好像他的内心是一座秘密花园,唯有被选之人才能在克服重重障碍后一窥其中奥秘。这种故意的晦涩,低俗而短视,因为用不了多久,伪装就会被剥掉。一旦露出真相,不过是一堆毫无意义的繁词冗句,那就再也没人读了。那些步阿波里奈尔[1]后尘的法国作家所写的作品,其命运就是如此。其实,只要用冷静的目光审视那些貌似深奥的作品,很容易透过那层晦涩的语言伪装,看到其中不过是些普普通通的东西。

二、简洁

简洁作为优点,不像清晰那么明显。我以此为目标,是因为我没有渲染的才能。我对别人的这种才能虽不免会羡慕,但我其实是有点讨厌这种才能的。譬如,读罗斯金[2]的书,我读上一页还可以,读到二十页就觉得讨厌了。曲曲折折的长句子、富丽堂皇的修饰语、充满联想的名词、层层叠叠的从句,如同海浪般一波接一波地扑过来,无疑会把你弄得晕头转向。一个词语接着一个词语,就如一个音符接着一个音符,吸引你的与

---

[1] 阿波里奈尔:20世纪初法国超现实主义诗人、剧作家、小说家,著有诗集《醇酒集》等。

[2] 约翰·罗斯金:19世纪英国艺术评论家、散文家,被称为"维多利亚时代艺术趣味的代言人",著有论文集《现代画家》《艺术的政治经济》等。

其说是思想，不如说是声音。这种音乐般美妙的渲染，很容易使你想到，你欣赏欣赏它的声音就可以了，不必再思考它有没有意思。然而，语词是专为意思而存在的，如果你看不到它的意思，你就不想看了。你会心不在焉。也就是说，渲染要有适合渲染的主题。对一点琐碎小事大肆渲染，当然是不合适的。在善于渲染的作家中，托马斯·布朗爵士大概是最成功的。但即便是他，也不免会出问题。譬如，就拿《瓮葬》来说，其中最后一章的主题有涉人类命运，用华丽的辞藻予以渲染是很合适的，由此让我们看到这位诺威奇的医生写出了文学史上少见的美文。但是，当他用同样华丽的辞藻渲染那只瓮的发现时，其效果——至少在我看来——就不如最后一章那么好了。如果有哪个现代作家在讲到一个雏妓接待一个少年嫖客的情形时大肆渲染，那只会使你觉得恶心。

如果说渲染的才能并非人人都有，那么简洁也不是容易做到的。要写得简洁，需要严格训练。英国散文，总的说来，与其说是精美，不如说是简洁。但也不是向来如此。莎士比亚的语言确实非常简洁、非常生动，但不要忘了，那是台词，是要让演员念出来的。如果莎士比亚像高乃依[1]那样为自己的剧本写序言的话，那就不知道他会写得怎样了。很可能，会写得像伊

---

[1] 高乃依：17世纪法国古典主义悲剧奠基人，与莫里哀、拉辛并称法国古典戏剧三杰，著有《熙德》《西拿》《波利厄克特》《贺拉斯》等。

丽莎白女王[1]的书信那样，辞藻华丽，大肆渲染。不过，更早期的英国散文，譬如托马斯·莫尔爵士[2]的散文，并不渲染，既不华丽，也没有那种演说的口气，倒是有点土里土气。在我看来，钦定本《圣经》[3]对英语散文的影响是有害的。当然，我不会愚蠢到要去否认它的文体之庄重，否认它的语言铿锵有力。但是，这是一本来自东方的书[4]，其中的异国人物和我们毫无关系。还有那种既夸张又感性的比喻，对我们来说也是陌生的。我不禁又想，当初英国脱离罗马教廷[5]，对我们这个国家的精神生活来说是一大不幸，因为脱离罗马教廷后，很长一个时期，《圣经》是英国民众每天的读物，甚至——对很多人来说——还是唯一的读物[6]。这样，《圣经》中的那些用词、那种节奏、那种夸张的语言，就成了民众模仿的对象。简洁纯朴的英语被矫揉造作的英语淹没了。愚蠢的英国人模仿希伯来先知，也开始卷着舌头说话[7]。英国人的民族性格也明显地出现了类似的变化，这也许是因为英国人天生有点浮躁，也许是因为英国人本来就喜欢巧

---

1 伊丽莎白女王：伊丽莎白一世，16世纪英国女王，其统治时期在文学史上也被称作"莎士比亚时代"。

2 托马斯·莫尔爵士：15—16世纪英国作家、律师，著有《乌托邦》等。

3 即由英国国王詹姆斯一世指定的《圣经》英文译本，出版于1611年，其译文对后世英语影响甚大。

4 《圣经》原文是以色列犹太人使用的希伯来文。

5 指16世纪欧洲宗教改革期间英王亨利八世宣布英国教会脱离罗马教廷。

6 脱离罗马教廷后的英国教会更强调《圣经》的权威，要求信徒天天读《圣经》。

7 希伯来语中常有卷舌音，而远古英语是没有卷舌音的。

舌如簧，也许是因为英国人本来就有讲究修饰的怪癖，譬如喜欢花花绿绿的刺绣，我说不清，反正从那以后，英国散文要写得简洁，就不得不一次次地与渲染之风抗争。譬如，德莱顿和安妮女王时代的散文家坚持用简洁的英语写作，但很快就被吉本和约翰逊博士的渲染之风吹走；后来，黑兹利特和作为散文家的雪莱，以及多产时期的查尔斯·兰姆，又使英国散文变得简洁，但不久又在德·昆西、卡莱尔、梅瑞狄斯和沃尔特·佩特手里被大肆渲染。看来，渲染比简洁更讨人喜欢。实际上，还有不少人甚至认为，不渲染的散文算不上散文。奇怪的是，他们崇拜沃尔特·佩特，却更喜欢读马修·阿诺德的散文。他们赞赏马修·阿诺德的散文内容充实，却未曾注意到，他的散文风格是简洁的，清晰而冷静。

人们常说"文如其人"，殊不知那是一句貌似深刻、其实瞎说的格言。在歌德小鸟般灵巧的诗歌中和山羊般倔强的散文中，歌德其人在哪里？那不是黑兹利特吗？不过，我相信，其人若头脑混乱，其文一定是混乱的；其人若性情多变，其文也是多变的；其人若知识丰富、思维敏捷，其文一定会充满明喻和暗喻，除非他自控力超强，故意避之。詹姆斯一世时代的英国作家沉迷于刚引进的语言新财富[1]，后来吉本和约翰逊博士也成了那种糟糕理论[2]的受害者，不过，两者的渲染方式还是大不相同

---

1 指17世纪法国古典主义文学。

2 指古典主义理论。

的。我能心情愉快地读约翰逊博士写的每个字,因为他有见解、有智慧。若不是他喜欢渲染,本可以比任何人都写得好。一篇文章写得好不好,他其实心知肚明,一看便知。譬如,他对德莱顿散文的夸奖,再恰当不过了;他说德莱顿没有别的才能,唯一所能,就是简洁明了地表述他要表述的东西。约翰逊博士在《诗人传》[1]的某一篇结尾处还这么说:"不管是谁,要想学会一种平易而不粗俗、高雅但不浮华的英语文体,都必须夜以继日地苦读艾迪生的散文。"然而,当他自己坐下来写散文时,又是另一回事了。他误以为渲染就是激昂,夸张就是卓越。他没有受过好的熏陶[2],不懂得真正的卓越是简洁和自然。

要写出好的散文,就要有好的方法。散文和诗歌不同,是一门文雅的艺术。诗歌是巴洛克[3]艺术。巴洛克不是激情澎湃的,就是神秘奇幻的。这需要超自然的感知力。所以,我总觉得,巴洛克时期的那些散文家,譬如钦定本《圣经》的译者、托马斯·布朗爵士,还有格兰维尔[4],他们本应该写诗歌的,却阴差阳错地跑来写散文了。因为散文是洛可可艺术,它不需要伟力,但要有品位;不需要灵感,但要得体;不需要气势,但

---

1 《诗人传》:约翰逊博士所著,全称《最卓越的英国诗人之生活及对其作品的批判性考察》。
2 约翰逊博士出身贫苦,靠自我勤学而成为大学者。
3 巴洛克原指17世纪盛行于西欧的一种讲究豪华的艺术风格,后用作渲染、修饰的同义词。
4 约瑟夫·格兰维尔:17世纪英国哲学家、散文家,著有《独断的虚华》等。

要流畅。对诗人来说,形式如同马的缰绳,没有它,只是不太容易驾驭坐骑;而对散文家来说,形式如同汽车底盘,没有它,汽车就不存在了。当讲究优雅和适度的洛可可艺术处于巅峰期时,便随之产生了最好的散文。这并非偶然,因为洛可可艺术就是在夸张浮华的巴洛克艺术遭到世人嫌弃时产生的。那时,人们厌倦了那种一味渲染的艺术,希望有一种讲究简洁的艺术。这是城市文明的自然表达,是市民(不是乡民)的趣味倾向。幽默、大度、常识,越来越受人赏识;而充斥于17世纪上半叶的那种大喜大悲、少有节制的艺术,显然已经过时。因为这个世界已变得越来越舒适,有越来越多中上阶层的人可以什么都不做,享受他们的闲暇。有人说,好的散文应该像有教养的人之间的闲聊。是的,当人们不再为生活奔忙、不再为生活焦虑时,就会悠闲地聊天。他们不仅生活安宁,对灵魂能否得救也不再犯愁。(因为人死后到底有没有灵魂,谁吃得准!)他们相信,人类文明已趋完美。他们彬彬有礼、衣冠楚楚;(不是有人说,好的散文应该像绅士的衣着那样考究而不招摇吗?)他们害怕被人厌倦;他们既不嬉皮笑脸,也不一本正经,总是恰如其分;他们把热情洋溢视为幼稚可笑。所有这些,都是非常适合散文的社会境况,而且毫无疑问,正是由于这种社会境况,催生了我们今天所能看到的最好的散文家——伏尔泰[1]。英国作家

---

[1] 伏尔泰:18世纪法国哲学家、剧作家、小说家、散文家。

可能由于英语本身有诗化倾向[1]，很少能像伏尔泰那样把散文写得那么纯真、那么自然，而又那么确切。但他们至少能像有些杰出的法国作家那样写得平易近人、简洁而清晰。这已经很了不起了。

三、动听

动听是我说的三个特点中的最后一个，你认为它重要不重要，就看你的耳朵灵敏不灵敏。有很多读者，还有很多颇有名声的作家，耳朵就不灵敏。我们知道，诗人写诗是经常要押韵的。他们自己也相信，押韵会产生奇妙效果。但是在散文中，我觉得并非如此。在我看来，只有在某种特殊情况下，散文才需要押韵，如果在一般情况下也押韵，读出来反而别扭。遗憾的是，这种随便押韵的现象遍地都是，读者也都见怪不怪了。还有，有些作家会毫不在乎地把两个押韵的词并列使用；或者毫不在乎地用一连串形容词修饰一连串名词；或者毫不在乎地在一个双辅音结尾的词后面写上一个双辅音开头的词，四个辅音连在一起，读起来疙疙瘩瘩，难受极了。这不过是几个常见的例子。我说这些是想表明：一个作家如若写出这样的句子，

---

[1] 指英语语法（较之于法语、德语等）不太严谨，常常需要意会，不很确切，而意会是诗歌的特点，故有此语（按：汉语语法比英语语法更不严谨，故而汉语是更有诗化倾向的语言）。

不是因为他粗制滥造，就是因为他耳朵不灵。一个词，不仅有形和义，还有音。要写出一个不仅有意义，而且既美观又动听的句子，必须同时兼顾词的形、义、音。

我曾读过很多语法书，觉得都没有什么用处，因为它们不是写得含糊不清，就是通篇都是空头理论。不过，对《福勒英语用法辞典》就不能这么说了。这是一本非常有用的辞典。我觉得，没有比这更好的辞典了，因为人人都能从这里面学到一点东西。此外，这本辞典还罕见地具有可读性。福勒[1]写的词条简洁、明确、易懂，没有一条是浮华空洞的。他还有一种明智的看法，即常用语是语言的精髓，因而他很重视那些形象、生动的词语。他从不盲目强调语法，而是很乐意为那些不太符合语法的另类说法开绿灯。确实，很少有作家是完全遵守语法的。就是像亨利·詹姆斯这样谨慎的作家，有时也会写出不合语法的句子——这种句子如果是哪个学生写的，肯定会被老师臭骂一顿。当然，懂得语法总比不懂语法要好，遵守语法总比不遵守语法要好。但要知道，语法只是一种公式化的语言规则，实际效果才是衡量语言的终极标准。我就很喜欢写不成句的短语，尽管这是违反英语语法的。如果我使用的是法语，这样的短语不仅符合法语语法，而且还是很常见的。看来，英语和法语的最大区别是：在法语中很自然的事情，在英语中就是不让你做。

---

[1] 亨利·华生·福勒：20世纪初英国辞典编纂家，因编纂《福勒英语用法辞典》和《简明牛津辞典》而闻名。

活生生的口语，竟然要服从死气沉沉的书面语，这是用英语写作的一大难点。为此，我还曾大伤脑筋，受过不少委屈。我写的几乎每一页稿纸，别人都会以语法为由要我修改，以至于有几次，我一怒之下把稿纸往旁边一扔，对他们说：我已尽力，改不好了！约翰逊博士曾夸奖蒲柏[1]说："他从不漠视一个语法错误而不加以改正，也从不因为无法改正而把句子划掉。"这是我无论如何也做不到的。我并不奢望写得怎么好，我只是能写成怎样就怎样。

  不过，福勒的耳朵好像不太灵敏，因而他没有意识到，为了句子读出来动听，有时不得不牺牲一点简洁。有些词，写到句子里有点牵强、有点陈腐，甚至有点做作，但只要能使句子读出来动听，或者能加强句子前后的平衡感，我认为也可以照用不误。但我马上要补充说明：尽管你为了动听可以牺牲一点简洁，但绝对不能为了动听牺牲清晰。没有什么比写得不清不楚更糟糕了。清晰和简洁，除了弄得不好可能会有干巴巴的感觉，你没有其他理由说它们不好。当你发现戴假发还不如露着秃顶时，这个险还是值得冒的。但是，动听也有风险，那就是很可能会显得空洞。乔治·摩尔刚开始写作时，尚未形成什么文体，你会感到他好像是用一支未削尖的铅笔在粗糙的包装纸上写字，模模糊糊的。但他逐渐形成了自己的文体，写出了富

---

[1] 亚历山大·蒲柏：18世纪英国古典主义诗人，著有长诗《鬈发遇劫记》等。

有音乐感的句子。他对自己写的这种读出来很动听的句子，觉得很得意，但他也没有逃脱空洞的风险。就像海水拍打布满鹅卵石的海滩，那声音那么动听，但不久之后，你就会觉得它单调而空洞，不想听了，甚至希望哪里传来一阵噪音，可以打破这种单调和空洞。我不知道怎样才能逃脱动听的这种风险。我想，作家最好具有比读者更强的厌倦机能，这样就能事先感知读者会不会厌倦。同样，作家对所谓的独特风格也要保持警惕，当你发现某种节奏的句子不断出现在你笔下时，你要自己问一问，这是否已经成了你的无意识动作。要想防止某种独特风格在某个时候变成某种习惯是很难的，就如约翰逊博士所说，"一旦努力形成一种风格，就很少再能自由自在地写作了"。虽然我不无钦佩地认为，马修·阿诺德的写作风格很适合于他的写作目的，但我还是不无遗憾地承认，他过分强调自己的风格而令人厌烦。他的风格是他打造的一个工具，虽能一劳永逸地使用，却不能像人的手一样灵活地做出各种各样的动作。

如果你能写得清晰、简洁、动听，而且还很生动，那你就能像伏尔泰一样，写出极佳的散文。然而，说到生动，如果一味追求，也是要冒很大风险的，弄不好，会像梅瑞狄斯那样，写得像杂耍表演，令人一看就厌。麦考利[1]和卡莱尔也用差不多的方式吸引过读者，后来也都因为过于做作而被冷落。他们

---

[1] 托马斯·麦考利：19世纪英国诗人、作家，著有《古罗马短叙事诗》等。

竭力渲染，但效果适得其反，就如一个人扛着铁犁来耕地，想吸引人，每走两步就挥舞一下铁犁，结果呢，原本想看的人也走开了，因为没人相信他真的是来耕地的。好的风格应该是不露痕迹的，好像是信手写来，毫无雕凿，其实却是精心制作的。如今在法国，我认为没有比科莱特[1]的散文更令人佩服了。她写得那么轻松、那么从容，你完全相信她是毫不费力地写出来的。据说，有些钢琴家是天生的，别人千辛万苦掌握的弹奏技巧，他们不用学就会。我很愿意相信，有些作家也是这样的，譬如科莱特，我想就是这样一个天生的作家。但是，当我后来问她本人时，她的回答却使我大吃一惊。她说她的每篇文章都是反反复复修改出来的。她还说，她通常一个上午只能写一页稿纸，能不能达到轻松、从容的效果，还吃不准。同样，就我来说，如果有人觉得我也写得比较轻松、比较从容的话，那也是我刻苦努力的结果。我的天赋有限，要是不努力，我是写不出恰到好处、既不做作又不俗套的词句来的。

---

[1] 西多妮·科莱特：20世纪初法国女作家，著有《流浪的女人》《纯粹的与不纯粹的》等。

苏巴朗[1]及其绘画艺术

一

在很久很久以前的13世纪,在"智者"阿方索国王[2]统治的卡斯蒂利亚,在埃斯特雷马杜拉的一个叫赫利亚的地方,有一群牧人在那里放牧。有一天,有个牧人丢了一头母牛,就去寻找。他在草原上找了三天三夜也没找到。于是,他想,那头牛也许跑到山里去了。果然,他后来在瓜达卢普河旁边的山里找到了那头牛,但已经倒在橡树林中死了。他很奇怪,牛的尸体竟然没有被狼吃掉;更奇怪的是,他在牛的尸体上竟然找不到致命的伤口。不过,他没多想,掏出刀来准备把牛皮剥下来,并按习俗先在牛的胸口上画了两个十字。忽然之间,那头牛站了起来。他大吃一惊,转身想逃。就在这时,圣母马利亚出现

---

[1] 弗朗西斯科·德·苏巴朗:17世纪西班牙巴洛克画家,尤以宗教题材画驰名,重要作品有《圣托马斯·阿奎那的显圣》和《拿撒勒的神圣家族》等。
[2] "智者"阿方索国王:阿方索八世,13世纪卡斯蒂利亚王国国王,1252—1284年在位,卡斯蒂利亚王国是西班牙王国的前身。

在他面前,对他说:"不要害怕,我是救世主耶稣的母亲。你把这头母牛带回去吧,它会记住现在就在你眼前的圣灵,为你生下许多小牛。等你把它带回住地时,你要告诉那里的神父和乡民,要他们到这里来,挖开我现在显灵的地方,就能找到我的一幅画像。"说完,圣母就消失了。

那牧人带着那头母牛一回到放牧地,就把他遇见圣母显灵的事情告诉了他的伙伴。那些人听了都讥笑他是在做梦。对此,他说:"伙计们,你们不相信我的话,但总得相信母牛胸口上的十字印记吧!"那些人去看了母牛的胸口,果真有两个十字印记,于是就相信了他。

他告别那些伙伴,回到自己的村庄,遇到一个村民就讲一遍他的奇遇。他是个土生土长的卡塞雷斯人,妻儿都在当地。他回到家,见妻子在哭,原来是儿子死了。于是他对妻子说:"不要难过,不要哭!瓜达卢普的圣母马利亚会使我们的儿子起死回生的。我还要把儿子奉献给她,到圣母院去做她的仆人。"话刚说完,只见他儿子一下子从床上爬了起来,嘴里还说着:"父亲,快准备一下,带我到圣母院去!"

全村人都惊讶不已,全都相信了他所说的圣母显灵的事。于是,他就去对神父们说:"先生们,圣母马利亚在瓜达卢普山里向我显灵,要我告诉你们,把她显灵的那个地方挖开,就能找到一幅圣母画像。她还要我告诉你们,把画像取出后,要在原地建一座圣母院供奉画像。她还说,看护圣母院的人要每天向前来朝圣的穷人施舍食物。她还说,她会在全世界的海洋和陆地上显灵,要全世界的民众都前来朝圣。她还说,圣母院所在的那个地方,将来还会建起一座城市。"

神父们和其他人一听完他的话,马上前往圣母显灵的那个地方。他们挖啊挖,最后挖出一个墓穴般的地洞,果真从里面取出一幅圣母像。他们就在那个地方用石块和木料建了一座小小的圣母院,还用当地盛产的软木为圣母院铺置了屋顶。接着,就有许多身患绝症的病人前来朝圣。他们向那幅圣母像祈祷,后来全都病愈康复了。这些人各自回到家乡后,全都在乡民中传颂耶稣基督和圣母马利亚的灵验与神迹。至于那个牧人,他和他的妻儿都成了圣母院的看护人,他们的后代也一直是圣母马利亚的仆人。

细心的读者一定会发现,那个牧人在向神父们传达圣母旨意时,竟然添加了许多他自己的意思,从而为自己谋得了一个圣母院看护人的职位,不但名声好,还有不错的薪俸。埃斯特雷马杜拉人就是心眼多、胆子大,这在西班牙是出了名的。

那座小小的圣母院虽然建在荒山野岭里,交通不便,但凭着圣母马利亚的一次次显灵,仍有许许多多朝圣者远道而来,在那幅圣母像前祈祷求福。然而,随着时间一年年过去,那座小小的圣母院慢慢地变得破败不堪了。后来,国王阿方索十世,也就是"智者"阿方索的孙子,下令拆除那座小小的圣母院,并在原址上修建了一座足以容纳所有朝圣者的大圣母院。当时,国王的军队正在和摩尔人打仗，眼看就要一败涂地之际，国王祈求圣母马利亚保佑，竟然反败为胜了。此后，无论是卡塞雷斯的历代国王，还是后来的西班牙国王，都对这座圣母院倍加关照。由于有国王的大笔捐赠，还有信徒们的私人捐赠，这座圣母院屡屡扩建，变得更大了，不仅有专为神父们修建的住宅，还有为病人修建的医院和为朝圣者修建的旅舍。由于有许多病人和朝圣者住在这里，又引来了许多做生意的犹太人和摩尔人。人越来越多，圣母院四周的房子也越造越多，最后竟成了一座城市，即瓜达卢普城。这座城市后来几经兴衰，但它庞大的地产、富饶的畜牧业，以及它拥有的各种特权，一直使邻近地区的领主和主教们忌恨不已，同时也招来了土匪团伙的多次打劫。尽管如此，由于有信徒的不断捐赠，加上院长的精明管理，圣母院的财富还是越来越多。到14世纪末，圣母院的看护与管理事务由圣杰罗姆僧侣团承担。一任又一任财大气粗的院长修建起一座又一座金碧辉煌的建筑。一代又一代国王一次又一次光临此地。克里斯托弗·哥伦布第一次出航前，也曾到此祈求圣母保佑；后来的科特兹、皮扎诺和波尔玻[1]——他们都是埃斯特雷马杜拉当地人——也都曾前来拜谢圣母的庇护。

到了17世纪30年代，西班牙由菲利普四世统治，当时的院长弗雷狄亚格·德·蒙特弗决定建造一座全西班牙最豪华的圣

---

[1] 科特兹、皮扎诺、波尔玻：均为16世纪西班牙航海家、探险家。

殿。他聘请一位名叫弗朗西斯科·德·苏巴朗的画家为圣殿绘制壁画，而之所以聘请这位画家，无疑是因为这位画家曾为许多主教——尤其是为圣杰罗姆修道院的白衣主教——所画的肖像画已使他名声大作，同时也可能因为这位画家和他一样，也是埃斯特雷马杜拉人。苏巴朗的出生地就在瓜达卢普附近，一个叫坎多斯的小村庄。

至于苏巴朗的出生日，如今已无人知晓。不过，他的受洗证[1]还保存着，受洗日是"1598年11月7日"。他的父亲是个还算富裕的村民，或许和坎多斯村如今的富裕村民一样，拥有一栋两层楼的房子，尽管窗户上没有装玻璃[2]。一天早上，他在下地干活前叫儿子把牲口赶到附近的草地上去吃草，那时他儿子才十二岁。据说，那天他儿子用一块煤炭在树干上画画，有几个正在打猎的绅士看到他画得还真不错，就把他带到塞维利亚去正式学画了。不过，其他画家——比如乔托[3]——也有类似的故事。人们编造这样的故事，无非是想表明，有些出身平凡的人会令人惊讶地拥有不平凡的才华。天赋和才能是大自然的馈赠，是很难解释的。

关于苏巴朗的这个故事，当然不可能是真的，因为有现存文件表明，苏巴朗要到十五岁或十六岁时才被送往塞维利亚。

---

[1] 即接受洗礼的证明，表明他受洗入基督教（婴儿一般在一两岁接受洗礼）。
[2] 玻璃在当时属奢侈品，要很有钱的人家才装窗玻璃。
[3] 乔托·迪·邦多纳：13—14世纪意大利名画家。

这份文件上有他父亲的签名，签名时间是1613年年底，文件内容是他承诺把自己的儿子交予一个叫佩德罗·迪亚兹·德·维拉努埃瓦的人当三年学徒。这个叫佩德罗·迪亚兹·德·维拉努埃瓦的人好像是个石匠，他于第二年2月初也在文件上签了名，以此承诺，他将把自己的石匠手艺全部传授给苏巴朗。石匠由此获得的报酬是16达克特[1]：一半现付，另一半在一年半之后付。当时的1达克特，即10先令，相当于今天的5英镑[2]多一点。所以，这笔钱相当于今天的80英镑到100英镑。这份文件还约定：石匠要为徒弟提供食宿，要在徒弟生病时为他治病，若两个星期后还未病愈，其后的治疗费则由徒弟的父亲承担。徒弟的衣裤鞋袜等，由徒弟的父亲提供。还有一条约定：徒弟若在假日为人干活，其收入归徒弟一人所有。

由此可见，苏巴朗小时候并没有师从塞维利亚的哪个名画

戈雅画的苏巴朗肖像

---

[1] 达克特：西班牙古货币名。
[2] 作者所称"今天的5英镑"，大约是如今的200英镑～225英镑，因而这笔钱总共大约是今天的3200英镑～3600英镑。

家，而是被送到了一个很平常的石匠那里当学徒，而对于那个石匠，我们今天只知道他曾当过苏巴朗的师傅，此外就一无所知了。不过，我个人觉得这个问题很容易回答：那时的很多石匠，同时也是画工。譬如，阿隆索·卡诺的彩雕在当时很出名，同时他的画也一样出名。至于佩德罗·迪亚兹·德·维拉努埃瓦——苏巴朗的师傅——他主要是个石匠。他雕刻的各种各样的雕像，不是为教堂装饰所用，就是出售给雕像喜爱者或收藏者，以此谋生。但很有可能，他也会画画，只是他的画没有一幅留存至今。当时，有弗朗西斯科·德·赫雷拉，有胡安·德尔·卡斯蒂略，还有胡安·德·拉斯罗拉斯[1]，他们都曾师从名师提香，而且都是塞维利亚的名师，苏巴朗为什么没有拜他们为师呢？合理的推测是：就凭他父亲那点钱，他们肯定不会接受他这名学徒。他父亲之所以把他送到一个毫无名气的石匠那里学艺，就是因为这个石匠所收的学费很便宜。

就我们所知，苏巴朗三年学徒生涯中最引人注目的事情，莫过于他和年轻的委拉斯开兹交上了朋友。委拉斯开兹当时正随赫雷拉·埃尔·别霍[2]学画。很久以来，西班牙画坛一直由意大利学派占据主导地位。不过，到了那时，里贝拉[3]的画开始为

---

[1] 朗西斯科·德·赫雷拉、胡安·德尔·卡斯蒂略、胡安·德·拉斯罗拉斯：均为17世纪西班牙画家。
[2] 赫雷拉·埃尔·别霍：17世纪西班牙画家。
[3] 胡塞佩·德·里贝拉：17世纪西班牙巴伦西亚画派创始人。

四 其 他

人关注，因为里贝拉的画迎合西班牙人那种特别爱好，故而颇受好评。不过，里贝拉虽是西班牙人，早年师从的是巴伦西亚的里瓦尔塔[1]，但他后来还是前往罗马学画了。他在那里曾和自然画派的中坚人物、善用明暗对照的卡拉瓦乔[2]过往甚密。至于里瓦尔塔，他所画的教殉场面，光影对比强烈、人物动作夸张，既恐怖又不失庄重，不仅迎合普通人的审美观，对年轻画家也很有吸引力——因为他们对老一辈画家所遵循的那种绘画风格早就不以为然了。年轻时代的委拉斯开兹和苏巴朗就是这样，他们深受里贝拉的影响，其影响之大，乃至他们早年画的好几幅画简直就像出于一人之手，很难辨别。譬如，收藏于西班牙国家美术馆的《牧羊人的崇拜》，一直以来都认为是委拉斯开兹的作品，但前不久经过鉴定，其实是苏巴朗所画。

那时，教会不允许使用裸体模特儿，因而习画者只能练习画静物画和花卉画，然后练习画肖像画，最后再画非裸体的各种人体画。人体是当时画家唯一关注的对象。不过，苏巴朗后来所画的人体画大多失传，现在所存的，大多是他的早期作品。其中有一幅是1616年他十八岁时所画的《圣灵感孕》。这是一幅画得中规中矩、笔法细腻的人体画：画面上是一个站在空中的年轻姑娘，脚下有八个小天使烘托。很明显，这幅画深受意大利学派的影响。还有一幅《幼年圣母的祈祷》，几乎可以肯定，

1　弗朗西斯科·里瓦尔塔：16—17世纪西班牙画家。

2　梅里西·德·卡拉瓦乔：16—17世纪意大利名画家。

也是在这一时期画的，因为一眼就可看出，这幅画使用的是同一个模特儿——一个圆脸、纯朴的乡村姑娘。

二

苏巴朗一生默默无闻，对他的生平，我们除了猜测，无从得知。这并不奇怪，因为画家的生活总是波澜不惊、单调的，甚至是机械的。从事这一职业很费力，因而苏巴朗劳作一天之后也不太可能再去做什么趣事儿，可供传记作家大书特书。再说，在那个年代，不像现在，画家大多很穷，因为很难找到买家。苏巴朗常常连买画布和颜料的钱都没有，要等主顾上门，预付给他一部分钱，他才能去买画布和颜料来画画。他的社会地位之低，大概和首饰匠、木匠、订书匠差不多。总之，他是个卖艺人，生活艰辛而拮据，他活着的时候，根本就没有人想到，要把他的生平记录下来。即使苏巴朗生前和哪个女人有私情，也没有人注意。那个女人是谁？除了他自己，没有人知道，也没有人想知道。然而，当一个艺术家身后名声大作时，一下子，似乎又变得全世界都来关注他了——似乎人人都想知道，他究竟是怎样一个人，他究竟是怎样生活的。但回头一看，这个罕见的艺术天才，竟然是一个平常得不能再平常的人，他的生活竟然像银行职员一样，平平庸庸、简简单单。人们大吃一惊，而吃惊之余，又心有不甘，于是就有人编造了许许多多关于他的传说。这些传说，虽无根据，但大多和他的艺术风格、面容长相，或者他的作品给人的印象很相符。所以，传说并非一派胡言，即便信之，也无大碍。

关于苏巴朗，就有许多这样的传说。据说，苏巴朗在离开家乡坎多斯到外地谋生前，画了一幅漫画，讽刺当地的一个富有乡绅。这个叫西尔瓦里奥·德·卢尔卡的乡绅知道后，马上就到苏巴朗家中去找他算账。苏巴朗的父亲对他说，儿子已经走了，但不肯说出儿子去了哪里。年轻气盛的德·卢尔卡怒不可遏，对着老人的头就是一拳。这一拳竟然把老人打成重伤，而且五天后就死了。德·卢尔卡畏罪潜逃到马德里，而且仗着有权有势的朋友帮忙，一直逍遥法外。后来，他还一步步往上爬，竟然在国王菲利普四世的宫廷中谋得了高位，神气活现。这样过了多年，苏巴朗为了谋生，也来到了马德里。一天晚上，他在回家路上偶尔看见两个男人在相互道别，听见其中一个说："晚安，德·卢尔卡，明天见！"说完就走了。苏巴朗走到那个叫"德·卢尔卡"的男人面前，问："你是不是堂·西尔瓦里奥·德·卢尔卡？是不是坎多斯人？"那男人回答说："是啊，我是堂·西尔瓦里奥·德·卢尔卡。"苏巴朗厉声说："那就拔出剑来吧！我要为我父亲讨还血债！我是弗朗西斯科·德·苏巴朗。"于是，两人拔剑决斗。不一会儿，德·卢尔卡就被击倒在地，捂着伤口喊："我要死了！救命啊！"苏巴朗收起剑，转身走了，走得无影无踪。

这个传说完全符合那个时代的风气。那时的西班牙男人和欧洲其他国家的男人一样，也特别看重个人名誉。不仅贵族、军人，就是商贩、男仆，也都身系佩剑，只要稍受冒犯，就会拔剑相斗。布伦斯威克美术馆里有一幅据称是苏巴朗的自画像，似乎可以为这个传说提供某种可能性。画中的那个男人，肤色黝黑，头发凌乱，唇上两撇八字髭，颏下一把山羊胡，一双黑洞洞的眼睛，一副恶狠狠的神情。看他那副样子，你马上会想到，他一定是个有仇必报的人。不过，马德里也有一幅据说也是苏巴朗的自画像，那上面画着的却是个老年人，白发稀疏、慈祥温和。这两幅肖像，当然都很古老，但除此之外，没有任何证据表明那上面画的是苏巴朗。据说，在苏巴朗的某些大型作品中，如在《圣托马斯·阿奎那[1]的显圣》中，还有在瓜达卢普的那幅描绘亨利三世授予圣母院院长主教位的画中，他把自己也画了进去。但那同样只是猜测而已。

不过，普拉多美术馆最近购得一幅画，除了极端多疑的人，谁都会相信，画中的一个人物是苏巴朗晚年的自画像。这幅画题名为《耶稣基督和伪装成画家的圣路克》。画中，耶稣基督被钉在十字架上，旁边站着一个画家，一手托着调色板，一手握着画笔。这个画家既消瘦又苍老，皮包骨头的脖子上凸显出一个大大的喉结；头几乎全秃了，只有后脑勺上还有几缕长长

---

1 圣托马斯·阿奎那：13世纪罗马天主教圣徒、神学家、哲学家、天主教经院哲学的代表人物。

苏巴朗所绘《耶稣基督和伪装成画家的圣路克》，画中老人被认为是苏巴朗晚年的自画像。

的灰发，一直垂到肩上。和布伦斯威克的那幅自画像一样，他的颧骨也很高，但双脸已经颓塌陷；鼻子是鹰钩的，大而显眼；上唇很长，下巴很短，上面有稀疏的胡须；身上披着一件松松垮垮的灰罩衫，这是当时画家常穿的，就如今天画家所穿的工作服。看上去，画中的这个老人好像完全被岁月、穷困、屈辱和失望击垮了；他握着画笔的右手抬在胸前，举头仰望着十字架上垂死的救世主，就像一只无辜被人痛打一顿的老狗，可怜巴巴地望着主人。

学徒期结束后，苏巴朗似乎是去了列雷纳，那是埃斯特雷马杜拉的一个较大的城镇，离他的出生地并不远。据多年研究苏巴朗的堂娜·玛丽亚·路易萨·卡图尔拉所说，他在那儿娶了一个名叫玛丽亚·派斯的女人为妻。岳父是以阉畜为业的，家里儿女有一大群。结婚那年，苏巴朗十八岁，新娘要比他大好几岁。婚姻既没有为他带来金钱，也没有为他增添名誉，因而我们只能假定，他是出于爱情。1620年，他们有了一个儿子。1621年，他们又有了一个女儿，但好像就在这一年，他的妻子玛丽亚·派斯死了，可能是死于难产。1625年，他又娶一个叫贝翠·德·莫拉里斯的当地寡妇为妻。按堂娜·玛丽亚·路易萨·卡图尔拉的说法，结婚那年，新娘快四十岁了。这真是奇怪，苏巴朗两次结婚，娶的都是比自己大许多的女人。贝翠·德·莫拉里斯和苏巴朗生有一个女儿。她死于1639年。五年后，苏巴朗又娶了一个金匠的女儿、二十八岁的寡妇堂娜·莱奥娜·德·托德萨斯为妻，并和她生了至少六个孩子。

奇怪的是，除了我前面提到的两幅画，竟然不知道苏巴朗在列雷纳的八年时间里是否还有其他作品。不过，尽管如此，他还是渐渐地有了点小名气，因为就在1624年，他受聘为塞维利亚大教堂绘制九幅表现圣彼得生平的大型壁画。这之后，他又回到列雷纳，在那儿似乎又住了两三年；之后，他又应塞维利亚一座修道院的邀请，前往那里为他们绘制一组表现圣彼得·尼古拉斯科生平的壁画。完成这组壁画后，他又为圣保罗修道院画了一幅耶稣受难图。所有这些画作都受到当地人士的好评，有些知名人士甚至向市议会请愿，要求议会通过决议，邀请苏巴朗定居塞维利亚,因为"我们目睹了他的精湛技艺,他的画无疑为我们这个地方增添了光彩","这样的贡献,仅仅用金钱作为回报是不够的,还应该表示更多的谢意"。市镇议会讨论后,责成请愿人堂·罗德里戈·苏亚雷斯前去告知苏巴朗:"鉴于人们对你的高度评价,本市恳切希望你定居此地。我们一定会给予你多种优待,任何情况下都愿为你提供帮助。"苏巴朗接受了他们的盛情邀请,还写了一封感谢信。从这封感谢信中可得知,他后来写信给在列雷纳的妻子,让她带着孩子,全都移居到塞维利亚来了。

不过,事情并没有到此结束。当地的画家对这件事大为恼火:一个埃斯特雷马杜拉人,一个他们眼中的外地乡下人,竟然如此神气活现地成了他们中的一员!要知道,他们为当地教堂和修道院绘制壁画的机会本来就不多,现在还要有个外地人来竞争,当然不能容忍!于是,画家阿隆索·卡诺便向市议会提交了一份请愿书,要求议会审查苏巴朗到底有没有特殊的艺术才能,如果没有,就应该撤销先前邀请他定居的决议。很奇怪,塞维利亚市议会好像对任何请愿都很乐于接受,他们竟然同意了阿隆索·卡诺的请求。于是,画家行会的首脑在其他行会成员的支持下,派了一个公证人和一个警察上门通知苏巴朗,要他三天之内接受审查。这使苏巴朗愤怒至极,他随即告知议会:是他们自己出于对他画艺的考量而主动邀请他定居塞维利亚的,为此他克服了诸多不便才把全家从列雷纳搬到塞维利亚,现在又对他提出如此有辱人格的要求，他断然不能接受。不难推断，议会最终还是认可了他的说法，因为我们知道，他并没有离开塞维利亚，而是在那里继续为各地来的主顾画画。

1634年，苏巴朗应委拉斯开兹的邀请，同时又是奉国王菲利普四世之命，到马德里为一座叫"埃尔·布维·雷蒂罗"的宫殿[1]绘制装饰画。这座宫殿是由国王的宠臣奥利瓦雷斯公爵为国王修建的，原因是奥利瓦雷斯公爵主政不当，国内情况不佳，对外与荷兰、法国和英国的战争又频频失利，故而想讨好国王，以免国王降罪。此时，委拉斯开兹已在马德里多年。当时的画家，如果没有教堂或修道院要他绘制宗教画，就只能靠为王公贵族或有钱人画肖像画为生，而当时的西班牙宫廷热衷于雇用画家画肖像画，因而画家也有机会去为新建的宫殿绘制装饰画。委拉斯开兹很可能是因为在家乡得不到为教堂或修道院绘制宗教画的机会——这种机会很难得，这从塞维利亚当地画家想赶走苏巴朗这件事中即可看出——也可能是因为他那个精明的岳父帕切科发现，他的女婿应该到马德里去发挥他的天赋才能。不管怎样，委拉斯开兹到了马德里，而且赢得了国王的喜爱，从此平步青云，成了最得宠的宫廷画工。他交给苏巴朗的任务是，绘制一组表现赫拉克勒斯[2]十二壮举的壁画。关于这

---

1 即马德里的丽池宫。
2 赫拉克勒斯：古希腊神话中的大力神，曾完成十二项被认为"不可能完成"的任务。

组壁画，放到后面再说。现在我只想随心所欲，讲一件有趣的小事。苏巴朗曾有"画工中的国王"之称，这与其说是因为他完成了那组壁画，不如说是因为他为国王的一艘御用游轮所画的一组装饰画。这艘游轮是塞维利亚的贵族贡献给菲利普四世的，供他在环绕新宫殿的静水湖上游览观光。一天，苏巴朗在这艘游轮上画完一幅装饰画，便署名"国王的画工，弗朗西斯科·德·苏巴朗"。这时，他觉得有人在背后拍了拍他的肩膀。回头一看，只见一个身穿黑衣的人站在他身后。那人仪表堂堂，金色的长发，白皙的方脸，双眼淡蓝，下巴微突——正是国王本人。他姿态优雅地指着苏巴朗的签名，微微一笑，说："国王的画工，还要加上'画工中的国王'。"

不过，这样的称赞只是国王的客套，并没有为苏巴朗带来多少机会。他完成几项任务后，就返回了塞维利亚。随后，他又为赫雷斯·德·拉·弗隆特拉的卡尔特修道院画了几幅非常好的画。这几幅画，今天就陈列在加的斯博物馆里，我一会儿也有话要说。

苏巴朗靠卖画所得并不多，而他要养活的是一大家子人，所以他没有什么积蓄。仅仅为了支付日常开销，就需要他不间断地接到主顾的订单。画家的生存有赖公众的喜爱，而画家要花多年时间学艺，才会有自己的特色，才会有创意，才会得到公众的喜爱。也就是说，他需要很长时间才能逐渐赢得足够多的主顾，从而赚到足够多的钱来养活自己和家人。不幸的是，当他生意最好的时候，往往就会有年轻画家出现在画坛上，向公众展示一些新画法。尽管新画法未必比旧画法好，但公众总是喜新厌旧的：他们趋之若鹜地涌向那年轻画家，把老画家无情地抛在身后。苏巴朗遇到的就是这种情况：公众对他的画开始厌倦了，纷纷转向一个二十多岁的年轻画家，因为这个年轻画家的画风新颖别致，就取悦公众而言，苏巴朗那种严肃认真的旧画风只能自叹不如。这个年轻画家，就是牟利罗。他能说会道、风度翩翩，特别善用色彩，使画面丰满而和谐。就在苏巴朗第三次结婚时，牟利罗开始采用所谓"暖色调"画法，成为塞维利亚最受欢迎的画家。他把写实与抒情巧妙地结合在一起，迎合了西班牙人性格中固有的双重特点。苏巴朗的主顾越来越少了。从1639年到1659年，这期间甚至没有一幅画署的是他的名字。对此，我们只能猜想，他在这期间即使画过几幅画，大概也觉得无足轻重而不愿签上自己的名字。1651年，他再次来到马德里，也许是想找刚从意大利回来的委拉斯开兹，想求他帮忙看在国王那里能不能得到一点差事。如果真是这样的话，那么他的努力一定是失败了，因为他不久之后便回到了塞维利亚。他穷困潦倒。1656年，因为连续一年付不出房租，法院判处没收他的家具并加以拍卖。但他的家具破烂不堪，拍卖一次也没有成交。

两年后，苏巴朗又一次来到马德里，这次他留了下来。据我们所知，他就在那里度过了余生。这时他已六十岁，早不是创新画风的年龄了。画家的欣赏者主要是他的同时代人。他或许有新想法要表现出来，但他又不得不用他熟悉的那种方式来表现，而下一代人欣赏的却是另一种完全不同的方式。所以，有一点是肯定的：一个画家只能在他的年龄范围内谋求发展，他的表现方式就是他的个性所在，要想换一种表现方式是绝对不可能的。既然他的表现方式已不为人们所欣赏，他就应该有自知之明，不要再丢人现眼，唯一的希望是将来或许会有人欣赏他的作品。时间会把伟大艺术从一大堆平庸的作品中筛选出来。后世之人不会关心过去曾流行过何种时尚，他们只会从一大堆传到他们手中的作品中挑选出最合自己心意的作品加以欣赏。

不过，苏巴朗现在还要活下去。要想活下去，就得画有人肯掏钱买的画，而有人肯掏钱买的画，就是牟利罗的那种画。于是，他不得不硬着头皮去模仿牟利罗。结果惨不忍睹。他的模仿之作，既丧失了自己的个性，又没有牟利罗的特色。

1664年，苏巴朗还活着，因为就在这一年，他还受聘去为堂·弗朗西斯科·哈辛托·德·萨尔希收藏的五十五幅画估价。他的估价单留存至今，但不知何故，那上面竟然没有画家的名字，只有画名和画的尺幅。估价最高的一幅画，也是尺幅最大的，画名是《君王的膜拜》[1]，高约八英尺，宽十英尺，估价1500

---

1 画的是《圣经》中东方三博士膜拜出生在马厩中的耶稣基督，并向圣母献上三件礼物的场景。

里拉¹。当时1里拉约合今天的6便士，因此这幅大型油画，还配有精美无比的画框，估价却是可怜巴巴的37英镑10先令。至于其他一些圣徒和僧侣的肖像画，平均估价只有500里拉左右，折合今天的15英镑。这就是当时的画市行情，价格竟如此低廉，难怪苏巴朗一生穷得叮当响。就是他那个成功的竞争对手牟利罗，也好不了多少，死后连丧葬费都没有。

三

委拉斯开兹死的时候，苏巴朗还活着。但接替委拉斯开兹"宫廷画家"位置的不是苏巴朗，而是梅佐，后来是卡雷尼奥。随着18世纪的来临，统治西班牙的奥地利哈布斯堡王朝由法国的波旁王朝取代。这一时期，人们对苏巴朗简直不屑一顾。他们赏识的画家是伊斯梅尔·门格斯和他的儿子拉斐尔·门格斯²，以及蒂耶波洛³。整个19世纪，苏巴朗也一直被冷落在一旁，无人问津。直到某一历史事件的发生，他的同胞们才想起他来。那就是美西战争⁴，一场对西班牙来说是灾难性的战争。这场战

---

1 西班牙货币名。
2 伊斯梅尔·门格斯、拉斐尔·门格斯：均为18世纪德国画家。
3 蒂耶波洛：18世纪意大利画家。
4 即1898年美国与西班牙的战争，结果是西班牙战败，其在美洲和亚洲的殖民地古巴、波多黎各和菲律宾均落入美国之手。

争使得曾被查尔斯五世[1]吹嘘为"日不落"的西班牙帝国颜面扫地，连仅剩的几块殖民地也丧失殆尽。出于战败的屈辱，西班牙人开始追寻历史，炫耀昔日的辉煌，以此抚慰自己受伤的自尊心。是的，殖民地古巴和菲律宾已被夺走，但谁也夺不走西班牙宏伟的大教堂和宫殿，夺不走天才的塞万提斯、德·维加、卡尔德隆和克维多[2]，夺不走西班牙曾拥有的伟大画家。

此时，委拉斯开兹早已闻名遐迩；对画风神秘而阴沉的格列柯，欧洲各国的鉴赏家犹豫一阵之后也表示了赞赏；但把苏巴朗从遗忘中重新挖掘出来，是西班牙人自己的丰功伟业。我想，当他们把苏巴朗挖掘出来后，他们一定像我们今天普遍认为的那样，发现他是这三人中最具西班牙特色的。确实，苏巴朗不像委拉斯开兹那样富丽堂皇，也不像格列柯那样令人震撼，而是朴实明朗的。这一特点是他们两人都不具有的，而且更符合西班牙人的性格和自我认知。西班牙人经历了三个世纪的政治昏暗和宫廷变故，经历了18世纪的真浮华和19世纪的假正经，再次从他那里感受到了自己内心所尊重的品质——真诚、严肃、虔诚、坚韧、踏实。是的，苏巴朗缺乏想象力，但这没有关系，因为西班牙人本来就不耽于空想。是的，他善于写实，这令人

---

[1] 查尔斯五世：16世纪初西班牙国王，其统治时期西班牙拥有的殖民地最多，遍及亚洲、非洲、美洲。

[2] 卡尔德隆·巴尔卡：17世纪西班牙剧作家，著有《人生如梦》等。克维多-比列加斯：17世纪西班牙作家，著有《骗子，塞戈维亚的堂巴勃罗》等。

欢喜，因为西班牙人从来就很注重实际。西班牙人不喜欢历险，因为只有在雾蒙蒙的北欧才适合历险，在骄阳似火的南欧历险只会晒得汗流浃背、中暑晕倒。但他们并不缺乏热情，而就在苏巴朗的作品中，他们隐约感受到一种基于理智而不失自尊的热情。

1905年，西班牙人把能够找到的苏巴朗的作品尽数找来，并在普拉多美术馆举办了一次画展。我不知道西班牙观赏者对这次画展的反应如何，但我知道，欧洲其他国家的艺术爱好者全都无动于衷。

确实，苏巴朗为"埃尔·布维·雷蒂罗"（即丽池宫）所画的那组壁画，使赏识他的人也感到难堪。所以，他们一直不太相信那组壁画是苏巴朗画的。但是，对苏巴朗深有研究的考据家堂娜·玛丽亚·路易萨·卡图尔拉最近发现了一张由苏巴朗签字的收条，即表明：那确实是苏巴朗画的。毋庸讳言，画得实在不怎么样。当然，那组壁画的神话主题本来就不容易表现，也许只有像皮耶罗·迪·柯西莫[1]那样的画家才会处理。譬如，把背景处理得充满奇幻色彩：草地上有半人马在奔驰，空中有色彩斑斓的神鸟在飞翔，周围还有许多奇禽异兽。但是，这样的背景是苏巴朗随便怎样也想不出来的。他的写实风格中没有任何奇思异想。就是那组壁画的主人公、大力神赫拉克勒

---

[1] 皮耶罗·迪·柯西莫：15—16世纪意大利佛罗伦萨画派的画家，画风飘逸多姿。

斯——宙斯之子、迈锡尼王子——也被他画得一点不像神话中的英雄，倒像一个赤膊露出一身横肉的西班牙农夫，或者像一个一脸凶相、脱了衣服在集市上打拳的莽汉。真不知道，那位勤奋的女士[1]用确凿的证据证明那组壁画是苏巴朗画的，这对苏巴朗来说到底是好事呢，还是坏事。

当然，我们应该用一个艺术家最好的作品来对他做出评判。一个艺术家的最好作品，往往是在其一生中的短短几年或十几年内完成的。就苏巴朗来说，他的创作鼎盛期，应该说，是1626至1639年。然而，那组题名为《赫拉克勒斯的壮举》的壁画，恰恰是在他的鼎盛期内——即1634年——完成的。这如何解释呢？我想，只能这样回答：和其他艺术家一样，苏巴朗也有其自身的局限。当他想尝试创作一个超出他能力范围的作品时，他的失败比那些平庸的艺术家还要惨。我想，苏巴朗是个谦逊明理之人，平时画画总会遵从主顾的意愿。既然如此，当国王要求他、朋友邀请他去绘制那组壁画时，我料定他是不会拒绝的，即便没有报酬也不会拒绝。接受了任务，他也会全力以赴。但是，这次他确实是失败了。平时，他为主教和修道士画肖像画，或者为教堂和修道院画装饰画，毫无疑问，那些主顾会提出很多具体要求，而他是靠他们谋生的，不可能不答应他们的要求。然而，他们花钱雇他画画，主要目的并不是为了艺术，

---

[1] 即堂娜·玛丽亚·路易萨·卡图尔拉。

而是为了装饰教堂和修道院，以此来炫耀教堂和修道院有多么华丽，主教和修道士的形象有多么崇高，从而使那些虔诚的信徒对他们深信不疑、感恩戴德。殊不知，他们的这种要求，往往会使画家身不由己地画出他自己并不满意的作品。譬如，普拉多美术馆里就有苏巴朗的这样一幅作品，画的是圣彼得·尼古拉斯科的形象。在这幅画的左上角画着一座上帝之城，另有一个天使，举着手，指点着那座上帝之城。这样的构图实在有点好笑。那个天使简直像个图片讲演员，正指着一张图片在讲解，下一分钟他就要走到另一张图片跟前去了。

对于构图，苏巴朗没有多少才能，更谈不上有什么巧妙之处了。他擅长画单一人物的肖像画，在不得不画多个人物时，他的布局往往是很笨拙的。

要想知道苏巴朗在表现他所擅长的主题时达到的高度，你只要看看他为瓜达卢普圣母院画的八幅画就可以了。那八幅画现在仍放置在原来的地方，因而不会有什么差错。根据这座圣母院的传统，可以认定，那八幅画的画框以及墙壁和天花板上的装饰也是苏巴朗自己设计的，只是用今天的眼光来看，这些设计不免太烦琐。至于那八幅画，画的都是这个圣母院历史上的一些圣徒的生平事迹。其中四幅画上有苏巴朗的签名，另外四幅画上没有签名。有人就此推测，那四幅画可能不是苏巴朗一手完成的，他可能只画了一部分或者一半，最后是由其他人完成的。因为就在这期间，他妻子生病，他不得不放下画笔，回去照料病重的妻子。

通常认为，现藏于塞维利亚博物馆的《圣托马斯·阿奎那的显圣》是苏巴朗的杰作。但我认为，他的真正杰作是瓜达卢普圣母院的那八幅画，而且按我的看法，应该把它们看作一个整体来加以鉴赏。那八幅画，最大程度展示了他的才华，最低程度显露出他的缺点。我们知道，苏巴朗的有些画，譬如他在格勒诺贝尔画的一些画，人物形象呆板，就像人体模型，而不是活人。但在那八幅画中，人物是鲜活的、有血有肉的，是真实的人，而不是人体模型。可以说，那八幅画充分体现了苏巴朗的画技，以及他似乎具备的某种戏剧感，即合理安置布景和选择适当的道具，使场景（即背景）显得既真实又生动。他安置的布景令人赏心悦目，但又完全是传统的；显然，他的主要兴趣在于塑造人物形象。他要塑造的人物，其实就是当时圣母院里的神父或修道士，一个个都活生生地在他眼前。譬如，有一幅孔扎罗·德·伊勒斯卡斯神父的肖像画，令人印象最为深刻。这位

《圣母无原罪始胎》，苏巴朗在瓜达卢普圣母院所作的八幅油画之一。

神父是15世纪中叶瓜达卢普圣母院的院长。画面中的他，坐在桌前，一手拿着一支笔，头微微抬起，好像刚听到有人敲门，他正等着那人进来。他脸上的表情，深沉、干练、警觉，就像今天的企业家。要知道，就如我在前文所说，瓜达卢普圣母院拥有庞大的地产，拥有隶属于它的城镇和牧场，还有附属医院和旅店，是个大产业，而院长就是这一大产业的掌控者和管理者。因此，他除了是一个虔诚的神父——这样才能赢得信徒的尊敬——同时还是一个精明的管家。苏巴朗的那八幅画用的都是深色调，深沉、庄重，甚至有点阴暗、冷峻，但仍给人以华美之感。在瓜达卢普圣母院的圣殿里，那八幅画面对窗户，在西班牙炙热的阳光下晒了三百年，全都已经褪色，变得色彩暗淡了。这当然削弱了它们原有的魅力，但那种高贵典雅之气至今尚在。它们见证了一位才华出众的艺术家的高超技艺。

苏巴朗的《圣托马斯·阿奎那的显圣》是一幅大型绘画，画中的主要人物与真人差不多大小。画面上，圣托马斯·阿奎那站在云端，一手握笔，一手捧书，左右两侧——似乎也是在云端——坐着四位身披锦袍的修道士。下方，是豪华的街景，中间有一根高大的立柱，立柱两边，各跪着四个人：一边是皇帝查尔斯五世和三个廷臣，另一边是创建塞维利亚大教堂的大主教和三个侍从（此画即为塞维利亚大教堂的祭坛装饰而作）。上方，是一大片云彩，云彩中有扛着十字架的耶稣基督和圣母马利亚，还有另外两个天堂中的人物——经辨认，是圣保罗和圣多米尼哥。这幅画以巨大的尺幅、鲜活的人物、精湛的笔法和绚丽的色彩而引人注目。即便如此,你还是不可能不注意到,它的构图似有问题:整个画面分为上、中、下三个部分,但由于该画尺幅巨大,观赏者不可能自然而然地把整幅画当作一个整体来欣赏,因此下面部分(原本是三部分中最不重要的)反而成了观赏者看得最仔细的地方。还有,充当圣托马斯·阿奎那的模特儿,似乎也有问题。此人是苏巴朗的朋友,名叫堂·奥古斯丁·阿布罗·德·埃斯克巴,本是大教堂里的一名普通教士,就因为他曾充当过圣托马斯·阿奎那的模特儿,我们才得知他的姓名。问题是,要画历史上的大名人,尤其是不知其真实相貌的大名人,你必须找这样的模特儿:他的相貌、气质,要符合人们从大名人的事迹或者著作中获得的印象,也就是说,要符合人们对大名人相貌的想象。然而,苏巴朗找来的那个模特儿,却一点也不符合人们对圣托马斯·阿奎那的想象。这明明是个相貌平平、俗里俗气的小胖子,哪里像一位满腹经纶、超凡入圣的大智者!

好在,苏巴朗很少犯这样的错误。譬如塞维利亚博物馆里有一幅他的画,画的是交谈中的教皇乌尔班二世和修道士圣布鲁诺。圣布鲁诺是加尔都西修道会的创建者,曾应教皇乌尔班二世之邀,离开查特谷修道院前往罗马。在此画中,苏巴朗完全把握住了精神领袖、教皇乌尔班二世和修道士圣布鲁诺的不同特征。圣布鲁诺双眼低垂,双手谦卑地缩在长袍的袖管里,

苏巴朗所作《圣托马斯·阿奎那的显圣》

脸庞消瘦、神情谦卑,但谦卑中仍透露出一股刚毅之气。据教会史记载,他正是凭着这股刚毅之气,曾挺身而出,指控教会买卖圣职,有违天主。乌尔班二世呢,他双眼望着画外,神情镇静而精明,非常符合他至高无上的教皇身份。但是,他的镇静之中似乎仍有一丝不安,似乎在圣布鲁诺这样一个刚正不阿的修道士和他曾经的老师面前,他虽然身为教皇,心里依然有点慌张。

大约就在画这幅画的同一时期，苏巴朗还为同一个修道院画了一幅描绘格勒诺贝尔主教圣于果到访这个修道院的画。正是在圣于果的帮助下，圣布鲁诺才得以创建这个修道院。画面中，共同创建修道院的七名修道士坐在餐桌前，他们身上的白色长袍，苏巴朗画得特别细腻，但不知何故，总给人一种奇怪的僵硬感。据说，苏巴朗画这些长袍时，是照着穿在人体模型上的长袍画的，而不像他画人物头部时那样，使用真人作为模特儿。使用人体模型是个古老的传统，但我从未听说过，穿在人体模型上的衣物会呈现出那种不自然的褶皱。然而，在苏巴朗的好几幅画中，人物的衣物都呈现出那种不像是布料的褶皱，而像是硬纸板的折痕。对此，较为合理的解释是：那是由于苏巴朗早年跟从一个石匠学艺所致。他从未抹掉石刻衣物褶皱留在他脑子里的印象。不过，这倒是歪打正着，正好配合了他最喜欢使用的明暗对照法。在我看来，这种硬邦邦的衣物褶皱，用在他笔下的许多教士和修道士身上，还有某种烘托人物性格的意思。

我在前面曾说，苏巴朗缺乏想象力，那是不太准确的。说得准确一点，应该说他缺乏幻想能力。他本质上是个肖像画家，而画肖像画，很大程度上是受制于肖像主的。画家只能从肖像主身上找到某种艺术灵感，从而使肖像超越肖像主而具有某种艺术价值。他不能凭空幻想，就如小说家一样，只能把自己融入人物，想人物所想，感人物所感。这种感同身受的能力，就

苏巴朗所作《圣于果在餐桌前》

是想象力,而苏巴朗是具备这种能力的。他的肖像画都画得极具个性,只要稍加观察就能看出,它们表现的是不同的性格特征。尤其是在他为教士画的许多肖像画中,他用画笔表现了诸多性格不同、思想不同、品质不同的人物。你可以依次辨认出:那是个理想主义者,那是个神秘主义者,那是个圣徒,那是个狂热者,那是个禁欲者,那是个独裁者,那是个恪守教规者,那是个利己主义者,那是个好色之徒,那是个贪食者,那是个小丑。这些人之所以献身宗教,其实大多并不是出于对上帝的爱,有的是因为事业受挫,有的是因为情场失意,有的是因为生性怠惰,有的则是因为(这也很自然)利欲熏心——是的,有些出身贫寒的人,既想发财又不愿去美洲冒险,既想升官又不愿上战场拼杀,于是就跑到教会里来钻营了。

苏巴朗很少画世俗男人,却画过不少年轻貌美、服饰华丽的女人。遗憾的是,因为年轻女人的容貌总不会有明显的个性特征,苏巴朗也就很难塑造出她们的独特形象。再说,那个时代的年轻女人和今天一样,也喜欢涂脂抹粉;所以,她们的脸看上去都是差不多的。对此,苏巴朗所能做的,除了把她们一张张漂亮的脸蛋画出来,至多再花点笔墨,渲染渲染她们身上的绫罗绸缎、珍珠宝石而已。

关于这些女人肖像,有一种有趣的说法,说画的都是圣女。但是,只要你花点时间去了解一下那些有名有姓的圣女,你就会发现,她们都是至圣至善的女人,绝对不可能这样穿红着绿、环佩叮当。有证据表明,在苏巴朗绘制肖像画的时代,西班牙有这样一种古怪的现象,即年长的贵族男子常常以自己的妻子或女儿充当圣女的模特儿;年轻的贵族男子则常常以自己的未婚妻做圣女的模特儿。譬如,德·维加就曾请画家画过一幅圣苏珊娜的肖像,所用的模特儿是他指定的一位女士——这位女士,据我们了解,和德·维加关系暧昧。还有一位埃斯奎拉奇的爵爷,据记载,他曾请画家画一幅圣海伦娜的肖像,模特儿则是他的情妇。结果,画中的女子不仅穿着贵族女子的服饰,画的下方还有这位爵爷的徽号。可见,苏巴朗画的那些所谓圣女,其实都是塞维利亚的贵族女子。当时在西班牙,由于受摩尔人的影响,除非是皇家女子,一般贵族女子是不可以抛头露

《圣卡西尔达》,苏巴朗所作女士肖像画。

面的,就是以本人的名义请画家画肖像,也是有失体统的。但是,在画家绘制圣女肖像时充当模特儿,却是允许的。于是,就发生了上述古怪现象,因为只有这样,她们才能既满足自己的愿望,又不失体统,甚至还有崇敬圣女、恭奉教会的意思(那些圣女肖像都是贡献给教堂的)。这样一来,当她们前往教堂做礼拜时,就会看到一幅幅活灵活现地画着自己的"圣女肖像"挂在墙上甚至祭坛上,那是何等得意啊!尽管那时还没有皇家艺术院的预展,也没有艺术沙龙的预览,不可能会有评论家来评论她们的肖像,但不难想象,她们会既骄傲又惊恐地听到亲友的议论——就像今天去观看那些肖像的人一样,有的赞美,有的责难,有的嘲讽,有的则说了一通废话。

关于苏巴朗的绘画,我说到了他画教士和修道士的白色长袍上的褶皱所用的那种特殊的技法，正好和他最拿手的明暗对照法相配合；说到了他画圣徒和圣女的服饰所用色调，丰富多彩。我说他的风格是写实的、庄重的、严肃的；我强调他的肖像画真实可信地表现了肖像主的个性特征，艺术地再现了那些早已离世的名人和伟人；我还指出，他的大型画作尺幅之大，令人震撼，其中还有一种端庄、高贵的气概。我想，读者可能还未意识到，我在评论他的作品时始终没有说过美。这是因为，"美"是一个非同小可的词，一个不能轻易使用的词。现在的人，使用这个词实在太轻率——说天气是"美"的，说微笑是"美"的，说一条好看的连衣裙或者一双合脚的鞋子是"美"的；一只手镯、一座花园，甚至一段议论，也被说成是"美"的。"美"似乎成了"好""漂亮""合适""华丽""有趣"的同义词。其实，美根本不是这些。美远远超过这些。美是不常见的；美是一种强烈刺激，一种令人窒息的强烈刺激。这里的"令人窒息"并非只是形容而已。有时，美确实会使你透不过气来，就像你的头被人按进水里那样。而当你最终透过气来，你的心会狂跳不止，你的头脑会兴奋不已，就像犯人走出牢门，听到身后"咣啷"一声，铁门关上了，他深深地吸了一口新鲜空气，欣喜若狂。美的刺激会使你短暂地丧失自我，仿佛身在空中，随风飘荡。你会觉得一阵狂喜、一阵轻松；同时觉得，除了美，世上的一切都是无所谓的。是的，美会使你的灵魂出窍，沉迷于幻觉与幻景之中，而其状态和相思病差不多——实际上,它就是一种相思病。此外,这种出神入幻与神秘主义者的神秘体验也很相似。就我来说,如果要我想一想曾有哪些时刻受到过美的强烈刺激,那我首先想起的,就是当我第一眼看到泰姬陵[1]的那一刻;其次,我会想起我多年后再次看到格列柯的《圣莫里斯》的那一刻;还有我在西斯廷大教堂看到伸出手臂的亚当[2]的那一刻;还有看到美第奇家族墓碑上的《日与夜》[3]以及圭利亚诺的沉思[4]的那一刻;当然,还有看到提香的《基督入葬》的那一刻。但是,当我看到苏巴朗为大教堂祭坛或修道院圣殿所画的那些风格庄重、技法精湛的画作时,我却没有这样的感受。他的画有其伟大之处,但那涉及的是理性鉴赏和理性思考,而不是情感反应和灵魂震动。也就是说,那不是美,既不会令人窒息,也不会使人灵魂出窍。

不过,苏巴朗有少数几幅画,虽然尺幅不大,也不受人重视,我倒觉得有一种不常见的美感。关于这几幅画,我想稍做评论。不过,在此之前,我先得谈谈另一件事。

当西班牙人重新发现苏巴朗时,他们既把他誉为民族荣耀,又不顾事实地称他为"神秘主义者"。堂·伯纳迪诺·德·伯

---

1 全称"泰姬·玛哈尔陵墓",印度著名古迹之一。
2 即指米开朗基罗为西斯廷大教堂所画天顶画《创世记》。
3 《日与夜》:米开朗基罗的雕刻作品。
4 指米开朗基罗的雕刻作品《沉思》,圭利亚诺是与米开朗基罗同时代的意大利红衣主教,《沉思》所雕刻的即是他的形象。

四 其他

托巴曾写过一篇文章,虽然篇幅不长,却令人信服地指出了这种说法的错误之处。确实,苏巴朗的大多数作品是以宗教为题材的。而且,就如我在前文所说,他的主顾大多是教士或修道士,而像他这样一个单纯老实的人,毫无疑问也是个虔诚的天主教徒。西班牙人向来笃信宗教——当然,是以他们的那种方式——而在17世纪时,他们对天主教的信仰又可谓到了极点。那时,他们对天特会议[1]的宗旨还记忆犹新:凡是有异端嫌疑的人,都将受到宗教裁判所的严厉惩罚。这是一种狂热而凶残的宗教信仰。那时的宗教狂热到了何种极端程度,你只要去读一读卡尔德隆的《十字架的信念》就可以知道。毫无疑问,苏巴朗一定是全心全意地认同这种宗教狂热的。这从他为瓜达卢普修道院画的一幅画中即可看出。这幅画,画的是圣杰罗姆因为钟爱世俗文学而受到天使惩戒的场景。画面中,圣杰罗姆全身赤露,唯有腰间系着一块遮羞布;他双膝跪地,旁边有两名天使正挥动着鞭子在毒打他;画面上方,有一片云彩,云彩中端坐着耶稣基督,他一手举起,好像正在数着鞭打的次数,脸上还显露出一种得意扬扬的神情。据说,圣杰罗姆所犯的罪,是他热衷于读西塞罗[2]的书,而疏忽了上帝的箴言[3]。不信宗教的

---

1 即罗马教廷于1545—1563年在意大利天特城召开的大公会议,旨在对抗马丁·路德代表的宗教改革运动,是天主教反教改运动的一个重要事件。

2 马尔库斯·西塞罗:古罗马政治家、雄辩家、散文家。

3 即指《圣经》。

苏巴朗所作《圣杰罗姆受惩戒》

人也许会说，圣杰罗姆不喜欢读某个作家的书[1]而去读另一个作家的书，那个作家就差人来毒打他，真是岂有此理！但问题是，圣杰罗姆自己是真心认罪的，他双膝跪地的姿势即表明他在乞求宽恕，表明他自己也认为遭鞭打是罪有应得。我想，苏巴朗在画这幅画时，大概也是这样认为的吧。

同样，在以耶稣基督为主题的好几幅画中，苏巴朗也不由自主地顺从了当时的宗教狂热。他笔下的耶稣基督，一副自以为是的样子，就像一个浅薄至极而又自命不凡的教区长，哪里像是那位登山宣示教义、满怀爱心而又刚毅不屈的先师！不过，

---

[1] 戏称《圣经》，因其被称为"上帝之书"。

倒也不是一塌糊涂，至少在他画的基督受难图中，苏巴朗还是有力地表现出了自己内心的真实感受。他丝毫没有掩饰基督受难时的悲伤与绝望。暴风雨前的昏暗背景，烘托出基督受难时的孤独。在一幅基督受难图中，基督还低垂着头，脸上布满阴影，神奇地显现出一种哀恸、绝望神情。基督半裸身体也画得尸体般灰白、冰冷。在另一幅基督受难图中，基督仰着头，望着天，仿佛在叹息，他的"在天之父"为何对他的祈求无动于衷。这一悲苦画面，有一种感人肺腑的强烈效果。总的说来，苏巴朗的这几幅画总能使人为之心动，尤其是西班牙人，他们从来就像着了魔似的对基督受难图情有独钟。

也许，苏巴朗的宗教画正好迎合了当时西班牙人的宗教情感，因而他们也特别容易为他的画所打动。但时至今日，我想，就没有那么容易打动人了。在我看来，在苏巴朗的那个时代，宗教信仰已经由于形式化和等级化而变得很僵化，当时的画家也就很难再像过去的锡耶纳派[1]画家那样，画出虔敬纯朴、真正富有宗教情怀的宗教画。既然只要信教就可以逃脱地狱折磨、求得永生之福，既然通往天堂的路——有时还有捷径——由教会的那些精神导师为你一一指明，那你只要照他们的规矩做就是了，不要犹犹豫豫，更不要胡思乱想。

所以，说神秘主义必然与宗教有关是不正确的。神秘体验

---

[1] 13世纪意大利画派，因其主要画家均是锡耶纳人，故称。

苏巴朗所作《基督受难图》，画中的基督低垂着头。

是一种很特别的幻觉。是的，它可能与宗教修行有关，通常是由祈祷或苦修导致的，但它也可能与吸食鸦片或者龙舌兰花之类的迷幻药有关。还有美的强烈刺激，也可能催生出神秘幻觉。关于这种因审美而产生的幻觉，许多人都称经历过，而且描述得都差不多，由此可以断定它是存在的。至于这种由审美引起的神秘幻觉和由迷幻药物引起的神秘幻觉，以及由宗教修行引起的神秘幻觉，它们是不是同样性质的幻觉，我不知道，但可以肯定，感觉是相同的——都是一种超脱的感觉，一种忘我的感觉，一种无限惊喜或无限敬畏的感觉，一种瞬间脱离世间万物的感觉。

既然如此，我或许可以这样大胆猜测：当一个画家或一个诗人神秘地受制于一种叫作"灵感"的奇异之物时，他忽然之间会产生各种各样不知从何而来的想法，或者忽然之间会发现，某些过去从未意识到的东西原来一直就在自己心中——他的这种体验，或许和神秘主义者的神秘体验是一样的。

不过，说苏巴朗是神秘主义者是胡说八道。他哪里有半点神秘；他是个彻头彻尾的办实事的人——接到主顾的订单，尽其所能按主顾的要求画出一幅画来，如此而已。不错，他和其他画宗教画的画家一样，确实画过不少神秘体验中的圣徒和圣女，但他是按一个固定模式画的：人物总是张着嘴，两眼翻白，仰头望着空中。这样的神秘体验，只会使你不好意思地联想到鱼摊上的一条死鱼。其实，神秘体验是无法用画笔来描绘的。尽管神秘体验有时会激发创作冲动，但无论你怎样把神秘体验描绘出来，都不可能使观赏者得到同样的体验。神秘体验来自无意之间，譬如当我想到卢浮宫中格列柯的《基督受难图》中所描绘的耶稣基督时，还有当我想到夏尔丹的几幅景物画时，我似乎会有一种神秘体验。这种体验和你从锡耶纳画派的那种自然纯朴的宗教画中所体验到的东西，是完全不同的。康德曾说，崇高感并非大自然所有，而是有文化素养的人赋予大自然的。同样，神秘感也可能并非某幅画所有，而是有某种审美倾向的观赏者因为某种原因赋予某幅画的，只是表面上看，他好像从某幅画中得到了某种神秘体验。正因为这样，这些画似乎具有一种比"令人窒息的美"更深层意义上的美，一种令人灵魂与肉体均为之震颤的美。你一瞬间体验到的神秘之美，堪比圣徒聆听到圣灵召唤时的神秘之喜。

你会觉得我把苏巴朗似乎说成了一个勤勤恳恳的工匠，就像一个做巴格尼奥式桌子的细木工，或者一个做西班牙-摩尔式碟子的陶瓷工。是的，那就是苏巴朗。他不是什么天才。但在另一方面，也许正因为他勤勤恳恳，加上他敏锐的观察力，他竟然能那么细腻地描绘出教士的白色长袍。有时，当然很罕见，他还会摆脱自身局限，也就是说，他偶尔会超越自我。不过，这种自我超越仅表现在他的一些很容易被人忽略的小型画中。譬如，加的斯博物馆里有几幅他为加尔都西修道会画的画，其中一幅是圣布鲁诺的肖像，还有一幅画是圣约翰·霍顿的肖像。这两幅肖像画确实画得很美，很有震撼力，使你不得不承认其中充满灵感。尤其是那幅画圣约翰·霍顿的肖像，把这位英国加尔都西修道会的圣徒画得特别震撼人心。关于这幅画，我曾写过一些评论，这里只要抄一点在下面就可以了：

  我相信，苏巴朗画这幅画时所用的模特儿，不是西班牙人，而是英国人。我曾无意间自问：这个为另一个英国人做模特儿的英国人,究竟是谁?因为他匀称的脸部不仅轮廓分明,还有一种只有在英国绅士的脸上才能看到的高雅神情。剃光的头顶,仅有下面一圈头发[1],似乎是红褐色的;由于长期斋戒而略显消瘦的脸上,皮肤既不绷紧,也不松弛。面颊上有一层红晕,其他部分的皮肤比象牙色稍暗一点,但仍有象牙色那种柔和、细腻的感觉。他的脖子上套着绳索,一只已经残废的手按在胸口上,另一只手里握着一颗滴着血的心脏。

出于好奇,我找来了圣约翰·霍顿的生平材料。他1488年出生于埃塞克斯的一个古老世家。成年后,父母为他安排了婚姻。但他拒不从命,要把一生奉献给上帝的事业。于是,他不告而别,离家出走,进了一家修道院。四年后,他被授予圣职,担任教区神父的职务。二十八岁时,他出于更崇高的宗教理想,加入了加尔都西修道会。1530年,他被任命为伦敦加尔都西修道院院长。两年后,即1532年,安妮·博林[2]加冕成为英国王后,枢密大臣要求他代表教会宣布,亨利八世与阿拉贡的凯瑟琳的离婚是非法的[3]。但他拒

---

1 在中世纪,天主教教士和佛教僧侣一样,也要削发,但仅削去头顶上的头发,两鬓和后脑勺上的头发仍保留。

2 安妮·博林:英格兰国王亨利八世的王后、女王伊丽莎白一世的母亲。

3 阿拉贡的凯瑟琳:亨利八世的第一任妻子。由于未能为亨利八世生育儿子,国王坚持和她离婚,违背了天主教禁止离婚的教规。这成为亨利八世与罗马教廷决裂的导火索。

绝了，结果被枢密大臣关入伦敦塔[1]。后来，双方达成了一个似是而非的协议，他才得以获释。但没想到，第二年，英国议会屈从于国王亨利八世，竟然颁布法令，宣布国王才是英国教会的最高领袖，所有质疑法令的人都将以叛国者论处。对此，他作为伦敦加尔都西修道院院长，还有两名副院长，均拒绝承认。结果，三人都被指控犯有叛国罪而被捕。尽管陪审团认定他们无罪，但在国王代表克伦威尔的威逼下，法庭还是做出了有罪判决。他们均被判处绞刑加剖腹刑[2]。他首先走向绞架。一根粗绳索套在他脖子上，因为粗绳索比细绳索更能使受刑者慢慢地、极度痛苦地死去。等他对前来观看行刑的人群讲完最后几句话，脚下的踏板即被抽走。不等他完全断气，脖子上的绳索就被割断。行刑人把他的尸体拖离绞架，然后剥光衣服，剖开胸腔和腹腔，把心脏、肝脏，还有肺、胃、肠等，通通挖出来，扔进火里。

  我们不知道，苏巴朗的这幅肖像画之所以画得如此震撼人心，究竟是因为那位圣徒的悲壮就义使他为之动容呢，还是因为那个模特儿的特殊气质使他为之倾心。但不管出于什么原因，反正当他画这幅肖像时——说是他碰巧也可

---

1 伦敦塔原是一座要塞，后改作监狱。
2 中世纪酷刑，即将犯人处死后剖腹取出内脏烧掉，据信，这样可使犯人死后连灵魂也灭绝了。

以——他灵感一现，画出了美的、震撼人心的画面。此时的他，不再是那个冷静而实际的工匠，而是一位了不起的艺术家；此时的他，在灵感的驱使下，画了一幅和十字圣约翰[1]的诗篇一样神秘、一样感人的肖像画。

不过，除了这幅肖像画，苏巴朗的有些静物画也出人意料地具有这种神秘的美感。我们知道，苏巴朗学艺时，西班牙是不允许使用裸体模特儿的，因而他很可能画过许多静物画作为练习。可惜，他的习作都失传了。但有一点很显然，那就是他特别重视对静物的描绘。譬如就在那幅圣于果到访加尔都西修道会的画中，他对餐桌上的面包、杯盘、碗具和陶罐的描绘，细致入微而给人以亲密感，不仅表明他有敏锐的观察力，而且表明他似乎想赋予这些平常之物以不平常的含义。也许只是自娱自乐，他时不时地会画一幅静物画。其中有一幅，现存于普拉多美术馆。这幅画的背景是黑色的，画面上是两只放在盘里的碗和两只并排的水罐，此外什么都没有。这幅画和他的大多数作品一样，简约而写实，却像那幅圣约翰·霍顿的肖像一样，具有一种令人震撼的美感。凡是去过西班牙旅游的人都会注意到，西班牙人对待小孩特别有耐心。不管小孩多么任性、多么

---

[1] 十字圣约翰：16世纪西班牙教士、宗教诗人，其诗篇被认为是西班牙宗教文学的巅峰。

苏巴朗所作静物画

吵闹、多么讨厌，西班牙人从来不会失去耐心。在我看来，苏巴朗对待那些画出来叫作静物的日常用品，就像西班牙人对待孩子一样有耐心，一样孜孜不倦，因而这些东西在他笔下似乎奇迹般地被赋予了生命和一种神秘的气息——同样气息也从他的一些肖像画中散发出来，如果你有足够的感受力的话。我想，就凭这几幅肖像画、那幅静物画，还有那幅基督受难图，这位面容憔悴、仰望着救世主的老画家也堪称艺术大师了。

也许有人会说，苏巴朗有许多作品，就凭这几幅画好像分量不足。但这些已经足够了。真正的艺术家不必背着沉重的行囊去寻找流芳百世之路。只要有几幅画，或者一两本书，就足够了。在我看来，不管艺术家有没有主观动机，他的使命都是创造美，而不是某些人认为的揭示真理。否则的话，三段论就远远比十四行诗重要了[1]。但艺术家也往往只能暗示美或者接近美，至于普通人，只要能享受到艺术带来的愉悦，也就该知足了。只有当精湛技艺、深邃情感和幸运之神偶尔相遇之际，艺术家——画家或者诗人——才有可能像圣徒在祷告和苦行中获得神秘体验那样获得灵感，才有可能创造出美。这时，无论是他的诗，还是他的画，都会使他有一种解脱感、一种兴奋、一种欢欣、一种精神上的解放，就像神秘主义者和上帝融为一体时的神秘体验。我想，像苏巴朗这样一个勤勤恳恳的人，在其漫长的一生中竟然也有几个短暂的时刻神奇地超越自我、创造出美，这真是令人惊叹。这是上帝施恩于他。

1　此处"三段论"代指哲学，"十四行诗"代指艺术。

图书在版编目（CIP）数据

请不要复制生活：毛姆谈艺术 /（英）威廉·萨默塞特·毛姆著；刘文荣译. — 北京：商务印书馆，2025. —（涵芬书坊：新版）. — ISBN 978 – 7 – 100 – 24333 – 9

Ⅰ. I561.65

中国国家版本馆CIP数据核字第2024LX4135号

权利保留，侵权必究。

请不要复制生活
毛姆谈艺术

〔英〕威廉·萨默塞特·毛姆　著
刘文荣　译

商 务 印 书 馆 出 版
（北京王府井大街36号　邮政编码 100710）
商 务 印 书 馆 发 行
山西人民印刷有限责任公司印刷
ISBN 978 – 7 – 100 – 24333 – 9

2025年3月第1版	开本 889×1194 1/32
2025年3月第1次印刷	印张 13¼ 插页 2

定价：78.00元